Brian Lumley · Nestors Rache

In dieser Reihe erschienen:

2801 *Das Erwachen*
2802 *Vampirblut*
2803 *Kreaturen der Nacht*
2804 *Untot*
2805 *Totenwache*
2806 *Das Dämonentor*
2807 *Blutlust*
2808 *Höllenbrut*
2809 *Wechselbalg*
2810 *Duell der Vampire*
2811 *Totenhorcher*
2812 *Blutkuss*
2813 *Konzil der Vampire*
2814 *Grabgesang*
2815 *Blutsbrüder*
2816 *Vampirwelt*
2817 *Nestors Rache*

In Vorbereitung:

2818 *Metamorphose*
2819 *Vormulac*
2820 *Schlacht der Vampire*
2821 *Blutkrieg*

Brian Lumley

Nestors Rache

Necroscope 17

Aus dem Englischen von Alexander Amberg

FESTA

1. Auflage April 2005
2. Auflage Oktober 2005
Originaltitel: *Vampireworld 2: The Last Aerie*

Umschlaggestaltung: BabbaRammDass
Literarische Agentur: Thomas Schlück GmbH, 30827 Garbsen
Druck und Bindung: Finidr, s.r.o.

ISBN 3-86552-019-7

ERSTES KAPITEL

Während Trask und Goodly zu Bett gingen, führte Turkur Tzonov eine Unterredung mit Siggi Dam. Mit großen Schritten durchmaß er das Zimmer. Doch obwohl sie sich bereits auf ihren Kissen räkelte, stand ihm der Sinn keineswegs nach Romantik. Die beiden hatten ihren Gästen etwas vorgespielt. Sicher, vor Jahren hatten sie einmal eine Affäre gehabt. Aber das war zu Ende gewesen, nachdem er herausgefunden hatte, dass es einen Rivalen gab – beziehungsweise gleich mehrere. Wenn sie jetzt beruflich miteinander zu tun hatten, waren sie vorübergehend noch immer ein »Paar«. Doch das war nur körperlich, mit Gefühlen hatte es nichts zu tun.

»Wir sind ein Stück weit vorwärts gekommen«, erklärte er ihr, »aber nicht weit genug. Morgen wollen die britischen ESPer noch einmal zu ihm, und es wäre unklug, sie daran zu hindern. Wenn wir noch ein paar mehr von unseren Leuten dahaben, können wir das immer noch tun. In der Zwischenzeit kann es nicht schaden, Schritt für Schritt vorzugehen, auch wenn es sich furchtbar zäh anlässt. Danach lassen wir Trask nur noch für jeweils eine Stunde pro Sitzung zu unserem Besucher, und niemals ohne Bewachung. Dass er den Nachweis erbracht hat, dass es sich bei Nathan tatsächlich um einen Menschen handelt, war nur der Anfang – bisher scheinen unsere Tests seine Aussagen ja zu bestätigen. Wir müssen herausfinden, warum Nathan hier ist, ausgerechnet zu diesem Zeitpunkt. Das hat jetzt oberste Priorität.«

»Du glaubst also nicht an einen Zufall?« Siggi setzte sich auf streckte die Arme hoch über den Kopf, was ihre Brüste betonte. Sie warf ihre platinblonde Mähne zurück und unterstrich damit den Schwung ihrer Wangenknochen. Wenn Tzonov sie so ansah, wünschte er sich beinahe, er hätte heute Abend keine anderen Verpflichtungen.

»Höchstwahrscheinlich handelt es sich um einen Zufall«, erwiderte er. »Aber wir gehen besser auf Nummer sicher! Weshalb sollte denn der Sohn – beziehungsweise *ein* Sohn – des

Necroscopen Harry Keogh hier in Perchorsk auftauchen? Sag bloß, sie haben ihn aus Starside rausgeworfen? Oder ist er vielleicht gar kein Flüchtling? Vielleicht ist er ja nicht geflohen, sondern jemand hat ihn geschickt!? Und wenn das der Fall ist, warum? Und so weiter, die üblichen Fragen. Aber wir brauchen Antworten darauf ...«

Siggi hatte bereits ein oder zwei Stunden geschlafen. Ihr Nachthemd war aus weißem Chiffon, mit silbern schimmerndem Lamé durchwirkt und nahezu durchsichtig. Abermals ertappte Tzonov sich bei dem Gedanken, dass er heute Nacht gerne frei hätte. Aber das ging nicht, denn er musste sich um seine Soldaten kümmern. Ganz recht, *seine* Soldaten, ein ganzer Zug handverlesener Männer, die er über einen längeren Zeitraum hinweg hier eingeschleust hatte. Unter seiner Aufsicht würden sie ihr geheimes Waffenlager räumen und ihr Arsenal in ein sichereres, nicht ganz so leicht zugängliches Versteck auf einer der ungenutzten Magmasse-Ebenen unterhalb des Kerns schaffen. In ungefähr einer Stunde, wenn nur noch eine Hand voll Wissenschaftler Dienst hatte, konnte es losgehen.

Und bis dahin musste er noch ein paar Leute anrufen, unter anderem im Kreml, um Bericht über den heutigen Tag zu erstatten, aber auch in der Zentrale seines eigenen E-Dezernats auf dem Protze-Prospekt, um einen Sprachempathen anzufordern; dann noch ein bisschen Organisatorisches, und er hatte bis in die frühen Morgenstunden zu tun! Außerdem war er müde und hielt es für besser, seine Kraft zu schonen. Denn schon rein körperlich stellte Siggi einige Ansprüche. Hinzu kam, dass er etwas anderes mit ihr vorhatte ...

Normalerweise vermied es Sigrid Dam, die Gedanken ihrer Kollegen zu lesen, doch dieses eine Mal war sie neugierig, wie es in Turkur Tzonov aussah. Für gewöhnlich wirkte er wie ein Fels in der Brandung und war durch nichts zu erschüttern. Doch die Ereignisse der letzten Woche hatten wohl, wenn auch kaum merklich, an seinem Nervenkostüm gezerrt. Siggi war seine Vertraute, so etwas wie seine rechte Hand bei dem Plan, den er nun schon seit einigen Jahren verfolgte. Tzonov wollte den russischen Premierminister stürzen, die Macht an sich reißen und Russland mit Hilfe der bis dato ungenutzten Ressourcen einer fremden Welt wieder zu seiner alten Vormachtstellung verhelfen. Entscheidend für den Putsch war das Timing. Alles stand und fiel mit der Invasion in Starside. Wenn es so weit war, würde Tzonovs erster Zug darin bestehen, mittels eines nicht nachweisbaren Giftes Premier Turchin zu beseitigen. Zu diesem Zeitpunkt musste sein Sitz im Demokratischen Politbüro längst gesichert sein. Als Nächstes würde er sich, die übersinnlichen Talente des E-Dezernats im Rücken, selbst für das Amt des Premierministers vorschlagen. Der Ausgang der Wahl war nahezu sicher. Bis dahin wäre die Invasion in die Welt jenseits des Tores von Perchorsk bereits in vollem Gang. Durch das Tor in Rumänien konnten seine Soldaten zurückkehren und ihm Informationen aus erster Hand darüber verschaffen, was diese unbekannte, primitive und doch so furchtbar gefährliche Welt zu bieten hatte. Möglicherweise hatten sie dann bereits sogar erste Erfolge zu verzeichnen.

Tzonov war sich natürlich darüber im Klaren, dass auch schon andere ESPer vor ihm eine politische ... Erneuerung angestrebt hatten; und er wusste nur zu gut, welche Schwierigkeiten sich vor ihnen aufgetan hatten. Unter den Agenten des alten sowjetischen E-Dezernats war ein Name besonders berüchtigt: Harry Keogh. Doch seit nunmehr sechzehn Jahren war dieser Mann respektive dieses als Necroscope bekannte Ungeheuer verschwunden. Mittlerweile war er nur noch eine Legende, ein bloßer Mythos, ein böser Traum. Die Befürchtungen sowohl des britischen E-Dezernats als auch der russischen ESPionage-Abteilung, dass er eines Tages zurückkehren könne, hatten sich nicht bewahrheitet. Aller Wahrscheinlichkeit nach war der Necroscope tot. Zumindest nahmen die Briten das an. Vielleicht hatte Keogh aber auch ganz einfach keine Möglichkeit mehr gehabt zurückzukommen! Oder hatte er es nicht gewollt!? Und nun war dieser Besucher hier, Nathan Kiklu.

Handelte es sich bei ihm tatsächlich um einen Flüchtling aus der Welt der Vampire? Oder war er etwa ein Spion der grässlichen Wamphyri, die Starside beherrschten? Das musste Tzonov herausfinden, und darüber hinaus alles, was er sonst noch in Erfahrung bringen konnte. Dabei galt es sicherzustellen, dass die britischen ESPer nicht mehr herausbekamen als er. Es wurmte ihn, dass Gustav Turchin den Befehl gegeben hatte, sie herzuholen. Und er, Tzonov, hatte Turchin auch noch dazu geraten. Aber er war davon ausgegangen, dass sie von Nutzen sein könnten. Nun, wo sie nicht länger gebraucht wurden, war er immer noch gezwungen, so etwas wie ihren Gastgeber zu spielen. Gleichzeitig versuchte er ihnen so viele Informationen wie möglich zu entlocken, vor allem natürlich, was sie über die Welt von Sonnseite und Sternseite wussten.

Die Angelegenheit war ziemlich heikel, und er musste höllisch aufpassen, um alle möglichen Fettnäpfchen zu vermeiden. Solange der Besucher nicht intensiv befragt und eingehend untersucht worden war, musste Tzonov mit äußerster Vorsicht vorgehen und seine Pläne vorübergehend auf Eis legen. Erst wenn die britischen ESPer wieder fort waren und der ganze Rummel sich gelegt hatte, konnte er weitermachen.

Siggi bekam einen Großteil dieser Überlegungen mit. Doch da sie ohnehin eingeweiht war, spielte das im Grunde genommen keine Rolle. Einiges von dem, was Tzonov dachte, berührte sie allerdings trotzdem, vor allem seine zwar vagen, nichtsdestotrotz wenig schmeichelhaften Gedanken in Bezug auf das, was er ihre Promiskuität nannte. Da sie Tzonovs psychisches Problem kannte – seine an Größenwahn grenzende Ichbezogenheit –, war sie sich aber auch des Widerspruchs, der darin lag, bewusst. Denn Tzonov war höchstgradig eifersüchtig und besitzergreifend. Darum wechselte er auch so häufig seine Partnerinnen. Wenn eine seiner Freundinnen auch nur die leiseste Reaktion auf einen anderen Mann zeigte, ganz zu schweigen von wirklichem Interesse, rastete er völlig aus und die Beziehung war beendet. Zugleich wusste Siggi, dass es für Tzonov das Ende bedeuten würde, sollte er je an einen Mann geraten, der ihm sowohl geistig als auch physisch und dazu noch politisch überlegen war. So schnell würde dies nicht geschehen; dennoch machte ihn die Gegenwart von Männern wie Trask oder Goodly nervös. Rein körperlich hatten sie ihm zwar nichts entgegenzusetzen, wohl aber geistig, und das kratzte an seinem Ego.

Tzonov war stehen geblieben und blickte sie an. »Hm? Hast du etwas ...?« Möglicherweise hatte ihr Gesichtsausdruck sie verraten.

Sie schüttelte den Kopf, besann sich dann allerdings eines Besseren und nickte. »Na ja, schon, Turkur. Wir sind uns doch darin einig, dass du der Anführer bist und ich eine bloße Soldatin, wie hoch mein Rang auch sein mag. Außerdem sind wir übereingekommen, dass ich eines nicht allzu fernen Tages mit einer entsprechenden Anerkennung für meine Loyalität rechnen kann. Das Szenario ist nicht besonders originell, trotzdem habe ich mich in jeder Hinsicht daran gehalten, und zwar so sehr, dass man mich wahrscheinlich des Landesverrats bezichtigen könnte, mit Sicherheit jedoch der Verschwörung gegen den Premierminister.«

Tzonov zog die Stirn kraus und nickte. »Man könnte uns beide anklagen, Siggi, dazu das E-Dezernat, all seine Agenten und überhaupt jeden, der dort arbeitet, inklusive einiger Generäle der so genannten Volksarmee. Was also willst du mir damit sagen?«

»Nur eins«, erwiderte sie. Dabei straffte sie sich. »Wenn ich tatsächlich deine stellvertretende Kommandeurin bin, man könnte genauso gut Partnerin dazu sagen, dann hör endlich damit auf, mich als Schlampe zu betrachten!«

»Was?« Er wirkte erstaunt.

»Du glaubst doch, ich gehe mit jedem ins Bett, um es mal harmlos auszudrücken. Du kannst mich ja noch nicht einmal ansehen, ohne an deine ›Rivalen‹ zu denken. Dabei waren sie überhaupt keine Konkurrenz für dich, nur vorübergehende Affären. Wenn ich mir ansehe, was du so treibst, als was soll ich dich denn dann bezeichnen? Als Frauenheld, als aufgeblasenen Playboy oder krankhaften Lüstling? Aber weil du ja ein Mann bist, würde es dir womöglich noch gefallen, wenn man dich so nennt. Ich dagegen bin eine Frau, und mir gefällt das ganz und gar nicht!«

Seine hellen Augenbrauen berührten einander, als er die Stirn noch tiefer runzelte und sein Erstaunen in Zorn umschlug. »Meine Liebe«, sagte er. Er wählte seine Worte sehr genau, um sich klar und unmissverständlich auszudrücken. »›Mit jedem ins Bett gehen‹ trifft die Sache nicht ganz. Denn das würde lediglich bedeuten, dass du nicht sehr wählerisch bist, was deine sexuellen Beziehungen angeht. Und ich habe dich nie für eine Schlampe gehalten! Eine Schlampe ist in meinen Augen eine gewöhnliche Person mit einem äußerst niedrigen Intelligenzquotienten, deren Körper nicht sehr anziehend ist. Nein, da hast du etwas falsch verstanden. Du bist durchaus wählerisch und kein bisschen gewöhnlich, sondern einfach ... labil.«

»Was?« Sie erhob sich, blickte ihn an, schlüpfte in ihren Morgenmantel und zog den Gürtel fest zu.

»Natürlich«, sagte er stur. »Es ist alles nur eine Frage des Bewusstseins. Ich weiß es schon seit langem, und ich bin mir sicher, dass es dir ebenfalls klar ist. Du bist eine Nymphomanin, Siggi. Dafür halte ich dich, und genau das bist du auch! Männer üben eine krankhafte Anziehungskraft auf dich aus! Und zwar so ziemlich alle Männer!«

»Raus!« Sie war bleich wie ein Laken. »Wenn das so ist, spielt der Dienstgrad keine Rolle mehr. Du befindest dich in meinem Zimmer, und ich will, dass du verschwindest! Und lass dich hier bloß nie wieder blicken!«

»Natürlich willst du, dass ich verschwinde.« Er lächelte dünn. »Bis zum nächsten Mal, wenn du es wieder brauchst!«

»Raus!«, wiederholte sie und machte Anstalten, zur Tür zu gehen. Er packte sie am Handgelenk und hielt sie fest. Er war mindestens ebenso zornig wie sie.

»Hör zu, Siggi. Das haben wir doch alles schon hinter uns! Zwischen uns war es doch nie anders! Deshalb ist unsere Beziehung ja auch auseinander gegangen. Aber wir müssen das

Private vom Geschäftlichen trennen! Solange wir zusammenarbeiten, *muss* Disziplin herrschen! Was du vor einer Minute gesagt hast, stimmt leider! Jeder Schwachkopf in diesem großen, weiten Land mit seiner so genannten demokratischen Gesellschaftsordnung würde uns für Verräter halten! Wenn es zwischen uns nicht klappt, weil wir uns über Sex streiten, ist das eine Sache! Aber es darf unseren Plan nicht gefährden, die große Sache, für die wir beide kämpfen!«

Sie hatte sich wieder etwas beruhigt. »Du hältst mich also auch noch für dämlich dazu! Natürlich müssen wir gemeinsam weiterkämpfen – oder untergehen! Aber im Augenblick ist es mir lieber, wenn du aus meinem Zimmer verschwindest. Ich muss mich anziehen. Und deine Gedanken über mein Privatleben kannst du in Zukunft für dich behalten!«

»In dieser Hinsicht hast du mir etwas voraus«, entgegnete er. »Was du denkst, bleibt für mich hinter deinem Schutzschild aus Gedankensmog verborgen. Du dagegen kannst in mir lesen wie in einem offenen Buch!«

Sie wusste, dass er Recht hatte. Die Telepathie war eine zweischneidige Angelegenheit. Wer unbedingt in einen fremden Geist blicken wollte, musste schon hinnehmen, was er dort sah. Tzonovs Gedanken waren ein Teil seiner Persönlichkeit, und er konnte sie ebenso wenig loswerden wie seine Arme oder Beine.

Im Augenblick ging ihm Nathan durch den Sinn und die Anweisungen, die er Siggi diesbezüglich gegeben hatte. Er spielte mit dem Gedanken, ihr eine Warnung mitzugeben, eine, die er gar nicht erst zu äußern brauchte. Immerhin konnte sie ja in ihm lesen »wie in einem offenen Buch«!

»Keine Sorge!«, sagte sie widerwillig, während sie ihm die Tür aufhielt. »Ich werde zu Nathan gehen und mit ihm reden und zusehen, ob ich nicht einen Weg finde, sein komisches Talent zu umgehen. Wie es aussieht, ist mir dieser Primitive in mancherlei Hinsicht ziemlich ähnlich. Vielleicht schaffe ich es, dass unsere Schutzvorrichtungen sich gegenseitig aufheben. Wenn es irgendwie geht, werde ich für dich in seinen Geist eindringen.«

»Gut!« Tzonovs Blick heftete sich noch einmal auf Siggi, und er versuchte Augenkontakt herzustellen. Doch vergeblich, er kam an ihrer Abschirmung nicht vorbei. Er vermochte ihre Gedanken nur dann zu lesen, wenn sie es ebenfalls wollte. Gleichzeitig hatte er jedoch jede Deckung fallen lassen. Noch eine letzte Bemerkung lag ihm auf der Zunge; aber er war klug genug, sie herunterzuschlucken. Besser, er gab Siggi keine weiteren Anweisungen mehr in Bezug auf Nathan. Sie musste schon selbst wissen, wie weit sie gehen durfte.

Sie knallte ihm die Tür vor der Nase zu und dachte: *Leck mich!* Allerdings passte sie auf, dass er es nicht mitbekam ...

Wenn Siggi wütend war, reagierte sie nicht anders als jeder andere Mensch auch, egal ob Mann oder Frau; erst als Tzonov schon weg war, fiel ihr ein, was sie ihm hätte sagen sollen – nämlich, dass Gelegenheit Liebe macht und so etwas für einen körperlich gesunden Menschen vollkommen normal war. Wie viele Affären kamen denn niemals zustande, nur weil die Beteiligten sich scheuten, ihre Gefühle zu äußern! Wenn man allerdings ein Telepath war – oder eine Telepathin ... Wenn Siggi auf einen Mann traf, dem sie gefiel, wusste sie es auf Anhieb, ungefähr so, als habe er es ihr ins Ohr geflüstert. Nun, manchmal war es auch so, als würde er es hinausschreien! Und wenn er das gewisse Etwas hatte, das sie anziehend fand, diese unbestimmte Art von Sex-Appeal, die jede Frau anders definiert, weshalb es ja so unglaublich viele Beziehungen gab – nun, warum nicht? Wenn sie schon wusste, welche Chancen sie hatte, sollte sie dann noch zögern?

War die erste Verliebtheit vorüber, wusste sie allerdings auch, was ihr Liebhaber sonst noch so dachte. Nur zu gut kannte sie die schlüpfrigen erotischen Fantasien der Männer, die sich von einem Augenblick auf den anderen in nackte Abscheu verwandeln konnten, sobald sie erst einmal hatten, was sie wollten. Sie kannte den Augenblick, in dem sie dies in den Gedanken eines Mannes las; und wenn er erst einmal nichts weiter als ein dunkles, bebendes, haariges Geschlechtsteil in ihr sah, war es aus. Und sollte der

Gedanke noch so flüchtig und gleich vorüber sein, bedeutete er doch stets das Ende. Aber auch wenn es schmerzte, hatte Siggi gelernt, damit umzugehen. Sie wusste, dass sich bald ein neuer Liebhaber finden und sich das Gefühl des Verliebtseins von neuem einstellen würde.

Gewöhnliche Menschen hatten es in gewisser Weise einfach. Ihre Gedanken gehörten allein ihnen, und keiner kannte sie. Und weil sie nicht wahrnahmen, wie es sich wirklich verhielt, wie das Gefühl zwischen ihnen langsam schwand und einer immer größeren Unzufriedenheit wich, taten sie so, als sei es jedes Mal gut und nicht anders als beim ersten Mal. Es war eine Lüge, aber sie funktionierte, bei manchen ein Leben lang.

Dennoch gab Siggi die Hoffnung nicht auf. Irgendwann würde sie irgendwo auf den richtigen Mann treffen, dessen Geist genauso ein Rätsel blieb wie der ihre. Sie klammerte sich an das alte Sprichwort: Was ich nicht weiß, macht mich nicht heiß! Sie stand also vor der Wahl, entweder an einen Mann zu geraten, der sich damit zufrieden gab, sie ohne Wenn und Aber zu lieben, oder aber einen Liebhaber zu finden, der die Fähigkeit (und das Feingefühl) besaß, seine Gedanken für sich zu behalten, und natürlich auch über genügend Anstand verfügte, sich aus ihrem Geist fern zu halten.

Konnte man sie demnach eine Nymphomanin nennen? Mitnichten! Aber eine Realistin, die eine Gelegenheit beim Schopf packte, wenn sie sich ihr bot! Unterschied sie sich damit so sehr von Tzonov? Sie wusste, dass dem nicht so war. Tzonov dagegen hatte sich noch nicht damit abgefunden. Solange ihm sein Ego dazwischenfunkte, konnte er das auch nicht. Sein Ego hatte ihn dazu getrieben, sie als Nymphomanin zu bezeichnen. Mit ihr konnte ganz einfach etwas nicht stimmen. Keine normale Frau hatte Zeit für andere Männer, solange Turkur Tzonov sich in der Nähe aufhielt. Was bedeuteten denn schon andere Männer im Vergleich zu ihm? Was allerdings Siggi anging ... Für gewöhnlich war ihr Geschmack unfehlbar. Also durfte es sich gar nicht um eine Geschmacksfrage handeln. Siggi konnte ganz einfach nicht anders. Und eine Frau, die eben einfach nicht anders konnte, war nun mal eine ...

Tzonovs Gedanken liefen reichlich verquer, sobald es um sein Ego ging. Nicht anders schätzte Siggi ihn ein, während sie sich bereitmachte, diesen Besucher namens Nathan Kiklu zu befragen.

Was nun Turkur Tzonovs unausgesprochene Order betraf, sie solle sich Nathan auf einer völlig unpersönlichen Ebene nähern – etwas anderes hatte sie nie vorgehabt! Nathan stammte aus einer fremden Welt, Starside, und wer konnte, allen wissenschaftlichen Untersuchungen zum Trotz, schon sagen, welche Erreger er in seinem Blut mit sich schleppte? Was zählte, war sein Innenleben. Andererseits ... Vielleicht war es an der Zeit, dass Turkur endlich begriff, wie sehr sie es verabscheute, dass er sich einmischte. Sie konnte sehr gut auf sich selbst aufpassen und brauchte niemanden, der ihr das abnahm.

Langsam, nachdenklich zog Siggi sich an. Mit Bedacht vermied sie es, etwas anzuziehen, was nach Uniform oder Militär aussah. Das Letzte, was sie wollte, war, irgendwie distanziert oder gar offiziell zu wirken. Sie versuchte es auf die sanfte Tour und musste eher wie ein Mädchen denn wie eine Frau aussehen. Er sollte in ihr eine Vertrauensperson sehen, nicht jemanden, der ihn verhören wollte. Dieser Mann aus dem Tor hatte seine Erfahrungen mit Frauen gemacht. Das war ihr in dem Augenblick klar gewesen, als sie ihn zum ersten Mal auf dem Bildschirm gesehen hatte. Aber er war viel zu jung und ungestüm – und wohl auch zu primitiv, wenn man bedachte, wo er herkam – um nicht auf die Waffen einer Frau, noch dazu einer intelligenten, hereinzufallen!

Das jedenfalls dachte Sigrid Dam. Aber wie heißt es so schön? Irren ist menschlich ...

Als sie fertig war, begutachtete sie das Ergebnis in dem armseligen Spiegel, der in ihrem Zimmer hing. Sie hatte sich absichtlich für Erdfarben entschieden, auch wenn sie nicht zu ihr passten. Sie wollte auf den Besucher nicht zu strahlend oder gar fremdartig wirken. Dem Wenigen zufolge, was das russische E-Dezernat über

Starside wusste, war es dort düster und trostlos, ohne jeden Farbtupfer, und die blassen Braun- und Gelbtöne von Nathans Kleidung schienen dies zu bestätigen. Es handelte sich um eine Welt, die von Zigeunern bevölkert war. Auf der einen Seite des Grenzgebirges lebten nomadisierende Stämme, auf der anderen die Wamphyri.

All dies hatten sie von den Briten erfahren, in jener kurzen Periode der Annäherung, nachdem Harry Keogh zum Vampir geworden und nach Starside geflohen war. Siggi verstand sehr wohl, weshalb Tzonov so begierig darauf war, mehr über die Welt hinter dem Tor und ihre Bewohner herauszufinden. Es ging ihm nicht so sehr darum, die Briten zu übertreffen, sondern er brauchte dieses Wissen, um seine Vorbereitungen entsprechend auszurichten. Immerhin wollte er dort einmarschieren und Starside ausplündern, um es zu einem neuen Satellitenstaat von Mütterchen Russland zu machen – vorausgesetzt die andere Seite schlug nicht zuerst zu. Und auch die Befürchtungen, die Tzonov in dieser Hinsicht hegte, konnte Siggi gut nachvollziehen. Er hatte ihr Videoaufzeichnungen aus den Archiven von Perchorsk gezeigt. Darauf war zu sehen, was zuvor so alles durch das Tor gekommen war ...

Ihr schauderte. Sie wischte den Gedanken beiseite und warf einen letzten Blick in den Spiegel.

Sie war eine Schönheit und sah aus, als sei sie dem Titelfoto eines Hochglanzmagazins entsprungen – allerdings keines Modemagazins, es sei denn, der Zigeunerlook wäre wieder angesagt. Nun, es gehörte zu ihrem Plan, und sie durfte sich nicht beklagen. Sie hatte ja nicht vor in Paris auszugehen, und sie musste auch keinen Abend in der amerikanischen Botschaft in Moskau verbringen, um jemanden bei einem kalifornischen Chardonnay zu bezirzen und telepathisch auszuhorchen.

Sie sah aus wie eine Zigeunerin, zumindest was ihre Kleidung anging. Es passte zwar nicht ganz zu ihr, aber der Besucher wirkte ja auch nicht unbedingt wie ein Zigeuner. Er hätte sogar als Däne durchgehen können. Nun ja, eher als Wikinger. Lediglich was er anhatte, verriet den Zigeuner, und vielleicht noch der goldene Ring in seinem Ohr, wenngleich dies wenig zu sagen hatte, denn auch in dieser Welt waren Ohrringe bei Männern wieder in Mode.

Sie trug eine grasgrüne Bluse, die von einem Jade-Clip zusammengehalten wurde, und einen weiten, herbstlich gemusterten Baumwollrock, dazu eine hellbraune, fransenbesetzte Wildlederjacke. Wäre sie ein bisschen kleiner gewesen und etwas dunkler, ihr Haar schwarz, die Augen ebenfalls ... vielleicht hatten so die Frauen ausgesehen, die er kannte. Siggi fragte sich, wie viele es wohl gewesen sein mochten, und wie gut er sie gekannt hatte. Doch was sollte das? Er war fast noch ein Kind, und sie musste sich ihm gegenüber wie eine Schwester geben, eine Frau, die Verständnis für ihn zeigte und mit ihm fühlte in dieser fremden, neuen Welt.

Als sie auf den Flur trat, wartete die Wache bereits auf sie, ein junger, müde aussehender Soldat. Sobald er sie sah, nahm er Haltung an, salutierte und schulterte sein Gewehr. Mitternacht war längst vorüber, und sie konnte nachvollziehen, dass er todmüde war. Nur die notwendigsten Aufgaben wurden jetzt noch erfüllt. Ansonsten war es in der gesamten Anlage ebenso still wie in einem Grab. Und die Atmosphäre war nicht minder bedrückend. Wie in einem riesigen Mausoleum. Einen Augenblick lang glaubte Siggi, keine Luft zu bekommen. Sie konnte das Gewicht des Berges, das über ihr lastete, beinahe spüren.

Auf dem Weg zu Nathans Zelle fragte sie ihren Begleiter: »Wie lauten Ihre Befehle?«

»Nur, Sie zu begleiten und Sie ins Zimmer des Gefangenen zu lassen. Dann soll ich draußen warten, bis Sie fertig sind und nach mir rufen.«

»Es könnte fast die ganze Nacht dauern.«

Er zuckte die Achseln und erwiderte nichts.

Sie dachte an Nathan. Sie war dabei gewesen, als sie ihm etwas unters Essen gemischt und ihn durch das Tor geholt hatten. Den Sohn – *einen* Sohn – des Mannes, den sie als *Necroscope* gekannt hatten. Siggi hatte die Akte Keogh gelesen, und was darin stand, war einfach ... absurd? Nein, das traf es nicht ganz! Es war die Geschichte eines Mannes, der sich innerhalb eines einzigen Augenblicks an jeden beliebigen Ort der Erde zu begeben vermochte. Er konnte sich teleportieren, so etwas hatte sie noch nie gehört. Außerdem konnte er mit den Toten reden und hatte die Gabe, sie aus ihren Gräbern auferstehen zu lassen! Zuletzt war er auch noch ein Vampir geworden, ein Wamphyri, um genau zu sein! Er war auf einem amerikanischen Motorrad direkt in das Tor gerast und verschwunden. Seitdem hatte niemand mehr etwas von ihm gehört.

Es war allerdings nicht das erste Mal, dass Keogh sich auf Starside aufhielt. Vier Jahre zuvor hatte das britische E-Dezernat ihn mit einer Mission dorthin betraut. Er sollte einen Agenten ausfindig machen, den sie bei dem Versuch, die Anlage von Perchorsk auszukundschaften, verloren hatten. Das Ganze war nun ... hm, etwa zwanzig Jahre her. Und jetzt kam dieser Nathan durch das Tor und war etwa zwanzig Jahre alt. War Keogh sein Vater? Es schien das Nächstliegende. Aber es sah nicht danach aus, als habe er die Talente seines Vaters geerbt, denn in dem Fall hätten sie nicht die geringste Chance gehabt, ihn hier oder irgendwo sonst festzuhalten!

Turkur Tzonov hielt es für einen Zufall, dass Nathan ausgerechnet jetzt aufgetaucht war. Aber er musste auf Nummer sicher gehen. Siggis Auftrag bestand, kurz gesagt, darin, herauszufinden, was er hier wollte. War er von sich aus gekommen oder hatte ihn jemand geschickt? Falls Letzteres, dann wer? Um wen handelte es sich bei seinen Auftraggebern, wie viele waren es und wann würden sie ihm folgen? Sollten seine Antworten zufrieden stellend ausfallen, das heißt, bestand keine unmittelbare Gefahr und auch nicht die Notwendigkeit, zu außergewöhnlichen Maßnahmen zu greifen, würde Tzonov, quasi als Vorbereitung seiner Invasion, alles über Starside aus ihm herauspressen ...

Sie waren vor der Tür zu Nathans Zimmer – oder vielmehr seiner Zelle – angelangt. Früher waren alle Türen in Perchorsk mit einem Schließmechanismus ausgestattet gewesen. Doch nach einer Reihe katastrophaler Unglücksfälle, bei denen zu viele Menschen ums Leben kamen, weil die Türen sich nicht öffnen ließen, waren die meisten durch einfachere Vorrichtungen ersetzt worden. Nathans Zelle war einer der wenigen Räume, die man noch abschließen konnte. In der Tür befand sich eine kleine, von außen verriegelbare Luke.

Der Soldat hatte einen Schlüssel. Doch nachdem er ihn herausgeholt hatte, um Siggi einzulassen, reichte er ihn ihr mit den Worten: »Hier! Einen Moment noch!«, und brachte sein Gewehr in Anschlag, während sie den Schlüssel im Schloss drehte und die Tür öffnete. Nathan saß aufrecht im Bett. Er trug noch seine Kleider und war hellwach. Als er Siggi mit dem Soldaten erblickte, kniff er die Augen zusammen und starrte auf die Waffe. Doch Siggi lächelte ihn nur an, schüttelte den Kopf und zog die Tür hinter sich zu. Der Soldat blieb draußen. Er drehte den Schlüssel im Schloss, machte sich an der Verriegelung zu schaffen, und die Luke ging auf. »Alles in Ordnung?«, wollte er wissen.

Sie blickte in das besorgte Gesicht, das in dem kleinen Metallrahmen erschien, und sagte: »Ich bin überzeugt, dass mir nichts passieren kann, solange Sie da draußen auf mich aufpassen. Und nun machen Sie das Guckloch wieder zu und kümmern sich nicht weiter um uns!« Er gehorchte, wenn auch widerwillig, und als sich die Klappe hinter ihr schloss, wandte sie sich Nathan zu. Er war aufgestanden, und seine erstaunlich blauen Augen blinzelten nervös.

Immer noch lächelnd bedeutete sie ihm, sich zu setzen, und ließ ihren Blick durch die Zelle schweifen. Bett, Stuhl, Waschgelegenheit und Nachttopf – so viel zum Thema Bequemlichkeit! So musste es zu Chruschtschows Zeiten in der Ljubjanka ausgesehen haben. Erneut sah sie Nathan an.

Er war um die einsachtzig groß und athletisch gebaut, in seinen Bewegungen allerdings etwas linkisch. Er wirkte irgendwie schüchtern und dennoch keineswegs ... unbedarft. Es war ihr bereits zuvor auf dem Bildschirm aufgefallen. Sein Blick war zwar gefühlvoll, zugleich lag darin jedoch auch ein tiefes Wissen verborgen. Sie ging zu dem Stuhl, stellte ihn vor das Bett, auf dem Nathan saß, und nahm wenig mehr als einen Meter entfernt ihm gegenüber Platz.

»Ich heiße Siggi«, sagte sie mit leiser Stimme.

Er runzelte die Stirn. »Siggi?«

Sie nickte und tippte sich an die Brust. »Siggi, genau.«

Er seufzte, wie um zu sagen: *Was, schon wieder dieses Spiel?* Doch dann erwiderte er kühl, beinahe missmutig: »Nathan. Nathan Kiklu.«

»Schon gut«, sagte sie. Ihr Lächeln wirkte gezwungen. »Ich werde versuchen, dir nicht auf die Nerven zu gehen.« Dann, ohne Vorwarnung, machte sie Gebrauch von ihrer geballten telepathischen Kraft und sagte: *Nathan, ich weiß, dass dein Geist von einem Schutzschild umgeben ist. Turkur Tzonov vermochte nicht zu dir durchzudringen, demnach muss deine Abschirmung sehr stark sein. Nun, bei mir verhält es sich ähnlich, aber ich kann die Blockade bewusst einsetzen. Ob dein Talent nun einfach von Natur aus da ist oder ob du damit eine Absicht verfolgst, interessiert mich im Augenblick nicht weiter. Aber wenn du mir nicht hilfst, habe ich auch keine Chance, etwas für dich zu tun.*

Bei ihrem ersten unausgesprochenen Wort fuhr er kaum merklich zusammen. Ein kurzes Straffen der Schultern, ein leises Zucken im Augenwinkel, mehr nicht. Er versuchte, seine Überraschung hinter einer ausdruckslosen Miene zu verbergen. Doch vergeblich. Siggi hatte zwar nicht mit seiner Reaktion gerechnet, bekam sie aber dennoch mit und wusste, was das zu bedeuten hatte. Sein Geist verbarg sich hinter einer Abschirmung, die sich so rasend schnell drehte, dass sie ihr eigenes Kraftfeld erzeugte und jeden fremden Gedanken einfach abblockte. Nichts und niemand vermochte diese Panzerung zu durchdringen. Doch seinen Blick hatte Nathan nicht unter Kontrolle! So erfahren war er nun auch wieder nicht!

Siggi wusste selbst nicht, warum sie es versucht hatte. Sie war einem Impuls gefolgt, aber es schien zu funktionieren. Seufzend lehnte sie sich zurück, und mit einem Mal wurde ihr klar, womit sie es hier zu tun hatte: Nathan stammte aus einer fremden Welt, er war der Sohn Harry Keoghs und obendrein auch noch ein Telepath. Über welche Kräfte mochte er noch verfügen? War er tatsächlich nur ein Mensch, wie Tzonov annahm?

Du bist so fremd! Sie konnte den Gedanken nicht unterdrücken. *Nach allem, was wir wissen; könntest du sogar ein Wamphyri sein!* Warum nicht? Vielleicht versteckte er sich nur hinter diesem schüchternen, scheinbar so harmlosen Gesicht. Es war durchaus möglich, dass er ...

Plötzlich fror Siggi. Sie bekam eine Gänsehaut und fing an zu zittern. Die Härchen in ihrem Nacken richteten sich auf, und sie konnte keinen klaren Gedanken mehr fassen. Dieser Mann – dieses Wesen – war vielleicht ein Wamphyri!

Sie dachte an den Archivfilm, den sie gesehen hatte. Er hatte einen Wamphyri-Krieger gezeigt, der durch das Tor gekommen war. Die Wachen von Perchorsk, russische Soldaten, waren ihm mit einem Flammenwerfer zu Leibe gerückt und hatten aus ihren automatischen Waffen wie verrückt auf seine Beine gefeuert, so lange, bis er in die Knie ging. Doch damit war sein Widerstand noch lange nicht gebrochen gewesen ...

Vor ihrem inneren Auge sah Siggi noch einmal alles vor sich. Stöhnend hatte er im gleißenden Licht des Tores auf dem Laufsteg gekniet, zu Tode verwundet, wie jeder sehen konnte, grau wie ein Leichnam, überströmt von Blut – seinem eigenen und dem Blut derer, die er abgeschlachtet hatte. Doch selbst als ihm klar sein musste, dass dies das Ende war, hatte das Wesen in ihm sich immer noch gewehrt!

Eben hatte er noch wie ein Mensch ausgesehen, doch dann ...

... hatte er den Mund aufgerissen. Eine blutrote, gespaltene Zunge schnellte wild hin und her. Sein Kiefer schob sich nach vorn und wurde länger, begleitet von einem Geräusch, als würde Segeltuch reißen. Schaum stand ihm vor dem Mund. Die Lippen zogen sich zurück, bis sie aufplatzten und das Blut nach allen Seiten spritzte. An ihrer Stelle erschienen das rote Zahnfleisch und gezackte, bluttriefende Zähne. Es sah aus wie

das Blecken eines tollwütigen Wolfes. Aber auch der Rest des Gesichts hatte sich verändert. Die flache Nase war noch breiter geworden und legte sich wie bei einer Fledermaus in vielfach gewundene Falten, bis die Nasenlöcher nur noch feuchte, bebende Öffnungen in der runzligen, ledrigen Haut waren. Die Ohren, die bislang ganz normal ausgesehen hatten, wuchsen und bildeten rot geränderte, fleischige Muscheln aus, die nach oben hin spitz zuliefen und nervös hin- und herzuckten.

Das Grauen erregende Gesicht vereinte die Züge eines Wolfes mit denen einer Fledermaus. Das Wesen sah aus, als käme es direkt aus der Hölle! Und es war noch nicht vorüber!

Seine Augen, bisher eher klein und tief liegend, wurden blutrot und traten ihm aus den Höhlen. Doch es waren die Zähne, die den Albtraum komplett machten. Wie Knochenmesser bogen und krümmten sie sich durch das zerfetzte Zahnfleisch, zerrissen das Maul der Kreatur, sodass es sich mit ihrem eigenen Blut füllte!

Der übrige Körper sah zum Glück noch aus wie der eines Menschen. Doch während der Verwandlung hatten der verwüstete Rumpf und die Beine einen matten, grauen Schimmer angenommen, und die ganze Gestalt erbebte in einem heftigen Zittern.

Mit dem Flammenwerfer hatten sie ihm den Rest gegeben und die Düse so lange auf ihn gerichtet, bis die Chemikalien und das Feuer ihn in Rauch und stinkenden Dampf auflösten. Dann war es vorüber ...

Doch eines blieb Siggi vor allem anderen im Gedächtnis haften: Zunächst hatte er nur wie ein Mensch gewirkt!

Stocksteif, keiner Bewegung fähig, saß sie auf ihrem Stuhl und brachte keinen Ton heraus. Und Nathan stand auch noch auf und streckte die Hand nach ihr aus. Er berührte sie, legte ihr die Hand auf die Schulter und drückte sie – allerdings ganz sanft! Und nun erkannte sie, woraus sein Schutzschirm bestand: aus umherschwirrenden Zahlen. Nathans Geist verbarg sich hinter einer ungeheuren, sich ständig wandelnden Gleichung! Es handelte sich um Mathematik, unvorstellbare Berechnungen ... Und dies bei einem Mann, der aus einer Welt kam, in der man überhaupt keine Mathematik kannte! Das war zu viel für sie! Sie wusste so gut wie nichts über ihn, eigentlich gar nichts. Am besten, sie rief jetzt nach dem Soldaten draußen auf dem Gang; doch in ihrer Kehle saß ein Kloß!

Dabei war seine Berührung so sanft ... Sie wollte davor zurückweichen, aber sie presste sich bereits gegen die metallene Lehne des Stuhls. Außerdem löste sich der Wirbel aus Zahlen, kaum dass Nathan sie berührt hatte, in Tausende winziger Bruchstücke auf und gab seine Gedanken preis.

Ich bin kein Wamphyri, sagte er mit Nachdruck. *Die Wamphyri sind meine Feinde. Sie sind der Grund, weshalb ich hier bin, und zwar nicht als ihr Spion. Es ist vielmehr eine Art Strafe, nehme ich an, allerdings eine ungerechtfertigte, für ein Verbrechen, das ich nicht begangen habe und noch nicht einmal verstehe. Glaubst du etwa, ich lege Wert darauf, hier zu sein, in den Höllenlanden jenseits des Tores der Sternseite? Ich will zurück zur Sonnseite. Dort habe ich eine junge Frau ...*

Dies entnahm sie den wirren Gedanken, die er ihr sandte. Doch dahinter spürte sie seinen Schmerz, seine Niedergeschlagenheit und seine Verwirrung, vor allem aber spürte sie, wie einsam er war. Mit einem Mal fühlte die Hand auf ihrer Schulter sich warm an und sehr menschlich. Jedenfalls fröstelte Siggi nicht mehr.

Sie atmete tief durch, rang darum, die Fassung zu bewahren, und sagte: *Ich bin hergekommen, um dir ein paar Fragen zu stellen. Du stammst aus einer grässlichen Welt. Es gibt hier einen Mann, der sich deiner ganz sicher sein will. Er will wissen, was du hier willst. Er denkt ...*

»Ich weiß, was der Mentalist Turkur Tzonov denkt«, fiel Nathan ihr ins Wort. »Er ist ... *ehrgeizig?* ... und mancherlei geht ihm durch den Kopf. Mit einigem davon liegt er richtig, mit anderem nicht, und wieder anderes ist schlichtweg falsch. Er ... *schmiedet?* ... finstere Pläne. Er steckt voller Machthunger und wäre gern ein großer Kriegsherr. Er will alles aus mir herausbekommen, mich wenn möglich für seine Zwecke einspannen und dazu benutzen, seine Ziele zu erreichen. Und falls das nicht geht, wird er mich töten! Hat er erst einmal ... *alles erfahren?* ..., was ich über die Welt jenseits des Tores weiß, wird er dort einfallen und sie ... *erobern?* ...; und er will nicht allein die Wamphyri auf der

Sternseite unterwerfen, sondern auch die Szgany der Sonnseite, die Wanderer! Aber ich bin ein Szgany, und einer Sache kannst du gewiss sein – wenn er mit den Travellern Krieg führt, begeht er einen großen Fehler. Und was den Kampf gegen die Wamphyri betrifft ... So wenig, wie ihr über sie wisst, wäre das reiner Wahnsinn!«

Siggi wollte ihren Ohren nicht trauen. Nathan sprach fließend Russisch, die Sprache, die sie erlernt hatte. Lediglich wenn er sich nicht ganz sicher war, welches Wort er gebrauchen sollte, ersetzte er es durch einen Gedanken.

Mit offenem Mund stand sie da. »Warum hast du so lange geschwiegen?«, flüsterte sie. »Ich meine, du sprichst unsere Sprache. Du verstehst ... alles!« Ihr war klar, wie naiv das klingen musste.

Er zuckte die Achseln, allerdings ohne jedes Anzeichen von Geringschätzung. »Unsere ... *Sprachen?* ... sind gar nicht so verschieden. Außerdem bist du doch selbst eine fähige Mentalistin. Dir fällt es doch auch nicht schwer, eine Sprache zu lernen!«

Das stimmte zwar, aber so leicht wie ihm fiel es ihr bei weitem nicht.

Er las die Antwort in ihren Gedanken. »Das liegt daran, dass du dich zu sehr auf deinen Mentalismus verlässt. Er ist sozusagen dein Handwerkszeug.« Merklich kühler fuhr er fort: »Warum sich damit herumplagen, eine Sprache zu lernen, bloße Worte, wo es doch so viel einfacher ist, einem Menschen die Gedanken zu stehlen! Deshalb bist du doch zu mir gekommen in diese grässliche unterirdische Zelle, um für Turkur Tzonov meine Gedanken auszuspionieren!«

Siggi merkte, wie ihr die Röte ins Gesicht schoss, während Nathan den Blick nicht von ihr wandte. »Wir haben dich alle ... unterschätzt«, erwiderte sie. Und prompt fragte sie sich: *Warum fällt mir denn nichts Besseres ein? Warum klingt jedes Wort, das ich zu ihm sage, bloß so hohl? Ich tue doch nur so, als sei ich seine kleine Schwester!* Schwesterliche Gefühle wären eine gelegene Ausrede für das, was sie plötzlich empfand. Doch Siggi war klar, dass das, was ihr Blut in Wallung brachte, wenig mit der Liebe einer Schwester zu tun hatte. Als ihr dies dämmerte, schirmte sie ihren Geist ab und nebelte sich praktisch mental ein, um ihre Gedanken zu verbergen. Doch dazu bestand keine Notwendigkeit, denn Nathan hatte sich längst daraus zurückgezogen. Wenn er etwas sagte, meinte er es auch, und er war ganz gewiss kein Gedankendieb oder gar Voyeur. Warum auch? Er konnte doch einfach mit ihr reden!

All dies währte kaum eine Sekunde. Schließlich entgegnete er: »Nein, ihr habt mich *über*schätzt. Dass ich nicht euer Feind bin, sieht doch ein Blinder! Wie denn auch? Ein einzelner Mann, noch dazu ohne Waffen! Ich habe nicht vor, euch etwas anzutun! Keinem von euch! Ich will nur nach Hause, das ist alles! Oder vielmehr dahin, wo einst mein Zuhause war, ehe die Wamphyri zurückkehrten.« Mit einem Mal wurde sein Gesicht ernst, und seine Stimme klang fest, als er sagte: »Aber sollte Tzonov auf der Sonnseite einmarschieren, wird er mich zum Feind haben! Und warum ich so lange geschwiegen habe? Ich brauchte Zeit, zuzuhören und eure Sprache zu lernen und zu ... *verstehen?* ..., wie ihr denkt.«

Er ließ sie los, wich ein Stück zurück und setzte sich aufs Bett. Abermals hatte er einen tiefen Eindruck bei ihr hinterlassen. Jemandem wie ihm war Siggi noch nie begegnet. Natürlich nicht, er kam ja auch aus einer anderen Welt. Doch das war nicht der Grund für die Faszination, die er auf Siggi ausübte. Ihr ging es nicht um die unbekannten Weiten, die sich ihr in den Tiefen seines Geistes erschließen würden. Es lag auch nicht an seiner männlichen Ausstrahlung, seiner Jugend oder seiner Wärme, nicht an dem gefühlvollen Blick, der so voller Sehnsucht war, auch nicht an seiner Vergangenheit, die ein Albtraum gewesen sein musste, oder an seiner Zukunft, die gleichermaßen im Ungewissen lag.

Er hatte seine Abschirmung fallen lassen. Keinerlei Ziffern verwehrten Siggi mehr den Zutritt, sie hatte die Gelegenheit, jederzeit in seinen Geist einzudringen. Doch sie wollte es nicht mehr, nicht ohne seine Aufforderung und nicht, ehe er es wirklich wünschte. Ganz gleich welche Bedingungen er daran knüpfen sollte, sie würde alles akzeptieren. Er brauchte kein Telepath zu sein, um ihr dies an den Augen abzulesen.

»Wollen wir ... Freunde sein?«, sagte er mit einem matten Lächeln. Es war das erste Mal. »Trotz Turkur Tzonov?«

»Wir sind bereits Freunde«, entgegnete sie. Sie seufzte, so als habe ihr jemand eine große Last von den Schultern genommen. »Zur Hölle mit Turkur Tzonov! Es ist nur ...« Sie legte die Stirn in Falten. »Er erwartet, dass ich ihm Ergebnisse präsentiere.«

»Natürlich«, Nathan nickte. »Er will Antworten, und du wirst sie ihm geben ...« Plötzlich wirkte er nachdenklich, beinahe abweisend, und sprach sehr leise. »Aber ich werde dir – ihm – nicht alles sagen, noch nicht. Nein, wenn er die ganze Wahrheit erfahren will, muss er ... mich erst an seine Maschine anschließen.«

Mit einem Mal hatte Siggi Angst. »Seine Maschine?« Ihre Stimme war kaum mehr als ein Flüstern. Sie hatte von einem solchen Gerät gehört. Es war in der gesamten zivilisierten Welt geächtet. »Turkur hat mir nie etwas davon ... *davon* gesagt!«

»Mir auch nicht«, erwiderte Nathan. »Aber ich habe es in seinen Gedanken gelesen ...«

ZWEITES KAPITEL

»Was wirst du mir über dich erzählen?«, wollte Siggi wissen.

»Fast alles«, erwiderte Nathan. »Aber ich werde all das weglassen, was Tzonov irgendwie hilft. Jetzt könntest du natürlich sagen, dass ihm alles, was ich dir erzähle, von Nutzen sein wird, sicher! Aber es ist einiges dabei, was ihn abschrecken könnte! Er wäre ein Narr, würde er nicht in Betracht ziehen, was für eine ungeheure Bedrohung die Wamphyri darstellen.«

»Du hast zwar seine Gedanken gelesen«, entgegnete sie, »aber du kennst Turkur nicht! Und du hast noch nicht gesehen, kannst dir wahrscheinlich nicht einmal vorstellen, über welche Feuerkraft er gebietet. Wie lange wird es dauern, bis du mir ... alles gesagt hast?«

Erneut zuckte Nathan vielsagend die Achseln. »Wie lange braucht man, um ein ganzes Leben in Worte zu fassen? Ich muss dir alles der Reihe nach erzählen.«

»Wenn ich es mir selbst ansehen könnte, ginge es schneller. Du müsstest dich dazu noch nicht einmal anstrengen.«

»Du willst meine Gedanken lesen?« Er begriff, was sie meinte. »Wahrscheinlich hast du Recht. Trotzdem wird es eine Zeit dauern, unter Umständen die ganze Nacht.«

Sie überlegte einen Augenblick. Dann ging sie zur Tür und gab ein Klopfzeichen, bis sich die Luke öffnete. »Geben Sie mir Ihren Schlüssel!«, befahl sie dem jungen Soldaten. »Und dann gehen Sie ins Bett. Sie können jetzt Feierabend machen.«

»Meine Befehle sind eindeutig«, erwiderte er. »Ich soll ...«

»Soeben habe ich Ihre Befehle geändert! Es ist mit Turkur Tzonov so abgesprochen. Also tun Sie, was man Ihnen sagt! Sie sehen ja, dass der Gefangene vollkommen harmlos ist. Außerdem trage ich eine Waffe.« Das war eine Lüge; aber sie fuhr fort: »Morgen früh gebe ich Turkur den Schlüssel persönlich zurück. Das dürfte Ihnen doch reichen! Und jetzt geben Sie mir Ihren Schlüssel und lassen mich mit meiner Arbeit weitermachen! Und Sie hauen sich am besten aufs Ohr!«

»Aber ich ...«

»Oder wollen Sie Tzonov lieber erklären, warum Sie den Befehl verweigern? Dann nur zu! Gehen Sie, wecken Sie ihn, damit er Ihnen bestätigt, was ich sage!« Der Soldat salutierte, entschuldigte sich und reichte ihr den Schlüssel.

Siggi hatte aus dem Augenblick heraus gehandelt. Natürlich wusste sie, weshalb sie ihn weggeschickt hatte, aber sie wollte es sich nicht eingestehen. Sie traf lediglich ihre Vorbereitungen, das war alles, und wollte nicht, dass jemand draußen vor der Tür stand, auf der anderen Seite jenes Gucklochs. Nicht dass sie sich etwas von Nathan versprach, noch nicht! Doch wenn die Nacht tatsächlich so lang werden sollte, wie Nathan annahm ...

Dies war jetzt etwa dreieinhalb Stunden her. Nun lagen sie einander in den Armen und schliefen.

Wie es genau passiert war, konnte keiner von beiden mit Sicherheit sagen. Doch je später es wurde, desto tiefer sank die Temperatur in der Zelle, weil die Energiezufuhr in Perchorsk nachts gedrosselt wurde. Und da sie sich nicht bewegten, spürten sie die Kälte nur umso mehr. Schließlich hatte Siggi sich zu ihm aufs Bett gesetzt und war ein bisschen näher gerückt, um es etwas wärmer zu haben. Irgendwann hatte es sich ergeben, dass sie sich in seine Arme sinken ließ. Sie hatte die Decke über ihn und sich gebreitet, und als er auf ihre körperliche Nähe reagierte, war das, was er ihr zu »erzählen« hatte, auf einmal nicht mehr so wichtig gewesen ...

Als ihre Finger begannen, seinen Körper zu erforschen, hatte er seinen Geist vor ihr verschlossen und sie gewarnt: »Wenn ich dich liebe, werde ich an Misha denken ...« Was auch sonst, es war ja erst vier oder fünf Erdentage her, dass er sein junges Weib auf der Sonnseite zurückgelassen hatte.

»Dann darfst du mich eben nur mit deinem Körper lieben.« Damit schirmte auch sie ihren Geist ab, um ihre Gedanken zu verbergen.

»Du wirst trotzdem wissen, woran ich denke!«

»Aber ich werde ihr Gesicht nicht vor mir sehen!« *Und was ich nicht weiß ...* »Ich stelle mir einfach vor, du meinst nur mich. Und in gewisser Weise stimmt das ja auch. Ich weiß doch, dass du es willst.«

»Und du?«

Sie nahm seine Hand, führte sie an ihre Brust. »Ich will es, wenn du es willst. Wer weiß, vielleicht haben wir nie mehr die Gelegenheit dazu. Und ich weiß nicht, ob ich mehr für dich tun kann!«

»Aber willst du es auch wirklich?«

»Ich will dich, ja!«

»Warum? Weil ich anders bin? Oder weil man es dir befohlen hat!?« In seiner Stimme lag so etwas wie Bitterkeit, dennoch hörte er nicht auf, ihre Brüste zu liebkosen. Siggi konnte nicht wissen, dass sie keineswegs die erste Frau war, die man Nathan als Köder vorsetzte.

»Wahrscheinlich weil du anders bist.« Ihr Lächeln wirkte traurig. »Befehlen kann man mir so etwas nicht! Dich lieben? Im Gegenteil, ich habe Anweisung, gerade das zu vermeiden!« Sie spürte, dass er verstand, und mit einem Mal wusste sie, dass auch er allein aus eigenem Antrieb handelte.

»Man hat es dir ... untersagt!?«

»Turkur hat gern alles für sich allein«, erwiderte sie. »Auch wenn es sich um Menschen handelt. Und wenn er etwas nicht besitzen kann, dann darf auch kein anderer etwas davon haben. Und er will uns beide besitzen!«

»Und glaubst du, dies wird dich befreien?« Seine Haut prickelte, wo ihre Fingerspitzen ihn berührten.

Sie lächelte bitter. »Wohl kaum, ich stecke zu tief drin. Nein, befreien wird es mich nicht. Aber tief im Innern werde ich sein wie du: ein Mensch, der nur sich selbst verpflichtet ist!«

Mittlerweile hatten sie kaum noch etwas an, und als Siggi sich auf ihn sinken ließ, nahm er den Duft ihrer Brüste wahr und spürte, wie weich sie waren. Nathan drang mühelos in sie ein. Doch als ihre Muskeln sich spannten und sie die Kontrolle übernahm, war ihm klar, dass sie eine erfahrene Frau war, völlig anders als Misha.

Obwohl sie die Führung übernahm, war es schnell vorüber. Beim zweiten Mal ließen sie sich mehr Zeit. Es war, als wolle Nathan ihr Herz berühren; und als der Mann aus jener merkwürdigen Welt jenseits des Tores in ihren Armen einschlief, hätte sie weinen mögen. Denn zu guter Letzt hatte sie doch einen Blick in seinen Geist riskiert. Und was sie da las, war keineswegs das, was sie erwartet hatte. Nathan dachte voller Wärme an sie. Er wollte bei weitem nicht nur das eine, und ihren Körper betrachtete er beinahe als Heiligtum.

Sie war den Tränen nahe, denn ... womöglich war Nathan der Mann, auf den sie zeitlebens gewartet hatte. Es war noch zu früh, es mit Sicherheit zu sagen, aber die Chancen standen gut, dass er es war. Es gab da nur ein Problem, und das hieß Misha!

Nathan schlief in Siggis Armen, und mit einem Mal kam ihr der Gedanke, dass sie ihm etwas geben wollte, mehr als nur ihren Körper, denn vielleicht war dies die letzte Gelegenheit, die sie je dazu haben würde. Also nahm sie ihren Jade-Clip und schob ihn in eine Tasche seiner Jacke. Sie lauschte dem regelmäßigen Pochen seines Herzens, und nach einer kurzen Weile sank auch sie in einen tiefen Schlaf.

Turkur Tzonov weckte sie!

Nachdem Tzonov seine Arbeit erledigt hatte, hatte er sich ein paar Stunden hingelegt, um den entgangenen Schlaf nachzuholen. Doch irgendetwas, wahrscheinlich ein Traum, ließ ihn aufschrecken. Siggis Zimmer lag nur ein paar Türen weiter. Aus reiner Neugier (oder vielleicht aus einem anderen Grund?) hatte er nach ihr gesehen ... Danach war ihm alles klar gewesen! Niemand konnte ihm erzählen, dass sie die ganze Nacht durcharbeitete! Und nun sah er es mit eigenen Augen!

»Wo ist die Wache?«, knurrte er mit wütendem Blick, während er Siggi aus dem Bett zerrte. Seine automatische Pistole war auf Nathan gerichtet.

Noch völlig schlaftrunken versuchte Siggi einen klaren Gedanken zu fassen. Wie spät war es eigentlich? Sie warf einen Blick auf ihre Armbanduhr. Mehr trug sie nicht! Kurz nach halb fünf! Erst in etwa einer Stunde würde in Perchorsk langsam wieder Betrieb einkehren. Aber Tzonov war bereits auf den Beinen, und er war hellwach!

»Ich habe dich *gefragt,* wo ...« Er schüttelte sie.

»Und ich habe es *gehört!*«, brüllte sie ihn an. »Ich ... ich habe ihn weggeschickt.«

Tzonovs Kehle entrang sich ein Knurren. »Natürlich!«, nickte er.

»Er hat mich ... *abgelenkt,* wie er da draußen auf dem Flur auf und ab gegangen ist. So konnte ich nicht arbeiten!«

»Arbeiten?« Mit einem spöttischen Grinsen musterte Tzonov Siggi von oben bis unten. »Du konntest so nicht ... *arbeiten?* Ha!« Er holte aus und schlug ihr mit dem Handrücken so fest ins Gesicht, dass sie zu Boden ging.

Nun kam auch Nathan zu sich. Mit einem Satz war er aus dem Bett. Er war kreideweiß im Gesicht und streckte die Hände nach Tzonov aus. Tzonov richtete die Waffe auf ihn und knurrte zwischen zusammengebissenen Zähnen: »Komm schon, zeig mir, wie ein Traveller für seine Schlampe kämpft. Gib mir einen Grund, dir das Hirn rauszublasen!«

Nathan hielt mitten in der Bewegung inne. Sein Körper bebte, kalter Schweiß stand ihm auf der Stirn. Wie gebannt starrte er auf den hässlichen grauen Stahl der Pistole, mit der der Russe ihn in Schach hielt.

Nathan war erst vor einer Sekunde aus dem Schlaf geschreckt und noch nicht ganz wach. Zum ersten Mal stand sein Geist für Tzonov völlig ungeschützt weit offen. Auge in Auge sah der Russe, wie zornig Nathan war. Hätte Tzonov keine Waffe gehabt, hätte Nathan sich auf ihn gestürzt. Tzonov blickte auf die Pistole, die er in der Hand hielt.

»Ach so!« Er hatte seine Fassung wiedergewonnen, und ihm war klar, dass er beinahe abgedrückt hätte. »Das hält dich also zurück! Das Ding da und meine Drohung!? Oh nein, junger Freund! So einfach kommst du mir nicht davon! Ich brauche dich lebend, zumindest im Augenblick ...«

Doch Tzonov war nicht der Einzige, der die Gedanken seines Gegenübers zu lesen vermochte. Es funktionierte auch umgekehrt. Abermals erblickte Nathan in Tzonovs Geist einen monströsen Apparat, einen mechanischen Vampir, der sein Opfer aussaugte, und dieses Opfer hieß Nathan! Das Ding fraß sich durch sein Gehirn, verzehrte es, bis sein Schädel nichts weiter war als eine leere Hülle. Mit dieser Erkenntnis stand Nathan nicht allein, diesmal sah es auch Siggi. Dann blinzelte Tzonov, das Bild verschwand und sein Geist schien von einem Panzer aus Eis umgeben.

Tzonov sicherte die Waffe, schlug sein Jackett zurück und schob die Pistole wieder ins Schulterhalfter. »Na gut«, sagte er. »Dann zeig mir, was du draufhast ...«

»Nicht!«, schrie Siggi. Doch Nathan griff bereits an.

Als Nathan sich vom Bett schnellte, sah es so aus, als würde Tzonov einen Schritt zurückweichen. Mit eiskalter Berechnung wich er im letzten Moment mit der Präzision eines Roboters nach rechts aus, packte Nathans linkes Handgelenk, vollführte eine Drehung und lehnte sich nach hinten. Nathan beschrieb einen unfreiwilligen Salto, während Tzonov die Wucht, mit der sein Gegner angriff, ausnutzte und ihn über sich schleuderte.

Nathan schlug auf den Kunststoff-Fliesen auf, prallte davon ab, überschlug sich und krachte der Länge nach gegen die stählerne Wand, vor der er liegen blieb und sich nicht mehr rührte. Der »Kampf« war vorüber. Tzonov ging zu ihm und kniete sich neben ihn, um seinen Puls zu fühlen. Der Russe grunzte befriedigt und warf einen Blick auf Siggi, die lautlos vor sich hin fluchend ihre Bluse zuknöpfte. Wütend erwiderte sie seinen Blick. »Und jetzt?«, fragte sie. »Hast du ihn umgebracht?«

Er schüttelte den kahlen Kopf. »Noch nicht! Irgendwann werde ich es tun! Aber im Augenblick ist er nur ein bisschen weggetreten und hat einen Brummschädel ...«

»Du hast sie doch nicht mehr alle!« Damit wandte sie sich zur Tür. Doch Tzonov verstellte ihr den Weg. Er stieß sie hinaus auf den Flur, so heftig, dass sie gegen die gegenüberliegende Wand prallte. Während sie sich wieder aufrappelte, zog er einen Zweitschlüssel hervor und schloss ab. Als Siggi den Schlüssel in seiner Hand sah, gingen bei ihr die Klappen herunter und sie verbarg ihre Gedanken hinter ihrer geistigen Abschirmung. Sie dachte nur eines: *Leck mich!*

Damit hatte sie nicht gerechnet (wirklich nicht?), doch Tzonov hatte es so weit kommen lassen. Und was er nun mit Nathan vorhatte ... das durfte sie einfach nicht zulassen. Siggi sagte sich, dass dies der eigentliche Grund sei, weshalb sie, während Tzonov Nathan fertig machte und sie sich in rasender Eile anzog, ihren Schlüssel auf dem Rand von Nathans Waschbecken liegen ließ. Dabei handelte es sich keineswegs um so etwas wie die »Rache des kleinen Mannes«. Sie hatte beileibe nicht den Wunsch, es diesem grotesken, egomanischen Bastard heimzuzahlen. Nein, es war vielmehr ein Akt der Menschlichkeit, den Turkur Tzonov niemals begreifen würde.

Denn nun wusste sie, dass nicht Nathan der Gegner war, den sie zu bekämpfen hatte. Oh nein, nicht Nathan ...

Knapp zweieinhalb Stunden später lag Siggi in ihrem Bett. Ihre Erschöpfung war größtenteils nur gespielt. Dennoch konnte sie ein Zittern nicht unterdrücken, als sie darüber nachdachte, wie Tzonov wohl reagieren würde, wenn er erfuhr, dass sein Gefangener geflohen war. Es ließ sich kaum umgehen. Eigentlich müsste es jetzt jeden Augenblick so weit sein. Um der Wahrheit die Ehre zu geben, wunderte sie sich, warum er noch nichts davon wusste. Es sei denn ...

Hatte es Nathan etwa so schwer erwischt, dass er einfach bewusstlos liegen geblieben war? Womöglich war er zurück zu seinem Bett gewankt und dort zusammengebrochen, ohne den Schlüssel zu finden, den sie für ihn zurückgelassen hatte.

Doch noch während sie dies dachte, erklangen auf dem Flur

hastige Schritte. Ein unterdrückter Fluch, und im nächsten Augenblick hämmerte eine Faust gegen die Tür. Tzonovs Stimme. Er brüllte, sie solle endlich aufwachen. Siggi ließ sich Zeit, sah zu, dass sie auch ordentlich zerzaust wirkte und hoffte, dass ihr Make-up das blaue Auge noch ein bisschen hervorhob und es nicht ganz von der getönten Brille verdeckt wurde. Sie zog ihren Morgenmantel über und öffnete schließlich die Tür.

Tzonov stand allein vor ihr. Das zumindest ließ sie aufatmen. Er hatte nicht vor, sie verhaften zu lassen. Nein, allein der Gedanke daran war lächerlich. Er würde es niemals wagen, Anklage, weshalb auch immer, gegen sie zu erheben. Sie wusste zu viel über ihn, außerdem war die Zeit der Nacht-und-Nebel-Aktionen vorüber, und auch Massenerschießungen gehörten der Vergangenheit an – zumindest was den Rest der Welt betraf. Doch hier waren sie in Perchorsk, hier hatte Tzonov das Sagen.

»Siggi!« Seine Stimme klang schneidend. »Er ist geflohen!«

»Wie bitte?« Sie wandte das Gesicht ab, wie um ihr Auge vor ihm zu verbergen. Trotz ihrer Sonnenbrille und ihres Gedankensmogs mied sie mit Bedacht jeden Blickkontakt, damit er keine Chance hatte, ihre Abschirmung zu durchdringen. »Was sagst du da? Wer ist geflohen? Doch nicht etwa Nathan!?«

»Natürlich Nathan! Wer denn sonst?« Er packte sie an der Schulter und zwang sie, ihn anzusehen. Als er den blauen Fleck unter dem Goldrand der Brille gewahrte, veränderte sich sein Gesichtsausdruck. »Wozu brauchst du denn die Brille? Stimmt etwas nicht mit deinen ... Augen?«

»Ganz recht!«, zischte sie. »Mit meinem linken Auge, um genau zu sein. Du hast es mir beinahe ausgeschlagen! Sag bloß, das weißt du nicht mehr?« Mit einem Ruck zog sie die Brille ab.

»Ah!« Er wirkte betreten. »Das habe ich nicht gewollt ... Ich meine ... So fest habe ich doch gar nicht ...!«

Sie setzte die Brille wieder auf und verbarg ihre Gedanken hinter einer womöglich noch dichteren Nebelwand. »Darauf kommt es jetzt auch nicht mehr an! Es spielt keine Rolle mehr. Aber du sagst, Nathan ist weg!? Das geht doch gar nicht!«

Mit einem Mal mimte sie die Erstaunte und schlug die Hand vor den Mund. »Der Schlüssel!« Wenn es sein musste, war Siggi auch als Schauspielerin nicht schlecht.

»Was für ein Schlüssel?« Tzonovs Finger gruben sich tiefer in ihre Schultern: Er legte die Stirn in Falten. »Nein, die Tür war abgeschlossen. Und meinen Schlüssel habe ich wieder ans Brett gehängt. Meinst du etwa den Zweitschlüssel? Den habe ich doch deiner Wache gegeben mit dem Befehl, dass ...«

Sie riss sich von ihm los, hastete zu den Kleidern, die sie am Abend zuvor getragen hatte, und durchwühlte wie eine Verrückte die Jackentaschen. »Ich hatte es so eilig, mich anzuziehen«, stieß sie hervor, während er ihr folgte. Er stand dicht hinter ihr und wartete, die Hände zu Fäusten geballt, die Lippen zusammengepresst. »Hättest du dich nicht aufgeführt wie ein eifersüchtiger, egoistischer Vollidiot ...!«

»Du hattest den Schlüssel ...?«

Tzonov konnte es nicht fassen, und im nächsten Augenblick traute sie ihren Augen nicht, als er sich vor Lachen auf die Schenkel schlug. »Und ich habe gedacht ... Ich hatte schon geglaubt ...« Er wirkte erleichtert, und plötzlich war Siggi klar, was er geglaubt hatte – nämlich dass Nathan womöglich die Fähigkeiten seines Vaters geerbt und sich aus der verschlossenen Zelle herausteleportiert haben könnte!

Aber sie spielte ihre Rolle weiter. »Was gibt es denn da zu lachen? Findest du das so lustig? Natürlich hatte ich den Schlüssel. Wie hätte ich denn sonst wieder aus der Zelle kommen sollen!? Aber du musstest natürlich den starken Mann markieren und einen Riesenaufstand veranstalten ...« Sie warf ihre Jacke zu Boden, trampelte darauf herum und brach in Tränen aus. Es mochten zwar Krokodilstränen sein, aber das genügte schon, Tzonov hinters Licht zu führen. Sie war also doch nur eine schwache Frau, mehr nicht. Sein Ego war wieder heil. Und aus ebendiesem Grund wurde ihr nun klar, dass er niemals auch nur im Entferntesten angenommen hätte, sie sei dazu fähig, Nathan den Schlüssel *auszuhändigen.* Nun, da sie Bescheid wusste, fuhr sie fort: »Ich ... ich war völlig mit den Nerven am Ende. Ich habe noch nicht mal an den verdammten Schlüssel *gedacht!*«

Jetzt hatte Tzonov jemanden, dem er die Schuld in die Schuhe schieben konnte. Seine Hände krallten sich in ihre Schultern. »Siggi, du bist eine dämliche kleine Idiotin. Du hast versucht, ihn ins Bett zu kriegen, und selbst jetzt kannst du nicht mit Sicherheit sagen, ob er dich nicht ausgenutzt hat! Du glaubst also, du hast den Schlüssel verloren! Genauso gut kann er ihn dir weggenommen haben! Ich hätte wissen müssen, dass man dich nicht mit ihm allein lassen kann.«

Erneut stampfte sie mit dem Fuß auf, riss sich von ihm los und wandte das Gesicht ab. »Nein, ich bin keineswegs dämlich! Alles, was ich getan habe, habe ich für dich getan, für uns, unser Vaterland! Du wolltest Informationen, und ich habe sie dir besorgt. Jedenfalls diejenigen, an die ich herankommen konnte. Und dafür habe ich getan, was getan werden musste!«

»Hm?« Auf einmal wirkte Tzonov interessiert. »Er hat dir etwas erzählt? Einiges? Gut! Aber ... warum hast du das nicht gleich gesagt?«

»Wie bitte?« Wütend funkelte sie ihn an. »Hast du mir etwa die geringste Chance dafür gegeben?«

»Na ja ...! Aber wie dem auch sei, wir müssen das Beste daraus machen.« Er hatte sich wieder völlig unter Kontrolle. »Andererseits ... werden wir ihn bald kriegen. Überleg doch mal: Er dürfte jetzt seit zweieinhalb Stunden auf der Flucht sein. Aber aus der Zelle herauszukommen, ist eine Sache, die Anlage zu verlassen dagegen eine ganz andere. An den Außentoren stehen ständig Posten, und einen anderen Weg gibt es nicht. Also muss er noch hier sein!«

»Wohin könnte er sich wenden?« Nun, da Tzonovs Aufmerksamkeit nicht mehr nur ihr galt, löste sich ihre Anspannung etwas. »Er kennt hier doch niemanden.«

Tzonov blickte sie scharf an. »Was ist mit den Briten?«

»Hm, ja! Er könnte versuchen, Kontakt zu ihnen aufzunehmen.«

»Ha!«, schnaubte Tzonov. »Na ja, irgendwie könnte es ihm schon gelingen!«

Sie schüttelte den Kopf. »Nein«, sagte sie, »nicht irgendwie. Er ist ein Telepath!« Irgendwann hätte sie es ihm ja doch sagen müssen, ehe er von selbst dahinter kam. Warum also nicht jetzt?

»Was?«

»Tatsache! Er hat sich telepathisch mit mir unterhalten, und er ist ziemlich gut darin. Ich hätte es dir schon früher gesagt, wenn ich eine Gelegenheit dazu gehabt hätte! Aber du musstest mich ja unbedingt hierher schleifen! Deshalb wusste ich ja auch, dass er ... mich wollte.« Ehe Tzonov einen erneuten Wutanfall bekam, fuhr sie rasch fort: »Er hat mir sogar erzählt, was er in *deinem* Geist gesehen hat, Turkur – einen Apparat, und dass du vorhast, ihn daran anzuschließen. Davon hast du mir kein Wort gesagt ...« Zu guter Letzt wagte sie es sogar, in ihrer Stimme einen missbilligenden Unterton mitschwingen zu lassen.

Er wich ihrem Blick aus. »Ja, das habe ich vor, falls nichts anderes funktionieren sollte.«

»Damit würdest du sein Gehirn zerstören und ihn zu einem sabbernden Idioten machen!«

»Aber dann wüssten wir, was er weiß, und zwar alles!«

»Wirklich nur, wenn nichts anderes funktioniert? Du hast doch gesagt, dass du ihn umbringen wirst!«

So langsam wurde es Tzonov zu viel. »Zieh dich an, und beeil dich! Und dann komm in den Kontrollraum!«

»Was hast du vor?« Sie lief ihm nach bis an die Tür.

»Ich muss mich um die Sicherheit dieser verdammten Anlage kümmern. Als Nächstes werde ich mit Trask sprechen, um herauszufinden, ob er etwas weiß, und wenn ja, wie viel. Falls er keine Ahnung von der Sache hat, ist alles in Ordnung. Dann müssen wir nur noch zusehen, dass die beiden Briten auch ahnungslos bleiben. Und jetzt zieh dich an! Auf uns wartet eine Menge Arbeit ...«

Was das anging, lag Tzonov vollkommen richtig. Er zumindest hatte alle Hände voll zu tun.

Während Siggi sich ankleidete, teilte er die Suchtrupps ein, die die gesamte Anlage Etage für Etage, Raum für Raum und Laboratorium für Laboratorium durchkämmen sollten. Jeden Winkel, jede Nische vom Sphärentor bis zum Eingangsbereich sollten sie unter die Lupe nehmen. Als die Suche endlich in Gang war, wandte Tzonov sich mit ein paar lobenden Worten an den Mann, der bei seinem Rundgang Nathans Zelle kontrolliert hatte. Es war ihm komisch vorgekommen, dass Nathan völlig reglos im Bett lag. Also hatte sich der Posten den Schlüssel aus dem Kontrollraum geholt und nachgesehen. Alles, was er vorgefunden hatte, waren Nathans Kissen, die dieser unter die Bettdecke gestopft hatte, damit es so aussah, als schlafe er noch. Die Tür war allerdings abgeschlossen gewesen. Das hieß, dass der Mann, der letzte Nacht Wache geschoben hatte, noch im Besitz des Zweitschlüssels sein musste. Ohne dieses letzte Detail zu überprüfen, hatte der Wachmann sich an Tzonov gewandt und ihm, wenn auch zunächst noch etwas zögernd, Bericht erstattet. Immerhin war es ja gut möglich, dass es für alles eine ganz harmlose Erklärung gab. Vielleicht hatte man den Gefangenen ja nur verlegt!

Tzonov lobte den Mann in den höchsten Tönen. Anschließend ließ er den Posten zu sich kommen, dem er am Abend zuvor aufgetragen hatte, auf Siggi aufzupassen, und machte ihn so herunter, dass der Mann nur noch ein Nervenbündel war. Danach beruhigte er sich etwas und schickte jemanden los, um nach Trask und Goodly zu sehen und festzustellen, ob die beiden schon auf den Beinen waren, was sie für heute vorhatten und so weiter. Es war seine Art, sich ihrer physischen und geistigen Verfassung zu vergewissern und herauszufinden, ob sie womöglich etwas wussten, und falls ja, wie viel. Aber auf keinen Fall durfte ihnen gegenüber erwähnt werden, dass der Besucher geflohen war.

Zu guter Letzt führte Tzonov noch eine Unterredung mit dem Doppelposten, der das Haupttor bewachte, ein Mann im Innern der Anlage, der andere draußen, jenseits der massiven Flügel des

Tores. Die Berichte der beiden stimmten exakt überein. Zwischen Mitternacht und sieben Uhr früh hatte niemand die Anlage betreten oder verlassen ... zumindest kein Unbefugter!

Allerdings hatten vor ungefähr einer Stunde drei Versorgungsfahrzeuge das Tor passiert. Zwei davon waren unterwegs Richtung Osten zu der fast vollständig leerstehenden Kaserne und dem Militärflughafen in Beresovo, das dritte fuhr in westlicher Richtung nach Ukhta, wo ein Zug erwartet wurde ...

Als Siggi im Kontrollraum eintraf, blickte Tzonov missmutig drein. Er warf ihr einen Parka zu und sagte: »Zieh das über. Draußen ist schlechtes Wetter, und wir müssen raus!«

»Wohin?« Sie schlüpfte in den Parka und nahm eine Schneebrille aus einer der Taschen, die sie an Stelle ihrer getönten Gläser aufsetzte.

»Ich dachte, du könntest mir das vielleicht sagen«, knurrte Tzonov, während er ihr vom Kontrollraum zum Eingangsbereich vorausging. »Sehen wir den Tatsachen doch ins Auge: Du warst lange genug bei ihm! Hast du wirklich keinen Anhaltspunkt? Keine Vorstellung, wohin er will?« Das Tor stand offen. Draußen tuckerte der Motor eines Raupenfahrzeugs im Leerlauf vor sich hin und entließ bläulich schimmernde Dieselschwaden in den grauen Morgen. Es begann zu schneien.

Sie schüttelte den Kopf. »Bist du sicher, dass er die Anlage verlassen hat? Bei diesem Wetter und so weit nördlich? Selbst ein Fallensteller oder einer der Holzfäller, die hier leben, hätte seine Schwierigkeiten, sich hier zu Fuß durchzuschlagen.«

»Die Suchtrupps durchkämmen jedes Stockwerk, den gesamten Komplex«, erwiderte Tzonov, »und die ersten Meldungen liegen bereits vor. Keine Spur von ihm, und ich glaube auch nicht, dass wir etwas finden werden. Nein, er muss hier draußen sein. Ich nehme an, dass er sich auf einem der Versorgungs-Lkws versteckt hat und auf diese Weise entkommen ist.«

Siggis Kehle war trocken. Ihr Herz pochte, und ihr Atem ging schnell. Sie musste beides wieder unter Kontrolle bekommen.

War es denn möglich, dass Nathan es tatsächlich geschafft hatte? Sie hoffte es. Doch falls dem so war, war es ihr Verdienst! Turkur hatte Recht! Sie musste verrückt sein! Jetzt musste sie jeden ihrer Schritte genau überlegen und vor allem ihre Gedanken verborgen halten! »Auf einem Versorgungs-Lkw? Aber die Wachen durchsuchen doch alles!«

Tzonov schnaubte lediglich. Sein Atem gefror an der Luft zu weißen Wölkchen, während er neben den Fahrer kletterte und Siggi hinaufhalf. »Es waren drei Lkws«, erklärte er. »Zwei sind unterwegs nach Beresovo, einer nach Ukhta. Sie sind losgefahren, bevor seine Flucht entdeckt wurde. Und was das Durchsuchen angeht – glaubst du das wirklich? So lasch, wie die Sicherheitsvorkehrungen hier gehandhabt werden!? Sogar unsere eigenen Leute langweilen sich zu Tode. Aber damit ist es jetzt vorbei! Siggi, wenn wir dieses Wesen nicht wieder in unsere Hände bekommen, stecken wir in ernsthaften Schwierigkeiten.«

»Aber wieso denn? Und warum bezeichnest du ihn immer noch als ›Wesen‹? Nathan ist ebenso ein Mensch wie du und ich, ein menschlicher Geist in einem menschlichen ... Körper. Er überträgt keine Seuchen. Außerdem werden wir ihn finden, was denn sonst!? Er ist doch fremd hier, für ihn sind wir die fremdartigen Wesen. Wo kann er denn schon hin? Und wer sollte ihm Unterschlupf gewähren?« Doch noch während sie dies sagte, betete sie, dass sie Unrecht hatte – um ihrer selbst und um Nathans willen.

Tzonov warf ihr einen flüchtigen Blick zu, als der Motor aufheulte und das Kettenfahrzeug sich in einer Dieselwolke den Pass an der Westseite der Schlucht entlangschob. »Ihm bleiben nur zwei Möglichkeiten. Ist er ein Kundschafter, hat er jetzt genug gesehen, zumindest was Perchorsk angeht, und wird versuchen, in seine eigene Welt zurückzukehren. Wenn er als Telepath tatsächlich so gut ist, wie du glaubst, müsste ihm mittlerweile bekannt sein, dass es ein zweites Tor gibt, und er dürfte auch wissen, wo es liegt. Es ist anzunehmen, dass er auf dem Weg dorthin weitere Informationen für die Wamphyri sammelt, die ihn ausgesandt haben.« Er hielt inne, und nach einer kurzen Pause fuhr er fort: »Die Alternative ist: Sie haben ihn tatsächlich in die Verbannung geschickt beziehungsweise er ist geflohen. Dann wäre er so etwas wie ein ›illegaler Einwanderer‹, der nicht zurück kann. In diesem Fall müsste er hier bleiben und wäre gezwungen, sich zu verstecken. Er müsste sich der Gesellschaft anpassen, in der er sich befindet, ganz gleich welcher. Und darin liegt die Gefahr, Siggi! Du weißt genauso gut wie ich, dass es mit den Kontrollen heutzutage nicht mehr weit her ist. Jeder, der will, kann die Grenze überqueren.«

»Und warum lassen wir ihn nicht einfach gehen?« Nichts wünschte sie sich sehnlicher. »Warum lassen wir ihn nicht einfach ziehen und vergessen, dass er jemals da gewesen ist?«

Tzonovs Blick wurde misstrauisch. »Hast du völlig den Verstand verloren? Kann man dich so leicht um den Finger wickeln? Er ist aller Wahrscheinlichkeit nach der Sohn von Harry Keogh! Wenn wir ihn nicht finden, kriegen ihn die Briten. Und ganz gleich, welche Fähigkeiten in ihm schlummern, sie werden sie aus ihm herauskitzeln und für ihre Zwecke einsetzen! Ich meine, denk doch mal nach! Wir können es uns nicht leisten, unseren Gegnern einen neuen Necroscopen zu überlassen! Er bringt es fertig und führt eine britische Expedition nach Starside, noch ehe wir überhaupt aufbrechen. Ausgerechnet jetzt, wo unser Land kurz davor steht, unter unserer geistigen und politischen Führung, versehen mit den Schätzen, die diese fremde Welt zu bieten hat, wieder eine Rolle in der Welt zu spielen! Nein, wir können ihn nicht so einfach gehen lassen.«

Siggi war schon vorher klar gewesen, welche Alternativen Nathan zur Auswahl standen, sie wusste sogar, für welche er sich entschieden hatte.

Doch das würde sie Tzonov nicht auf die Nase binden. Der Russe konnte alles von ihr erfahren, aber nicht das! Zum Glück hatte Nathan ihr nicht alles erzählt. Dafür war sie nun dankbar. *Denn was ich nicht weiß …*

Aber warum fuhr Tzonov nach Westen? War es wirklich nur

sein siebter Sinn? Denn wenn Nathan auf einem der drei Lkws entkommen war, war die Wahrscheinlichkeit doch größer, dass er nach Osten fuhr. Die Chancen dafür standen zwei zu eins. Tzonov hatte jedoch richtig geraten. Wenn Nathan seine telepathischen Fähigkeiten eingesetzt hatte, um die Gedanken der Fahrer zu lesen und herauszufinden, wohin sie fuhren, hatte er todsicher den Lkw nach Ukhta genommen. Ukhta, Moskau, Kiew und dann Rumänien. Doch bevor er die Dunarea erreichte, den unterirdischen Fluss, der noch vor dem Schwarzen Meer in die ehemals blaue Donau mündete, musste er eine Strecke von nahezu viertausend Kilometern überwinden. Und das bei dieser Kälte, noch dazu allein! Nathan blieb überhaupt keine andere Wahl! Seine einzige Chance bestand darin, das Tor in Rumänien zu erreichen. Es gab keinen anderen Weg zurück nach Starside, zurück zu Misha, der Frau, die dort auf ihn wartete und Gefahr lief, ihr Leben zu verlieren oder, schlimmer noch, als Untote zu enden ...

Es war an der Zeit, dass Siggi Tzonov zumindest etwas davon erzählte. Nun, wo er ohnehin auf der richtigen Fährte war und den Flüchtigen womöglich bald einholte, konnte es auch nicht mehr schaden. Doch als sie dazu ansetzte, ihm zu berichten, was Nathan ihr erzählt hatte, sagte er düster, wie zu sich selbst:

»Die Lkws verfügen über Funk. Hier in dieser verdammten Einöde geht es nicht anders. Abgesehen von ein paar Bauern werden die Fahrer wohl kaum einer Menschenseele begegnen! Hinter dem Pass sind es noch vierhundert Kilometer bis Ukhta, und auf der ganzen Strecke nichts als Wald und Schnee! Zwischendurch sieht man vielleicht einen liegen gebliebenen Wagen, einen Traktor oder den Rauch eines Holzfällerlagers. Aber sollten sie eine Panne haben und dann noch in einen Sturm geraten ... Aus diesem Grund brauchen sie die Funkgeräte.«

Siggi blickte ihn an. »Heißt das, du hast schon von Perchorsk aus Kontakt zu ihnen aufgenommen?«

Er schüttelte den Kopf. »Siggi, dieser Ort ist der Arsch der Welt! Hier funktioniert rein gar nichts. Kontakt zu ihnen aufgenommen? Von der Schlucht oder der Anlage aus? Dass ich nicht lache! Warst du schon mal in der Funkzentrale? Mein Gott, die Dinger gehören ins Museum! Außerdem gibt es da ständig diese komischen Interferenzen, und der Schnee macht es auch nicht besser. Der Funker ist kurz zu dem vorderen Lkw Richtung Beresovo durchgekommen, lange genug, dass der Fahrer den Spruch bestätigen, anhalten und die beiden Lkws durchsuchen konnte. Bleibt also noch einer, und der ist vor einer Stunde und zwanzig Minuten über diesen Pass hier gefahren.« Er blickte die zerklüftete Schlucht hinauf ins Licht des anbrechenden Tages. Die Tannen an den Hängen waren dunkle Schatten. »Unser außerirdischer Besucher hat einen schönen Vorsprung.«

»Was hast du mit ihm vor?« Sie musste ihre Stimme heben, beinahe schreien, als der Fahrer herunterschaltete, um eine steile Kurve zu nehmen. Trotzdem sprach der Ton, in dem sie dies fragte, Bände.

Tzonov sah sie durchdringend an, doch sie versuchte, seinen Blick zu ignorieren. »Oh ja!« Er nickte nachdenklich. »Dieser Mann hat es dir wirklich angetan, nicht wahr, Siggi?« Ehe sie etwas darauf erwidern konnte, fuhr er fort: »Besser, du erzählst mir alles, was du über ihn und die Welt, aus der er kommt, weißt. Ich glaube, wir fangen mit dieser merkwürdigen Welt an!«

Das hielt sie wenigstens davon ab, an andere Dinge zu denken, die sie sich noch nicht einmal vorzustellen wagte. Und während das Knattern des Motors und das Scheppern der Kettenglieder auf dem gefrorenen Asphalt der Straße ein bisschen leiser wurden, begann sie:

»Seine Welt ist geteilt in die Sonnseite und die Sternseite. Dazwischen verläuft das Grenzgebirge, das die beiden Hälften voneinander trennt. Auf der Sonnseite leben nomadisierende Stämme, Zigeuner, die früher unstet umherzogen. Vor etwa zwanzig Jahren jedoch wurden sie sesshaft, nachdem Harry Keogh und sein Sohn, den er noch hier auf der Erde bekommen hatte, die Wamphyri-Lords der Sternseite besiegt hatten. Sein Sohn wurde ›der Herr des westlichen Gartens‹ genannt. Mehr weiß Nathan nicht darüber, denn damals war er ja noch nicht einmal geboren. Aber als Nathan vier Jahre alt war, kehrte eine Hand voll Vampire zur Sternseite zurück. Er hat keine Ahnung, woher sie kamen oder wie sie es angestellt hatten zurückzukommen.

Sie wurden abermals besiegt, diesmal mit ›Höllenfeuer‹, das donnernd aus dem Tor zu den Höllenlanden herausgeschossen kam! Damit ist unsere Seite des Tores hier gemeint, Turkur. Tor zu den Höllenlanden – so nennen Traveller wie Wamphyri ein gleißendes, zur Hälfte in der Erde begrabenes Portal auf der Ebene der Sternseite. Ihren Legenden zufolge handelt es sich um die Pforte zur Hölle. Und was es mit dem Höllenfeuer auf sich hat, das vor beinahe siebzehn Jahren daraus hervorgeschossen ist, kann ich dir sagen: Es muss eine von Viktor Luchovs Tokarev-Raketen gewesen sein! Eine nukleare Hölle, ganz recht, und ausgelöst wurde sie hier in Perchorsk. Das war das Ende der Wamphyri, zumindest sah es danach aus. Nathan wuchs auf der Sonnseite auf. Was nun die Traveller angeht ...«

»Warte einen Moment!«, unterbrach Tzonov ihren Redefluss. »Wir sollten erst dies hier erledigen. Du kannst mir dabei helfen.«

Sie waren oben an dem Bergsattel angelangt, der den Pass von Perchorsk bildete. Unter ihnen lag, hinter Dunstschleiern verborgen, die Schlucht. Die stetig fallenden Schneeflocken ließen das Licht des Tages grau erscheinen. Der Himmel war völlig von Wolken bedeckt. Nur am südöstlichen Horizont ließ sich ein verirrter Sonnenstrahl sehen. Dabei hatten sie noch Glück. Schon ein leichter Wind hätte genügt, sie in ein undurchdringliches Schneetreiben zu hüllen.

Scheppernd brachte der Fahrer das Fahrzeug zum Stehen. Er schlug die Heckplane zurück und half ihnen, einen Motorschlitten norwegischer Bauart über die offene Ladeklappe zu wuchten.

»Wir fahren querfeldein«, erklärte Tzonov. »Selbst mit Schneeketten schafft ein Laster auf diesen Straßen höchstens vierzig Kilometer in der Stunde. Und geräumt wird erst ab Kozhva. Wenn ich die Fahrer von Perchorsk richtig einschätze, wird unser Mann wohl stündlich Rast machen, um ein Käsebrötchen zu essen, einen Becher Kaffee aus seiner Thermoskanne zu trinken und ein Schlückchen Wodka zu sich zu nehmen. Außerdem weiß ich aus zuverlässiger Quelle, dass sie auf dieser Tour normalerweise eine Pause in Kozhva einlegen, um sich ein bisschen mit den Dorfschönheiten zu unterhalten und die Post aufzugeben!« Sarkastisch fügte er hinzu: »Lasch und nachlässig wie alles hier! Aber ich glaube, das habe ich vorhin schon erwähnt. – Verdammte Scheiße! Selbst bei diesem Wetter würde ich lieber den Jet-Copter nehmen, aber er ist noch nicht aus Moskau zurück.«

Er ließ den Motor des Schlittens an, half Siggi beim Aufsteigen und machte ihren Gurt fest. Dann erklomm er den breiten Ledersattel vor ihr und gurtete sich ebenfalls an. »Die Raupe wird hier auf uns warten. Wenn wir bis Mittag nicht zurück sind, fährt der Fahrer zurück nach unten, um einen Happen zu essen, und kommt dann wieder. Wir haben Sprit für über dreihundert Kilometer. Das dürfte bis Kozhva und zurück reichen. Wenn es knapp wird, können wir dort tanken. Über offenes Gelände brauchen wir nur halb so lang wie der Lkw. Mit ein bisschen Glück sind wir eine halbe, vielleicht sogar eine ganze Stunde vor ihm in Kozhva. In der Zwischenzeit werden sie versuchen, per Funk Kontakt zum Fahrer aufzunehmen. – Fertig? Dann los! Du kannst mir deine Geschichte unterwegs erzählen – das heißt: *seine* Geschichte!«

Der Motor des Schlittens war leise und zog kräftig an. Mit einem leichten Zischen pflügten die Kufen durch den Schnee. Wie ein Katamaran schoss der Schlitten den schmalen Seitenstreifen der Straße entlang auf die dem Gebirge vorgelagerten Hügel zu. Wenn sie die Berge erst einmal hinter sich hatten, wollte Tzonov die Straße verlassen und in nordwestlicher Richtung quer durch die Wälder, in denen die Holzfällerpfade kilometerweit schnurgeradeaus führten, Kurs auf Kozhva nehmen. Die breite Windschutzscheibe hielt den Wind ab, sodass Siggi mit Nathans Geschichte fortfahren konnte, ohne die Stimme heben zu müssen.

Sie beschrieb Tzonov die Menschen, die jenseits des Tores

lebten. »Die Traveller verfügen über so gut wie keine Bildung. Wissenschaften im eigentlichen Sinn kennen sie nicht. Das wenige Wissen, das sie haben, ist reichlich primitiv und beschränkt sich auf das Notwendigste. Allerdings sind sie, wie die Zigeuner bei uns auch, ziemlich gut, wenn es darum geht, sich Zeichen auszudenken, Pfade durch den Wald zu markieren oder verschlüsselte Botschaften für andere Gruppen zu hinterlassen, die ihnen folgen. Irgendwann in ihrer Geschichte gab es wohl einen Punkt, an dem sie beinahe so etwas wie eine Technologie entwickelt hätten. Aber als die Wamphyri auf der Bildfläche erschienen, war es damit vorbei. Jeder eventuelle Fortschritt fiel der Notwendigkeit, ständig in Bewegung zu bleiben, zum Opfer. Ihre Hauptsorge gilt dem Überleben und nicht irgendwelchen technischen Entwicklungen. In gewisser Weise sind sie fünfhundert, wenn nicht gar tausend Jahre hinter uns zurück.«

Ehe Tzonov eine Zwischenfrage stellen konnte, fuhr Siggi fort: »Naturwissenschaften oder so etwas wie Physik kennen sie also nicht, wohl aber Metaphysik. In jedem von ihnen scheint ein bisschen von einem Wamphyri zu stecken. Nicht dass sie Vampire wären, beileibe nicht, aber sie haben gewisse ... Veranlagungen! Was man bei den Wamphyri im Übermaß antrifft, wurde auch bei einigen Travellern, wenn auch in weit geringerem Maß, über Jahrhunderte hinweg vererbt.

Hin und wieder zeigt es sich, dass einer von ihnen ein ›Mentalist‹, das heißt telepathisch begabt ist. Es gibt Hellseher unter ihnen, die gelegentlich einen flüchtigen Blick in die Zukunft erhaschen wie unser guter Mister Goodly. Das zweite Gesicht, Sterndeuten und Handlesen ist bei ihnen genauso weit verbreitet wie in Rumänien. Eigentlich verständlich, dass eine Welt, die der reinste Albtraum ist, so voller Aberglauben steckt. Andererseits hat Parapsychologie ja nichts mit Aberglauben zu tun. Das wirst du mir bestätigen, ebenso die gesamten E-Dezernate, die es auf der Welt gibt. Und leider sind auch die Wamphyri keine Märchengestalten!

Es gibt verschiedene Abstufungen des Vampirismus, und die

Wamphyri sind seine schlimmste Ausprägung. Aber in welcher Form oder Gestalt Vampire auch auftreten, existieren können sie einzig und allein auf der Sternseite, wo das Licht der Sonne sie nicht erreicht. Von da aus unternehmen sie während der langen Nächte ihre Überfälle auf die Sonnseite, rauben und plündern und ... fangen sich Sklaven, die sie noch vor Sonnenaufgang über das Grenzgebirge zurück in den Schatten der Sternseite schaffen müssen ...«

Siggi schwieg nachdenklich.

Schließlich fragte Tzonov: »Und?«

»Hm?« Sie schüttelte sich. Ihr fröstelte. »Ach ja! Nun, Nathan hat mir eine Menge über die Wamphyri erzählt. Nur ein Wahnsinniger würde es wagen, in ihr Territorium einzudringen. Er meinte, du seist ein Narr, wenn du diese Warnung nicht ernst nehmen würdest. Er weiß, was wir vorhaben, verstehst du? Als du versucht hast, seine Gedanken zu lesen, hat er in die deinen geschaut!«

»Huh!«, grunzte Tzonov. »Was meinst du, ist das eine ... Veranlagung? Oder hat er es von seinem Vater geerbt?«

Obwohl Tzonov sie ja nicht sehen konnte, schüttelte Siggi den Kopf. »Nathan hat keine Ahnung, woher er es hat. Das heißt, er hatte keine Ahnung, bis er zum ersten Mal einen Blick in Trasks Gedanken werfen konnte. Soweit er wusste, war sein Vater ein Szgany, ein Traveller namens Hzak Kiklu, der noch vor Nathans Geburt von der Waffe eines Wamphyri tödlich verwundet wurde. Natürlich hat Nathan sich seine Gedanken gemacht, und was in unseren Köpfen vorging, hat sie ihm nur bestätigt. Aber wie es scheint, ist es tatsächlich ein bloßer Zufall, dass ausgerechnet er durch das Tor gekommen ist.«

»Und wie ist es passiert?«

»Anscheinend wollten sie ihn für etwas bestrafen, für irgendein Vergehen, er weiß selbst nicht genau, wofür. Immerhin, ein Vergehen gegen die Wamphyri! Darum haben sie ihn verbannt und in das Tor zu den Höllenlanden geworfen, von wo noch nie jemand zurückgekehrt ist.«

»Nun, das stimmt«, sagte Tzonov. »Das Ganze ist eine Einbahnstraße, es sei denn, man weiß um jenes andere Tor in Rumänien ... Erzähl mir mehr über die Wamphyri! Warum zögerst du?«

Du hast ja keine Ahnung, was ich in seinen Gedanken gesehen habe. Und du wirst es auch niemals erfahren, denn ich werde dir nie wieder Zutritt zu meinem Geist gewähren. Und wenn du wüsstest, was Nathan mir gezeigt hat, würdest du liebend gern darauf verzichten, es dir anzusehen! Doch laut sagte sie nur: »Weil es so grässlich ist!«

»Erzähl es mir trotzdem!«

»Na ja ...« Sie entschloss sich, nicht zu sehr ins Detail zu gehen. »Der Biss eines Vampirs ist ansteckend, führt aber nur selten zum Tod. Im Gegenteil! Nach der ... Übertragung ... verändert sich das Blut des Opfers und sorgt dafür, dass es garantiert lange lebt. Zumindest hätte das Opfer die Möglichkeit dazu, wenn sein Vampir sich entwickeln könnte. Doch als Nachwuchsvampir ist es zugleich auch ein Sklave und muss demjenigen Ungeheuer zu Diensten sein, das die Veränderung, die in ihm vorgeht, ausgelöst hat. Ist ein Mensch erst einmal infiziert, kann er natürlich nicht auf der Sonnseite bleiben, sondern muss zusehen, dass er die Festung seines Meisters auf der Sternseite erreicht und sich dort in Sicherheit bringt.

Einen Knecht erwartet auf der Sternseite ein schreckliches Schicksal. Sein Fleisch und Blut, sogar die Knochen, könnten in die Vorratskammern der Feste wandern. Aller lebenserhaltenden Flüssigkeiten beraubt und nun wirklich tot, könnte der Körper getrocknet, klein gemahlen und als Zutat zu dem Fressen, das die Wamphyri-Lords ihren Fliegern, Kriegern und anderen Kreaturen verabreichen, unter die Getreidekörner gemischt werden.

Er könnte aber auch in einen Kokon eingesponnen und unversehrt gelagert werden, damit sein Herr ihn später mit Hilfe seiner metamorphen Fähigkeiten in eben so einen Flieger oder Krieger verwandeln kann – respektive in einen *Teil* einer derartigen Kreatur! Das Wesen, das damals durch das Tor gekommen ist und zwei schwerbewaffnete, hochgerüstete sowjetische Flugzeuge zerstört hat, ehe die Amerikaner es abschießen konnten, war ein solches Geschöpf. Oh ja, die Wamphyri vollbringen wahre Wunderdinge! Oder sollte man es lieber einen Albtraum nennen? Sie machen mit menschlichem Fleisch, was sie wollen ...

Aber nehmen wir einmal an, unser Knecht ist aus dem rechten Holz geschnitzt. Dann, ja dann hat er ganz andere Zukunftsaussichten! Dann wird er wirklich als Knecht gehalten, vielleicht sogar ausgebildet, und erhält eines Tages den Rang eines Leutnants, um weiter mit dem Bösen, das sein Meister in sich trägt, geimpft zu werden. Und irgendwann – in fünfzig, hundert oder fünfhundert Jahren, angesichts ihrer Langlebigkeit ist das überhaupt kein Problem – könnte er sogar danach streben, selbst ein Wamphyri zu werden!

Dafür gibt es mehrere Möglichkeiten. Der Meister könnte ihm sein Ei vermachen. Dabei handelt es sich um eine merkwürdige Keimzelle, mittels derer Vampire sich fortpflanzen, eine Art autarker Organismus, den der egelartige Schmarotzer im Körper des Vampir-Lords hervorbringt. Unter Umständen könnte er sogar ein eigenes Ei produzieren. Aber frag mich nicht, wie das gehen soll. Nathan wusste es auch nicht. Ich weiß nur, dass das Ei des Schmarotzers als Katalysator fungiert, der einen Menschen zum Monster macht. Es lässt ihn zum Wamphyri werden!«

Sie schwieg einen Moment, damit Tzonov sich darauf konzentrieren konnte, das Schneemobil zu steuern. Vereinzelt brachen die Wolken auf, und der Himmel wurde wieder heller. Es hatte aufgehört zu schneien, und die Sicht war jetzt besser. Sie hatten die Ausläufer des Gebirges erreicht, und Tzonov lenkte den Schlitten von der Straße weg auf einen gewaltigen schneebedeckten Hang zu, der sich nahezu fünfundzwanzig Kilometer weit bis zu den dunklen Wipfeln der Wälder und den so genannten Holzfällerlagern erstreckte. Bittere, kein bisschen patriotische Gedanken gingen dem Russen durch den Kopf, während er den Blick über die weiße Einöde schweifen ließ.

Seit fast hundert Jahren sind wir jetzt dabei, diese Region zu erschließen! Eigentlich sollte dies unser Yukon-Territorium werden, vergleichbar mit Kanada, Norwegen oder Schweden. Der Kommunismus alter Schule ist schuld daran, dass dem nicht so ist. Aber in den letzten fünfundzwanzig Jahren haben wir unsere Hausaufgaben gemacht und einiges dazugelernt. Oder vielmehr, ich *habe dazugelernt! Bisher war ich derjenige, der lernen musste. Aber so langsam wird es Zeit, dass ich die Führung übernehme!*

Tzonovs Gedanken waren so heftig und entschlossen, dass Siggi sie durch ihre geistige Abschirmung hindurch wahrnahm. Sie »hörte«, was er dachte, spürte womöglich etwas von seinem Größenwahn. Mit einem Mal schauderte ihr, vielleicht auch weil es kalt war, und sie verbarg ihren Geist wieder hinter ihrem Schutzschild.

Tzonov schlug einen weiten Bogen, um das Schneefeld in südwestlicher Richtung zu durchqueren. Er gab Gas und pflügte durch die Schneeverwehungen wie ein Surfer, der auf dem Kamm einer endlos rollenden Welle reitet. Begleitet vom hypnotischen Zischen der Kufen flogen die Kilometer nur so dahin, und schon nach kurzer Zeit erreichten sie den Waldrand.

Auf einer Lichtung brachte Tzonov den Motorschlitten neben einem Stapel Baumstämmen zum Stehen und stieg ab, um sich die Beine zu vertreten. Siggi kletterte ebenfalls von der Maschine und zündete sich eine Zigarette an. Tzonov war Nichtraucher. »Ist das eine amerikanische Marke?«, wollte er wissen. »*Ha!* Auf der einen Seite setzen sie uns zu, dass wir im ganzen Land keinen Müll mehr produzieren und etwas gegen die Umweltverschmutzung unternehmen, damit man endlich wieder frei atmen kann. Auf der anderen fordern sie uns dazu auf, unsere Lungen zu ruinieren! Was bringt es denn, das Land zu heilen, wenn man zur gleichen Zeit die Menschen krank macht? Das muss mir mal einer erklären! Na ja, nicht mehr lange und dieser ganze Mist wird verboten sein! Denk an meine Worte!« Er hatte schlechte Laune und konnte seine Enttäuschung nicht verbergen.

Noch so eine Angewohnheit von mir, die er immer nur kritisiert hat!, dachte Siggi, behielt den Gedanken aber wohlweislich für sich. Laut sagte sie: »Ich rauche höchstens ein oder zwei Zigaretten am Tag, je nachdem, wie ich sie nötig habe, um meine Nerven zu beruhigen. Die Abfahrt über den Hang da hinten war ziemlich rasant.«

»Darauf stehe ich nun mal«, knurrte er. Seine Stimme klang wie ein Reibeisen. »Das törnt mich an. Für mich bedeutet es dasselbe wie für dich eine gute Nummer.« Harte Worte, und er hatte sie mit voller Absicht gewählt, um Siggi zu verletzen.

Er traute ihr noch immer nicht ganz. Nun, sei's drum! Sie warf den Kopf in den Nacken und blickte weg, als er einen Flachmann aus der Tasche zog und daran nippte. Aus dem Augenwinkel bekam sie mit, wie er ihr die Flasche anbot, doch sie schüttelte den Kopf. Mit einem Mal spürte sie erneut die Bedrohung, die von ihm ausging, und plötzlich war ihr klar, was sie hier draußen sollte, warum er sie mitgenommen hatte. Er wollte sie im Auge behalten, und zwar im wahrsten Sinne des Wortes. Nein, er traute ihr noch lange nicht.

»Was ist?«, fragte sie, ohne ihn anzublicken.

»Sieh mich an!«

Sie wandte ihm das Gesicht zu und sah, dass sein Blick direkt auf sie gerichtet war. Seine Augen waren riesengroß und sahen sie durchdringend an. Falls die Geschwindigkeit ihn tatsächlich antörnte, hielt die Wirkung wohl immer noch an. Sie sah die Wölbung in seiner Hose. Etwas regte sich dort ...

»Nein, nicht so!« Seine Stimme war tief und kehlig. »Nicht mit der Schneebrille! Nimm sie ab!« Das war ungefähr so, als würde er sie auffordern, ihre Kleider abzulegen. Die Erinnerung an Nathan war noch nicht verblasst, und wenn sie tat, was Tzonov von ihr verlangte, würde der Russe alles sehen, was Nathan und sie gemacht hatten. Genau das *wollte* der Mistkerl! Er wollte zusehen, wie Nathan und sie ... Er wollte wissen, wer wen gevögelt hatte, und auf Nummer sicher gehen, dass sie ihn nicht an der Nase herumführte!

Siggi wich einen Schritt zurück. Sie schüttelte den Kopf. Rings um sie war nichts als Schweigen und die Einsamkeit des Waldes. »Du wirst nicht mehr in meinen Gedanken herumschnüffeln,

Turkur. Nie mehr. Es gibt gewisse Dinge, die nur mir gehören. Sie sind privat! Oh, keine Sorge, wir machen immer noch gemeinsame Sache. Ich stecke viel zu tief drin, um mich von dir zu trennen. Aber von jetzt an ist unsere Beziehung nur noch rein geschäftlich. Wir sind gleichberechtigte Partner, nicht du der Boss und ich die Befehlsempfängerin.«

Seine Miene wurde hart. Er presste die Zähne zusammen, und mit einem Mal wirkten seine Augen, als würden sie ihr direkt in die Seele blicken. Doch das war eine Täuschung. In Wirklichkeit sah er nichts als ihre Schneebrille und die dahinter umherwirbelnden mentalen Nebelschleier. Langsam, bedächtig streckte er die Hand aus und zog ihr die Brille von der Nase. Zunächst sah er nur ihr blaues Auge und die Wut, die in ihrem Blick lag ...

Dann spürte er, wie Siggi ihm ihre Pistole in die Rippen drückte! Sie nahm ihm die Schneebrille aus den zur Reglosigkeit erstarrten Fingern und sagte: »Noch eins, Turkur! Hebe nie wieder die Hand gegen mich! Denn wenn du das tun solltest, glaub mir, dann revanchiere ich mich. Vielleicht damit!« Sie zielte mit der kleinen, dafür aber umso bösartigeren Automatik mitten in sein drohendes Grinsen. »Möglicherweise aber auch mit etwas anderem, das mir gerade in die Hände fällt. Aber sei versichert, ich werde zurückschlagen!«

Sie setzte die Brille wieder auf und hielt die Waffe weiter auf Tzonov gerichtet, bis dieser sich allmählich mit ihren Bedingungen abfand. Was sollte er auch anderes tun? Im Augenblick blieb ihm gar keine andere Möglichkeit. Doch nachdem sie sich beide etwas beruhigt hatten und wieder auf dem Schlitten saßen, wurde Siggi beinahe übel, als sie einen flüchtigen Blick in den Geist des Russen erhaschte. Einen Moment lang war ihr, als sehe sie ein Bild vor sich Gestalt annehmen, das Bild einer Maschine – eines glänzenden, stählernen Vampirs, des Apparates, der Nathan eine solche Angst eingejagt hatte. An seinen Schläuchen hing ein zitterndes Opfer, dem langsam das Gehirn ausgesaugt wurde. Diesmal allerdings handelte es sich nicht um Nathan ...

DRITTES KAPITEL

Zweimal kreuzten sie die kurvenreiche Straße nach Kozvha. Beim ersten Mal sahen sie nur ein paar schwache Vertiefungen unter dem frisch gefallenen Schnee, doch beim nächsten Mal hoben sich die Spuren dunkel vom Weiß der Umgebung ab, wo die schweren Reifen den Schnee bis auf den Asphalt niedergepresst hatten. Lediglich ein paar vereinzelte graue Flocken begannen sie langsam wieder zuzudecken. Tzonov hatte eine veraltete Karte dabei. »Aber mein Gott«, sagte er sich frustriert, »seit dem Niedergang der Sowjetunion ist doch alles veraltet.« Er hielt kurz an, um einen Blick hineinzuwerfen. Zumindest kamen sie gut voran.

Er knurrte zufrieden und gab wieder Gas.

»In etwa vierzig Minuten sind wir in Kozvha«, gab er Siggi über die Schulter zu verstehen. »Von hier aus könnte ich genauso gut den Reifenspuren folgen, um den Lkw auf der Straße zu stellen. Aber wenn wir noch eine letzte Abkürzung nehmen, sind wir rechtzeitig im Dorf, um noch einen Happen zu essen und etwas Heißes zu trinken, während wir darauf warten, dass der Laster auftaucht. In der Zwischenzeit ... sollten wir unsere Meinungsverschiedenheiten begraben. Warum erzählst du mir nicht zu Ende, was du vorhin angefangen hast?«

Siggi machte es so kurz wie möglich. Sie konnte Tzonov ohnehin nur berichten, was sie selbst gehört beziehungsweise gesehen hatte. Sie wusste, dass Nathan ihr nicht alles offenbart und einiges zurückgehalten hatte, denn manche Szenen aus seiner Vergangenheit wirkten schlicht und einfach erfunden, andere hatte er mit Bedacht im Dunkeln gelassen. So hatte er Siggi nur einen flüchtigen Blick auf seine Mutter und die übrigen Menschen, mit denen er aufgewachsen war, gewährt, und seine Sandkastenliebe, die er schließlich geheiratet hatte, fand er lediglich einer kurzen Erwähnung wert.

Außerdem schien er eine gewisse Zeit bei einem Wüstenvolk verbracht zu haben. Doch darüber wollte er anscheinend überhaupt nichts preisgeben. Das Wenige, das Siggi davon mitbekommen hatte, war völlig konfus und kaum zu erkennen gewesen. Er hatte noch einiges andere für sich behalten, zum Beispiel alles, was die Siedlungen der Szgany betraf, und die Dörfer, in denen sie gelebt hatten, ehe die Wamphyri zurückkehrten. Abgesehen davon gab es nicht viel zu erzählen. Für Tzonov konnte sie es ja kaum so zum Leben erwecken, wie Nathan es für sie getan hatte.

»Nathan ist auf der Sonnseite aufgewachsen«, begann sie ihren Bericht. »Dort hatte er ein Mädchen, Misha, und sie schmiedeten Pläne für eine gemeinsame Zukunft. Doch als er achtzehn war, kehrten die Wamphyri zurück. Sein Stamm wurde überfallen und in alle Winde zerstreut, seine Freundin als Sklavin entführt. Das jedenfalls glaubte er. Also nahm er das Wanderleben wieder auf und wurde ein richtiger Traveller. Er verbrachte mehrere Jahre in der Wildnis, von Stamm zu Stamm ziehend, bis auch er den Wamphyri in die Hände fiel.

Sein Vampirlord war fasziniert von Nathans heller Haut und seinem blonden Haar. Das gibt es nicht oft unter den Szgany der Sonnseite. Also hielt er ihn sich als eine Art Maskottchen und verzichtete darauf, aus ihm einen Vampir zu machen. Irgendwann gelang es Nathan zu fliehen. Er schaffte es zurück zur Sonnseite, wo er sein Mädchen wiederfand. Sie war unversehrt, und es ging ihr gut. Die beiden heirateten. Doch die Wamphyri verfolgten Nathan. Nachdem sie ihn wieder eingefangen hatten, warfen sie ihn zur Strafe in das Tor zu den Höllenlanden. So ist er hierher gekommen ...«

»Vorhin hast du mir noch erzählt, dass er überhaupt nicht weiß, wofür sie ihn bestraften«, sagte Tzonov über die Schulter. »Irgendetwas passt hier doch nicht zusammen!«

Er konnte sie zwar nicht sehen. Dennoch zuckte Siggi die Achseln. »Wenn dem so ist, dann liegt es an Nathan und nicht an mir, Turkur. Möglicherweise wollte er mir nicht alles verraten! Ist das denn so schwer nachzuvollziehen? Hat nicht jeder von uns seine kleinen Geheimnisse, von denen niemand etwas wissen darf?«

Es war ein wunder Punkt, zugegeben, und sie sollte ihn noch lange zu spüren bekommen.

Tzonovs Erwiderung bestand in einem argwöhnischen Knurren. »Ich kann mir nicht helfen«, sagte er. »Aber dieser Nathan hat eine ganze Menge ›kleiner Geheimnisse‹, die keiner erfahren soll. Aber keine Sorge, eines Tages komme ich schon noch dahinter!«

Schon möglich, dachte Siggi. *Aber vorher musst du ihn erst einmal kriegen ...*

Sie folgten einem Holzfällerpfad, der sie direkt auf die Hauptstraße von Nieder-Kozhva führte. Nieder-Kozhva war ein Holzfäller-Camp, ungefähr fünf Kilometer von Ober-Kozvha entfernt, in dem Sägewerker, Holzfäller und weitere Arbeiter beschäftigt waren. Die Straße verlief mitten durch das Lager, und als sie jemanden fragten, erfuhren sie, dass der Lkw aus Perchorsk noch nicht durchgekommen war.

Tzonov fuhr weiter, um dem ohrenbetäubenden Lärm einer gigantischen Sägemühle zu entgehen, und hielt vor einem Gemischtwarenladen, aus dem ein Schwall warmer Luft drang, der von einem prasselnden Kaminfeuer herrührte, und der Duft von Essen und Kaffee. Ein Teil des Ladens war als Restaurant hergerichtet; der Kaffee und die Würstchen waren natürlich aus Amerika importiert. Die wenigen Gäste blickten von ihrem späten Frühstück beziehungsweise verfrühten Mittagessen auf, als Tzonov Kaffee und Rührei mit Pommes frites und Zwiebeln bestellte.

Einer der Männer, ein riesiger, vollbärtiger Holzfäller, pfiff leise durch die Zähne, als Siggi ihren Parka ablegte und mit Tzonov an einem roh gezimmerten Tisch Platz nahm. So weit draußen wie hier war sie ein willkommener Anblick. Siggi nahm keine Notiz von den Gesichtern, die sie anstarrten, warf dem Mann, der ihr nachgepfiffen hatte, einen vernichtenden Blick zu und zündete sich eine Zigarette an. Diesmal verzichtete Tzonov darauf, sie zu kritisieren. Er sagte lediglich: »Jetzt kannst du sehen, was ich meine, wenn ich solche Leute als Untermenschen bezeichne!«

»Kann ich nicht«, erwiderte sie. »Es sind nur Männer, und die sind überall gleich. Aber das Leben hier ist hart, und sie sind ebenfalls hart geworden, so wie das Holz, mit dem sie tagtäglich umgehen. Mir fällt es viel schwerer, intelligente, so genannte gebildete Männer zu verstehen, die zwar wie aus dem Ei gepellt daherkommen, womöglich aber noch schmutzigere Gedanken haben als die Leute hier!«

Tzonov fühlte sich davon nicht getroffen. Es wäre ihm nie auch nur im Traum eingefallen, dass sie ihn meinen könnte ...

Von ihrem Tisch aus konnten sie die trostlose Straße überblicken. Nach einer Viertelstunde erschien der Lkw und hielt, genau wie Tzonov angenommen hatte. Einen Moment später betrat der Fahrer den Laden. Er grinste, rieb sich die Hände und ... salutierte, als er sich dem Chef des sowjetischen E-Dezernats gegenüber fand. Der Fahrer gehörte zwar nicht zu Tzonovs Männern, aber er war Soldat. Er hatte Tzonov in Perchorsk gesehen und wusste, dass es sich um einen einflussreichen, hochrangigen Beamten handelte.

Tzonov fiel sofort über ihn her. »He, Sie da! Wie heißen Sie?«

»Obergefreiter Iwanowitsch, Genosse!« Er war jung und kräftig, und Tzonovs kalter, durchdringender Blick machte ihn nervös. Er fragte sich, was eigentlich los sei und was er damit zu tun hatte.

Tzonov blickte hinaus auf die Straße, sah, dass die Heckplane des Lkw lose im Wind flatterte, und ließ den Laster nicht mehr aus den Augen. »Raus!«, herrschte er den Mann an. »Machen Sie, dass Sie zu Ihrem Fahrzeug kommen! Haben Sie unterwegs irgendwo gehalten? Ich warne Sie, Iwanowitsch, erzählen Sie mir lieber keine Märchen!«

»Nein, natürlich nicht, Genosse! Ja, ich habe kurz angehalten, aber nur ein, zwei Minuten, um mich ein bisschen aufzuwärmen. Länger nicht, Genosse!«

Tzonov besah sich die Ladeklappe. »Machen Sie auf!«, befahl

er. Als der Soldat die Klappe herunterließ, fügte er hinzu: »Ist Ihr Funkgerät eingeschaltet?«

»Selbstverständlich, Genosse!«

»Haben Sie denn nicht mitbekommen, dass Perchorsk pausenlos versucht hat, Sie zu erreichen?«

»Perchorsk? Die ganze Fahrt über hatte ich keinen Empfang, nur statisches Rauschen. Ich glaube, es liegt am Gerät. Es pfeift aus dem letzten Loch, Genosse!«

Tzonov warf einen Blick ins Innere des Lasters. Eine Extraplane, ein paar Seilrollen, eine Kiste mit defekten Teilen aus dem maroden Belüftungssystem der Anlage. »Sagen Sie, was haben Sie eigentlich geladen?«

»Nur was Sie sehen.« Der Fahrer hatte noch immer keine Ahnung, worum es überhaupt ging. Achselzuckend sagte er: »Ich soll Vorräte abholen, deshalb ist dies eine Leerfahrt. Fracht übernehme ich erst an der Bahnstation in Ukhta.«

Siggi war mit ihrem Kaffee fertig und trat zu ihnen. Auch sie warf einen Blick in den Lkw. Doch sie sah mehr als Tzonov. Er brauchte den Augenkontakt, ehe er sein Talent einsetzen konnte. Sie dagegen ... Mitunter war mehr im Spiel als nur Telepathie. So wie jetzt! Es war beinahe, als könne sie Nathan riechen, ihn schmecken, als spüre sie den Luftzug, den der Wirbelwind aus Zahlen hervorrief. Nathan war nicht hier, nicht im Augenblick, aber vor noch nicht allzu langer Zeit war er hier gewesen, und er konnte noch nicht weit sein.

Tzonov sah sie an. »Nun?«

»Nichts«, log sie.

Er wandte sich an den Fahrer. »Iwanowitsch, wir suchen einen Mann! Den Gefangenen, den wir in Perchorsk festgesetzt hatten. Es ist möglich, dass ihm auf Ihrem Laster die Flucht gelungen ist. Die Heckplane war nicht richtig verzurrt. War das schon so, als Sie losgefahren sind? Haben Sie irgendetwas Verdächtiges gesehen oder gehört? Na los, reden Sie schon!«

»Die Plane war in Ordnung, als ich Perchorsk verlassen habe«, erwiderte der Soldat. »Wahrscheinlich hat sich die Verzurrung im Wind gelöst. Ich hatte sowieso nichts geladen, also konnte ich auch keine Ladung verlieren – Genosse!«

Tzonov blickte dem Mann direkt in die Augen und erkannte, dass dieser die Plane in Perchorsk nur nachlässig festgezurrt hatte. Zumindest war ihm nun klar, dass der Mann annahm, er habe geschludert. Doch das hatte nichts zu sagen. »Verdammt nochmal«, knurrte er und wandte sich wieder an Siggi. Sein Blick war hart, als er fragte: »Und, war er hier?«

»Nein«, sagte sie abermals, krampfhaft darum bemüht, ihre geistige Abschirmung aufrechtzuerhalten.

Tzonov machte auf dem Absatz kehrt und strebte dem Motorschlitten zu. Er blieb nur einmal kurz stehen, um über die Schulter zurückzurufen: »Was ist, kommst du? Um Himmels willen, machen wir, dass wir von hier wegkommen!«

»Mein Parka«, rief sie ihm nach. »Ich hole ihn schnell!«

Der junge Soldat ging mit ihr wieder hinein. Als er ihr in den Parka half, fragte sie ihn: »Wo haben Sie denn angehalten?«

»Ungefähr auf halber Strecke«, antwortete er. »Wirklich nur, um mich aufzuwärmen. Und dann noch ...«

»Sie haben nochmal gehalten?«

»Direkt vor der Stadt, aber nur ganz kurz, um ein paar Zigeuner die Kreuzung passieren zu lassen.«

Siggi war wie elektrisiert. »Zigeuner?«

Er nickte. »Sie sind spät dran dieses Jahr. Oder früh. Bei denen kann man das nie so genau sagen. Sie kommen und gehen, wie es ihnen gerade einfällt.« Mit einem Mal wirkte er besorgt. »Bekomme ich jetzt Schwierigkeiten?«, wollte er wissen.

Siggi hörte ihm kaum zu. Sie schwieg einen Augenblick, dann fasste sie sich wieder. »Oh, Schwierigkeiten? Nein, ich glaube nicht.« Sie musste sich zusammennehmen, um nicht laut loszulachen, und ging nach draußen zu Tzonov ...

Etwa zwei Kilometer vor Nieder-Kozhva ragte eine steile Anhöhe vulkanischen Ursprungs – der Spund eines einst gewaltigen Kraters – an die hundert Meter über die Wipfel der Bäume. Auf ihrem Weg zum Holzfäller-Camp hatten sie einen Bogen um den nur dünn bewaldeten Fuß der Anhöhe geschlagen. Als sie nun wieder unterwegs nach Norden, Richtung Perchorsk, waren, wandte Siggi sich mit der Frage an Tzonov: »Wie viel PS hat dieser Schlitten eigentlich? Schafft er es diesen Hügel hinauf?«

»Wenn ich langsam fahre und die Steigung in Serpentinen nehme, dann schon. Wieso, hast du Lust, da hoch zu fahren?«

»Die Aussicht von da oben muss wundervoll sein.«

»Na gut«, knurrte er widerwillig. »Damit verlieren wir eine halbe Stunde, aber ...«

»Machst du dir immer noch Sorgen wegen Nathan? Ich bin sicher, mittlerweile haben sie sein Versteck in der Anlage aufgespürt oder ihn halb erfroren bei dem Versuch, aus der Schlucht zu klettern, erwischt.«

»Vielleicht hast du ja Recht«, erwiderte Tzonov.

Die Wolken brachen auf, und ein paar verirrte Sonnenstrahlen fielen hindurch. Es war nicht viel, doch es genügte, Tzonovs Laune etwas zu heben ...

Oben auf dem Hügel verschwand Tzonov hinter einem Felsvorsprung, um sich zu erleichtern. Unterdessen fand Siggi in den Staukoffern des Schlittens ein Fernglas und suchte den südwestlichen Horizont ab. Aus diesem Grund hatte sie hierher gewollt – um zu sehen, ob sie nicht einen Blick auf ...

... die Zigeuner!

Da waren sie, genau wie vor hundert, zweihundert, fünfhundert, wenn nicht noch mehr Jahren. Ein Stamm der Roma! Parias, Ausgestoßene, unterdrückt, verfolgt und immer nur von Land zu Land gejagt. Sie waren anders als andere Menschen, gewiss, und doch ihrem Ursprung näher als jedes andere Volk. Eine Gruppe von Zigeunern! Das halbe Dutzend bunt bemalter Wagen holperte klimpernd vor sich hin, zwar außer Hörweite, doch Siggi war, als könne sie die Glöckchen hören, während sie das Fernglas scharf stellte.

Sie mochten fünf oder sechs Kilometer entfernt sein. Auf der

Flucht vor dem Winter strebten sie dem Süden zu. Nur ... etwas, was der junge Obergefreite gesagt hatte, ging Siggi nicht aus dem Kopf. Sie zogen doch ständig umher und kannten die Jahreszeiten! Warum um alles in der Welt waren sie noch hier? Sie blieben für sich, wann immer sie konnten, und mieden die dichter bevölkerten Regionen, das stimmte schon. Trotzdem müssten sie jetzt eigentlich tausend Kilometer weiter südlich anzutreffen sein. Unten am Ufer des Kaspischen Meeres, in Astrachan oder Baku. Vielleicht auch am Schwarzen Meer, in Moldawien oder ... Rumänien? Aber sie waren hier, und erst jetzt brachten sie sich vor der Kälte des Winters in Sicherheit.

Siggi blickte sich um, hielt Ausschau nach Tzonovs Spuren im Schnee. Er war nirgends zu sehen. Abermals wandte sie sich der winzigen Reihe von Wagen zu, die dort am Rand eines fernen Waldes entlangzogen. Im Gegensatz zu Tzonov benötigte sie keinen Augenkontakt, um ihr Talent einzusetzen. Sie vermochte ihren Geist pfeilgenau auf ein Ziel zu lenken, wenn sie es erst einmal im Visier hatte.

Viel Glück!, dachte sie. *Lauf, Nathan, mach, dass du wegkommst, und kehre nie zurück!* Sie hatte nicht im Entferntesten mit einer Antwort gerechnet, doch ...

... mit einem Mal rankten sich Zahlen um ihr Bewusstsein, hefteten sich an ihre Gedanken! Sie bekam eine Gänsehaut, so als stünde sie unter elektrischer Spannung.

Leb wohl, Siggi!, erklang Nathans Stimme in ihrem Geist. Sie erkannte sie auf Anhieb an der Wärme, die darin mitschwang. *Ich werde dich nicht vergessen!* Siggi war überrascht, wie deutlich sie Nathan hörte. Und sie hatte Angst! Starke telepathische Signale vermochte Turkur Tzonov ohne weiteres zu empfangen.

Auch dies bekam Nathan mit. Sofort zog er seine Gedanken wieder zurück. Der mentale Äther war wieder völlig leer und verlassen. Gerade noch rechtzeitig, denn Tzonov meldete sich bereits zu Wort.

»Siehst du etwas?«, rief er ihr zu. »Irgendetwas Interessantes?« Seine Stimme klang unbeteiligt.

Siggi seufzte erleichtert auf. »Den Rauch von den Dörfern und Holzfällerlagern«, erwiderte sie. »Eine Schar Vögel, Gänse, nehme ich an. Und ein Tier, das sich im Wald versteckt. Wahrscheinlich ein Hund, vielleicht auch ein Wolf. Es sieht bitterkalt aus da drüben, aber auch ziemlich ruhig.«

»Glaubst du?« Er ging hinüber zum Schlitten und ließ den Motor an. »Ich habe ein ungutes Gefühl! Es lässt mir keine Ruhe! Genug jetzt mit diesen Abstechern! Fahren wir zurück nach Perchorsk!«

Den gesamten Rückweg über war Siggi von einer tiefen Wehmut erfüllt, denn von nun an musste sie ihren Geist in einem Gefängnis verborgen halten, das sie auch noch selbst errichtet hatte. Obwohl sie versuchte, nicht an Nathan zu denken, ging er ihr nicht aus dem Kopf, und sie fragte sich, ob es ihm wohl auch etwas ausmache ...

Als sie in Perchorsk anlangten, nahm Tzonovs »ungutes Gefühl« schnell greifbare Gestalt an. Oben am Kamm des Passes saß sein Zugführer im Fahrersitz des Halbkettenfahrzeugs. Geduldig wartete er auf die Rückkehr des Schlittens und ließ den Motor im Leerlauf vor sich hintuckern.

Stabsfeldwebel Bruno Krasin war in den Dreißigern. Er war ein sehniger, feingliedriger Typ mit dunklem Teint, quadratischem Kinn und stahlhartem Blick und konnte nicht leugnen, dass seine Vorfahren Kosaken gewesen waren. Als Sohn eines KGB-Offiziers und eingefleischten Kommunisten alter Schule zählte Krasin zu den Männern, denen Tzonov vertraute. Außerdem war er derjenige, der Tzonovs Expeditions-Korps eines Tages durch das Tor von Perchorsk in jene fremde Welt führen sollte. Auf dem Weg hinab zur Anlage erzählte Krasin Tzonov, was sich während dessen Abwesenheit ereignet hatte:

»Zunächst haben unsere Suchtrupps die gesamte Anlage Zentimeter für Zentimeter durchkämmt, genau wie Sie angeordnet haben. Ergebnis: Wir haben nicht das Geringste gefunden! Draußen auf dem Pass hat es geschneit. Zwar nicht sehr stark, trotzdem musste jeder, der diesen Weg nahm, dort Spuren im frisch gefallenen Schnee hinterlassen. Sollte man jedenfalls annehmen! Aber Fehlanzeige! Wie es scheint, hat unser Besucher sich einfach in Luft aufgelöst.«

Abermals fühlte Tzonov sich an Nathans Vater erinnert. Doch Siggi hatte Stein und Bein geschworen, dass Nathan nicht über die Fähigkeiten seines Vaters verfügte. Außerdem hatte Nathan als Gefangener eingeschüchtert und völlig mutlos gewirkt. »Ich nehme an, Ihre Männer sind noch draußen und suchen ihn?«

Krasin nickte. »Ich habe Leute in alle Dörfer und Camps in der Nähe geschickt. Die Lkws, die nach Beresowo unterwegs sind, wurden zwar durchsucht. Aber ich habe ihnen trotzdem einen Kradmelder hinterher gesandt, damit sie noch einmal alles überprüfen. Meiner Meinung nach ist das allerdings alles Zeitverschwendung! Ich glaube, irgendjemand hat ihm geholfen!«

Tzonov schüttelte den Kopf. »Jemand von hier? Aus Perchorsk? Unmöglich! Wer sollte so etwas tun?«

»Die Briten!«

»Hm? Wie denn? Sie sind doch selbst nichts anderes als Gefangene! Den Berichten unserer Agenten aus den Botschaften zufolge gibt es eine verstärkte ESP-Aktivität in London, aber nicht hier in unserer Gegend. Wie hätten sie das überhaupt anstellen sollen?«

Krasin hatte schon des Öfteren mit dem sowjetischen E-Dezernat zusammengearbeitet, wenn es darum ging, Tzonovs verdeckte Pläne mit Gewalt umzusetzen. Er hegte die größte Bewunderung für seinen Auftraggeber. Dennoch war ihm klar, dass Tzonov, obschon er sich auf telepathischem Weg Informationen beschaffen konnte, niemals einen echten Agenten abgeben würde, also einen Geheimdienstmann im herkömmlichen Sinn. Sein Talent stand ihm im Weg. Er verließ sich zu sehr aufs Gedankenlesen und konnte manchmal vor lauter Bäumen den Wald nicht sehen. »Die Briten haben von Anfang an über diesen Ort Bescheid gewusst«, erwiderte Krasin. »Vom Weltall aus dürfte Perchorsk der meistfotografierte Ort der Welt sein. Im Norden bis Vorkuta und im Süden bis Sverdlowsk kennen sie hier jeden Weg und Steg. Wenn sie unserem Besucher eine Botschaft oder sogar eine Karte zugespielt haben ...«

»Er kann doch noch nicht einmal lesen!«, fuhr Tzonov ihn an.

»Aber er hat Augen im Kopf! Er ist nicht dumm!«

»Eben haben Sie mir noch erzählt, es gebe keine Spuren.« Tzonovs Laune war auf dem Tiefpunkt.

»Er ist ein Szgany«, unterbrach Siggi ihn. »Er stammt von der Sonnseite und kennt sich damit aus, wie man Spuren verwischt. Selbst die Wamphyri haben ihn lange Zeit nicht erwischt! Draußen in der Wildnis wird es so sein, als würde man einen Unsichtbaren jagen!«

»Die Briten!«, knurrte Tzonov. »Heute Morgen habe ich einen Mann zu ihnen geschickt, der sie wecken sollte. Aber ich habe nichts davon verlauten lassen, dass unser Besucher geflohen ist, damit sie nicht etwa auf die Idee kämen, ihm irgendwie behilflich zu sein. Sie waren ohnehin nicht zu viel zu gebrauchen. Wahrscheinlich war die Wirkung der Droge noch nicht ganz abgeklungen ... Mittlerweile dürften sie allerdings nichts mehr davon spüren.« Er legte die Stirn in Falten und fuhr achselzuckend fort: »Offensichtlich waren sie nicht ganz bei sich. Und wie es aussah, wussten sie von nichts. Ich habe ihnen ausrichten lassen, dass ich dringend wegmusste, ihnen aber sofort wieder zur Verfügung stünde, sobald ich zurück sei.«

»Aber die beiden haben doch ihre Talente«, zeigte Krasin sich beharrlich. »Und Sie selbst haben ja schon mehrfach gesagt, dass ihrer Organisation niemand etwas vormacht. Die beiden haben den Besucher gesehen und mit ihm gesprochen. Und wenn sie ihm nicht auf irgendeine Art geholfen haben, warum hatten sie es dann so eilig, die Anlage zu verlassen?«

»Wie bitte?«

»Sie sind verschwunden!«, sagte Krasin. »Immerhin waren sie auf Einladung Gustav Turchins hier und haben sich auf ihn berufen. Das genügte, sie wieder herauszulassen. Sie, Turkur, hatten die Anlage kaum verlassen, da wandten die beiden sich an

Projektdirektor Vanadze, und er sorgte dafür, dass sie nach Moskau geflogen wurden. Zu dem Zeitpunkt war der Jet-Copter natürlich wieder zurück. Ich habe das Ausladen der Maschine persönlich überwacht. – Keine Sorge!« Beschwichtigend hob er die Hand. »Die Briten haben nichts mitbekommen!«

»Vanadze hat sie gehen lassen?« Tzonov konnte es nicht fassen.

»Wie hätte er es denn verhindern sollen? Er hat sie gebeten, so lange zu warten, bis Sie wieder zurück wären, aber davon wollten die beiden nichts wissen. Sie haben damit gedroht, sich an Gustav Turchin persönlich zu wenden, und das war's! Unser Premierminister ist doch nichts als eine Marionette. Mit seiner Politik hat er sich vollkommen von den westlichen Wirtschaftssystemen abhängig gemacht. Sein politisches Schicksal liegt in den Händen der USA, des wiedervereinten Deutschlands und Großbritanniens. Er hätte doch sofort angeordnet, die Briten gehen zu lassen, und uns allen dabei gleich noch die Hölle heiß gemacht!«

»Sie sind einfach so mir nichts, dir nichts weggeflogen?« Es wurde ja immer besser.

Krasin blieb nichts anderes übrig, als die Achseln zu zucken. »Ja. Um 11.45 Uhr ging eine Hawk der British Airways von Moskau nach London. Im Augenblick ... dürften sie gerade beim Landeanflug sein. Aber selbst wenn Sie hier gewesen wären, was hätten Sie denn ausrichten können? Immerhin waren sie unsere Gäste und keine Gefangenen.«

Sie hatten den Grund der Schlucht fast erreicht. Knapp sechzig Meter unter ihnen lag grau und düster der Stausee. Winzige Gestalten in weißen Winteruniformen wimmelten wie Ameisen über das Geröll der vereisten Hänge. Als das Raupenfahrzeug auf die Rampe einbog, die zu dem Posten vor dem massiven Sicherheitstor der Anlage führte, beruhigte sich Tzonov ein bisschen. »Und Sie sind sich wirklich hundertprozentig sicher, dass die Briten den Apparat nicht gesehen haben?«

»Hundertprozentig, Genosse!«

Tzonov atmete tief durch. »Dann müssen wir es durchziehen.«

Siggi runzelte die Stirn. »Was denn durchziehen?« Da sie ihren

Geist lückenlos vor ihm abgeschirmt hatte, hatte sie sich leider auch die Möglichkeit verbaut, seine Gedanken zu lesen.

»Das Ganze geht doch den Bach runter!«, herrschte Tzonov sie an. »Und uns beide wird man dafür zur Rechenschaft ziehen – es sei denn, wir drehen die Sache so, dass wir gut dabei wegkommen. Betrachten wir es mal von der anderen Seite: Warum sind die britischen ESPer denn so überstürzt abgereist? Weil sie hier nur herumschnüffeln wollten! Das jedenfalls werden wir verbreiten. Und was genau führten sie im Schilde? Nun, wir nehmen an, sie haben unserem Besucher aus Starside zur Flucht verholfen. Möglicherweise haben sie als eine Art Katalysator auf ihn eingewirkt, damit er dieselben Fähigkeiten entwickeln konnte, über die sein Vater verfügte. Und verdammt nochmal« – er hieb mit der flachen Hand gegen die stählerne Tür des Kettenfahrzeugs – »vielleicht liegen wir damit gar nicht so falsch!«

Das Tor öffnete sich, und sie fuhren hindurch. Während der Lärm des Motors erstarb und sie aus dem Fahrzeug stiegen, malte Tzonov sich die Geschichte, die er seinen Vorgesetzten auftischen gedachte, weiter aus. Er bedeutete Krasin und Siggi, mit ihm zur Seite zu treten, und senkte die Stimme. »Was also sollen wir tun? Wie *würden* wir denn reagieren, wenn unsere Geschichte wahr wäre? Wir wären doch vollkommen aus dem Häuschen, außer uns vor Zorn! Warum auch nicht? So wie die Briten unsere Gastfreundschaft erwidern! Mit ihrem ... *Verrat!* Kaum dass man ihnen den Rücken kehrt, legen sie einen rein und machen sich aus dem Staub! Die Belegschaft von Perchorsk wird unsere Aussagen bestätigen. Sie haben ja gesehen, wie freundlich wir mit Trask und Goodly umgegangen sind. Außerdem würden sie es nie wagen, sich gegen mich zu stellen.«

»Aber wir haben die beiden unter Drogen gesetzt«, rief Siggi ihm ins Gedächtnis. »Das war möglicherweise ein Fehler.«

»Nein!« Er schüttelte den Kopf. »Ich musste zusehen, dass sie uns nicht stören konnten. Immerhin hatte ich vor, das Waffenlager zu verlegen und in ein besseres Versteck zu bringen. Außerdem waren wir im Begriff, den Besucher aus dem Tor zu holen. Ich wollte ihn vernehmen ... oh, und noch einiges andere mehr! Und bei all dem durften sie uns nicht in die Quere kommen. *Ha!* Na ja, im Zweifelsfall steht eben Aussage gegen Aussage! Sie haben nicht den geringsten Beweis! Wenn sie irgendwelche Anschuldigungen erheben, dann nur als Vorwand, um ihre Sabotagetätigkeit zu decken. Ja, natürlich, sie sind Saboteure, und jetzt haben sie erreicht, was sie wollten. Sie haben ein Wesen von einem fremden Planeten freigelassen und auf uns gehetzt, das über Fähigkeiten verfügt, von denen wir noch nicht einmal zu träumen wagen! Und unsere Antwort ... wird darin bestehen, diesen Nathan zum Abschuss freizugeben. Jeder unserer Agenten erhält den Befehl, unverzüglich zu schießen, sobald er ihn auch nur sieht!«

Siggi schauderte innerlich. Es schien beinahe, als glaube Tzonov selbst an das, was er sich da gerade ausdachte ...

Ein Unteroffizier erschien im Eingangsbereich. Er kam aus der Richtung des Kontrollraums. Vor Krasin nahm er Haltung an, grüßte Tzonov militärisch und zog einen dünnen Notizblock aus einer schwarzen Aktentasche.

»Herr Feldwebel«, wandte er sich an Krasin. »Ihr Befehl lautete, die Räume zu durchsuchen, in denen die Briten untergebracht waren. Das habe ich getan und dabei dies hier gefunden!«

Krasin besah sich den Notizblock. »Da steht nichts drin«, sagte er schließlich.

»Das liegt an der Beleuchtung«, erklärte der Unteroffizier. »Wenn Sie genau hinsehen, werden Sie feststellen, dass sich etwas durchgedrückt hat.«

»Gut gemacht. Sie können den Block hier lassen!« Damit entließ Krasin den Mann.

In Tzonovs Unterkunft betrachteten die drei den Notizblock im Licht einer starken Lampe. Der Unteroffizier hatte Recht. Mit einem weichen Bleistift schraffierte Tzonov das Papier, bis die Schrift deutlich zu erkennen war.

»Was soll denn das sein?« Er legte die Stirn in Falten. Doch schon im nächsten Moment verschwand sein Stirnrunzeln, und in seiner Miene spiegelte sich so etwas wie Erkennen. Was er vor sich sah, war eine Zeichnung, die eine flache, gewundene Schleife in Form einer liegenden Acht darstellte. »Nathans Ohrring?«

»Mehr als das«, hauchte Siggi. »Es handelt sich um eine Möbiusschleife. Und das ist die Verbindung ...« – Im ersten Augenblick hätte sie sich am liebsten auf die Zunge gebissen, doch dann besann sie sich eines Besseren. Das Ganze war zu einfach. Jemand hatte einen Notizblock, der möglicherweise als Beweis dienen konnte (zumindest in Turkur Tzonovs Augen), in Trasks Zimmer liegen lassen, wo man ihn auf jeden Fall entdecken würde!

»... zu Harry Keogh!«, führte Tzonov ihren Gedanken zu Ende. »Ja, ich erinnere mich! Als Keogh sich zum ersten Mal vor Zeugen teleportierte, hatte er gerade das Grab von August Ferdinand Möbius in Leipzig besucht. Die Volkspolizei hatte ihm eine Falle gestellt und ihn in die Enge getrieben – aber er verschwand, löste sich einfach in Luft auf, nur um im Chateau Bronnitsy wieder aufzutauchen, der damaligen Zentrale unseres E-Dezernats. Er hat es in Schutt und Asche gelegt! – Sie hatten Recht, Bruno«, wandte er sich an Krasin, »und diese Kritzelei hier sagt alles. Damit hat Trask sich verraten! Er wollte genau dieselbe Strategie anwenden, die die Briten schon früher benutzt haben, und unseren Außerirdischen nach Leipzig schicken, in der Hoffnung, dass das größte Talent, über das sein Vater, der Necroscope, verfügte, in ihm wiederaufersteht. Nur wird das nicht funktionieren. Im Gegenteil, es wird mit ihm sterben!«

Krasin nickte. Er war zwar nicht vertraut mit der Akte Keogh, aber Tzonovs Begeisterung für diese viel versprechende neue Entwicklung war ansteckend. »Und worin besteht unser nächster Schritt?«

»Ich werde mit Moskau reden müssen, mit Turchin«, erwiderte Tzonov. »Er muss mir in dieser Angelegenheit freie Hand geben. Ich will diesen Nathan tot sehen, was es auch kosten mag. Immerhin ...« – er bedachte Siggi mit einem kurzen Blick – »... haben wir schon einiges aus ihm herausbekommen. Jetzt brauchen wir ihn nicht mehr. Am besten, wir setzen der Sache nun ein Ende. Dann haben die Briten auch keine Möglichkeit mehr, sich seiner zu bedienen.«

Abermals nickte Krasin. »In der Zwischenzeit fahren wir mit unserer Suche fort und ziehen den Kreis immer weiter. Wir müssen ja nicht abwarten, bis er in Leipzig auftaucht!«

»Genau!« Tzonov klopfte ihm auf die Schulter. »Na gut, einverstanden! Machen wir es so!«

Siggi verließ seine Unterkunft als Letzte. Bevor sie ging, nahm sie noch einmal den Notizblock in die Hand und betrachtete die primitive, verräterische Zeichnung. Doch als sie endlich allein in ihrem Zimmer war, lächelte sie insgeheim und dachte: *Nun, Mister Ben Trask, Mister menschlicher Lügendetektor! Nur weil dein Talent darin besteht, Lügen zu erkennen, heißt das ja noch lange nicht, dass du nicht auch mal zu einer Notlüge greifst, nicht wahr? Was hast du über mich gedacht? Du würdest viel für eine Nummer mit mir geben!? Nun, das kann ich dir verzeihen. Ich weiß ja, dass du mich damit nur testen wolltest. Aber vielleicht gibst du dich mit einem Kuss zufrieden ...*

Lächelnd warf sie eine Kusshand ins leere Zimmer.

Als Trask und Goodly die Zollkontrolle in Heathrow passierten, wurden sie von dem Lokalisierer Frank Robinson abgeholt. Robinson war Anfang vierzig, sah aber nicht älter aus als achtundzwanzig oder neunundzwanzig. Mit seinen Sommersprossen und dem blonden Schopf wirkte er wie ein Schuljunge. Er würde wohl immer irgendwie jugendlich aussehen. Sein Hiersein diente einem doppelten Zweck. Zum einen holte er den Chef des britischen E-Dezernats und einen Kollegen vom Flughafen ab, zum andern hielt er Ausschau nach etwaigen ESP-Spionen. Während der letzten vierundzwanzig Stunden hatte es einige ungewöhnliche ESP-Aktivitäten gegeben, die meisten hatten ihren Ursprung in der russischen Botschaft. Es war schon eine ganze Weile her, dass die Ereignisse sich derart zugespitzt hatten.

Auf der Fahrt zur Zentrale vergeudete Trask gar nicht erst seine

Zeit damit zu fragen, woher man beim Dezernat wusste, dass er und Goodly nach Hause kamen. Er ging automatisch davon aus, dass sie über jeden seiner Schritte informiert waren. Wonach er sich jedoch erkundigte, war der gegenwärtige Stand der Dinge. »Welche Maßnahmen laufen im Moment gegen die Russen?«

»Nichts als Diplomatie«, erwiderte Robinson.

Trask wusste, was das hieß. Jemanden, der diplomatische Immunität genoss, unter Druck zu setzen, war nicht einfach. »Könnten Sie vielleicht etwas deutlicher werden?«

»Nun, einer ihrer Spitzentelepathen war gerade dabei, ein bisschen herumzuschnüffeln, als ich auf ihn aufmerksam wurde. Der Kerl war ziemlich dreist! Er hatte sich ein Zimmer in dem Hotel direkt unter dem Hauptquartier genommen und lauschte aus nächster Nähe! Wir haben unsere Freunde vom Sicherheitsdienst eingeschaltet. Sie stoppten ihn wegen einer Geschwindigkeitsübertretung und schoben ihm ... äh, ›fanden‹ ein paar äußerst illegale Substanzen in seinem Wagen. Ts, ts! Solange das Außenministerium die Angelegenheit untersucht, darf er die Botschaft nicht verlassen. Außerdem fahren noch zwei von Tzonovs Leuten ständig in der Gegend herum und versuchen ein Störfeld zu errichten, um unseren telepathischen Empfang zu unterbrechen. Gegenmaßnahmen haben wir keine eingeleitet! Es genügt zu wissen, wo sie sich aufhalten und was sie vorhaben. Bisher haben sie ohnehin nichts Nennenswertes zustande gebracht. Ach ja, und unsere kleinen gelben Freunde interessieren sich auch mal wieder für uns. Aber da Peking zur Zeit wieder gemeinsame Sache mit Moskau macht, haben wir in der Richtung ebenfalls nichts unternommen. Wir halten lediglich ein bisschen die Augen offen, das ist alles.«

»Huh!«, ächzte Trask. »Eigentlich dürfte ich mir gar keine Sorgen machen, ich weiß! Aber irgendetwas kommt mir hier komisch vor. Wenn sie es per ESP nicht schaffen, vielleicht hören sie uns dann sonst wie ab.« Das war die andere Möglichkeit, welche die moderne Spionage bot: High Tech! Normalerweise rissen die ESPer ihre Witze darüber, doch diesmal meinte Trask es ernst.

Seit nunmehr über dreißig Jahren war die Überwachungselektronik weltweit einer der sich am schnellsten entwickelnden Industriezweige.

»Hm, das Auto könnte verwanzt sein.« Robinson zuckte die Achseln. »Aber damit müssen wir leben. Wir können uns doch nicht immer nur konspirativ verhalten!«

»Wir könnten es zumindest versuchen!«, erwiderte Trask. »Und diesmal ist es wichtiger denn je. Aber Schluss jetzt, reden wir nicht mehr davon! Und ich hebe mir auf, was ich zu sagen habe, bis wir in einem abhörsicheren Raum sind.«

»Wie Sie wünschen«, nickte Robinson. »Aber lassen Sie mich Ihnen wenigstens so viel verraten: In der Zentrale wartet eine Überraschung auf Sie!«

»Eine gute oder eine schlechte?«

Robinson konzentrierte sich auf eine Kurve und konnte im Moment nicht antworten. Der Hellseher Ian Goodly saß mit Trask im Fond des Wagens. Er blickte geflissentlich aus dem Fenster und sagte nichts. Vielleicht verbarg er aber auch nur sein Gesicht, denn um seine Lippen spielte ein breites Grinsen. Endlich setzte Robinson zu einer Antwort an. »Eine gute oder eine schlechte? Ach, Sie meinen die Überraschung! Hm, es ist etwas Gutes, nehme ich an. Eigentlich sogar etwas überaus Großartiges!«

»Das werden wir ja sehen«, knurrte Trask. Damit war die Unterhaltung beendet ...

Nachdem die in der Aufzugwand versteckten Scanner nicht ansprachen und sie schließlich nach oben in die Zentrale fuhren, fragte Trask: »Um was für eine Überraschung handelt es sich denn?«

Robinson grinste. »Ich glaube, das möchte sie Ihnen gern selber sagen!«

Sie? Trask war nicht zu Spielchen aufgelegt und stand kurz davor, dies auch kundzutun, als die Fahrstuhltüren sich mit einem Zischen öffneten. Sie traten in die vertraute Umgebung hinaus. Die Tür zu seinem Büro am Ende des Korridors war nur angelehnt. Dahinter hörte Trask Stimmen. Die eine klang sanft, doch obwohl ihr Besitzer unverkennbar ein Londoner war, betonte er die Zischlaute zu sehr – es handelte sich um David Chung, der während Trasks Abwesenheit das Dezernat leitete. Die andere gehörte einer Frau und kam Trask irgendwie bekannt vor.

»Sie sind da!«, ließ Chung sich laut und deutlich vernehmen. Trask und Goodly war klar, dass er von ihnen sprach. Aber mit wem? Goodly glaubte es zu wissen, sagte jedoch noch nichts. Sie wurden nicht lange auf die Folter gespannt. Als die Frau auf den Flur trat, sah Goodly, dass er Recht gehabt hatte. Mitunter lohnte sich ein Blick in die Zukunft eben doch!

Auch Trask erblickte sie, und ihm klappte der Kiefer nach unten: Zek Föener!

Nur wenige Meter trennten sie. Ben Trask und Zek Föener sahen einander an. Beide hatten sich verändert, die Jahre waren nicht spurlos an ihnen vorübergegangen.

Doch als sie zögernd aufeinander zugingen, schien es, als würde die Zeit zurückgedreht.

Zek war noch immer eine sehr schöne Frau. »Nein«, korrigierte Trask sich in Gedanken, »streichen wir das ›noch‹.« Zekintha Föener war schlicht und einfach schön, und das würde sie wohl immer bleiben. Mit ihren einsfünfundsiebzig war sie nur wenige Zentimeter kleiner als Trask. Sie hatte lange Beine und war schlank, blond und hatte blaue Augen. Ihre Mutter, eine Griechin, hatte sie nach Zante oder vielmehr Zakinthos benannt, der Mittelmeerinsel, auf der sie geboren worden war. Trask würde nie vergessen, welchen Anblick sie damals draußen in der Ägäis geboten hatte, als der Albtraum mit Janos Ferenczy ein Ende fand. Mit dem Boot von Manolis Papastamos hatten sie sich auf die Suche nach Ferenczys weißem Schiff, der *Lazarus*, gemacht, um es samt seiner Vampir-Crew zu versenken.

Zek hatte einen gelben Bikini angehabt, ein winziges Etwas, das der

Fantasie nicht mehr viel Raum ließ. Ihr geschmeidiger Körper war von der Sonne gebräunt gewesen, und sie hatte einfach umwerfend ausgesehen. Ihre Augen waren so blau gewesen wie das Mittelmeer. Mit ihrem blonden, goldschimmernden Haar und dem betörenden Lächeln zog sie die Aufmerksamkeit eines jeden Mannes auf sich. Ebendarin hatte ihre Absicht bestanden. Es war etwas, was ihr Lady Karen auf Starside beigebracht hatte. Selbst wenn ein Mann auf der Hut war und nach ganz anderen Dingen Ausschau hielt, fiel es einer schönen Frau vergleichsweise leicht, ihn abzulenken. Und dies galt nicht allein für Männer, sondern mitunter auch für Monster ...

Eines durfte man bei all dem nicht vergessen: Abgesehen davon, dass ihr als Telepathin niemand das Wasser reichen konnte (ihr Vater war ein ostdeutscher Parapsychologe gewesen), war Zek Föener wahrscheinlich auch der einzige noch lebende Mensch, der genau über die Ursprungswelt der Wamphyri Bescheid wusste. Zek war dort gewesen, hatte dort endlose Wochen und Monate verbracht, sowohl bei den Travellern als auch bei den Wamphyri, und hatte, auf sich allein gestellt, überlebt, bis Jazz Simmons sie fand. Seitdem hatte nichts mehr die beiden zu trennen vermocht.

Trask kehrte wieder in die Gegenwart zurück. Zek musste jetzt ... über fünfzig sein? Doch man sah es ihr nicht an! Obwohl sie nichts, rein gar nichts mit Siggi Dam gemeinsam hatte, fiel es Trask schwer, die beiden Frauen nicht miteinander zu vergleichen. Vielleicht lag es daran, dass Siggi, ihr blondes Haar und ihre schlanke Gestalt, noch deutlich vor seinem geistigen Auge stand. Doch damit erschöpften sich die Gemeinsamkeiten. Es war wie der Unterschied zwischen einem dänischen Fjord und der Côte d'Azur.

Anders ausgedrückt: Siggi Dam war eine makellos schöne Frau und ausgerechnet darum, gemessen an menschlichen Maßstäben, unvollkommen; Zek Föener hingegen vereinte so viele kleine Fehler in sich, dass sie schon wieder vollkommen wirkte! Ihre Lippen zum Beispiel waren eine Idee zu voll. Mehr noch, sie fingen an zu beben, wenn Zek zornig war. Ihr Kiefer stand etwas vor, und wenn Zek sich ärgerte, lief um ihre Mundwinkel ein Zucken. Anders als bei Siggi – und, was das anging, auch bei Turkur Tzonov – waren Zeks beide Gesichtshälften keineswegs symmetrisch, aber gerade dies machte sie so sympathisch. Trask jedenfalls wusste, wem er den Vorzug gab.

Er wusste ebenfalls, dass er diese Gedanken mit niemandem teilte, denn Zek würde sein Vertrauen nicht missbrauchen. Niemals würde sie seine Gedanken lesen, wenn er es nicht ausdrücklich wünschte. Denn obwohl die übersinnlich begabten Agenten des E-Dezernats so eng wie nur möglich zusammenarbeiteten, war es wesentlich, dass sie so etwas wie eine Privatsphäre behielten und ihre Persönlichkeit nicht aufgaben. Und da Zek selbst eine großartige Telepathin war, verstand es sich auch von selbst, dass sie sich an diesen Kodex hielt.

Andererseits konnte es bei der Ausübung ihrer Pflicht, zumindest rein theoretisch, beispielsweise wenn das Leben eines Kollegen in Gefahr war oder gar die Existenz des E-Dezernats auf dem Spiel stand, durchaus einmal notwendig werden, dass sie ihre Gedanken miteinander verschmelzen mussten, um als Einheit zu agieren. Bisher war so etwas noch nie vorgekommen, und das würde es auch nicht, solange der Preis dafür ein Schaden an der Persönlichkeit war.

Dennoch hätte Trask zu gern gewusst, wie er denn nun auf Zek wirkte. Auch er hatte sich ganz gut gehalten, wenn auch vielleicht nicht ganz so gut wie sie.

»Ben«, sagte sie schließlich und musterte ihn von oben bis unten. »Du hast dich ganz gut gehalten!« Hätte er es nicht besser gewusst ... Doch nein, das würde sie niemals tun! Sie brachte ein halbherziges Lächeln zustande. Vielleicht war sie ja müde.

»Das habe ich mir auch gerade gedacht«, entgegnete er. »Ich meine, natürlich von mir! Du dagegen ...«, er zuckte die Achseln, »... bist nicht einen Tag älter geworden!«

»Du Schwindler!« Ihr Lächeln war immer noch schwach. »Aber immerhin, ein netter Versuch!«

»Wann bist du angekommen?« Sie reichten einander die Hände und umarmten sich flüchtig.

»Vor zwei Stunden. Mit der Nachtmaschine aus Athen.«

»Allein?« Trask hob eine Augenbraue. David Chung erschien

in der Tür vor Trasks Büro und trat zu ihnen. Er versuchte, Trask ein Zeichen zu geben. Doch es war schon zu spät.

Zek erwiderte Trasks Blick, ohne auch nur zu blinzeln. »Jazz ist vor sechs Wochen gestorben«, sagte sie leise. »Er war seit fast einem Jahr krank.«

Trask schloss die Augen und seufzte schwer. »Oh, Zek! Es ...«

Er wollte sie in den Arm nehmen, doch sie wich einen Schritt zurück und schnitt ihm das Wort ab. »Bevor Jazz starb, wollte er, dass ich noch ein paar Dinge in Ordnung bringe. Um Harrys willen!«

»Ist das der Grund, warum du hergekommen bist?«

Sie nickte. »Außerdem dachte ich mir, ihr könntet mich vielleicht brauchen. Seit ungefähr einer Woche habe ich so eine Ahnung, dass etwas im Schwange ist. Ich meine, nachdem Harry ... von uns gegangen war, fühlte ich mich irgendwie leer, einfach abgeschaltet. Aber seit fünf oder sechs Tagen kommt es mir so vor, als habe jemand den Schalter wieder umgelegt. David hier hat mir ein paar Sachen erzählt, aber nicht alles. Na ja, ich denke, das wirst du wohl übernehmen wollen.«

»Heißt das, du willst wieder mit uns zusammenarbeiten?« Er konnte es kaum glauben.

Abermals nickte sie. »Vorerst jedenfalls. Jazz hätte es so gewollt.«

Trask spürte, dass sie die Wahrheit sprach. »Ich sehe, dass du auf dem Laufenden bist«, sagte er. Und zu Chung, nun etwas eindringlicher: »Wo sind überhaupt alle?«

»In der Einsatzzentrale – bei der Arbeit. Sie halten die Augen auf, treffen ihre Vorbereitungen oder warten ganz einfach – auf dich. Ein einziges Wort von dir und wir holen ihn raus!«

»Ihn rausholen? Das wäre nur das letzte Mittel«, meinte Trask. »Aber ihn herausgeleiten – das ist etwas anderes.« Abermals blickte er Zek an. »Hast du schon alle kennen gelernt? Weißt du Bescheid? Hat David sich um dich gekümmert? Ich meine, ich will dich nicht ins kalte Wasser werfen, Zek! Aber du hast Recht: Hier ist etwas im Schwange!«

Damit war das Eis gebrochen, und Zeks Gesicht hellte sich auf.

»David hat zwar sein Bestes gegeben«, sie lächelte, »aber alle habe ich noch nicht kennen gelernt.«

»Nun, das ist Ian Goodly«, machte Trask sie bekannt. »Ians Spezialität ist das Hellsehen. Ian, darf ich dir ...«

»Ich weiß! Zekintha Föener!« Goodly reichte ihr die Hand. »Ich bin überzeugt davon, dass Sie ein unschätzbarer Gewinn für uns sind!«

»Das ist Zek mit Sicherheit«, meinte Trask.

Doch Goodly warf ihm nur einen kurzen Blick zu und betrachtete Zek abermals mit jener eindringlichen, beunruhigenden Art, die er mitunter an den Tag legte. »Nein«, sagte er. »Was ich sagen will, ist, dass sie uns von Nutzen sein *wird* – und zwar von diesem Augenblick an. Sehr erfreut, Ihre Bekanntschaft zu machen, Zek! Keine Sorge, Sie werden sich mit jedem hier blendend verstehen!«

Goodly war ihr auf Anhieb sympathisch. Während sie den Gang entlang auf die Einsatzzentrale zugingen, erkundigte sie sich: »Sie können in die Zukunft sehen?«

»Sofern die Zukunft es zulässt«, erwiderte er, »und auch dann nur, wenn ich es nicht vermeiden kann.« Sein Gesicht hatte wieder den gewohnt düsteren Ausdruck angenommen.

»Ist es denn so schlimm?«

»Vielleicht werde ich es Ihnen eines Tages erklären«, entgegnete er, »wenn Sie sich hier eingelebt haben.«

Trask hatte Mühe, an sich zu halten. Er kannte Goodly jetzt seit zwanzig Jahren, und so etwas hatte der Hellseher ihm noch nie in Aussicht gestellt. Nun ja, so ganz stimmte das auch wieder nicht, doch noch nie hatte er Goodly so entgegenkommend erlebt. Andererseits war Trask ja auch nicht Zek Föener ...

VIERTES KAPITEL

Es dauerte eine Viertelstunde, bis Zek auf dem Laufenden war. Sie vorzustellen und ihr zu erklären, wer was machte beziehungsweise über welches Talent verfügte, stellte kein Problem dar. Zek hörte einfach zu und wusste sofort, um was es ging. Damals, als Gregor Borowitz noch der Chef der Gegenseite gewesen war, und auch während Iwan Gerenkos Schreckensregiment hatte sie für das sowjetische E-Dezernat gearbeitet. Mehr noch, sie war eng mit dem Necroscopen befreundet gewesen und hatte mit eigenen Augen gesehen, wozu er fähig war. Außerdem wusste sie, was aus ihm geworden war, ehe er sich auf den Weg nach Starside begeben hatte. All dies prädestinierte sie geradezu für einen Job beim E-Dezernat.

Schließlich wurde es Zeit, alle ins Bild zu setzen. Das schloss Ian Goodly mit ein. In Perchorsk war einiges geschehen, von dem selbst Goodly noch keine Ahnung hatte, und Trask fragte sich, was für ein Gesicht er wohl machen würde, wenn er davon erfuhr. Nun, vielleicht hatte er ja auch eine seiner Vorahnungen gehabt und wusste bereits alles. Anders als Trask brauchte er manche Dinge nicht erst zu erleben ... Das machte es ja so schwer, mit ESPern zusammenzuarbeiten.

Trask bedeutete allen, Platz zu nehmen, und lief einen Augenblick lang vor den Reihen auf und ab, um sich zu sammeln. Zu David Chung gewandt begann er: »Wie hoch ist die Wahrscheinlichkeit, dass wir von der Gegenseite abgehört werden?«

»Nicht sehr hoch«, antwortete Chung. »Es ist alles ein bisschen zu schnell für sie gegangen. Hätten sie es innerhalb der letzten vierundzwanzig Stunden geschafft, ein paar gute Telepathen nach London zu schaffen, ja dann ... Aber das ist nicht der Fall! Ihre Telepathen hier vor Ort sind mehr oder weniger Ausschuss, und ihren besten Mann haben wir in der Botschaft festgesetzt. Sie unternehmen noch nicht einmal den Versuch, uns zu belauschen. Das Einzige, was sie tun können, ist, den Äther ein bisschen zu stören.«

Trask warf Zek, die ganz vorn saß, einen Blick zu und neigte den Kopf fragend zur Seite. Sie legte die Hand an die Stirn und schloss die Augen. Im nächsten Moment nickte sie. »Es gibt jede Menge Störungen da draußen, aber nichts im Besonderen, nur allgemeine Ablenkungsversuche. Sie haben keine Ahnung, worauf sie sich konzentrieren sollen. Ich schätze, ich würde es merken, wenn uns jemand belauscht.«

»In Ordnung«, sagte Trask. »Machen wir es kurz: Wir sind also in den Ural geflogen, in die Anlage von Perchorsk, um einen Mann zu überprüfen, der durch das Tor gekommen ist. Unsere Aufgabe bestand darin herauszufinden, ob er überhaupt ein Mensch ist. Wir folgten damit einer Einladung des Chefs der Gegenseite, Turkur Tzonovs – dachten wir jedenfalls. Doch dann zeigte sich, dass Gustav Turchin es ihm befohlen hatte. Tzonov machte gute Miene zum bösen Spiel und versuchte uns für seine Zwecke zu missbrauchen. Tzonovs Besucher *ist* ein Mensch, aber keinesfalls ein gewöhnlicher. Und damit ihr alle aufhören könnt, euch mit der Frage zu quälen: Nein, es handelt sich nicht um das Baby, das wir damals hier in unserer Zentrale in Pflege hatten und das sich später mit seiner Mutter nach Starside teleportierte und dort zum legendären Herrn des westlichen Gartens heranwuchs! Bei dem Besucher, der durch das Tor gekommen ist, handelt es sich zwar ebenfalls um einen Sohn Harry Keoghs, aber nicht um den Herrn des Gartens!

Nun, ich bin kein Telepath, aber Nathan – so heißt er – hat nicht weniger als dreimal telepathisch Kontakt zu mir aufgenommen. Dazu gehört schon ein sehr großes Talent, auch wenn der Empfänger für den Kontakt bereit ist, wie dies bei mir der Fall war. Als ESPer gehen wir zwar davon aus, dass es die unterschiedlichsten Talente gibt, und sind deshalb empfänglicher dafür als andere Menschen. Dennoch ist Nathans Talent außergewöhnlich. Er ist mindestens genauso gut, wahrscheinlich sogar besser als die besten Telepathen, die wir haben.

Worum es während unserer ersten beiden Gespräche ging, ist nicht weiter von Belang. Aber mit dem dritten ...« – Trask hielt inne und warf einen Blick auf Ian Goodly. Dieser hatte von all dem keine Ahnung und war nun ganz Ohr. – »... verhält es sich anders. Es geschah letzte Nacht beziehungsweise ganz früh heute Morgen. Nathans telepathische ›Stimme‹ erreichte mich im Schlaf, aber ich spürte, dass es sich um weit mehr handelte als nur um einen gewöhnlichen Traum. Sie hatten ihn eingesperrt, aber irgendwie war es ihm gelungen, sich zu befreien – fragt mich nicht, wie! Er befand sich auf der Flucht, und sein Ziel war jenes zweite Tor in Rumänien, sein einzig möglicher Rückweg nach Starside. Mehr will er gar nicht! Nathan versucht nur nach Hause zu gelangen, weil er dort irgendetwas erledigen muss – was, hat er mir nicht gesagt!

Er brauchte dringend Hilfe! Aber hatte ich denn überhaupt eine Möglichkeit, ihm zu helfen, ihm ein paar Hindernisse aus dem Weg zu räumen? Nun ja, vielleicht schon! Doch selbst wenn ...

Ich sagte ihm, dass er es niemals schaffen würde. Selbst wenn er die rumänische Grenze erreichen sollte, würden dort Tzonovs Leute auf ihn warten. Und Tzonov wäre erst der Anfang, denn danach ... Ohne unsere Hilfe hat Nathan nicht die geringste Chance, auch nur in die Nähe der Stelle zu gelangen, an der der Fluss wieder auftaucht. Ich habe ihm gesagt, dass wir den Ort bewachen lassen, und ihm sogar ein paar Dinge über die Höhle von Radujevac erzählt. Wenigstens haben wir da draußen die Kontrolle, sodass es zumindest den Hauch einer Chance geben könnte. Aber wie es im Moment aussieht ... Es steht doch außer Frage: Er kann den unterirdischen Fluss bis zum Tor weder durchschwimmen noch sonst wie dahin gelangen. Das ist völlig unmöglich. Harry Keogh war der Einzige, der es jemals geschafft hat, und Nathan verfügt nicht über die Kräfte seines Vaters – jedenfalls noch nicht.

Wie denn auch? Er ist bei den Travellern aufgewachsen, unter Zigeunern, ständig auf der Flucht vor den Wamphyri. So etwas wie unsere Naturwissenschaften hat sich bei den Travellern nie entwickelt, und sie haben keine Ahnung vom Rechnen. Wir wissen jedoch, dass die Spezialität des Necroscopen ein mathematischer

Trick war, den er nach Belieben heraufbeschwor – metaphysische Mathematik, Möbiusgleichungen, und das hat nichts, rein gar nichts mit Multiplikationstabellen oder Rechenschiebern zu tun. Nathan hat nie eine Schule besucht. Tief im Innern weiß er um die Gleichungen seines Vaters, gewiss, aber er kann nichts mit ihnen anfangen – es sei denn, ein paar Spezialisten greifen ihm unter die Arme. Ich habe ihm gesagt, dass wir ihm, was das angeht, vielleicht helfen können, und er zeigte sich interessiert.

Aber noch weit mehr interessiert ihn sein Vater, Harry Keogh, ein Mann, den er nie gekannt hat! Nathan ist noch sehr jung, aber sein ganzes Leben lang ist etwas Unheimliches mit ihm vorgegangen. Er konnte oder wollte zwar nicht darüber reden, aber ich kann mir gut vorstellen, worum es sich handelt. Er hat nicht die geringste Ahnung, woher das alles kommt, immer nur so ein Gefühl, er könnte gleich um die nächste Ecke auf irgendetwas Unglaubliches stoßen, wäre er nur in der Lage, alles richtig zusammenzuzählen.

Also habe ich ihm ein paar Dinge über Harry erzählt. Nicht viel, gerade genug, damit er versteht, wie viel wir alle Harry zu verdanken haben. Ich habe ihm gesagt, dass Harry es im Leben nie leicht hatte, aber zumindest die Toten haben ihn geliebt, und zwar so sehr, dass sie sogar bereit waren, aus dem Grab zurückzukehren, wenn Harry sie rief! Als Nathan das hörte ... wie sehr die Große Mehrheit seinen Vater liebte und was sie alles für ihn getan hatten ...

... da wusste ich, dass ich ihn hatte!

Glaubt bloß nicht, dass ich etwa stolz darauf wäre, und versteht mich auch nicht falsch! Ich habe ihn keineswegs irgendwie geködert, und er wird auch nicht reingelegt. Aber nun, wo ich Nathan kennen gelernt habe, glaube ich, dass er das Recht hat, ein paar Chancen zu bekommen, die Harry niemals hatte. Das ist alles!

Was ich meine, ist: Wenn wir es schaffen, ihn da rauszubringen, dann geschieht es für ihn und nicht für uns. Das Einzige, was wir davon haben, ist die Gewissheit, dass Tzonov ihn nicht in die Finger bekommt. Wie es danach weitergeht, liegt allein bei Nathan.«

Trask ließ seine Worte einen Moment wirken, ehe er fortfuhr: »Als ich heute Morgen aufgewacht bin, war mir klar, dass es für uns in Perchorsk nichts mehr zu tun gab, und dass wir besser machten, dass wir von dort wegkamen, damit wir zusehen konnten, ob wir Nathan nicht von außerhalb unterstützen können. Und genau das werden wir tun!« Abermals sah er Goodly an, doch was er zu sagen hatte, galt allen: »Ihr seht also, noch nicht einmal Ian Goodly wusste, was Nathan mir mitgeteilt hat. Denn hätte ich es ihm gesagt ...«

»Dann hätten sie versuchen können, meine Gedanken anzuzapfen«, führte Goodly den Satz zu Ende. »Ja, ich verstehe.« Er nickte.

»In Ordnung«, meinte Trask. »Reden wir über Tzonov! Nun, Ian und ich haben uns ein bisschen im Perchorsk-Projekt umgesehen, und was wir da gesehen haben, kann einem regelrecht Angst einjagen, genug jedenfalls um anzunehmen, dass Tzonov sich zu einem richtigen Problem entwickeln könnte, und zwar nicht nur für uns. Der Mann ist so etwas wie eine politische Zeitbombe, die jeden Augenblick hochgehen kann, und der Einzige, der das noch nicht gemerkt hat, scheint Gustav Turchin zu sein. Das hoffen wir jedenfalls! Denn sollte Turchin mit ihm unter einer Decke stecken – dann gute Nacht, Glasnost!

Tatsache ist nämlich, dass Tzonov in Perchorsk Waffen hortet, und es kann nur einen Grund dafür geben! Ian und ich haben das Tor gesehen, und ich sage euch, es ist sicherer als die Bank von England. Jeder, der hindurchkommt, sitzt erst einmal in der Falle, genau wie Nathan, und ist den Leuten auf unserer Seite hier auf Gedeih und Verderb ausgeliefert. Wir brauchen also keine Angst davor zu haben, dass es jemals zu einer Invasion aus Starside kommen könnte. Aber vielleicht sollten wir uns Sorgen darüber machen, ob nicht eine Invasion in umgekehrter Richtung erfolgt!

Und genau hier liegt das Problem: Wie sollen wir sie aufhalten? Wie sollen wir Turchin von unseren Annahmen in Kenntnis setzen, wenn er womöglich selbst Teil der Verschwörung ist? Wird er dem Ganzen einen Riegel vorschieben oder betrachtet er Starside bereits als neues sowjetisches Territorium, das es nur noch zu erobern und auszubeuten gilt? Falls Letzteres, falls er Tzonov wie bisher weitermachen lässt, was bedeutet das dann für den Rest der Welt? Den Russen sind in der Vergangenheit ein paar wirklich schlimme Fehler unterlaufen, und die Auswirkungen davon spüren wir noch heute. Ich nenne nur zwei Beispiele: Tschernobyl und den Aralsee. Aber an etwas so Gefährlichem wie dem Tor herumzuexperimentieren ...« Er schüttelte den Kopf, weil ihm die Worte fehlten. »Dagegen ist die Büchse der Pandora das reinste Kinderspielzeug!«

»Was gedenkst du zu unternehmen?«, meldete David Chung sich zu Wort.

Trask zuckte die Achseln. »Ich werde den zuständigen Minister von allem in Kenntnis setzen, und er kann dann zusehen, wie er weiter damit verfährt. Er dürfte wohl Turchin informieren, und ich hoffe, der ist in der Lage, damit fertig zu werden – sofern er nicht selbst dazugehört. Falls ja, wird das Ganze im Sande verlaufen. Das hieße, dass wir in absehbarer Zeit das Problem selbst lösen müssten.«

Er richtete sich auf und stützte sich auf den Rand des Rednerpults. »In Ordnung, das war's von meiner Seite. Ein ausführlicher schriftlicher Bericht folgt später, und ich erwarte, dass er auch gelesen wird. Und jetzt seid ihr an der Reihe. Was hat sich bei euch getan, während wir weg waren?«

Chung erhob sich. »Ich habe euren Weg bis nach Perchorsk verfolgt, nur um euch im Auge zu behalten. Rein zufällig produziert die Gegenseite da oben im Ural ganz schön heftige Störfelder!«

»Siggi Dam«, nickte Trask. »Ich werde sie in meinem Bericht erwähnen. Aber ich habe dich unterbrochen, entschuldige! Bitte, sprich weiter!«

»Dieses Talent, diese verborgene Fähigkeit, die du in Nathan gespürt hast«, fuhr Chung fort, »dieses ›Unheimliche‹, wie du es genannt hast. Genau das haben Zek und ich gespürt, noch bevor er überhaupt durch das Tor war. Je näher er unserer Welt kam, desto stärker fühlten wir seine Gegenwart. Und ebendarin liegt unser Vorteil gegenüber Tzonov!« Chung grinste. »Genauer gesagt: in mir! Tzonov hat keinen erstklassigen Lokalisierer wie mich! Gut, er mag ein, zwei zweitklassige Leute haben, aber keiner von denen kann mir das Wasser reichen. Außerdem verfüge ich über meine eigene Kristallkugel!« Damit hielt er Harrys Haarbürste hoch. »Nun, wo Nathan das Tor passiert hat, fühlt es sich an, als sei dieses Ding wieder zum Leben erwacht. Es ist wie eine Kompassnadel, die genau auf Nathan zeigt! Ich kann mühelos feststellen, wo er ist. Noch nie ist mir etwas so leicht gefallen!«

Jeder konnte hören, wie Trask erleichtert aufseufzte. »Ich hoffe, du bist dabei vorsichtig vorgegangen. Das Schlimmste wäre, wenn die Gegenseite sich deiner als Leitstrahl bedienen würde, um Nathan zu kriegen!«

Chung schüttelte den Kopf. »Ich habe mich auf das Notwendigste beschränkt, immer nur ein kurzer Blick hin und wieder. Aber ich kann dir auf der Landkarte zeigen, wo er sich befindet – und zwar jetzt, in diesem Augenblick! Ebendas habe ich gemeint, als ich sagte, wir könnten es schaffen, ihn da rauszuholen. Wir warten ab, bis es dunkel ist! Mit einem Tarnkappenhelikopter gehen wir rein, ein SAS-Sondereinsatzteam und ich! Und wir sind wieder draußen, noch ehe die Genossen überhaupt merken, dass ...«

»Die Genossen?« Trask hob eine Hand. »Genau das habe *ich* gemeint, als ich sagte, wir könnten ihn dabei unterstützen, hinauszugelangen! Aber reingehen und ihn uns schnappen? So wie du daherredest, könnte man annehmen, wir befänden uns im Kriegszustand. Aber das ist nicht der Fall! Es ist noch nicht einmal ein kalter Krieg! Genau besehen ist unser Verhältnis zu den Russen, seit Gustav Turchin im Amt ist, so gut wie noch nie. Und das können wir nicht aufs Spiel setzen! Sollten wir Nathan allerdings näher an die Grenze lotsen ...«

Mit einem Mal wurde Trask von der Aussicht auf Erfolg gepackt. Er zwängte sich vom Podium hinab und strebte der Kartenwand zu. »Zeig mir, wo er sich befindet.«

Chung erreichte die Wand vor ihm, genau in dem Augenblick, in dem der riesige Bildschirm flimmernd zum Leben erwachte. Chungs linke Hand umklammerte Harry Keoghs alte Haarbürste, während er mit der rechten nach oben langte und sie in einem Gebiet im Westen des nördlichen Ural flach auf den Bildschirm legte. Er schloss die Augen. Ein kleinerer Bildschirm am rechten unteren Rand des riesigen Wandschirmes erwachte zu grauem Rauschen, bereit, die ausgewählte Region anzuzeigen. Die Oberfläche der Karte war mit Sensoren gespickt, doch diese reagierten nicht auf Chungs Handfläche. Man musste schon gezielt mit dem Finger darauf tippen. Chung zog die Stirn kraus und presste die Augen womöglich noch fester zusammen, die Finger ebenfalls, bis von seiner erhobenen Hand nur noch der Zeigefinger den Schirm berührte.

»Dort!«, sagte Chung. Auf dem winzigen Bildschirm erschien ein detailliertes Schaubild des angezeigten Bereichs, ein Gitternetz, das einen Ausschnitt von zehn mal zehn Kilometern zeigte, eine Vergrößerung des Gebietes, in dem Nathan sich aufhielt – eine Waldregion, nur von schmalen Pfaden und gefrorenem Sumpfland durchzogen. Trask drückte einen Knopf, um das Bild einzufrieren, und Chung nahm seine Hand weg.

»Er befindet sich also irgendwo da draußen«, sagte Trask nachdenklich, ohne den Blick von dem Schirm zu wenden.

»Nein, nicht irgendwo!« Chung war nicht gerade bekannt für seine Bescheidenheit in derartigen Angelegenheiten. »Er ist genau in der Mitte!«

In diesem Augenblick nahmen beide ein Parfum hinter sich wahr. Zek Föener. »David!«, sagte sie. »Ben! Erinnert ihr euch noch, damals auf Rhodos? Harry war in den Karpathen, und wir wussten nicht, was mit ihm los war!«

Die beiden Männer blickten erst einander, dann Zek an. »Du willst Kontakt zu ihm aufnehmen?«, fragte Trask schließlich.

»Warum nicht?« Es war ihr ernst. »Du willst ihn doch da rausbringen, oder? Und du weißt auch, dass die Gefahr immer größer wird, je länger es dauert. Seine Chancen schwinden von Augenblick zu Augenblick. Wenn wir es schaffen, ihn zu erreichen, und er einverstanden ist ...«

Trask kratzte sich am Kinn. Die übrigen ESPer hatten sich um sie versammelt und sahen gespannt zu. »Okay«, sagte Trask. »Aber solltest du zu ihm durchkommen, mach es so kurz wie möglich. Erst einmal den Kontakt herstellen, dann überlegen wir uns, welche Einzelheiten du ihm später übermitteln kannst.«

Trask hatte all dies schon früher erlebt, aber für einige der anderen war es neu. Zek legte ihre Hand auf Chungs Linke, die immer noch die Haarbürste hielt, und mit den Fingerspitzen seiner Rechten berührte Chung die Mitte des kleinen Bildschirms. Sie schlossen die Augen, atmeten tief durch und konzentrierten sich ...

Plötzlich stockte ihnen der Atem!

Zek zog ihre Hand weg! Sie und Chung stolperten zurück, weg von dem Wandschirm. Trask hielt sie an den Armen fest, bis sie das Gleichgewicht wiedererlangten. Als Zek ihn anblickte, sah er, wie ihr Gesichtsausdruck sich von Erstaunen in pure Verblüffung verwandelte. »Zahlen!«, sagte sie. »Er mag zwar nicht wissen, was er mit ihnen anfangen soll, aber sie sind trotzdem ein Teil von ihm. Und eines weiß er mit Sicherheit: wie man sich hinter ihnen verbergen kann!«

»Oh ja, das sieht ihm ähnlich!«, sagte Trask und holte tief Luft. Erstaunt stellte er fest, dass er trotz all seiner Erfahrung doch tatsächlich den Atem angehalten hatte.

»Er versteckt sich«, wiederholte Zek. »Er schirmt seinen Geist ab. Und diese Abschirmung ist ... sehr stark. Wenn ich durchkommen soll, brauche ich Hilfe.«

Trask war klar, was sie meinte. Sie sprach von einer Gruppenaktion, einem kollektiven Versuch. Während sie mit Chung wieder näher an den Schirm trat, scharten sich die ESPer um sie, fassten sich bei den Händen und formten einen Halbkreis, dessen Zentrum Zek, Chung und Trask bildeten. Und nun lag Trasks Hand über den Händen der Telepathin Zek und des Lokalisierers Chung. Abermals berührte Chung den Schirm ...

... und hatte Kontakt zu Nathan!

Doch diesmal waren sie darauf vorbereitet. Zek trieb ihre telepathische Sonde mitten hinein in Nathans wirbelnden Zahlenstrudel und durch ihn hindurch. Nathans Gedanken – zunächst erstaunt, dann voller Angst – lagen offen vor ihr.

Wer ...?

Eine Freundin!, ließ sie ihn wissen. *So wie ich eine Freundin deines Vaters war.*

Meines Vaters?

Des Necroscopen Harry Keogh!

Einen kurzen Augenblick lang wurde das Wirbeln stärker, schneller und schneller, und drohte sie wegzuschleudern. Doch schon im nächsten Moment brach der Strudel in sich zusammen, und in seinem Zentrum ... war Nathan nichts als ein staunendes Kind.

Zek seufzte, denn in seinem Geist erkannte sie das Abbild seines Vaters wieder, so wie sie ihn vor langer Zeit gekannt hatte: warm, verletzlich und unschuldig. Das war immer das Paradoxe an ihm gewesen, und zum Schluss mehr denn je. Harry Keogh war ein Vampir gewesen und zugleich verletzlich! Ein Necroscope, der mit den Toten zu reden vermochte, und dennoch voller Wärme war! Ein Mann, ausgestattet mit den zerstörerischen Kräften eines Todesengels, und dennoch unschuldig!

All dies las Nathan in ihren Gedanken, und er *wusste,* dass sie seinen Vater gekannt hatte. Doch wer war sie?

Sie offenbarte ihm ihren Geist, und nun blieb Nathan die Luft weg. *Zek!,* hallte es durch ihr Bewusstsein. *Lardis' Freundin aus den Höllenlanden! Er spricht unentwegt von dir! Du warst doch bei den Travellern auf der Sonnseite und hast, noch ehe ich geboren wurde, in der Schlacht um den Garten des Herrn auf Seiten der Szgany gekämpft!*

Sie ließ ein Bild für ihn entstehen, um ihm zu zeigen, wie es damals gewesen war, und es gab keinen Zweifel: Sie war tatsächlich dort gewesen! Denn man musste die Wamphyri schon kennen gelernt haben, um sie derart lebendig schildern zu können oder einen solchen Abgrund an Abscheu erstehen zu lassen. Doch dann siegte ihre weibliche Neugier:

Wie alt bist du eigentlich, Nathan?

Er sagte es ihr.

Und nun fiel es Zek wie Schuppen von den Augen. *Als der Herr des Gartens Jazz und mich wieder nach Hause brachte – hierher zurück – blieb Harry noch eine Weile in deiner Welt.*

Mein Vater, spann Nathan den Faden weiter, *Hzak Kiklu – zumindest hat man mir immer erzählt, er sei mein Vater gewesen – wurde schwer verletzt. Er starb an seiner Wunde. Aber meine Mutter ...*

Zek spürte die Verwirrung, die sich in Nathan breit machte, und wie verletzt er auf einmal war. Er fühlte sich verraten und ausgenutzt. Blitzschnell lenkte Zek das Thema in eine andere Richtung. *Nana Kiklu? Sie ist deine Mutter? Ist sie noch am Leben? Geht es ihr gut? Sie ist eine unglaublich tapfere Frau, Nathan! Oh ja, ich erinnere mich gut an Nana! Es war direkt nach der Schlacht. Sie war einsam und hatte ... vieles durchgemacht! Auch Harry hatte einiges hinter sich, und in gewisser Hinsicht hatte er mehr eingebüßt als jeder andere. Beiden war es ähnlich ergangen, und das Schicksal hatte sie zusammengeführt. Nur ... glaube ich nicht, dass es irgendein blindes Schicksal war* ... Zek versuchte, so verständnisvoll und zugleich auch ehrlich zu sein, wie die Umstände es gestatteten. *Die beiden haben sich wohl ineinander verliebt.*

Zek spürte, wie Trasks Griff um ihr Handgelenk fester wurde, und hörte, wie er ihr ins Ohr flüsterte: »Mach, dass du da rauskommst! Bringe ihn nicht in Gefahr!«

Erst legt ihr einen Köder für mich aus, und dann ... Mit einem Mal klang Nathan sehr leise, beinahe anklagend. *Ich muss alles erfahren. Und du wusstest, dass ich ...*

Nathan, erwiderte sie. *Du kennst Trask. Seine Gedanken sind wie ein offenes Buch. Er erkennt, ob ein Mensch die Wahrheit sagt oder nicht. Du siehst doch, dass er es ehrlich meint, oder? Dir wird nichts geschehen, wenn du dich mit uns einlässt. Wir werden dich nicht benutzen. Und von jetzt an werde ich deine Gedanken auch nicht mehr stören ... Es sei denn, du wünschst es!*

Es entstand eine lange Pause. Schließlich fragte Nathan: *Was soll ich tun? Wohin soll ich mich wenden?*

Zek seufzte erleichtert auf. *Ich melde mich bald wieder bei dir. Halte dich bereit ...*

In dieser Nacht schlugen die Zigeuner ihr Lager am Rand des gefrorenen Marschlandes dreißig Kilometer östlich von Kozvha auf. Nathan war der Ehrengast im Wagen ihres alten, von Wind und Wetter gegerbten Anführers.

Von dem Augenblick an, in dem er sie von seinem Versteck im Heck des Perchorsker Versorgungs-Lkws aus entdeckt und beim Sprung von der Ladefläche auf die verschneite Böschung seinen Hals riskiert hatte, war Nathan klar gewesen, dass es sich um seine Leute handelte. Sie unterschieden sich in so gut wie nichts von den Szgany der Sonnseite. Er war schlichtweg verblüfft, ausgerechnet hier auf Zigeuner zu treffen, und seine Verblüffung wuchs noch, als er sie sprechen hörte; denn ihre Sprache hatte mehr mit der Sprache der Sonnseite gemein als mit dem Russisch, das er sich in Perchorsk angeeignet hatte.

Das Sprachenlernen fiel Nathan nicht schwer. Das gesprochene Wort mit einer gedanklichen Vorstellung zu verbinden, war für ihn die leichteste Übung. Das hatte er in den Siedlungen der Thyre gelernt, die in der Wüste im Süden der Sonnseite lebten. Darum hatte er die Männer, die in den Wagen herumzogen, auf Anhieb verstanden und sie ihn ebenfalls, und er war freundlich aufgenommen worden.

Aber er ahnte, dass es weit mehr als nur Glück war, sie hier anzutreffen. Fast schien es, als sei es vorherbestimmt. Deshalb fragte er den betagten Stammesführer: »Woher hast du es gewusst?«

Dieser neigte den Kopf zur Seite und zwinkerte ihm zu. Sein Gesicht sah aus wie dunkel gegerbtes Leder, in seinem Mund blitzte ein Goldzahn, im rechten Ohr trug er einen schlichten goldenen Ring und weiteres Gold an den Fingern. Aber kein Silber! »Du hast es also gespürt, nicht wahr?«, kicherte der alte

Mann. »Dass wir auf dich gewartet haben! Warum? Nun, das bleibt mein Geheimnis. Deshalb bin ich ja der Stammesführer!«

Hätte Nathan gewollt, hätte er natürlich einen Blick in die Gedanken seines Gegenüber werfen können. Doch darauf verzichtete er. Auch dies hatten ihm die Thyre beigebracht – dass es unter allen Umständen galt, die Privatspähre der Gedanken und die Unversehrtheit der Selbstbestimmung zu achten, es sei denn, man hatte eine auf Gegenseitigkeit beruhende Vereinbarung unter Freunden getroffen, oder der Bestand der Gemeinschaft war in Gefahr. Ein flüchtiger Blick mochte durchgehen, hin und wieder ließ er sich wohl kaum vermeiden, aber tatsächlich Stück für Stück zu betrachten, was im Kopf eines anderen vorging, war undenkbar. Kurz gesagt: Die Gedanken eines anderen zu stehlen, war unziemlich, solange man die Gelegenheit hatte, miteinander zu sprechen. Ein jeder hatte das Recht, was er dachte, auch in Worte zu kleiden.

Aus diesem Grund beschränkte Nathan den Gebrauch seiner telepathischen Fähigkeiten darauf, die Sprache der Traveller zu erlernen. Sie wussten nicht, dass er Gedanken lesen konnte, und er hatte auch nicht vor, es ihnen auf die Nase zu binden. Denn sollte er ihnen zu gewieft erscheinen und zu viel auf einmal begreifen, war es gut möglich, dass sie ihn nicht mehr als Freund behandelten. Und in diesem Fall, wenn sie ihn als Gedankendieb brandmarkten, stand auch seine Freiheit auf dem Spiel. Nathan dachte noch immer in den Begriffen von Starside, und das würde sich wahrscheinlich nie ändern.

Also erwiderte er nichts, sondern saß einfach nur da und wartete ab. Dies zahlte sich in gewisser Weise aus, als das vom Alter gezeichnete Stammesoberhaupt sagte: »Es gibt schon merkwürdige Orte auf dieser Welt, meinst du nicht auch?«

»Ich habe noch nicht viel von der Welt gesehen«, entgegnete Nathan nach einem Moment des Nachdenkens. »Was heißt merkwürdig? Und welche Orte meinst du?«

»Ach, Orte eben.« Der alte Stammesführer zuckte die Achseln, nahm einen Zug aus seiner Tonpfeife und legte sich nicht weiter fest. Es schien ihm nichts auszumachen, dass sein Gast offensichtlich von nichts eine Ahnung hatte und sich gelegentlich etwas seltsam ausdrückte. »Ich spreche von den alten Orten, verstehst du? Orten, an denen die Zeit nichts bedeutet, und die nur die Szgany kennen – einige jedenfalls! Hin und wieder besuchen sie diese Orte, so wie sie es immer getan haben.«

Nathan wusste nicht, was er darauf erwidern sollte, also wandte er sich wieder der Betrachtung seiner Umgebung zu.

Der Wagen war nicht anders als die Wagen, die er von der Sonnseite her kannte. Er hatte vier Räder, war mit verschlungenen Mustern bemalt und wurde von Tieren gezogen. Im Innern stand in der Mitte ein Holzofen, dessen Beine am Boden verschraubt waren. Ein rauchgeschwärzter Abzug führte durch eine metallene Abdeckung zu einem Kaminrohr in der Decke. Außen am Wagen hingen fein säuberlich aufgereiht Töpfe, Pfannen und sonstiges Haushaltsgerät, das klimperte und klapperte, sobald die Räder sich in Bewegung setzten. Statt der wasserdichten Häute, die Nathan gewohnt war, bestand das Dach aus gewölbten, lackierten Holzplanken. Abgesehen davon und zumal hier, inmitten des Waldes, kam Nathan sich vor wie auf der Sonnseite.

Allerdings war es viel zu kalt, und diese Leute hier waren lediglich die Abkömmlinge echter Traveller. Dies erkannte Nathan nun. Er wusste, dass dem so sein musste, und fragte sich, wann wohl die ersten Wanderer im Gefolge ihrer in die Verbannung geschickten Wamphyri-Lords von Starside hierher in die Höllenlande gelangt waren. Damals waren sie Knechte gewesen, jetzt waren sie frei. Doch ... was war aus ihren Herren geworden?

»Ich bin ein Ferengi, wusstest du das nicht?« Der alte Mann grinste.

Nathan zuckte zusammen. Möglicherweise war dies die Antwort auf seine unausgesprochene Frage. Auf der Sonnseite war dieser Name seit grauer Vorzeit ein Fluch! Ungezählte Geschlechter der Wamphyri hatten sich Ferenc, Ferenczy oder Ferengi genannt. In all seinen Erscheinungsformen verhieß dieser Name nur Böses.

»Vladi Ferengi, ganz recht«, nickte das Stammesoberhaupt.

»Der Letzte einer langen Linie. Der Allerletzte, denn meine Frau war unfruchtbar – na ja, vielleicht lag es auch an mir!« Er grinste und tätschelte sich den Latz seiner ausgebeulten Hose. »Mein kleiner Freund hier hat sich immer wacker geschlagen, aber leider nie etwas zustande gebracht. Aber was macht das schon, eh? Ich habe keine Söhne, und damit basta! Meine Leute werden die alten Orte nicht mehr aufsuchen.«

»Du meinst, du wirst nicht mehr da sein, um sie dorthin zu führen?« Nathans Neugier war geweckt.

»Ja! Ich werde nicht mehr da sein, um den Ruf zu vernehmen!«

So langsam nahm in Nathans Kopf ein Gedanke Gestalt an. »Hier scheint sich das eine zum anderen zu fügen«, sagte er. »Du versuchst mir etwas zu erklären, was du selbst nicht ganz verstehst, in der Hoffnung, dass ich dir letztlich eine Erklärung dafür liefere. Nun, vielleicht kann ich das sogar, zumindest zum Teil. Aber sag mir erst eines: Sind die Szgany Ferengi ein altes Volk? Seit wann seid ihr schon ... hier?«

»Der Ururgroßvater meines Großvaters war ein Ferengi, aye«, erwiderte der Alte. »Weiter habe ich die Linie nicht zurückverfolgt. Aber ich bin überzeugt, dass meine Urgroßväter dir dasselbe sagen würden, wenn sie jetzt hier wären! Seit wann es uns gibt, willst du wissen? Ich habe das Wappen der Ferengi in die Berge der Khorwatei gemeißelt gesehen – das ist einer der alten Orte. Und was für ein Wappen! Es ist genauso alt wie die Berge selbst!«

Nathan kannte das Wappen, von dem Vladi sprach. Es war in den hölzernen Rahmen des Wohnwagens geschnitzt, geschickt verborgen in den komplizierten, ineinander verwobenen Mustern, die das Gefährt zierten – ein Teufelskopf mit blutroten Augen, gespaltener Zunge und grinsenden Kiefern, aus denen Blut tropfte. Nathan verdrängte das Bild aus seinem Bewusstsein. »Der Khorwatei?«, fragte er. »Du meinst den Ort im Pass da hinten, von wo ich herkomme ... Perchorsk?«

»Was? Ach nein! Nicht Perchorsk! Dort gibt es nur *Ahnungen,* Nathan, und auch die noch nicht lange. Seit einem, vielleicht zwei Dutzend Jahren, wenn es hochkommt. *Ahnungen,* mein

Sohn, aus denen nichts erwachsen ist. Ich dachte, dass vielleicht diesmal ...« Er zuckte die Achseln. »Aber es warst nur du!«

Nathan nickte. Alles passte irgendwie zusammen, ergab aber noch immer kein klares Bild. Nicht, dass es ihn sonderlich interessierte. Aber nun, wo er einmal angefangen hatte, konnte er genauso gut auch weitermachen. »Soll ich dir einen Namen nennen ?«

Der Stammesführer hob eine Augenbraue. »Aber immer!«

»Wamphyri!«

Das Wort hatte die gewünschte Wirkung. »Du bist ein Bote!« Vladi beugte sich vor und ergriff Nathan am Arm, so behände, dass er auf einmal viel jünger wirkte. »Du kommst von *ihnen,* aus einer anderen Welt! Sie haben dich geschickt! Der alte Ferengi ist tot – *es lebe der Ferengi!* Nun, rasch, sag mir: Was hat er dir aufgetragen? Was sollen wir tun? Und wann kommt er?«

Nun verstand Nathan. Vladi und sein Volk stammten von Gefolgsleuten der Wamphyri ab. Mit einem Mal bekam er eine Gänsehaut unter dem Blick und der Berührung des alten Mannes. Er durfte sich jedoch nichts anmerken lassen. Außerdem, was konnten sie schon dafür? Sie hatten ja keine Ahnung, auf was für ein Wesen sie da warteten, und wahrscheinlich gab es keine einzige Überlieferung, welche die wahre Natur der Kreaturen enthüllte, denen ihre Vorväter gedient hatten.

Nathan schob seine Skrupel für einen Moment beiseite und erlaubte sich einen Blick hinter die Stirn des alten Stammesführers. Dort sah er ...

... die Gestalt eines riesenhaften Mannes, der, die Hände in die Hüften gestützt, hoch aufragte und seine Güte verströmte. Zu seinen Füßen waren alle Traveller der ganzen Welt in ihren glänzenden, bunt bemalten Wagen versammelt. Unter seiner Obhut ging es ihnen so gut wie nie, und stolz wehte sein Banner im Wind – der Teufelskopf mit den blutroten Augen und der gespaltenen Zunge, aus dessen Kiefern Blut tropfte.

In diesem Licht besehen ... waren Vladi und sein Volk vielleicht doch nicht ganz so arglos, wie Nathan angenommen hatte.

»Du wartest auf den Ferengi«, sagte Nathan. Er wählte seine

Worte sorgsam, mit Bedacht. »Ich kann dir nur so viel verraten. Er – sie – würden sofort kommen, wenn sie nur wüssten, dass sie entsprechend empfangen werden.« In gewisser Weise entsprach dies der Wahrheit, dessen war Nathan sich sicher. Doch bei sich dachte er: *Nur leider halten sie diese Welt für die Hölle, und von mir werden sie garantiert nicht erfahren, wie es sich wirklich verhält!*

»Ahhh!« Der alte Mann ließ Nathans Arm los und ließ sich auf der Bank, auf der er saß, gegen die Wand des Wagens zurücksinken. »Aber ... glauben sie etwa, wir hätten sie vergessen?« Einen kurzen Moment lang war der Blick seiner großen, schwarzen Augen leer, doch dann hellten sie sich wieder auf. »Die Ferengi würden dich doch gewiss nicht hierher schicken, wenn sie nicht die Möglichkeit besäßen, dich wieder zurückzurufen!? Wann gedenkst du zurückzukehren? Und wie? Von wo aus willst du uns verlassen, um den Lords die Nachricht zu überbringen, dass ihnen hier ein ehrenvoller Empfang zuteil werden wird?«

Bisher hatte Nathan sich mit einer Halbwahrheit beholfen. Nun musste er entweder Zuflucht zu einer glatten Lüge nehmen oder seine Worte zumindest so sorgsam wählen, dass seine wahre Absicht verborgen blieb. Doch da er nun wusste, dass diese Traveller den Wamphyri Gefolgschaft leisteten, sollte ihm das nicht allzu schwer fallen. »Es gibt Tore zwischen den Welten«, erklärte er. »Eines ist in Perchorsk, aber auf diesem Weg kann ich nicht zurückkehren. Darum sag mir: Wo liegen diese merkwürdigen alten Orte, von denen du gesprochen hast?«

»Warten sie dort auf dich?« Vladi war ganz aufgeregt. Er pochte mit den Fingerspitzen auf den Rücken seiner rot geäderten Nase und erzeugte damit ein dumpfes, hohles Geräusch. »Ich kenne die Tore! Ich weiß, wo sie liegen. Du brauchst mir nur zu sagen, wohin du willst, und wir bringen dich hin.«

»Hm, es kann aber sein, dass ich ein paar Umwege machen muss.« Jetzt war es an Nathan, zweideutig zu bleiben. »Ich muss mich unterwegs ein bisschen umsehen, bevor ich zurück kann. Mehr darf ich dir nicht verraten.«

»Ahhh!«, seufzte der alte Stammesführer erneut. »Jetzt verstehen wir uns! Weißt du nun, warum ich so vorsichtig bin? Die Dinge, von denen wir sprechen, gehen nicht jeden etwas an!«

Nathans Anspannung ließ etwas nach. »Da hat das wandernde Volk, du und deine Leute, also all die Jahre darauf gewartet, dass die Wamphyri – die Ferengi – zurückkehren und euch zu neuer Größe führen. Aber was ist aus den Alten Ferengi geworden, die euch hierher gebracht haben?«

»Sie sind nicht mehr«, seufzte Vladi traurig. »Ihre Schlösser sind zerfallen, und sie selbst sind zu Staub oder zu Stein geworden in Gräbern, die kein Mensch mehr kennt. So mancher wurde zu Asche verbrannt. Die Alten Ferengi gibt es nicht mehr!«

»Heißt das, sie wurden von Menschen zur Strecke gebracht?« Wie es schien, machten die Höllenlande ihrem Namen alle Ehre. Zumindest für die Wamphyri bedeuteten sie nichts Gutes!

Vladi schüttelte den Kopf. »Ich möchte nicht darüber sprechen! Die Szgany Ferengi sind stets loyal gewesen. Wenn du zurückkehrst, musst du ihnen sagen, dass *wir* ihrer immer gedenken und ihr Andenken stets in Ehren halten werden. Zumindest solange ich lebe ...«

Der Alte wurde immer leiser, und Nathan sah, dass er müde war. Doch bevor er ihm seine Ruhe gönnte, hatte er noch eine Frage an ihn: »Du hast mir immer noch nicht gesagt, woher du es gewusst hast!«

Der alte Mann hob den Arm, pochte sich erneut auf die Nase, zwinkerte Nathan zu und öffnete die Hand, um ihm die tief darin eingegrabenen Linien zu zeigen. »Ich kann die Zukunft aus der Hand lesen und aus dem Flug der Vögel, selbst aus dem Nebel, der aus dem Boden aufsteigt. Ich sehe und höre so manches, was anderen verborgen bleibt! Ich habe ... *Vorahnungen!* Stimmen sprechen zu mir im Wind. Die Sterne, die über den Himmel wandern, leiten auch meine Wanderungen. Ich spüre die Kraft des Mondes, wenn er die Gezeiten bewirkt. Das Blut des Lebens, das von den Ferengi stammt, floss in den Adern meines Vaters, und genauso fließt sein Blut in den meinen. Ah, denn das Blut ist das Leben!«

Der alte Stammesführer erhob sich, löschte das Licht und trat im Schein der Ofenglut an sein Bett neben der Tür. Nathan tat es ihm gleich, ging zu einer schmalen Bank im hinteren Teil des Wagens und rollte sich dort zusammen. Der alte Vladi war also ein Seher, ein Wahrsager, und konnte in die Zukunft blicken ... Aber er war kein Telepath, und so brauchte Nathan seinen Geist nicht abzuschirmen und konnte einfach darauf warten, dass Zek zu ihm durchkam.

Ehe er einschlief, hörte er Vladi im Dunkeln flüstern: »Wann wirst du wissen, welchen Weg du nehmen willst? Letzten Herbst spürte ich, dass an den alten Orten etwas vor sich ging. Darum ließ ich meine Leute Vorräte an Nahrung für Mensch und Tier anlegen, damit wir in den Höhlen des Vorgebirges überwintern können, wenn es sein muss. Aber ... es ist sehr kalt hier draußen, und lange halten wir das nicht mehr durch!«

»Morgen früh«, erwiderte Nathan. »Bei Sonnauf werde ich es wissen.«

»Glaubst du, *sie* werden ... zu dir sprechen?«

»Jemand wird es ganz bestimmt tun!«

»Ahhh!«

Zufrieden drehte der Alte sich auf die Seite und fing an zu schnarchen. Nathan lag noch lange wach, lauschte und wartete darauf, dass besagter Jemand Kontakt zu ihm aufnahm ...

Es war so offensichtlich, dass Ben Trask sich fragte, warum sie nicht gleich darauf gekommen waren. Doch er kannte die Antwort bereits: ESP-Agenten waren nun einmal keine Agenten im herkömmlichen Sinn. David Chung war der Lösung schon recht nahe gekommen, als er vorgeschlagen hatte, mit einem Sonderkommando reinzugehen. Doch erst, nachdem Trask sich mit dem zuständigen Minister in Verbindung gesetzt und dieser wiederum ein paar Fäden gezogen hatte, geschah es, dass sich eins zum andern fügte. Chungs Sonderkommando wurde zwar nicht gebraucht. Aber dafür war bereits jemand anders vor Ort.

Seit nunmehr fünfzehn Jahren war der Westen den Russen

dabei behilflich, ihre Probleme zu lösen – seit jenen drei entscheidenden Tagen, dem neunzehnten, zwanzigsten und einundzwanzigsten August 1991, als der Staatsstreich gegen den damaligen Präsidenten Michail Gorbatschow fehlschlug, der Kommunismus alter Schule zu Grabe getragen wurde und Freiheit und Demokratie in Schwindel erregendem Tempo über zweihundertfünfzig Millionen unterdrückter Menschen hereinbrachen. Die eiserne Faust des alten Staatsapparates existierte nicht mehr. Dafür hatte der Westen seine helfende Hand ausgestreckt, und die Folgen sah man allenthalben.

Westlich des Ural, nur wenig mehr als hundert Kilometer von dem Ort, an dem David Chung Nathan ausfindig gemacht und Zek Föener ihn kontaktiert hatte, in den kalten, dünn besiedelten Ausläufern des Timanskiy Kryazh in der Nähe von Izhma, hatten amerikanische Geosatelliten Hinweise auf Öl- und Gasvorkommen entdeckt, die annähernd so groß waren wie diejenigen im Süden bei Ukhta. Vor zwei Jahren hatten die ersten Probebohrungen begonnen, und was die Satellitenaufnahmen versprachen, fand sich bestätigt; das angloamerikanische Konsortium würde ein recht annehmbares Honorar einstreichen und sich in zwei, drei Jahren, je nachdem, was der Vertrag vorsah, aus der Sache zurückziehen und andere Firmen aus dem Westen die Pipeline fertig stellen lassen. Wenn es schließlich so weit war, würden die Russen bis in alle Ewigkeit eine Lizenzgebühr oder einen jährlichen Prozentsatz zu zahlen haben.

Vorerst jedoch waren die Arbeiter noch zugange. Versorgt wurden sie mittels eines Helikopters, der regelmäßig von Stockholm über Helsinki in den Ural flog. Er hätte natürlich genauso gut von Moskau oder Sverdlowsk aus starten können oder von den seit langem in Betrieb befindlichen Ölfeldern östlich des Ural in Beresovo und Ust'balyk. Doch hätten die Sowjets nach ihrem industriellen, wirtschaftlichen und ideologischen Zusammenbruch noch derartige technologische Kapazitäten beziehungsweise das Know-how gehabt, hätten sie dem Westen gar nicht erst den Zugang gewährt.

Das Izhma-Projekt war Teil eines westlichen Hilfsprogramms, auf das man sich in den frühen neunziger Jahren geeinigt hatte, und nur eines von Hunderten von Projekten, die auf dem Gebiet der ehemaligen UdSSR, vom Schwarzen Meer bis zur Halbinsel von Kamtschatka und von Novaya Zemlya bis Irkutsk umgesetzt wurden. Nun würde ein winziger Bruchteil dieser riesigen Schuld zurückgezahlt werden, und zwar in Gestalt eines Wanderers aus einer fremden Welt. Und mit ein bisschen Glück würden die Russen nie etwas davon erfahren.

»Kann sein, dass uns unser Glück soeben verlassen hat«, sagte Zek. Sie klang besorgt.

In London war es kurz nach halb zwei Uhr nachts und in den Wäldern westlich von Kozhva, wo Zeks Ruf Nathan aus dem Schlaf geschreckt hatte, etwa halb fünf Uhr morgens. Sie hatte sich kurz gefasst, ihm lediglich gesagt, er solle genau Richtung Westen nach Izhma gehen, und ihm erklärt, wonach er Ausschau halten solle. Nun wirkte Zeks Miene angespannt, und das lag nicht allein an der Konzentration.

Auch in Ben Trasks Stimme schwang Besorgnis mit, als er fragte: »Was ist los, Zek?«

»Wenn mich nicht alles täuscht«, entgegnete sie, »waren noch andere ESPer da draußen und haben die Gegend nach Nathan abgesucht, unter ihnen auch eine Frau mit einem sehr ausgeprägten Talent!«

Fast alle Agenten des E-Dezernats waren versammelt, einschließlich Ian Goodly. »Das muss Siggi Dam gewesen sein«, meinte er. »Sie ist ihre absolute Spitzenfrau.«

Das trug kaum zur Beruhigung bei, ebenso wenig das, was Zek darauf erwiderte: »Aber sie war nicht die Einzige. Und ich glaube, mindestens ein Lokalisierer war auch dabei, auf jeden Fall war es kein Telepath!«

Der Grund, aus dem sie sich für diese Uhrzeit – im Ural war es gerade früher Morgen – entschieden hatten, war leicht nachzuvollziehen. ESPer und auch die Agenten der Gegenseite brauchten ihren Schlaf genau wie jeder andere Mensch. Um fünf

Uhr morgens lief man für gewöhnlich nicht gerade auf Hochtouren. Allerdings hatte dieser Gedankengang einen Haken, denn es war durchaus möglich, dass Turkur Tzonov dasselbe dachte. Doch war es ein kalkulierbares Risiko, und sie waren es eingegangen.

»Glaubst du, sie haben euch belauscht?«, wollte Trask wissen.

»Nicht unbedingt belauscht ... Aber möglicherweise haben sie mitbekommen, dass ich Kontakt zu ihm aufgenommen habe, ungefähr so, wie ich ihre Nähe spürte.«

Trask betrachtete eine Vergrößerung des Gebiets, die auf den großen Schirm gelegt worden war. »Was für ein Gelände haben wir dort?«, fragte er in die Runde.

»Ziemlich flach«, meldete sich jemand zu Wort, »aber schwierig. Es gibt nur ein paar Waldwege, ein bisschen Marschland und zugefrorene Sümpfe, dafür jede Menge Deckung im dichten Nadelwald. Das Klima? Kalt genug, dass ein Elch sich die ... das Geweih abfriert.« (Letzteres aus Respekt vor Zek, Millicent Cleary und Anna Marie English.)

»Nathan kann einiges aushalten«, warf Zek ein. »Er ist ein Traveller und noch dazu in Gesellschaft seiner Leute.« So viel hatte sie, wenn auch verschwommen und unzusammenhängend, in seinem Geist gelesen. »Aber ich frage mich, was um alles in der Welt diese Zigeuner da oben zu suchen haben.«

»Seien wir einfach froh, dass sie da sind«, entgegnete Trask. Er fuhr fort: »Wetterverhältnisse?«

»Gefrorener Schnee am Boden«, antwortete dieselbe Stimme. »Und folgt man der finnischen Wetterstation in Kotka, können wir mit noch viel mehr davon rechnen. Allerdings nur harmlose, stete Schneefälle. Vielleicht sollten wir dankbar sein, dass es kein Schneesturm ist! In zwei Stunden soll es losgehen und anderthalb Tage lang anhalten. Wie dem auch sei, das Versorgungsflugzeug aus Stockholm wird erst starten können, wenn das Ganze vorüber ist.«

»Oh, tatsächlich?«, knurrte Trask. »Hm, dann habe ich eine schlechte Nachricht für den Piloten. Sobald es nur so aussieht, als würde es aufklaren, wird er in der Luft sein!« Er warf Chung einen Blick zu. »David, sieh zu, dass du etwas Schlaf bekommst! Morgen früh nehmen wir beide die erste Maschine nach Stockholm. Selbstverständlich will ich dich auf diesem Versorgungsflug nach Izhma dabeihaben. Wenn unser Mann endlich aus der Kälte kommt, darf er uns nicht mehr verloren gehen.«

Trask blickte die übrigen ESPer an und unterdrückte ein Gähnen. »Was die Sache mit dem Schlaf betrifft: Das gilt für euch alle!« Er reckte die Schultern und massierte sich den Nacken. »Ich weiß nicht, wie es euch geht, aber ich muss mich jetzt aufs Ohr hauen. Machen wir Feierabend!« Während einer nach dem anderen den Raum verließ, fügte er hinzu: »Danke, dass ihr gekommen seid.«

Innerhalb weniger Minuten war er mit Zek allein. »Ich meine besonders dich«, sagte er. »Danke, dass du gekommen bist.«

»Der Kaffee, den ihr habt, ist fürchterlich«, erwiderte sie. »Aber David hat mir ein Zimmer unten im Hotel reserviert, und dort gibt es einen ganz ausgezeichneten Kaffee. Wir könnten uns ja über Harry unterhalten ...«

Trask blickte sie an. Zek sah müde aus, und es war ihr erster Besuch in England. Sie war zwar eine äußerst fähige Frau, aber im Moment dürfte sie sich furchtbar allein vorkommen. Wenn er ehrlich war, musste er zugeben, dass auch er sich allein fühlte. Doch das war schon sein Leben lang so gewesen.

»Klar.« Er nickte. »Eine Tasse Kaffee wäre nicht schlecht.«

Sie tranken einen Kaffee in Zeks Zimmer, Trask mit Schuss, und unterhielten sich eine Zeit lang über dies und das, bis Zek in ihren Kleidern aufs Bett sank. Sie schlief auf der Stelle ein. Trask breitete die Decke über sie, löschte das Licht und setzte sich wieder in seinen Sessel.

Als sie ihn schließlich wachrüttelte, war es schon früh am Morgen ...

FÜNFTES KAPITEL

In der engen, lärmerfüllten Passagierkabine des Jet-Copters war Siggi Dam tunlichst darum bemüht, jeden Gedankenkontakt zu ihrem Sitznachbarn zu vermeiden. Stattdessen konzentrierte sie sich auf die Geschehnisse der letzten beiden Tage ...

Vor dem Abflug von Perchorsk war Turkur Tzonov über dreißig Stunden lang mit einer kalten Wut im Bauch herumgelaufen. In gewisser Weise war es Siggi durchaus gelegen gekommen, ihm aus dem Weg zu gehen. Doch auch die wenigen Male, die sie zufällig aufeinander getroffen waren, hatte sie es nicht gewagt, einen Blick in sein Bewusstsein zu werfen. Aus irgendeinem Grund (Vielleicht wegen des Streits, den sie gehabt hatten? Oder was war sonst noch vorgefallen, seit sie mit dem Motorschlitten nach Nieder-Kozhva gefahren waren?) hütete Tzonov seine Gedanken nun ebenso sorgsam wie Siggi die ihren. Er hätte es sofort gemerkt, wenn sie den Versuch unternommen hätte, ihn auszuspionieren, und sie wollte ihm keinen Vorwand liefern, mit ihr ebenso zu verfahren.

Siggi war klar, wie dumm sie gewesen war und was für ein unglaubliches Glück sie gehabt hatte. Dumm, weil sie getan hatte, was sie getan hatte, und dennoch war Tzonov nicht dahinter gekommen. Entweder war auch er nicht auf der Höhe, oder er war zumindest blind. Siggi war davon überzeugt, dass Letzteres zutraf. Tzonov war so von sich eingenommen, dass er nicht mehr mitbekam, was um ihn herum vorging. Doch sollten ihm eines Tages die Augen aufgehen ...

Am Abend nach ihrer Rückkehr aus Kozhva war ESP-Unterstützung aus Moskau eingetroffen in Gestalt zweier minderbegabter Telepathen und eines Lokalisierers. Letzterer war eine weibische Erscheinung. Er hatte ein Gesicht, schmal wie das eines Wiesels, und hieß Alexeij Yefros. Siggi kannte ihn von früher und hatte eine enorme Abneigung gegen ihn entwickelt. Trotz seiner sexuellen Neigungen (vielleicht auch gerade deswegen) war Yefros ein Frauenfeind, und er hatte eine extrem hässliche sadistische

Ader. Obwohl er wusste, dass Siggi jeden seiner schmutzigen Gedanken zu lesen vermochte, hatte er sich bei den zahlreichen Gelegenheiten, bei denen sie sich begegnet waren, noch nicht einmal die Mühe gemacht zu verbergen, was er dachte. Yefros war rücksichtslos, ehrgeizig und extrem gefährlich. Er bewunderte Turkur Tzonov und genoss dessen Vertrauen.

Seit die ESPer angekommen waren, hatte Tzonov sich mit ihnen in seiner provisorischen Einsatz-Suite direkt neben dem Kontrollraum eingeschlossen. Siggi wusste zwar nicht, was darin gesprochen wurde, aber ihr war bekannt, dass Tzonov ein längeres Gespräch mit Präsident Turchin (beziehungsweise mit dessen engstem Berater) geführt und in der Angelegenheit, Nathan wieder einzufangen, sozusagen freie Hand bekommen hatte – mit einer wesentlichen Einschränkung. Tzonov hatte um die Befugnis gebeten, den Flüchtigen tot oder lebendig zurückzubringen (vorzugsweise tot, das war Siggi sehr wohl klar). Doch Turchin hatte darauf bestanden, dass Nathan lebendig gefangen werden musste. Natürlich ging es Turchin um die Frage der Menschenrechte. Gustav Turchin hatte noch immer alle Hände voll damit zu tun, mit den politischen Hinterlassenschaften eines sehr unerfreulichen Jahrhunderts aufzuräumen, und das Letzte, was er jetzt brauchen konnte, war das Blut eines Unschuldigen an seinen Händen!

In der Nacht, die auf Nathans Flucht folgte, hatte Siggi nicht schlafen können. Stundenlang hatte sie sich in ihrem Bett hin- und hergeworfen und war nur dann und wann eingenickt, bis sie schließlich ganz aufgab, um etwas sehr Dummes zu tun. Noch ehe es dämmerte, war sie aufgestanden, hatte sich warm angezogen und sich hinaus in die von grauem Nebel verborgene Schlucht geschlichen. Der drangvollen Enge von Perchorsk entkommen und in dem Glauben, Tzonov und die anderen würden tief schlafen, hatte sie ihre Gedanken vorsichtig über die Berge bis Kozhva und weiter in die Wälder schweifen lassen, in denen sie die Wagen der Zigeuner gesehen hatte.

Ganz schwach konnte sie die Träume der Holzfäller, Fallensteller und Dorfbewohner spüren, doch sie war auf der Suche nach etwas anderem. Und fand es auch! Ihr war, als habe sie flüchtig eine Spirale atmosphärischer Störungen gestreift, hervorgerufen von einem Bewusstsein, das funktionierte wie ein Computer – die Gedanken des schlafenden Nathan. Doch im selben Moment wurde ihr klar, dass da bereits jemand war!

Eine Telepathin, weiblich, wachsam, mit allen Wassern gewaschen und doch zugleich voller Güte. Aber wer mochte das sein? Das britische E-Dezernat? Soweit Siggi wusste, gab es im gesamten britischen E-Dezernat nur eine einzige Telepathin, eine alte Jungfer namens Millicent Cleary. Aber Siggi war sich sicher, dass dies nicht Millicent Cleary war. Nein, sie hatte eine erfahrene Frau vor sich, und zwar in jedem nur denkbaren Sinn.

All dies las sie aus einer einzigen kurzen Berührung. Es verriet eine Menge über Siggis Talent, aber vielleicht noch mehr über das Talent der anderen. Denn in demselben Augenblick, in dem Siggi die Anwesenheit der fremden Frau spürte, bemerkte diese auch Siggi ... und nicht allein Siggi!

Mit einem Mal wurde Siggi sich bewusst, dass sie nicht allein waren, dass noch andere ESPer ihre Gedanken durch die Nacht schweifen ließen! Aus Furcht, erkannt zu werden, hatte sie sich zurückgezogen und sich beeilt, wieder in ihr Zimmer zu gelangen. Danach hatte sie im Dunkeln wach gelegen und das Gewicht des Gebirges über sich gespürt, auch wenn es nicht halb so schwer wog wie die Angst, die sie erfüllte. Und sie hatte sich gefragt: *Wenn Turkur diese Leute aus Moskau dazu einsetzt, warum dann nicht mich?* Sollte es eine Bestrafung sein? Schloss er sie vorübergehend aus seinen Plänen aus, weil sie sich ihm widersetzt hatte? Oder bedeutete dies, dass er ihr überhaupt nicht mehr traute?

Schließlich war sie doch eingeschlafen, von merkwürdigen Träumen geplagt, an die sie sich kaum zu erinnern vermochte. Alles, was sie noch wusste, war, dass sie von schwarzen Raubvögeln mit Rabenschwingen, durchdringenden Augen und furchtbaren Klauen und Schnäbeln durch die zerfurchte, graue Landschaft eines gigantischen, pochenden Gehirns gejagt worden war, und dass die Vögel ihr immer wieder dieselben Fragen stellten ...

Ihre Schreie (ihre Fragen?) hallten noch in Siggis Kopf wider, als sie erwachte, und angesichts der Tatsache, dass Tzonov und seine ESPer in unmittelbarer Nähe waren, fragte sie sich, ob es vielleicht mehr als nur ein Traum gewesen war. Unter ESPern wie diesen dürfte es gang und gäbe sein, in das Bewusstsein eines Schlafenden einzudringen. Auch Siggi hatte früher in Erfüllung ihrer Pflicht ... Worüber also beklagte sie sich?

An jenem Morgen, gestern, war Tzonov auf den Beinen gewesen, sobald die Dämmerung einsetzte, und seine erste Amtshandlung hatte darin bestanden, die Suche abzubrechen und die Befehle der Trupps, die in dem Gebiet östlich des Passes eingesetzt werden sollten, zu widerrufen. Doch noch während er angeordnet hatte, den Jet-Copter für einen Einsatz westlich des Gebirges vorzubereiten, und Siggi ausfindig machte, um sie mitzunehmen, hatte es begonnen, heftig zu schneien.

Der Flug wurde abgesagt, denn selbst ein Routinestart war hier ja schon schwierig genug, sodass Tzonov für den Rest des Tages schlechte Laune hatte. Siggi dagegen war ein solches Wetter noch nie so willkommen gewesen. Und es schneite weiter. Es war zwar kein Schneesturm, dafür aber ein steter Schneefall, der den Himmel verdeckte, den ganzen Pass in Weiß tauchte und jede Suche aus der Luft unmöglich machte. Auch an einen Aufklärungsflug, den Tzonov ansonsten ins Auge gefasst hätte, war nicht zu denken.

Je weiter der Tag fortschritt, desto mehr gerieten Siggis Sorgen bezüglich ihres Verhältnisses zum Chef des russischen E-Dezernats ins Wanken. Mit jeder Stunde, die verging, entfernte Nathan sich weiter von Perchorsk, und es wurde immer unwahrscheinlicher, dass herauskam, welche Rolle sie dabei gespielt hatte.

Außerdem war ihr klar, dass Tzonovs Männer Nathan aller Wahrscheinlichkeit nach erschießen würden, wenn sie ihn aufspürten, auch wenn die Befehle von Präsident Turchin gegenteilig lauteten. Später würden sie dann umfangreiche Berichte verfassen, um darzulegen, dass Nathan Widerstand geleistet und sie dadurch gezwungen hatte, Gewalt anzuwenden. Es konnte Tzonov aber auch genauso gut einfallen, Nathan einfach verschwinden zu lassen mit der Erklärung: »Vermutlich in den Westen abgesetzt«. In diesem Fall könnten sie ihn mit Kugeln durchsieben und seinen Körper irgendwo in eine tiefe Schlucht werfen, und niemand würde je auf die Idee kommen, Turkur Tzonov damit in Verbindung zu bringen. Tzonov würde alles tun, um zu verhindern, dass Nathan in die »falschen« Hände geriet oder nach Starside zurückkehrte, so gering die Chance dazu auch sein mochte. Oder ging es Tzonov lediglich darum, Rache zu nehmen – als Ausgleich für ein angeschlagenes Ego und ein paar peinliche Tage, an denen nicht alles so lief, wie er, Tzonov, es wollte? Aber gleich das Leben dieses Mannes!? Das schien Siggi doch ein recht hoher Preis.

Sie hatte versucht, sich etwas vorzumachen, sich einzureden, dass Nathans Tod auch für sie von Nutzen sein würde. Ein Toter konnte schließlich nicht reden. Aber verdammt nochmal, sie hatte ihn *gekannt*, wenn auch nur kurz, und das hatte ihr Leben verändert! Sie wäre niemals in der Lage, Nathan – dieses Bewusstsein so vollkommen ohne Arg – aus ihrem Gedächtnis zu verbannen. Und das wollte sie auch nicht!

So hatte sich der vergangene Tag zäh dahingezogen. Der Himmel hatte seine Schleusen geöffnet, und Siggis Stimmung war wieder auf den Tiefpunkt gesunken ...

Tzonov hatte es so arrangiert, dass sie mit ihm und seinen Spießgesellen zu Abend essen musste. Siggi aß nur wenig und hielt ihre gedankliche Abschirmung die ganze Zeit über aufrecht. Sie spürte die Feindseligkeit, die sie umgab, und vor allem Alexei Yefros' brennende, lüsterne Blicke. Sie konnte regelrecht fühlen, wie das Bewusstsein hinter den funkelnden, schwarzen Augen des Lokalisierers wie ein tollwütiges Wiesel hin- und hersprang und sie in Gedanken auszog. Ihr schauderte – nicht deswegen, weil er sie begehrte, sondern deshalb, auf welche Art er sie wollte.

Endlich war das Essen vorüber, und Siggi konnte sich in ihr

Zimmer flüchten. Die Ereignisse des Tages hatten ihre ganze Kraft gekostet, und obwohl sie sich beinahe davor fürchtete, einzuschlafen, blieb ihr doch gar keine andere Wahl. Glücklicherweise kehrte der Traum der vergangenen Nacht (wenn es denn einer gewesen war) nicht wieder ... zumindest nicht bis zum Morgen, als sie feststellen musste, dass man auch hellwach noch in einem Albtraum gefangen sein konnte.

Denn das Wetter wurde zusehends besser, und Tzonov rechnete damit, dass der Hubschrauber gegen drei Uhr nachmittags die Startgenehmigung erhalten würde. Er und Yefros hatten eine Ahnung, wo der Flüchtige sich aufhalten könnte. Sie wollten ihn westlich von Kozhva suchen, und Siggi sollte sie begleiten. Yefros' Aufgabe bestand darin, Nathan ausfindig zu machen (er hatte so eine merkwürdige Aura um sich, irgendetwas, was mit Zahlen zu tun hatte, hinter denen er seinen Geist verbarg). Anschließend sollte Siggi Yefros unterstützen, um einwandfrei zu bestätigen, dass es sich auch wirklich um Nathan handelte. Das dürfte ihr nicht allzu schwer fallen, wie Tzonov hämisch feststellte, immerhin habe sie ja bereits Nathans »Bekanntschaft« gemacht ...

Nun war es vier Uhr nachmittags, und Kozhva lag mittlerweile achtzig Kilometer hinter ihnen. Tzonov hatte sich nach vorn zum Piloten und Kopiloten gezwängt, Siggi teilte sich die Passagierkabine mit Alexei Yefros. Seine Gedanken mied sie tunlichst. Die Sonde, die er aussandte, konnte sie gleichsam spüren, so als handle es sich um Wellen, die sich auf einem Teich kräuselten, oder um ein persönliches psychisches Echolot, mit dem er nach Nathan suchte.

Yefros war gut. Über Kozhva wurde er auf einmal lebendig, deutete in westsüdwestlicher Richtung aus dem Fenster und rief: »Da lang! Da drüben ist er! Er verrät sich! Ich kann die Gleichungen, die er von sich gibt, geradezu sehen!«

Starside, dachte Siggi, *ist eine Welt voller Vampire, dafür ohne jede Mathematik. Auf der Sonnseite, und mehr noch auf der Sternseite, könnte er sich wunderbar hinter seinen Zahlen verbergen. Die Wamphyri sprechen auf Angst, Schweiß und Blut an. Nathans Zahlen sind für sie nichts als atmosphärische Störungen.* Es war zwar nur eine Vermutung, doch kam Siggi der Sache damit schon recht nahe. *Hier bei uns jedoch verraten sie ihn und liefern ihn seinen Verfolgern aus.*

Tzonov war in seine Landkarte vertieft, aber der Maßstab war zu klein, und er verfluchte die Ungenauigkeiten. Doch schon im nächsten Moment verengten sich seine Augen zu schmalen Schlitzen. Er tastete sich nach hinten in die Passagierkabine und fragte Yefros: »Westsüdwest?« Er stieß den Finger auf die Karte. »Sie meinen den Luza-Fluss, Richtung Izhma und Sizyabsko? Danach kommt nichts als gefrorenes Sumpfland! Sind sie auch sicher? Er läuft doch nicht aufs Geratewohl los! Da gibt es doch nichts!«

Yefros warf einen Blick auf die Karte, betrachtete sie eindringlich und riss schließlich die Augen weit auf. »*Izhma!* Das neue Ölfeld!«

»Was?«

»Briten und Amerikaner als Ingenieure, und die Russen erledigen die Arbeit«, fuhr Yefros fort. »Sie fangen gerade erst an. Vor ein, zwei Jahren ging es durch die Nachrichten. Reichtum und Überfluss für alle! Ein weiteres Beispiel west-östlicher Zusammenarbeit. So wie das französische Wasserkraftwerk, das sie an der Wolga planen. Ha! Die Ausländer liefern das Know-how und wir die Arbeiter. Es ist zum Kotzen! Die Leute vergessen schnell, wenn ein Ziel erst einmal erreicht ist. Aber der Tag wird kommen, an dem wir diese Bastarde rauswerfen! Und dann wird alles wieder uns gehören!«

»Briten und Ameri...« Tzonov blieb der Mund offen stehen. »Und sie sind noch dort?«

»Sie sind so ziemlich das Einzige, was es dort gibt!«, entgegnete Yefros.

Tzonov gingen beinahe die Augen über, während er einen Zettel aus der Tasche zog, ihn in der Faust zusammenknüllte und wegwarf.

Siggi nahm an, dass es sich um die Möbiusschleife handelte, die Trask gezeichnet hatte.

Tzonov bestätigte dies. »Ahhh ... *Trask!*«, knurrte er. »Du verfluchter Bastard! Mit Speck fängt man Mäuse!«

Zumindest lenkt man sie damit ab, dachte Siggi. Doch diesen Gedanken behielt sie wohlweislich für sich.

»Er soll zur Hölle fahren!« Tzonov war außer sich. »Er hat mich getäuscht, solange bis Sie und die anderen hier eingetroffen sind. Aber sehen Sie jetzt? Das Ziel unseres Außerirdischen ist gar nicht Leipzig oder das Tor in Rumänien. Nein, er will nach London, nach England ... und zwar über Izhma. Wenigstens hat er das vor!«

Damit ging er nach vorn, um mit dem Piloten zu sprechen, und Siggi war wieder allein mit Yefros. Doch der Lokalisierer konzentrierte sich auf die Aufgabe, die er zu erledigen hatte. Während der Helikopter nach Westen raste, sandte Yefros eine Sonde voraus. Siggi konnte sich etwas entspannen und brauchte sich nicht ständig zu fragen, was er wohl gerade dachte, wenn sein Blick sie streifte. Vorerst jedenfalls ...

Fünfzehn Minuten später rief Tzonov aus dem Cockpit nach hinten: »Wir haben einen fremden Hubschrauber auf dem Radar! Er kommt aus Schweden. Sie haben Funkkontakt mit dem Izhma-Projekt aufgenommen, und der Pilot hat soeben um Landeerlaubnis gebeten. Im Moment geht er gerade runter!«

Siggi spürte, dass die Dinge sich zuspitzten. Tzonov war beschäftigt, und auch Yefros hatte mit sich zu tun. Sie ergriff die Gelegenheit beim Schopf und sandte in Windeseile ihre Gedanken voraus. Dazu war sie doch hier, das wurde schließlich von ihr erwartet! Und nun musste sie eben Tzonovs Verdacht überprüfen und zusehen, ob er Recht hatte oder nicht, auch wenn sie sich letztlich nur selbst vergewissern wollte. Doch zu beruhigen vermochte sie dies nicht; denn Tzonov hatte ins Schwarze getroffen. Nathan befand sich direkt vor ihnen. Und nicht nur Nathan, sondern auch ...

»Ein Lokalisierer!«, entfuhr es Yefros. »Chung! Ich würde ihn überall wiedererkennen! Und dieses britische ESP-Schwein ist gleich bei unserem Außerirdischen! Turkur, Sie haben Recht! Der Hubschrauber ist hier, um unsere Zielperson rauszuholen!«

Vorn im Cockpit fluchte Tzonov und bellte einen Befehl. Mit voller Kraft raste der Helikopter Richtung Westen. Doch es war zu spät!

Die Grenzstadt Izhma huschte als verschwommener Fleck unter ihnen vorbei, desgleichen eine Reihe hölzerner Brücken, die sich über einen zugefrorenen Fluss spannten. Danach kamen nur noch Wald und Sumpfland. Unten zwischen den Bäumen konnte Siggi ein paar Zigeunerwagen ausmachen, die gemächlich nach Süden zogen. Doch direkt vor sich, keine drei Kilometer entfernt, sah sie am Horizont die Bohrtürme des Izhma-Projekts wie Skelettfinger in den grauen Himmel ragen. Im Wald klaffte eine riesige schwarze Narbe, durch die sich die metallenen Rohre einer Pipeline wanden. Aus einer Anhäufung von Baracken und Baubuden mit qualmenden Schornsteinen erhob sich ein PS-starker Jet-Copter mit schwedischer Kennung und gewann rapide an Höhe.

Er war nicht länger als zehn bis fünfzehn Minuten am Boden gewesen, was wohl kaum ausreichte, irgendeine Ladung zu löschen, aber mehr als genug Zeit war, einen Passagier aufzunehmen. Die schwedische Maschine war neu und auf Geschwindigkeit ausgelegt. Der russische Helikopter hatte nicht die geringste Chance, sie einzuholen. Aber wie dem auch sei, was hätte eine Verfolgungsjagd überhaupt gebracht?

Zu guter Letzt fügte sich alles zusammen. Siggi kam alles so ... unwirklich vor! Die Ereignisse hatten sich geradezu überschlagen, und nun fand sie sich hier mit Tzonov und Yefros wieder und hielt abermals den Atem an, während Nathan ein zweites Mal entkam. Sie konnte sich unmöglich irren. Sie wusste, dass er an Bord des schwedischen Hubschraubers war. Sein Zahlenwirbel fühlte sich so nah an, dass sie ihn vor ihrem geistigen Auge fast sehen konnte!

Er wirbelte durcheinander wie die Auspuffgase des ausländischen Jet-Copters, während dessen Rotorblätter in ihr Gehäuse zurückglitten und die Düsentriebwerke sich von der Vertikale in die Horizontale ausrichteten.

»Verfügen wir über Bordwaffen?«, brüllte Tzonov den Piloten an. Dieser bedachte ihn mit einem Blick, als habe er einen Geisteskranken vor sich. Selbstverständlich waren sie unbewaffnet. Es handelte sich zwar um eine Militärmaschine, aber sie war dem E-Dezernat unterstellt, nicht dem Heer oder der Luftwaffe. Die Waffensysteme waren vor der Übergabe ausgebaut worden. So viel musste Tzonov doch klar sein!? Es war ihm auch klar, doch dieses eine Mal wünschte er sich, er würde sich irren.

Und was, wenn die Maschine über Waffen verfügt hätte? Siggi wurde übel. Tzonov hatte nicht nur extreme Ansichten, er war völlig übergeschnappt! Dessen war sie sich nun sicher. Sie blickte durchs Fenster und sah zu, wie die schwedische Maschine immer schneller wurde und nach Westen auf einen sich stetig verfinsternden Himmel zuraste. Einer plötzlichen Eingebung folgend ließ sie ihre Abschirmung fallen und sandte dem Hubschrauber einen Gedanken nach:

Viel Glück, Nathan. Sollten die Szgany einen Gott haben, bin ich sicher, er steht dir bei!

Sie erhielt keine Antwort, registrierte nur ein wirres Durcheinander aus Gedanken, aber keinen Zahlenwirbel, denn vorerst war Nathan mit anderen Dingen beschäftigt. In der Welt, aus der er kam, waren Dinge, die zu fliegen vermochten, meist Furcht einflößende Kreaturen. Und hier? Im Moment zumindest hatte er eine Heidenangst vor dem Hubschrauber! Siggi versuchte es abermals und sandte ihm eine letzte eindringliche Botschaft:

Alles in Ordnung! Du bist jetzt in Sicherheit!

Es war gut möglich, dass Nathan sie hörte; aber mit Sicherheit konnte Siggi es nicht sagen. Dafür nahm sie jedoch eine verstohlene Bewegung in ihrem Rücken wahr und ihr kam zu Bewusstsein, was sie besser einen Augenblick früher bedacht hätte, ehe sie Nathan ihre letzte Botschaft sandte. Die Erkenntnis, dass jemand anders aller Wahrscheinlichkeit nach alles mitbekommen hatte, traf sie wie ein Donnerschlag!

Tzonovs Hand legte sich auf die ihre, die auf der Armlehne ihres Sitzes ruhte. Seine Augen spiegelten sich im Fenster der Kabine und sein Blick durchbohrte sie. Sein Lächeln war verzerrt und wirkte wie das Grinsen eines Wahnsinnigen, als er ihr ins Ohr flüsterte: »Er ist jetzt also in Sicherheit, nicht wahr? Hm, nun ja, das nehme ich an. Aber was macht das schon? Wir werden auch so erfahren, was wir von ihm wissen wollen. Alles, was du mir bisher erzählt hast, und auch alles, was du mir bisher verschwiegen hast!«

»Aber Turkur ...!« Sie drehte sich zu ihm um.

»Na, na!« Er hob die Hand und wandte sich ab. Auf seinem schweißglänzenden, bebenden Gesicht lag ein teuflisches Grinsen. »Sag jetzt nichts, Siggi! Hebe es dir für später auf! Ich *weiß*, dass du mir noch viel erzählen wirst!«

Beinahe krampfhaft langte sie in die Innentasche ihres Parkas, doch Yefros presste ihr bereits den Lauf seiner Waffe unterhalb ihrer rechten Brust gegen die Rippen.

»Bitte tu es!«, zischte er. »Es würde mir eine Freude sein, glaub mir!«

Einen Augenblick lang war Siggi unentschlossen. Ihr war klar, dass jede »Freude«, die sie diesem Sadisten im Moment bereiten konnte, wesentlich leichter zu ertragen und wahrscheinlich auch schneller vorüber wäre als alles, was er später auf Tzonovs Geheiß mit ihr anstellen würde. Doch schließlich atmete sie tief aus, seufzte und ließ sich in ihren Sitz zurücksinken. Sie musste mit dem Schlimmsten rechnen, gewiss, aber immerhin war sie am Leben ... Und vielleicht gab es selbst jetzt noch einen Funken Hoffnung.

Vorsichtig fuhr Yefros' Hand in ihren Parka. Sie fühlte sich unangenehm dürr und kalt an, bedrohlich, und verharrte suchend zwischen ihren Brüsten, ehe er ihre winzige Pistole an sich nahm. Die Berührung dieser Finger sagte Siggi deutlicher als tausend Worte, wie schmal der Grat war, auf dem sie sich bewegte ...

Seit Nathan aus Perchorsk entkommen war, war er auf der Flucht. Doch erst während der letzten sechsunddreißig Stunden – seit Zek Föener Kontakt zu ihm aufgenommen hatte – war er sich dessen so richtig bewusst geworden. Denn auch er hatte die fremden Geister gespürt, die sich an ihre Gedanken geheftet hatten. Er konnte sich vorstellen, um wen es sich handelte, und ihm war klar, dass sie Jagd auf ihn machten.

Der Schnee war seine Rettung gewesen. Er kannte Schnee von früher, auch wenn er noch nicht allzu oft welchen gesehen hatte, nur bei den seltenen Gelegenheiten, bei denen sich das Grenzgebirge in eine weiße Märchenlandschaft verwandelte und die langen, gefährlichen Nächte der Sonnseite bitterkalt wurden. Zweimal während seiner Kindheit hatte er Schnee erlebt und ein einziges Mal in seiner Jugend. Damals hatte eine Lawine eine breite Schneise der Verwüstung hinterlassen. Zehntausende Tonnen Schnee hatten die Bäume von den Hängen gefegt und die Senke hinter Lardis' Anhöhe fast bis zum Rand gefüllt. Doch das war nichts, verglichen mit dem, was hier geschah.

Hier in dieser Welt schien der Schneefall nicht enden zu wollen, und auf Starside war es selbst in den Stunden vor Sonnauf bei weitem nicht so kalt gewesen wie hier in den nördlichen Regionen. Nathan war einiges gewohnt, das stimmte schon, doch ohne Vladi und seine Traveller hätte er es niemals geschafft. Auch wenn sie von Gefolgsleuten der Wamphyri abstammten und selbst nur zu gern die Gelegenheit ergriffen hätten, diesen Kreaturen zu dienen, war Nathan, als ihre Wege sich schließlich trennten, doch klar, dass er in ihrer Schuld stand.

Mit dem letzten Schneeschauer, als dichter Wald Nathan nach Westen hin Schutz bot und die Traveller nach Süden in die gemäßigten Regionen, nach denen sie sich so sehr sehnten, aufbrachen, hatten er und der wettergegerbte Stammeshäuptling einander umarmt und eine Zeit lang nur dagestanden, ohne etwas zu sagen. In diesem Moment hatte Nathan sich wegen der kleinen Unwahrheiten, zu denen er gezwungen gewesen war, richtiggehend unwohl gefühlt. Doch als Vladi ihn noch einmal an sein Versprechen erinnerte, den Vampirlords seine, Vladis, Willkommensbotschaft zu übermitteln, war Nathan keine andere Wahl geblieben, als erneut zu lügen und abermals zu versichern, dass er dies tun würde.

Unter den Kiefern war der Boden nahezu schneefrei. Die Verwehungen, die der Wind hier und da aufgehäuft hatte, umging Nathan. Er hielt sich so lange nach Westen, bis der Baumbewuchs allmählich schwand und gefrorenem Sumpfland wich. Doch da waren die Gerippe der Bohrtürme des Izhma-Projekts bereits zu sehen, und ein merkwürdiges dumpfes Wummern erfüllte den Himmel. Voller Ehrfurcht und auch Angst hatte Nathan zugesehen, wie eine Flugmaschine, die aussah wie ein riesiges Insekt, durch die Wolken brach und sich auf eine Gruppe von Gebäuden hinabsenkte. Und gerade weil Nathan das fliegende Ding so angestrengt beobachtete, hatte er festgestellt, dass daraus Gedanken hervordrangen, die zwar keinem Telepathen gehörten, dafür aber dennoch seinen, Nathans, Standort bestimmten.

Als er sich auf dem offenen Gelände wenig später durch eine tiefe Schneeverwehung kämpfte, kam ein Motorschlitten auf ihn zugepflügt, und diesmal saß die Quelle der Gedanken, die Nathan spürte, auf dem Rücksitz. David Chung half ihm in den Sattel, der Schlitten beschrieb im stiebenden Pulverschnee eine Kurve, und keine zwei Minuten später fand Nathan sich an Bord des Jet-Copters wieder, der sofort abhob.

Das war jetzt etwas mehr als fünfundsiebzig Minuten respektive elfhundert Kilometer her. Nun, wo sie westlich von Lubosalma die finnische Grenze überflogen, atmete Chung zum ersten Mal seit drei Stunden wieder auf und entspannte sich ein wenig.

In der Passagierkabine war es recht geräumig, zumal außer Chung und Nathan lediglich noch die drei Mann Besatzung an Bord waren. Trask war in Helsinki geblieben, wo er sich um Ausweispapiere für Nathan kümmerte und alles für den Rückflug vorbereitete. Während Nathan sich über ein paar Sandwiches hermachte und dazu Kaffee trank, hielt Chung es für angebracht, sich endlich vorzustellen. Er zündete sich eine Zigarette an und sagte: »Zek Föener hat mir erzählt, dass es dir nicht allzu schwer fallen dürfte, mich zu verstehen. Du lernst Sprachen sehr schnell. Ich weiß, dass du dich schon mit Ben Trask unterhalten hast, wenn auch hauptsächlich auf telepathischem Weg. Aber wie dem auch sei, ich heiße David Chung.« Damit streckte er Nathan die rechte Hand entgegen, und als dieser nach seinem Unterarm greifen wollte, demonstrierte er ihm, wie man sich die Hand schüttelte. »Hier begrüßen wir uns auf diese Art.«

Prompt zeigte Nathan ihm, wie der Travellergruß funktionierte. »So machen wir es auf der Sonnseite. Kein großer Unterschied, was?«

Chung blieb der Mund offen stehen. Mehr als seinen Namen hatte der Lokalisierer Nathan bisher nicht genannt, und zwar als er ihm auf den Schlitten half. Nathan musste grinsen, als er Chungs Miene sah. »Wie Sie sehen, hat Zek Föener Recht. Ich habe von Trask ein paar Worte aufgeschnappt und sie mit den Bildern in meinem Geist verglichen. Aber wenn ich so in Ihren Geist blicke, sehe ich nur ein einziges Durcheinander von Wörtern, ziemlich instinktiv die meisten und ohne tiefere Bedeutung. Bilder kann ich dahinter zwar nicht erkennen. Aber das ist mir nicht neu. Es muss sich wohl um Schimpfwörter handeln!«

»Scheiße!«, entfuhr es Chung, und sofort entschuldigte er sich dafür.

»Nein, ich bin derjenige, der sich ... *entschuldigen?* ... müsste!« Immerhin war Nathan noch dabei, die Sprache zu lernen. »Es gehört sich nicht, ungebeten in den Geist eines anderen einzudringen!«

»Es wird dir beim E-Dezernat gefallen«, nickte Chung und erwiderte das Grinsen. »Und was meinen Geist angeht, kannst du gerne einen Blick hineinwerfen. Da drin gibt es nichts, dessen ich mich schämen müsste. Und falls es dir helfen sollte, irgendetwas besser zu verstehen ...«

»Mit Sicherheit!«

»Dann tu dir keinen Zwang an! Hör zu, man wird dich vernehmen, das heißt, meine Leute werden dir eine Menge Fragen stellen – zu Hause in London, da, wo wir hinfliegen. Aber so lange, bis wir Trask unterwegs auflesen, stehe ich zu deiner Verfügung. Wenn ich dir also irgendwie helfen kann ... Wenn es irgendetwas gibt, was du gern über uns erfahren würdest oder über diese Welt, dann schieß einfach los ... Ich meine, frage einfach, was du möchtest.« Nathans Talent mochte zwar außergewöhnlich sein und seine Auffassungsgabe enorm, dennoch war die Verständigung mit ihm kein Kinderspiel.

Bis Helsinki blieben ihnen noch etwa vierzig Minuten, und Nathan ließ sich nicht zweimal bitten ...

Trask hatte Plätze in der Executive Class reserviert. Sie flogen in einem Sabena-Jet von Helsinki nach Stockholm und stiegen dort in eine British-Airways-Maschine nach London um. Nathan staunte über die Größe der Flugzeuge, vor allem über den britischen Jumbo, und konnte kaum fassen, wie schnell sie flogen. Während des Fluges beobachtete er die anderen Passagiere, was sie anhatten, was sie aßen und was sie aus ihrem Handgepäck holten. Armbanduhren, Füllfederhalter, Bücher und Feuerzeuge hatte er noch nie gesehen! Dass es hier sogar Toiletten gab, versetzte ihn in Erstaunen, und von dem Film, der gezeigt wurde, war er schlichtweg fasziniert, ebenso von den Kopfhörern, den gelegentlichen Durchsagen und der Tatsache, dass warmes Essen und Getränke serviert wurden. Die Aussicht aus dem Fenster ... einfach alles war neu für ihn. Trask hatte ihm in Helsinki neue Kleider besorgt, sodass er nicht weiter auffiel. Allerdings freute er sich wie ein Schneekönig und musste alles ganz genau in Augenschein nehmen, sodass er mit Sicherheit dennoch Aufsehen erregt hätte, hätte Trask nicht aufgepasst. Auf halber Strecke nach London lehnte Nathan sich schließlich in seinem Sitz zurück und bat Trask, ihm etwas von seinem Vater zu erzählen.

Damit war er genau an der richtigen Adresse. Mit leiser Stimme schilderte Trask ihm, was er über Harry Keogh wusste, angefangen bei Harrys Kindheit bis zu seinem Eintritt ins E-Dezernat. Hin und wieder stellte Nathan eine Zwischenfrage, worauf Trask ihn jedes Mal mit einem Blick aus dem Augenwinkel bedachte und lächelte.

Irgendwann schlief Nathan ein. Dies zeigte besser als alles andere, wie sehr er seinen neuen Freunden vertraute ...

Kurz bevor sie in Heathrow landeten, rüttelte Trask ihn wach. Zwar war die Straßenbeleuchtung bereits eingeschaltet gewesen, als sie in Stockholm starteten, doch mittlerweile war es zur Gänze Nacht geworden. Nathan konnte nicht glauben, wie groß die Stadt war, die er aus der Luft sah. Und überall brannte Licht ...

»Die Höllenlande«, murmelte er, mehr zu sich selbst.

Trask bekam es mit und fragte: »Glaubst du das wirklich?«

Nathan blickte ihn aus großen Augen an. Er zögerte. »Nein«, sagte er schließlich. »Jetzt, wo ich euch kenne, glaube ich das nicht mehr. Jedenfalls nicht mehr so ganz.«

Mit einem Mal war Trasks Bewusstsein erfüllt von alten Erinnerungen. »Wäre dein Vater nicht gewesen«, sagte er, »wäre diese Welt um ein Haar tatsächlich zur Hölle geworden.« Nicht ganz so ernst fügte er hinzu: »Und wer weiß, vielleicht ist sie das ja auch. Warte erst einmal ab, bis du den Verkehr erlebst!«

Der zuständige Minister war da, um die Zollformalitäten für sie abzukürzen. Nathan wurde in ein »sicheres Haus« gebracht, das das E-Dezernat in Slough unterhielt. Ein paar kräftige Beamte des Sicherheitsdienstes, zugleich Experten in Sachen Personenschutz, sahen dort nach dem Rechten. Außerdem würde ihn von nun an das E-Dezernat unter die Fittiche nehmen. Agenten des Dezernats würden mit ihm in dem Haus wohnen, solange er sich dort aufhielt, nie weiter als einen einzigen Gedanken weit entfernt. Doch er brauchte nicht damit zu rechnen, dass der Aufenthalt von Dauer sein würde. Es handelte sich um einen vorübergehenden Unterschlupf, mehr nicht.

Bei seiner ersten Stippvisite nahm Nathan ein Bad und rasierte sich. Anschließend wurde er frisiert und mit einer passablen Garderobe, Geld und weiteren Ausweispapieren ausgestattet. Um ihm wenigstens ansatzweise einen persönlichen Hintergrund zu verschaffen, wurden Fotos aufgenommen. Er musste lachen, den Arm um ein Mädchen legen, das er nie zuvor gesehen hatte und dem er wohl auch nie wieder begegnen würde, und mit zwei kleinen Kindern zu seinen Füßen posieren. Die Bilder kamen, gemeinsam mit Kreditkarten, mit denen er nirgendwo auf der Welt Geld bekommen würde, und weiteren Kleinigkeiten, die seine Identität bestätigten, in eine lederne Brieftasche, in der sich unter anderem auch ein scheckkartengroßer Solarrechner befand.

Als sie später unterwegs ins Londoner Hauptquartier waren, erklärte Chung Nathan, wie der Taschenrechner funktionierte. Nathan erkannte sofort das Dezimalsystem wieder, von dem ihm der Thyre Ethloi erzählt hatte, und brauchte nur wenige Sekunden, um die Zahlenwerte der Ziffern zu begreifen. Von diesem Zeitpunkt an war der Taschenrechner sein ganzer Stolz.

Als sie in der Zentrale eintrafen, war es zu spät, Nathan noch mit allen bekannt zu machen. Er bekam ein eigenes Zimmer angewiesen und sank beinahe augenblicklich auf ein Bett, in dem er so lange schlafen konnte, wie er wollte. Unter normalen Umständen hätte ein einziger Beamter vom Dienst genügt. Doch von heute Nacht an würden bis auf weiteres vier Beamte Dienst tun; und unten im Hotel waren drei Zivilbeamte des Sicherheitsdienstes stationiert, die nun zusätzlich zu ihrer Aufgabe, unauffällig auf Zek Föener aufzupassen, auch noch einen Extra-Job zu bewältigen hatten.

Während Nathan schlief, gingen die vier diensthabenden Beamten weiterhin ihren Pflichten nach und bereiteten sein Programm für den nächsten Tag vor. Morgen war Nathans erster Schultag. Er hatte einiges zu lernen, und das E-Dezernat ebenfalls, sodass beide davon profitieren würden. Aber wie Trask bereits jedem klar gemacht hatte, bestand ihr Ziel keineswegs darin, Informationen zu gewinnen, jedenfalls nicht in erster Linie, sondern darin, sie zu teilen. Zum Wohle Nathans und im Angedenken an seinen Vater, Harry Keogh. Nur eine Hand voll Menschen hatte ihn je gekannt, und kaum jemand hatte gewusst, dass er der Necroscope war. Doch die ganze Welt stand in seiner Schuld, vielleicht sogar zwei Welten, und in beiden hatte man ihm übel mitgespielt. Dies sollte nun so etwas wie eine Wiedergutmachung werden ...

In den frühen Morgenstunden wurde im Perchorsk-Projekt tief unter dem Ural auch Siggi Dam zu einer Art Wiedergutmachung herangezogen. Doch in ihrem Fall war es Turkur Tzonov, dem Rechenschaft abgelegt werden musste, und in dieser Hinsicht hatte sie nicht viel zu bieten. Außerdem bestand das Ziel diesmal tatsächlich darin, Informationen zu gewinnen, und zwar um jeden Preis!

Gegen halb drei drehte sich ein Dietrich im Schloss von Siggis Tür, und sie wurde aus dem Schlaf gerissen. Im festen Glauben, dass dies unmöglich wahr sein könne, dass sie womöglich einen Albtraum habe, fuhr sie hoch und sah Tzonov, Stabsfeldwebel Bruno Krasin und Alexei Yefros in ihr Zimmer eindringen. Die drei traten an ihr Bett. Benommen und nur halb wach blinzelte sie, als es so plötzlich hell wurde. Ihr blieb gerade genug Zeit, vor ihnen zurückzuweichen, sich die Lippen zu befeuchten und zu fragen: »Was?«, bevor Tzonovs Hand sich auf ihren Mund legte und Krasin sie festhielt, während Yefros ihr eine Nadel in den Arm stieß.

Dies endlich ließ sie erwachen, und hätte Tzonov ihr nicht die Hand auf den Mund gepresst, hätte sie geschrien. Doch schon im nächsten Augenblick begann die Droge zu wirken. Sie schlief wieder ein, zumindest ihr Körper. Danach hatten sie es so eilig, dass sie es noch nicht einmal für nötig hielten, ihr die Augen zu schließen. Unfähig, ihre Arme oder Beine zu bewegen, hing Siggi über Krasins kräftigen Schultern und bekam alles nur noch wie durch einen Nebelschleier mit.

Die Wände des Korridors flossen an ihr vorüber und hüpften bei jedem von Krasins Schritten in Zeitlupe auf und nieder. Eine flackernde Neonröhre, die kurz davor stand, den Geist aufzugeben, spiegelte sich in den metallenen Wandverkleidungen.

Kopfüber ging es durch die Magmasse-Ebenen hinab in den Kern, wo kein Einziger der Techniker und Wissenschaftler zu sehen war, die sich üblicherweise hier tummelten. Tzonov hatte sie entweder weggeschickt oder ihnen irgendwelche Aufgaben übertragen, um sie andernorts zu beschäftigen. Über stählerne Leitern in der gewölbten Wand des Kerns ging es tiefer hinab, vorbei am hellen Gleißen des Sphärentores, bis sie an eine Abdeckung kamen, die ein Magmasse-Wurmloch verbarg. Tzonov öffnete den Deckel des Schachtes, und er und Yefros glitten mit den Füßen voran hinein in das Dunkel. Siggi wurde ein Seil um die Knöchel geknotet, und die beiden zogen sie auf der spiegelglatten Innenfläche des Loches wie einen Schlitten hinter sich her. Krasin kam als Letzter. Auf dem Bauch liegend, packte er Siggi bei den Schultern und schob.

Nach hier unten, in diese albtraumhaften, verzerrten Regionen, die seit Jahren schon niemand mehr aufsuchte, der nicht den Verstand verlieren wollte, hatte Tzonov sein Waffenarsenal verlegt. Gleich nach dem allerersten katastrophalen Testlauf hatte man ganze Bereiche des Perchorsk-Projekts aufgegeben. Nachdem Harry Keogh die Flucht nach Starside geglückt war, waren sie wieder geöffnet worden, allerdings nur vorübergehend. Nun waren sie wieder fest verschlossen, und zwar endgültig. Nur ein Wahnsinniger wagte sich noch hierher – und seine Gefolgschaft.

Irgendwo ging flackernd ein gedämpftes Licht an. Tzonov und Yefros hielten Siggi aufrecht, ihr Kopf sank dabei nach vorn, bis Krasin sie ihnen abnehmen konnte. Erneut spürte sie das Auf und Ab von Krasins Schritten, grauenhafte Magmasse-Formen, -einschlüsse und andere ... *Abnormitäten* zogen an ihrem starren Blick vorüber, bis sie endlich das Gelass erreichten, in dem der Apparat untergebracht war.

Als Siggi dies erkannte, wünschte sie sich, sie wäre tot. Und wer weiß, vielleicht würde Tzonov ihr diesen Wunsch ja bald erfüllen. Es hing lediglich davon ab, wie viel er ihr nehmen wollte und was er ihr – falls überhaupt – zu lassen gedachte. In diesem Augenblick klammerte sie sich verzweifelt ans Leben. Als die Männer sie an den Tisch schnallten, wollte sie auf einmal nicht mehr sterben, sie wollte leben! Leben und reden und ihnen alles erzählen, wenn sie ihr nur dies hier ersparen würden! Wenn sie ihr nur zuhören wollten, wenn sie nur sprechen könnte ...

»Sie sabbert«, meinte Krasin angewidert.

»Vielleicht versucht sie ja etwas zu sagen«, flüsterte Yefros. Seine Stimme bebte vor Erregung. Und nun, allerdings viel zu spät, fiel Siggi noch etwas ein, was sie über den sadistischen Lokalisierer gehört hatte: Er war ein Operateur, einer jener wenigen Männer, die in der Lage waren, etwas auszuführen, was man beschönigend als »Operation« bezeichnete.

Mit letzter Kraft bemühte Siggi sich, mitzubekommen, was Yefros da machte – und ihr Kopf fiel schlaff zur Seite. Der Lokalisierer legte etliche Angst einflößende Instrumente bereit, zog den Chirurgenkittel an und streifte sich ein Paar Gummihandschuhe über. Es würde zwar nicht viel Blut fließen, doch in derartigen Dingen war er ... sehr genau. Siggi versuchte zu schreien, aber nur ein leises Gurgeln kam über ihre Lippen.

Eine kräftige Hand packte sie am Kinn, drehte ihren Kopf zurecht, und sie spürte, wie sich die gummierten Backen stählerner Klammern um ihre Wangen schlossen, um ihren Kopf zu fixieren. Sie blickte direkt nach oben, geradewegs in Turkur Tzonovs graue, hypnotische Augen, die voller Bosheit auf sie herabstarrten, durchdringend, als wollten sie ihr Innerstes ergründen.

Bisher war ihr alles so ... unpersönlich vorgekommen, beinahe so, als würde es jemand anderem geschehen. Die Männer verhielten sich wie Automaten. Siggi war absolut hilflos, ihnen vollkommen ausgeliefert, aber bis jetzt hatten sie ihr im Grunde genommen noch nichts getan. All dies änderte sich jedoch schlagartig. Nun hieß es nur noch Tzonov gegen Siggi, und das machte das Ganze zu einer sehr persönlichen Angelegenheit.

Sie wollte ihn beschimpfen – was Tzonov natürlich wusste –, doch stattdessen bettelte sie nur. In Gedanken schrie sie zu ihm auf, dabei hätte ein Flüstern genügt. Sie bot ihm an, ihm alles zu sagen, gleich hier und jetzt, auf der Stelle. Sie war ja so dumm gewesen, das war ihr nun klar, aber letztlich doch nur eine schwache Frau. Sie hatte ihm Unrecht getan, und das wollte sie wieder gutmachen. Von jetzt an würde sie ihm immer gehorchen und alles tun, um seine Sache voranzubringen. Sie verdiente es, beschimpft, geschlagen und wie ein Stück Dreck behandelt zu werden. Er könnte sie mit Füßen treten, sie missbrauchen, misshandeln, ihr alles nehmen ... aber nicht ihre *Erinnerungen!* Nicht ihren *Geist!* Den wenigstens solle er ihr lassen! Denn der machte sie doch zu dem, was sie war – zu Siggi Dam!

Tzonovs kahler Schädel glänzte feucht. Kleine Schweißperlen tropften ihm von der Stirn, rannen ihm über die Nase und wurden weggeschleudert, als er den Kopf schüttelte. Seine Antwort lautete Nein! In seinen ach so symmetrischen Gesichtszügen lag nichts Menschliches mehr. Das erkannte Siggi nun deutlich, und sie sah mit einem Mal auch, wie labil sein Ego war. Einen leichten Schlag mochte er wegstecken, aber schon ein fester Hieb erschütterte seine Persönlichkeit. Und sie hatte eine volle Breitseite auf ihn abgefeuert! Seitdem gab es für Tzonov nur eine einzige Möglichkeit zu handeln: Er musste Rache nehmen!

»Ach, Siggi!«, sagte er, »Siggi!«, und schüttelte abermals den Kopf. Dabei lächelte er süffisant. »Dir zu vertrauen, war ein Fehler, und du weißt, wie sehr ich es hasse, Fehler zu begehen. Indem du Nathan befreit hast, hast du dich selbst zur Gefangenen gemacht. Oh ja, *er* ist in eine neue Welt entkommen – für den Augenblick jedenfalls. Und du!? Was soll ich mit dir anstellen? Dir noch einmal vertrauen, wo ich doch den Beweis habe, dass du mich hintergangen hast? Besser, ich lasse dich Nathans Schicksal teilen! Darin liegt eine wunderbare Ironie, vielleicht siehst du das ja ein?! Nathan ist frei, vollkommen unbedarft in einer ihm fremden Welt. Rein zufällig kontrolliere ich den Durchgang, das *Tor* zu einer Welt, die uns ebenfalls fremd ist. Der einzige Unterschied scheint darin zu bestehen, dass *du* nicht gerade unbedarft bist. Zumindest noch nicht. Aber das lässt sich ändern ...«

Sie wusste, was er meinte, und nun war auch ihr Geist wie gelähmt vor Angst. Sie vermochte keinen klaren Gedanken mehr zu fassen, dafür spürte sie die Kälte, die von den nadeldünnen, sterilen Sonden ausging, die in ihre Ohren glitten und durch Gewebe und Knorpel drangen.

Tzonov nahm einen Helm, von dem eine Unzahl verschiedenfarbiger Drähte hing, den Empfänger, und setzte ihn vor ihren Augen auf. Er lächelte noch immer sein schreckliches Lächeln, bis sein Gesicht schließlich aus ihrem Blickfeld verschwand. Zwei Daumen erschienen und schlossen ihr die Lider, so als ob sie bereits tot sei. Ehe der Strom eingeschaltet wurde, hörte sie Yefros noch sagen: »Es ist wie bei einem Computer. Wir brauchen nicht alles zu löschen. Fangen wir am Anfang an. Was ist mit ihrer Geburt?«

»Die kann sie behalten«, erwiderte Tzonov. »Ein Mensch muss wissen, dass er geboren wurde, sonst hat er keinen Willen zu überleben. Den zumindest lassen wir ihr. Ohne Lebenswillen wäre sie nichts als eine leere Hülle. Aber ich will, dass sie wegläuft, sich versteckt und Angst hat, noch schlimmer als jetzt. Sie soll sich vor Angst in die Hosen machen! Was ihre Kindheit angeht: Die braucht sie nicht mehr! Aber ihre ersten sexuellen Erfahrungen, die soll sie behalten. Darin war Siggi nämlich ganz gut, und wer weiß, vielleicht hält es sie sogar eine Zeit lang am Leben, da drüben auf Starside!«

Er lachte, und sein Lachen ging Siggi durch Mark und Bein. Und wenn sie sich an nichts erinnern sollte, dieses Lachen würde sie nie vergessen! Grausam, bösartig und voller Rachsucht würde es bis in alle Ewigkeit durch ihr leeres Bewusstsein hallen.

Danach wurde es schwarz um sie. Sie hatten den Strom eingeschaltet und damit begonnen, Siggis Gehirn herunterzuladen ...

SECHSTES KAPITEL

Zwei Jahre zuvor, in einer fremden Dimension:

Lord Nestors erster Leutnant, genannt Zahar, vormals Zahar Saugersknecht, holte das Letzte aus seinem Tier heraus und trieb seine kleine, mit einer sonderbaren Last beladene Bestie so schnell es ging auf das Grenzgebirge zu. Er durfte keine Sekunde verlieren, denn jenseits der golden schimmernden Bergspitzen erhob sich bereits die Sonne und strebte langsam, doch unaufhaltsam dem höchsten Punkt ihres zwar niedrigen, aber todbringenden Bogens zu. Sie verhieß einem jeden Vampir den Tod, selbst den Wamphyri, und ein bloßer Leutnant würde ihre Berührung gewiss nicht überleben.

Schon flutete das erste Sonnenlicht durch die höchsten Pässe, zeigte sich auf den höchsten Gipfeln. In den obersten Schichten der Atmosphäre drang es auf die düstere Sternseite vor und ließ die Sterne verblassen. Nur weit im Norden schienen sie unverwandt auf die Eislande herab. Selbst der Unheil verkündende Nordstern, der hoch oben über der Wrathhöhe stand, der letzten Felsenburg, war kaum mehr als ein schwaches Funkeln. Bald, wenn die Sonne höher stieg und die Wrathspitze erreichte, würde von ihm nichts mehr zu sehen sein.

Bis dahin musste Zahar den Rückflug angetreten haben, oder, besser noch, wieder zu Hause sein, sicher hinter den dicken Wänden, geborgen in den Hallen und labyrinthischen Gängen der Saugspitze. Oh, ihm würde schon nichts geschehen, solange er sich und sein Reittier vom tödlichen Glanz der Sonne fern hielt. Doch allein das Wissen darum, dass bald Lanzen aus Licht durch die Nebel der Sternseite stoßen und auf Wrathas Türme und Zinnen herniederbrennen würden, genügte, ihn zu höchster Eile anzuspornen. Denn stand erst einmal die Sonne am Himmel, erwiesen sich die Wamphyri und ihre Gefolgsleute durchweg als Feiglinge.

Diejenigen unter ihnen, die mehr Mut bewiesen hatten, waren nicht mehr am Leben. Sie hatte dasselbe Schicksal ereilt, das nun der »Lady« Carmen bevorstand; und dies bedeutete den Tod – selbst für Untote!

Zahar überlief ein Schauder, als er inmitten der vom Boden aufsteigenden Nebelschwaden landete. Er hievte Carmen vom Rücken des Fliegers herab, warf sie sich über die Schulter und erklomm einen geröllübersäten Bergsattel, der im Schatten mehrerer Felsvorsprünge lag. Oben angekommen, sah er, dass sich die ersten Sonnenstrahlen bereits am südlichen Horizont entlangtasteten, doch es würde noch eine Weile dauern, bis sie darüber hinwegfluteten. Zwischen den Felsen fand er einen steinigen Flecken Erde, auf dem er Carmen anpflockte. Mit der Linken hämmerte er die Eisenholzpfähle in den Boden, denn seine rechte Hand und sein rechter Arm schmerzten noch immer. Das wandelbare Fleisch war zwar dabei zu heilen, doch war der Prozess bei weitem noch nicht abgeschlossen. Als er ihre Hand- und Fußgelenke mit unzerreißbaren Lederriemen an die Pflöcke fesselte, überlief ihn abermals ein Schauder. Zweimal sprang er sogar auf, drehte sich blitzschnell um sich selbst und blickte sich nach allen Seiten um, weil er mit einem Mal das Gefühl hatte, bei seinem Tun beobachtet zu werden. Solche Ahnungen waren ihm nicht neu, er hatte Ähnliches auch früher schon erlebt, damals, als Vasagi der Sauger noch lebte und zugegen war.

Vasagi war ein Meister in der Kunst der Verwandlung und des Gedankenlesens, und sein Mienenspiel suchte seinesgleichen. Doch der Sauger war tot und Nestor mittlerweile Herr über die Saugspitze ... Dennoch schauderte Zahar. Vielleicht ahnte er den Schatten Vasagis in der Nähe, spürte, dass der Geist seines ehemaligen Gebieters keine Ruhe fand und rastlos in den Bergen umging, wo er voller Angst auf den Sonnauf wartete, in alle Ewigkeit dazu verdammt, jedes Mal aufs Neue zu verbrennen und sich in stinkenden Rauch aufzulösen ...

Endlich war Zahar fertig und Carmens untoter Leichnam festgezurrt – gerade noch im rechten Moment! Denn die goldene Glut kroch über die südlichen Felsspitzen, setzte die Gipfel in

Flammen und tauchte den Bergrücken in ihr giftgelbes Licht. Doch noch war die Sonne selbst auf ihrem steten Weg nach Osten nicht zu sehen. Zahar war klar, dass der glühende Feuerball, wenn er denn auftauchte, das Letzte sein würde, was er zu Gesicht bekäme. Es wurde Zeit für ihn zu verschwinden.

Abermals überkam ihn das Gefühl, beobachtet zu werden. Doch er hatte es eilig, und statt darauf zu achten, rannte er zurück zu seiner Bestie. Im nächsten Augenblick hatte sie sich in die Luft geschwungen, ging in einen sanften Gleitflug über und schwebte auf die Findlingsebene hinaus. Zahar spürte geradezu, wie der Gluthauch des goldenen Ungeheuers die Luft um ihn herum in reines Gift verwandelte, und ihm war, als höre er in seinem Rücken die goldenen Klauen schon über die Felsen scharren. Doch er fürchtete den Feuertod so sehr, dass er sich kein einziges Mal umwandte, sondern sich in seinem Sattel zusammenkauerte und, den Blick starr nach vorn gerichtet, wie ein Pfeil auf die Wrathhöhe zuschoss.

Hinter ihm, wo sich zwischen den Felsvorsprüngen allmählich das Sonnenlicht breit machte und immer näher an Carmens Füße kroch, erkannte der Vampir in ihr endlich die Gefahr und bäumte sich auf. Schreiend erwachte sie aus dem Schlaf der Untoten, den sicheren Tod vor Augen ...

Doch noch etwas anderes kam herangekrochen! Aus dem Schatten der ringsum stehenden Felsen löste sich eine in einen Umhang gehüllte Gestalt. Sie trug ein Tuch vor dem Gesicht, in das zwei Löcher geschnitten waren, hinter denen ein Paar gelblich glühender Augen flammte. Das Wesen nahm einen Stein, zertrümmerte die Pflöcke aus Eisenholz und half Carmen auf. Schluchzend stolperte sie hinter der Gestalt her, weg aus der drohenden Umarmung der Sonne. Der Unbekannte führte sie über den düsteren Saum des Bergsattels einen geröllbedeckten Hang hinab in die undurchdringliche Dunkelheit einer nach Norden zu gelegenen Felsspalte. Dort waren sie in Sicherheit!

Auf dem Weg dorthin wollte sie wissen: »Wer? ... Was ...?« Es ging ihr nicht anders als einem Kind, das sich verirrt hat. Sie wusste weder, wo sie sich befand, noch was mit ihr geschah, nur dass eine Verwandlung in ihr vorging und sie beinahe der Tod ereilt hätte.

Doch die Gestalt im Umhang befahl ihr lediglich, leise zu sein. *Beruhige dich, Carmen,* erwiderte der Fremde. *Noch ist nicht alles verloren. Du teilst dasselbe Schicksal wie ich. Wir sind beide dem Tod entronnen. Im Augenblick sind wir Verbannte und unserer rechtmäßigen Stellung beraubt. Aber noch sind wir am Leben, wir beide, du und ich, und wir werden weiterleben und neue Kräfte sammeln. Und eines Tages werden wir zurückkehren, um Rache zu nehmen; und sie wird süß sein, das verspreche ich dir! Du musst mir vertrauen. Ich weiß, was zu tun ist!*

Sie glaubte ihm. Und wie sie ihm glaubte! Sie bekam keine Luft mehr, ihre Hand fuhr an ihre Kehle, die mit einem Mal wie ausgedörrt war. Es war die nackte Angst! In der Düsternis ihres Zufluchtsortes sank sie in seinen Armen zusammen; denn wenn irgendjemand wusste, was zu tun war, dann er. Und sie hatte geglaubt, er sei tot und vergessen!

Oh, sie war froh gewesen, als er nicht mehr zurückkehrte, und der hübsche Lord Nestor an seine Stelle trat. Doch nun war sie um einiges froher, dass er wieder da war und ihr das Leben gerettet hatte.

Gleichzeitig jedoch erfüllte sie eine schreckliche Angst! Denn obwohl er sich auf furchtbare, grässliche Weise verändert hatte, ließ sich nicht bestreiten, dass es sich um ihren früheren Gebieter handelte. Sie hatte es geahnt, sobald seine Gedanken in ihrem Kopf erklungen waren. Doch nun, wo er seine Maske abnahm und zu Boden warf, wich auch der letzte Zweifel.

Sein zerstörtes Gesicht sah fürchterlich aus. Es war die entstellte Fratze eines Wahnsinnigen!

Dann wurde es dunkel um sie ...

All dies lag nun zwei Jahre zurück, und nicht alles davon war Nestor bekannt. In manchem irrte er sogar gewaltig. Er lag träumend unterhalb der Uferböschung eines Flusses der Sonnseite und wartete darauf, dass er genas.

Während sein metamorphes Vampirfleisch den letzten Eitertropfen und das letzte Silberschrot, das die Szgany ihm verpasst hatten, abstieß und die unzähligen kleinen Wunden sich wieder zusammenfügten, folgten seine Träume nicht länger ziellos den gewundenen Pfaden seines Unterbewusstseins, sondern wandten sich einem erfreulicheren Thema zu. Er durchlebte noch einmal die ersten Tage nach seiner Ankunft in der Saugspitze, als aus ihm Lord Nestor wurde ...

Einige Zeit – erst sechs Monate, dann neun – war verstrichen seit Nestors Aufstieg zum Wamphyri, und die Beinahe-»Lady« Carmen war so gut wie vergessen, nicht jedoch das grässliche Talent des jungen Lord Nestor, das dieser mit ihrer »Hilfe« entdeckt hatte. Obwohl es ihn anwiderte, faszinierte es ihn doch zugleich, sodass er es schließlich ausprobierte. Er war ein Nekromant und verfügte über die Fähigkeit, den Toten ihre Geheimnisse zu entreißen. Zudem war er in der gesamten Wrathhöhe der Einzige mit diesem Talent, was ihn den anderen ebenbürtig, wenn nicht gar überlegen machte.

Allerdings verfügte ein jeder von ihnen über seine speziellen Gaben und Talente, wenn man die diversen unter den Wamphyri verbreiteten Anomalien, Abnormitäten und Mutationen denn als »Talente« bezeichnen wollte. Wrans Körperkraft zum Beispiel wuchs um das Dreifache, wenn ihn ein Wutanfall packte. Sein Bruder Spiro übte sich beständig darin, mit Blicken zu töten, wie es sein Vater praktiziert hatte. Nur war ihm bisher noch kein nennenswerter Erfolg beschieden. Gorvis Hinterlist war so ausgeprägt, dass er sogar sich selbst betrügen würde, wenn es nur möglich wäre. Dann war da natürlich noch die Lady Wratha mit ihrem Mentalismus und ihrem Geschick, ihren Geist zu verhüllen, sodass sie zwar die Gedanken der anderen zu lesen, ihre eigenen jedoch – im Großen und Ganzen zumindest – für sich zu behalten vermochte. Und der Hunde-Lord war ein Lykanthrop! Damit wirkte er eher wie ein riesiger Wolf, wenn er auf der Sonnseite jagte.

Mit Nestors Talent dagegen verhielt es sich ... anders.

Irgendjemand hatte davon erfahren – das war nicht weiter erstaunlich. Wratha unterhielt überall, in jeder einzelnen Stätte, ihre Spione, und noch ehe ein Jahr um war, wusste jeder in der Wrathhöhe, dass Nestor ein Nekromant war. Unterdessen wurde Canker Canisohn ein häufiger Gast in der Saugspitze, und seine Freundschaft zu Nestor wuchs immer mehr.

»Ist es nützlich, dieses merkwürdige Talent, das du da hast?«, knurrte Canker eines Abends, als die Sonne endlich hinter den Gipfeln der Berge verschwand.

»Nun, irgendwann wahrscheinlich schon«, erwiderte Nestor.

Sie saßen in einem von Nestors privaten Gemächern, einem Gelass, das nach Süden ging und einen Blick auf das Grenzgebirge bot. Um diese Stunde saß Nestor gerne hier und sah zu, wie sich das Gold auf den Bergspitzen in Grau verwandelte. Selbst in den Stunden vor der Morgendämmerung pflegte er hier zu sitzen und dem Sonnenaufgang zuzusehen. Doch lange bevor die ersten Strahlen auf die Sternseite herabstechen konnten, wurden die Vorhänge zugezogen und Nestor verschwand dahin, wo es sicherer war.

»Aber wie stellst du es eigentlich genau an?«, wollte Canker wissen. »Ich meine zur Zeit, im Augenblick?«

Nestor zuckte die Achseln. »Im Augenblick ... experimentiere ich nur ein bisschen herum.«

»Du sprichst mit den Toten? Und es ist einfach so über dich gekommen? Auf einmal konntest du mit ihnen reden?«

»Ach ... nein«, entgegnete Nestor. »Beim ersten Mal hat eine Tote zu mir gesprochen! Nur dass sie untot war! Seitdem ... nun, die Toten würden kein einziges Wort mit mir wechseln, wenn ihnen eine andere Wahl bliebe.«

»Eine Untote, sagst du?« Canker runzelte die Stirn, über der Hundeschnauze stießen die roten Augenbrauen aneinander. »Wie konntest du dir dann sicher sein, dass es mit deinem Talent zusammenhing? Schließlich ist eine Untote nicht wirklich tot!«

»Sie war eine Sklavin«, erwiderte Nestor. »Lediglich eine

Vampirin, noch keine Wamphyri. Ich war damals noch zu ... unerfahren und hatte zu viel von ihr getrunken. Dennoch konnte sie nur Wamphyri werden, wenn ich es auch zuließ. Dies habe ich nicht getan! Sie verfügte über keinerlei Mentalismus, jedenfalls nicht, dass jemand davon gewusst hätte, trotzdem sprach sie in Gedanken zu mir! Sie war *tot*, Canker, doch als ich sie berührte, erkannte sie mich und sagte, ich hätte sie umgebracht! Damit hatte sie natürlich Recht, ich konnte sie unmöglich am Leben lassen.«

»Und dann?«

»Ich habe dafür gesorgt, dass sie ausgelöscht wurde. Bei Sonnauf ließ ich sie auf den höchsten Felsspitzen der Sonne aussetzen. Das war ihr Ende! Mehr noch, es setzte auch allem, was noch an Mitleid in mir vorhanden war, ein Ende. Erst danach war ich wirklich ein Wamphyri im eigentlichen Sinn. Denn tief im Innern sind wir eiskalte Kreaturen, Canker, und bis dahin war ich nicht kalt – jedenfalls nicht völlig.«

»So kalt sind wir doch gar nicht«, widersprach Canker. »Mitunter entwickeln wir sogar eine richtige Gluthitze! Aber wir wissen, was getan werden muss und wie wir es tun müssen, und zwar ohne viel Aufhebens! Wir sind Meister im *Überleben,* Nestor!«

»Ohne Gefühl, ohne Sinn und Verstand? Was nützt es denn zu überleben, wenn man darüber zum Stein wird?«

»Aus dir spricht dein Egel«, bellte Canker. »Es kann gar nicht anders sein! Du spielst mit Worten, und dein Parasit bestimmt, welche Richtung sie nehmen. Mittlerweile weißt du ja sicher, dass wir manchmal, wenn uns die Lust dazu überkommt, nur um des Streitens willen streiten. So wie jetzt! Aber was heißt schon ohne Gefühl? Ohne Sinn und Verstand? Meinst du etwa die Wamphyri? Willst du das damit sagen? Du weißt gar nichts! Aber ich glaube, ich weiß, woher der Wind weht, mein Junge! Du musst dir selbst eine Chance geben! Du glaubst, du hättest schon alles gesehen. ›Ist das alles?‹, fragst du dich. ›Steckt nicht mehr dahinter? Den ganzen Tag lang Blut trinken bis in alle Ewigkeit und dabei weder alt noch weise werden, sondern einfach wie die Made im Speck in den Tag hineinleben?‹ Oder meinetwegen auch wie ein fett gefressener Egel in seinem Teich! *Ha!* Aber keine Sorge, Canker kennt die Antwort darauf!«

»Eben haben wir uns noch über Nekromantie unterhalten«, seufzte Nestor, »und nicht darüber, was mich bedrückt!«

»Was dich bedrückt, ganz recht«, bellte der Hunde-Lord. »Das ist das richtige Wort dafür! Du hast ja immer schon zum Trübsinn geneigt, und jetzt auch noch diese Nekromantie! Was bringt es denn, sich mit den Toten zu unterhalten? Ha! Ich kann darin keinen Sinn sehen! Was können sie dir überhaupt erzählen? Etwa wie man überlebt? Nein, denn darin haben sie ja versagt! Wie man feiert? Nein, denn lachen können sie ja auch nicht mehr! Wie man liebt – oder der Lust frönt? Wie denn, wo ihre besten Stücke doch verrottet sind! Also sag mir, was bringt es dir? Und wenn die Antwort ›nichts‹ lautet, dann lass die Toten tot sein und lerne stattdessen lieber, wie man lebt!«

»Wie meinst du das – was es mir bringt?«

»Was können sie dir denn erzählen, was du nicht ohnehin schon weißt? Denn immerhin bist du doch noch am Leben und sie nicht. Oder habe ich etwa Unrecht?«

Bedächtig schüttelte Nestor den Kopf. »Es verhält sich alles ganz anders. Hör zu, ich versuche es dir zu erklären. Als ich das letzte Mal auf der Sonnseite war, nach dem Überfall, spürte ich, wie die eben erst gefallenen Toten, die überall herumlagen, vor mir zitterten. Mehr noch, ich merkte, dass auch diejenigen, die schon seit langem tot, die bereits vor Jahren gestorben waren, vor Angst bebten. Und alle wussten sie, wer ich war ...«

Canker klatschte in seine riesigen Pranken. »Aber wovor sollten sie denn Angst haben?«

»Vor dem, was ich kann. Vor meiner Fähigkeit ...«

»... mit ihnen zu reden?«

Nestor vermied es, ihm in die Augen zu blicken. »... sie zu foltern!«

»Eh?« Mit einem Mal war Canker ganz Ohr.

»Die Toten unterhalten sich nicht freiwillig mit mir«, erklärte Nestor ihm schließlich. »Ich muss sie erst dazu zwingen!«

»Du zwingst sie dazu, mit dir zu reden?«

»Darin besteht meine ... Kunst, ja!«

»Indem du sie folterst?« Canker gingen fast die Augen über.

»Bis auf dieses erste Mal, ja! Aber verstehst du denn nicht? Wäre ich kein Nekromant, hätte Carmen niemals mit mir zu sprechen vermocht!«

»Carmen?«

»So hieß sie! Eines der Mädchen, welche die Gebrüder Todesblick damals mitnehmen wollten. Du erinnerst dich sicher an sie. Bei Wran und Spiro wäre es ihr besser ergangen! Seitdem meiden die Toten mich; aber sie haben keine Möglichkeit, meiner Kunst zu entgehen!«

»Das muss ich mit eigenen Augen sehen!« Canker war aufgesprungen. »Auf der Sonnseite, jawohl, in wenigen Stunden! Wir gehen gemeinsam auf die Jagd, und dann ... zeigst du mir, wie man es macht!«

»Ich kann es dir zeigen, gewiss, aber du wirst trotzdem nicht sehen, wie man es macht«, erwiderte Nestor.

»Eh?«

»Du wirst nicht viel davon mitbekommen! Was ich betreibe, ist kein Mentalismus, jedenfalls nicht, wie du ihn kennst. Wenn ich meine Fragen laut stelle, wirst du zwar verstehen, was ich zu ihnen sage, aber ihre Antworten kannst du nicht hören. Es handelt sich um *Tote*, Canker!«

»Na gut ...« Canker zuckte die Achseln und tat, als verstehe er. »Aber zumindest kann ich dir bei ... der Arbeit zusehen, nicht wahr?«

»Oh?« Nestor bedachte ihn mit einem Seitenblick. »Ich wusste doch, dass du einen Hang zum Makabren hast!«

»Zum Makabren? Ich? Niemals! Ich bin höchstens begierig darauf, neue Erfahrungen zu sammeln, das immer! Doch ... verrate mir eines: Wie foltert man einen Toten? Ich meine, er spürt ja nichts mehr!«

»Gerade darin besteht meine Fähigkeit«, entgegnete Nestor. »Wenn ich sie berühre, spüren sie es. Sie hören meine Worte, auch wenn niemand sonst sie hört, noch nicht einmal meine Offiziere. Sie fühlen meine Hände auf ihren Körpern, das Reißen meiner Fingernägel. Sie wissen, dass meine Drohungen ernst gemeint sind. Und was sie mir zu erzählen haben ...«

»Ah! Jetzt kommen wir zum Kern der Sache!«, meinte Canker. »Nun sprich schon, was erzählen sie dir?«

»Hör zu«, sagte Nestor, »es gibt da etwas, was du wissen solltest. Der Tod ist völlig anders, als ...« Mit einem Mal klang seine Stimme weit weg, so als würde er träumen.

»Eh? Anders als was?«

»Anders, als du glaubst! Du nimmst an, der Tod sei das Ende! Aber dem ist nicht so. Sie existieren weiter!«

»Die Toten existieren also weiter!?«, schnaubte Canker. »Zur Hölle nochmal, nein! Sie landen unter der Erde oder auf einem Scheiterhaufen oder werden klein gemahlen für die Vorratskammern. Auf der Sonnseite lässt man sie mitunter sogar verwesen, aber das ist auch schon alles. Hier dagegen, in der letzten Felsenburg, gibt es keine Verschwendung! Wir lassen nichts umkommen! Falls du das unter Weiterexistieren verstehst, muss ich dir zustimmen! In den Bäuchen unserer Bestien existieren sie weiter und geben ihnen die Kraft zu fliegen und zu kämpfen!«

»Du sprichst von ihren Körpern«, entgegnete Nestor mit fester Stimme, »ich jedoch von ihrem Geist. Ihr *Bewusstsein* existiert weiter, Canker. Und solange auch nur so viel von einem Körper übrig ist, dass ich ihn berühren und quälen kann, und ein Geist, zu dem ich sprechen kann, vermag ich mich mit ihnen zu verständigen. Der Großinquisitor, der selbst noch den Tod überwindet!«

Canker zog die Stirn kraus, schnüffelte wie ein großer, roter Hund in der Luft und schüttelte dann den Kopf. »Ich frage dich noch einmal: Was bringt es dir ...?«

»Ich werde dir sagen, was es mir bringt«, schnitt Nestor ihm das Wort ab. »Was immer ein Mensch im Leben getan hat, tut er auch im Tod weiterhin. Zwar nicht körperlich, aber in seinem Bewusstsein! Der Liebende liebt, nicht mit seinem verwesenden

Leichnam, das nicht, aber *im Geist!* Er träumt von all den unterschiedlichen Arten, auf die man sich lieben kann, auch wenn es viel zu spät sein mag, sie je auszuprobieren. Und jemand, der Häuser gebaut hat? Nun, er wird weiterhin bauen! Nicht aus Holz oder Stein, auch nicht aus Grassoden! Aber in Gedanken! In Gedanken errichtet er großartige Häuser und ganze Städte, die niemals Wirklichkeit werden können, weil niemand weiß, was in dem toten Bewusstsein vorgeht. Und was ist mit den Denkern, die zu den Sternen aufblicken und über deren Geheimnisse nachdenken? Im Tod haben sie mehr als genug Zeit, darüber nachzusinnen, wie die Sphären sich umeinander drehen, und von fremden Sonnen und Welten jenseits der unseren zu träumen. Dann wären da noch die Jäger und Waffenschmiede! Sie jagen weiterhin und schmieden wie seit eh und je ihre Waffen. Sie ersinnen neuartige Fallen, welche den unseren in jeder Hinsicht weit überlegen sind, um wilde Tiere zu fangen. Und die Waffen, die in den Werkstätten ihres Geistes entstehen, sind weit schärfer als die unseren, die oftmals zu unhandlich sind. Sie werden nicht so schnell stumpf und setzen nicht so schnell Rost an!« Nestor hielt einen Moment inne. Doch im nächsten Augenblick fuhr er fort: »Und du fragst, was es mir bringt!? Nun gut, ich sage dir, welchen Nutzen ich davon habe! Was auch immer ein Mensch in seinem Leben war oder getan hat, welche Geheimnisse er auch gekannt oder seither von den zahllosen Toten erfahren haben mag, ganz gleich, welche neuen Gedanken er gedacht oder welche Pläne er seit langem gehegt hat – all dies vermag ich mit Hilfe meiner Fähigkeit herauszufinden!«

Canker war schlichtweg verblüfft. »Was auch immer er *seither* erfahren haben mag? Aber wie soll jemand denn noch etwas erfahren, wenn er erst einmal tot ist? Ich meine, von wem denn?«

»Ah!«, erwiderte Nestor. »Das ist noch so etwas, was mich an ihnen fasziniert! Genau wie wir beide miteinander reden, tun es auch die Toten. Sie unterhalten sich miteinander in ihren Gräbern und Grüften. Ihre Gedanken schweifen hinaus zu all den anderen Toten, ohne dass je ein Mensch davon erfahren oder es auch nur ahnen würde – bis auf mich! Denn ich bin ein Nekromant! Nur wenn sie merken, dass ich in der Nähe bin, dann verstummen sie und schweigen so lange, bis ich sie zum Reden bringe ...«

Nestors Stimme war zu einem Flüstern herabgesunken und so eiskalt geworden, dass Canker ein Schauder überlief. Schließlich schüttelte sich der Hunde-Lord. »Das musst du mir zeigen! Heute Abend, auf der Sonnseite! Da jagen wir gemeinsam, einverstanden?«

»Ganz wie es dir beliebt!«

»Die Toten und ihre Leichen verabscheuen dich also, was?«, fragte Canker und rieb sich das viel zu lange Kinn. »Das allein dürfte bereits genügen, dir einen Namen zu geben.«

»Einen Namen? Aber ich habe doch schon einen!«

»*Pah!* Nestor! Was ist das denn für ein Name? Als Vorname mag er vielleicht ganz gut sein, gewiss! Aber als Beiname? Wie wäre es mit ›Leichenscheu‹! Das ist es! Der Nekromant Lord Nestor Leichenscheu von der Leichenspitze!«

»Nein!«, entgegnete Nestor prompt. »Ich meine, das Verleihen von Namen mag ja angehen, aber ich bin dagegen, Bestehendes zu ändern. An den Namen ›Saugspitze‹ habe ich mich gewöhnt. Lassen wir es dabei bewenden!«

»So sei es!« Canker zuckte die Achseln. »Und jetzt mache ich, dass ich hinab in die Räudenstatt komme, damit ich ein bisschen an meinem Instrument weiterarbeiten kann. Ich vermute, uns bleiben noch ein paar Stunden, ehe wir uns auf unseren Jagdzug vorbereiten müssen. Dann geht es ab auf die Sonnseite, und mit etwas Glück werde ich endlich sehen, welch merkwürdige Wunder du wirkst. Aber bevor ich gehe ...«

»Ja?«

»Du hast vorhin davon gesprochen, dass dich etwas bedrückt.« Canker schien ehrlich besorgt. Er hatte einen Narren an Nestor gefressen.

Nun war es an Nestor, die Achseln zu zucken. »Das war nur so dahergeredet. Es hat nichts zu bedeuten.«

»Nein«, meinte Canker. »Alles hat seine Bedeutung! Sag mir eines: Verfügst du auch über genügend Frauen?«

»In meiner Stätte gibt es ein paar hübsche Sklavinnen, gewiss«, erwiderte Nestor.

»Und wie ernährst du dich?«

»Nicht anders als du! Ich mag es nicht ganz so blutig, außer wenn ich etwas auf der Sonnseite trinke. Abgesehen davon nehme ich Fleisch und Wein zu mir und gelegentlich ein bisschen Obst.«

»Und wie steht es mit dem Blut? Nur auf der Sonnseite? Bedienst du dich denn nicht an deinen Sklavinnen? Das solltest du, Nestor, das solltest du! Denn was sind sie schon? Nichts als Gefäße! Und vergiss niemals: Das Blut ist das Leben!«

»Manchmal trinke ich ... im Schlaf.«

»Aber mit Bedacht, oder? Die Sache mit Carmen war dir eine Lehre, wie es scheint.«

»Schon möglich!«

»Huh!«, ächzte der Hunde-Lord. »Also was bedrückt dich dann? Weißt du vielleicht, was es ist?«

»Keine Ahnung«, log Nestor. Und da er spürte, dass Canker einen vorsichtigen Versuch unternahm, seine Gedanken zu lesen, wechselte er schnell das Thema. »Sag mir doch, mein Freund, was macht dein Musikstück für die Mondgöttin? Jetzt ist schon ein ganzes Jahr vergangen, und noch immer sitzt du voller Fleiß daran!«

Die Fragen, die Canker stellen wollte, waren vergessen. »Meine Musik? Mein Instrument? Voller Fleiß? Das ist nur zu wahr! Ein solches Stück zu komponieren, ist keine Kleinigkeit. Aber es geht voran, es geht voran! Hast du mich nicht gehört – bei Sonnauf, wenn die anderen noch tief schlafen? Du hast doch gewiss die Melodie erkannt, die du mir vorgespielt hast?«

»Ich habe dich gehört«, nickte Nestor und verzog dabei das Gesicht. »Und ich zweifle nicht daran, dass auch Wratha und die anderen dich gehört haben, während sie eigentlich in tiefem Schlaf liegen sollten! Was die Melodie angeht: Ja, sie ist mir irgendwie bekannt vorgekommen.«

»Oh-ha-ha-*ha!*« Canker vollführte einen Luftsprung, warf den

Kopf in den Nacken und lachte. »Da habe ich euch also gestört? Gut, hervorragend! Ich meine, nicht so gut, dass ich *dich* um den Schlaf gebracht habe – nein, natürlich nicht, niemals! Aber großartig, wenn es mir bei den anderen gelungen ist. Das entspricht doch genau dem Bild, das sie von mir haben. Immerhin bin ich ein Verrückter und habe nur Unsinn im Sinn! Und den Schein muss man doch wahren, nicht wahr?«

Nestor brachte ein Lächeln zustande. »Na gut, dann fort mit dir zum Üben! Nachher fliegen wir los und jagen ein bisschen auf der Sonnseite – aber nur wir beide, denn ich offenbare mein Talent nicht jedem und hüte es vor den anderen! Später suchen wir uns dann eine alte Begräbnisstätte der Szgany. Dort wirst du sehen, was es zu sehen gibt!«

»Einverstanden!«, heulte Canker, während Nestor ihm freundschaftlich auf den bepelzten Rücken klopfte. Damit geleitete der Nekromant den Hunde-Lord aus der Saugspitze und wartete, bis dieser mit großen Sprüngen um eine Biegung der hinab in die Räudenstatt führenden Wendeltreppe verschwand.

Sobald Canker außer Sicht war, verfiel Nestor wieder in seinen Trübsinn. Etwas ... bedrückte ihn. Den Grund dafür kannte er sehr wohl! Irgendwo auf dieser Welt – weit weg möglicherweise, aber dennoch da – lebte noch immer sein Erzfeind von der Sonnseite, und dies ließ ihm keine Ruhe. Er wusste, dass sein Feind am Leben war, wusste es ebenso sicher, wie er die Muster des Zahlenwirbels erkannte, die ihm durch den Kopf rauschten, dieses Mahlstroms metaphysischer Zeichen, hinter denen sich das Bewusstsein seines Gegners verbarg.

Wenn Nestor durch das Dunkel der Nacht streifte, auf der Sonnseite jagte oder in der Saugspitze nach dem Rechten sah, machte ihm dies nur selten zu schaffen. Doch während der angsterfüllten Stunden, in denen die sengende Glut auf das Grenzgebirge herniederbrannte, wenn in der Wrathhöhe alles in tiefem Schlaf lag und die hellen, tödlichen Strahlen der Sonne auf die höchsten Türme und Zinnen der Lady Wratha herabstachen – dann spürte er ihn.

Zunächst nur in seinen Träumen, die selbst nichts als ein Wirbel verschwommener Bruchstücke waren, Bruchstücke von Dingen, an die er sich nicht zu erinnern wagte. Doch wenn er erwachte und seine Träume verblassten, war der verhasste Zahlenwirbel noch immer da, ganz schwach nur, aber dennoch Wirklichkeit. Während er, umgeben von schlafenden Vampirsklavinnen, wach in seinem Bett lag und ihm der kalte Schweiß ausbrach und er jedes Mal zusammenzuckte, wenn irgendwo ein Fensterladen knarrte oder draußen der Wind heulte, dann wusste er, dass sein Erzrivale am Leben war. Mehr noch, er wusste, dass sein Gegner, mochte er im Moment auch noch so fern sein, eines Tages zurückkehren würde ...

In gewisser Weise fürchtete er diesen Tag, obwohl er nicht sagen konnte, warum; andererseits konnte er ihn jedoch kaum erwarten. Denn er würde erst frei von diesem Zahlenwirbel sein, wenn sein Gegner, wer oder was auch immer er sein mochte, tot war.

Dies war eine Ursache für Nestors Trübsinn. Doch wenn er ehrlich war, gab es noch einen weiteren Grund – ein inneres Drängen, eine Leere, die danach schrie, gefüllt zu werden. Canker war durchaus auf der richtigen Spur gewesen, als er sich erkundigt hatte, wie es mit den Frauen stand. Aber nach einer *bestimmten* Frau hatte er nicht gefragt, denn er hatte ja keine Ahnung! Niemand außer Nestor wusste davon, und noch nicht einmal er wollte es sich eingestehen, schließlich hatte sie ihn schon einmal zum Narren gehalten.

Und doch vermeinte er in seinen Träumen immer öfter ihren Ruf zu vernehmen und spürte die Verlockung, die von ihr ausging, selbst wenn er wach war. Manchmal, wenn er seinen Gedanken nachhing, fand er sich – wenn auch nur in der Erinnerung – hoch oben auf dem Dach der Wrathspitze wieder, seine Lippen auf die ihren gepresst, seine Hand an ihrer Brust.

Sollte das Trübsinn sein? Nun, es waren lediglich Traumbilder, die nicht weichen wollten und seinen Geist gefangen hielten, ein Widerstreit der Gefühle. Einerseits wollte er an seinem Gegner

Rache nehmen, und zugleich wollte er Wratha die Auferstandene. Allein der Gedanke an sie ...

Die Sonne ging unter. Am Horizont leuchtete das Abendrot, und die letzten goldenen Strahlen wurden zu einem amethystfarbenen Glühen. Nacht senkte sich über das Land. Die Sternbilder standen am Himmel wie gefrorene Eissplitter, und über den fernen Eislanden zuckte unablässig das Nordlicht. Nachdem es dunkel geworden war, warteten die Wamphyri noch eine Stunde. Dann brachen die Wamphyri zur Sonnseite auf, und zwar nicht allein Nestor Leichenscheu und Canker Canisohn, sondern alle.

Sie nahmen lediglich ihre dienstältesten Offiziere mit, überließen die Stätten der Obhut ihrer jüngeren Leutnants und Knechte und flogen zur selben Stunde jeweils in kleinen Gruppen von der Wrathhöhe aus los, um Jagd auf die Szgany zu machen. Die Zeiten, da sie unter Wrathas Kommando gemeinsam zugeschlagen hatten, waren seit langem vorüber. Selbst die Zusammensetzung der einzelnen Trupps war unterschiedlich. Gorvis Haufen flog in südöstlicher Richtung und bestand aus Gorvi, drei Leutnants und zwei kleineren flugfähigen Kriegern. Die Gebrüder Todesblick brachen direkt nach Süden auf und nahmen nur ihre Stellvertreter mit. Sie hatten vor, sich ihre Beute in ungefähr dem Gebiet zu suchen, in dem Wran und Vasagi der Sauger ihren ungleichen Zweikampf ausgefochten hatten. Die Lady Wratha flog mit nur zweien ihrer Männer nach Westen. Dabei orientierte sie sich am Gleißen des Tors zu den Höllenlanden, von dem aus sie zu den Schwindel erregenden Höhen und Hochplateaus strebte, die ihr den besten Blick auf die Sonnseite boten, damit sie sich in aller Ruhe ihr Ziel aussuchen konnte.

Canker und Nestor schließlich hielten auf den Großen Pass zu, der etwas östlich der gleißenden Halbkugel lag, eine tief eingeschnittene Schlucht, die sich von Nord nach Süd durch das Grenzgebirge zog und dabei eine scharfe Kurve beschrieb.

Wenn sie Glück hatten und jenseits des Passes eine Hand voll Knechte rekrutierten, sollte es ihren Opfern leicht fallen, ihnen auf dieser Route zurück nach Hause zur letzten Felsenburg zu folgen.

Den Wind im Rücken, glitten Canker und Nestor dahin und besprachen sich miteinander.

Abgemacht! Wir teilen alles gerecht, knurrte Canker in Nestors Gedanken. *Wir schlagen gemeinsam zu und teilen, was wir erbeuten, unter uns auf.*

Aber natürlich, zeigte Nestor sich einverstanden, fügte jedoch hinzu: *Und sollten Frauen darunter sein, bekommst du ebenfalls die Hälfte!*

Die Hälfte? Na klar! Der Hunde-Lord lachte schmutzig, wurde aber sofort wieder ernst. *Aber ja doch! Ich verstehe, und unsere Vereinbarung sagt mir mehr als zu. Verdammt nochmal, bei mir in der Räudenstatt gibt es ohnehin schon zu viele Weiber! Und wenn ich einmal weg bin, so wie jetzt, zanken sie ohnehin nur. Du musst wissen, Nestor, dass sie sich um meine Zuneigung streiten!*

Nestor bezweifelte dies, erwiderte jedoch nichts. Er nahm viel eher an, dass Cankers Frauen sich darum zankten, welche von ihnen das Vorrecht haben sollte, dem Bett ihres Herrn und Gebieters *fernzubleiben!* Diesen Gedanken behielt er allerdings wohlweislich für sich. Doch zur Hölle mit der Räudenstatt! Tatsache war, dass es in der Saugspitze zu wenige Frauen gab und zu viele Leutnants und Knechte. Nestor musste zusehen, dass er sie irgendwie zufrieden stellte! Denn unzufriedene Männer fingen an nachzudenken und womöglich Ränke zu schmieden; und dies konnte sie in ernsthafte Schwierigkeiten bringen, die in der Regel mit dem Tod endeten, was letztlich einen Verlust für die Feste bedeutete. Andererseits sollten Vampirknechte ja nicht glücklich und zufrieden sein, sondern ... Aber zumindest konnte er ihnen ihr Schicksal etwas erleichtern!

Nestor hatte nicht aufgepasst, darum bekam Canker diesen letzten Gedanken mit. »Du hast Recht!«, bellte der Hunde-Lord durch das Tosen des Windes. »Du musst sie bei der Stange halten. Denn sei gewiss, jetzt, in diesem Augenblick, werden einige bereits lüsterne Blicke nach deinen Frauen werfen – aye, und nach der

Saugspitze gieren! Das ist nun mal so, sonst würde sich ja nie etwas ändern und keiner würde je zum Wamphyri aufsteigen!«

Nestor nickte und entgegnete grimmig: »In der Tat! Das Einzige, was zählt, ist die Macht zu erlangen!«

»Eben!«, heulte Canker. »Und ohne frisches Blut – unter den Wamphyri, meine ich – würden wir alle versauern und genauso ein Haufen alter Tattergreise werden wie das Pack, das wir in Turgosheim hinter uns gelassen haben.«

»Irgendwann musst du mir einmal alles darüber erzählen«, sagte Nestor, »die ganze Geschichte. Aber vorerst ... sollten wir leise sein. Nur noch wenige Kilometer, und der Pass liegt hinter uns. Von jetzt an heißt die Devise: absolute Ruhe!«

Wie du meinst! Canker schwieg einen Moment. Doch dann entfuhr es ihm: *Ah! Ich kann sie schon von hier aus riechen, Nestor! Szgany! Frisches Fleisch – süßes, heißes Blut – junge Brüste, Hintern und ... Alles im Überfluss! Was mich angeht, ich riskiere es gern, von einem verirrten Armbrustbolzen getroffen zu werden, wenn ich dabei nur Gelegenheit habe, selbst auch zum Schuss zu kommen!*

Musst du wieder dafür Sorge tragen, dass die anderen auch das richtige Bild von dir haben? Nestors Stimme troff vor Sarkasmus, doch Canker ging nicht darauf ein.

Nein, mein Sohn, diesmal nicht. Heute geht es mir nicht um den Eindruck, den ich hinterlasse, nur um meine Lust! Ich brauche eine frische, makellose Frau! Vielleicht auch mehrere!

Du alter Lüstling!, entgegnete Nestor, allerdings ohne jede Bosheit. *Du bist ein Satyr!*

Keineswegs, grinste Canker. *Ich bin lediglich Wamphyri! Nicht anders als du, mein Junge ...*

Das Ende des Passes kam in Sicht. Dahinter lag die Sonnseite. Am fernen Horizont erstarb das letzte Licht, wurde zu einem ins Bräunliche gehenden orangenen, dann schmutzig-fahlen, gelben Glühen und schließlich zu einem dunklen Blau. Nestor und Canker befahlen ihren Bestien, höher zu steigen, höher, bis sie zwischen den südwärts ziehenden dunklen Wolken dahinglitten.

Sollte sie jemand vom Boden aus beobachten, würde er nur zwei weitere Wolken sehen, die der untergehenden Sonne entgegenstrebten.

Die Jagd war eröffnet; denn nun befanden sie sich über dem Gebiet der Szgany. Als Nestor sich an die Spitze setzte und mit den Wolken über den Wald hinwegjagte, wollte Canker von ihm wissen: *Und wo gedenkst du mich hinzuführen? Mann, der Wald ist verdammt dicht, und die Szgany kennen sich hier um einiges besser aus als wir! Wir sollten uns an den Rand halten und nach ihren Lagerfeuern Ausschau halten! Wo zur Hölle sollen wir landen? Und wenn wir es erst einmal geschafft haben runterzukommen, wie, glaubst du, sollen wir uns wieder in die Lüfte erheben? Ich meine, ich weiß, dass du kein Grünschnabel bist. Du hast das alles schon oft genug gemacht! Aber aus mir spricht die Stimme der Erfahrung. Seit siebzig Jahren tue ich das jetzt, und ich sage dir, wir sollten …*

Schhh!, brachte Nestor ihn zum Schweigen. *Ich muss überlegen. Wenn meine Erinnerung mich nicht trügt, geht es hier entlang. Ja, hier lang!*

Und was genau heißt »hier lang«?

Frisches Fleisch, erwiderte Nestor. *Und alles, was du dir noch dazu vorstellen kannst. Eine Frau für dich – zwar keine Jungfrau mehr und auch nicht mehr ganz jung, dafür aber mit Sicherheit ein Vollweib – und eine für mich! Und obendrein noch das Blut eines kräftigen, starken Mannes! Du kannst den Mann und die Frau haben, ich begnüge mich mit der Tochter. Sie geben vielleicht nicht gerade die besten Knechte ab, aber dann haben wir ja immer noch die Vorratskammern!*

Bist du dir auch ganz sicher? Cankers Jagdtrieb war geweckt. *Ich meine, dass diese Leute auch hier sind?* Doch ihm war klar, dass Nestor sich nicht irrte.

So sicher, wie man sich einer Sache nur sein kann. Da unten, etwa sieben bis acht Kilometer vor uns, liegt mitten im Wald gut versteckt eine Hütte. Das Feuer haben sie mittlerweile gelöscht, aber den Rauch wird man noch eine Zeit lang wahrnehmen. Du hast doch so eine große Wolfsnase! In ein, zwei Minuten dürftest du ihn riechen! Das heißt, nun, wo du weißt, dass er da ist.

Huh!, stöhnte Canker innerlich auf. *Der Wind steht in die falsche Richtung! Aber keine Bange! Wenn es da unten irgendwelchen Rauch gibt, wird Canker ihn auch wittern!*

Vor ihnen glitzerte wie ein silbernes Band ein Fluss im Sternenlicht. Nestor erinnerte sich an eine Zeit, als er um ein Haar darin ertrunken wäre. Wäre Brad Berea nicht gewesen und hätte ihn in der Wärme seiner Hütte ins Leben zurückgeholt ... Doch Brad hatte ihn nicht unbedingt freundlich behandelt, und sein Weib Irma war ihm, Nestor, gegenüber oft mürrisch und ruppig gewesen. Sie hatte ihm noch den Bissen auf dem Teller missgönnt, obwohl er doch für sie alle auf die Jagd gegangen war. Lediglich Glina hatte wirklich etwas für Nestor übrig gehabt, und eine Zeit lang hatten sie sich sogar geliebt.

Nun ja, sie hatten Liebe gemacht, dies zumindest! Aber war das Liebe? Nein, denn für Nestor hatte es bereits eine Frau gegeben ... oder vielmehr es hätte sie gegeben, hätte sein Erzrivale, an den er so gut wie keine Erinnerung mehr hatte, sie ihm nicht ausgespannt. Doch immerhin konnte Glina ihm in der Saugspitze das Bett wärmen, und mit Sicherheit konnte sie den Frauen in seinem Harem noch einiges beibringen ...

Nestor fühlte keinerlei Mitleid. Eigentlich wunderte er sich sogar, warum er so lange gezögert hatte, wo er doch wusste, wo die Bereas zu finden waren. Vielleicht hatte er eine Zeit lang ja doch so etwas wie Mitleid empfunden, wenn schon nicht für ihre Eltern, dann zumindest für Glina. Doch dies war jetzt vorbei. Mitleid und derartige Empfindungen waren Schwächen, welche die Szgany zeigten, nicht die Wamphyri.

Rauch!, erscholl Cankers Ruf in Nestors Gedanken. *Ganz schwach nur, noch vom Abendessen. Aber ich weiß sogar, was sie gegessen haben. Nestor, wir sind über sie hinweggeflogen!*

Ich weiß, erwiderte dieser. *Halte jetzt Ausschau nach einem Hügel oder einem Felsen. Dort werden wir landen! Von da an geht es zu Fuß weiter!*

Die beiden Wamphyri ließen ihre Blicke durch die Nacht schweifen, und Cankers Wolfssinne durchstreiften das Dunkel, als sei er eine Fledermaus, deren unhörbarer Ruf ihr sagte, wo sie sich befand.

Da drüben, etwas westlich von hier, erhebt sich zwischen den Bäumen eine unbewaldete Anhöhe. Das sollte genügen! Damit dirigierte Canker seinen Flieger nach Westen.

Ich erinnere mich, antwortete Nestor. *Früher habe ich dort gejagt. Hasen und hin und wieder auch eine Ziege!*

Ah, heute Nacht gibt es etwas Besseres!, kicherte Canker, wurde jedoch sogleich wieder ernst. *Na gut, dann los!*

Geleitet von ihren Wamphyri-Sinnen landeten sie sicher auf dem Hügel inmitten wabernder, vom Boden aufsteigender Nebelschleier. Zwischen Geröll und zermalmtem Unterholz schlitterten sie auf den abgeflachten Gipfel zu, um, wenn es sein musste, sofort wieder starten zu können. Dort ließen sie ihre Bestien mit nickenden Köpfen zurück und machten sich über die Ostflanke an den Abstieg.

Schweigend, lautlos glitten sie durch die Düsternis des Waldes. Nestor bewegte sich wie ein Schatten von Baum zu Baum. Canker huschte, vornüber gebeugt, leichtfüßig durch die Nacht, ohne einen einzigen dürren Zweig zu zertreten. Nach ungefähr zweieinhalb Kilometern spürte Canker Nestors Stimme in seinen Gedanken. Sie war kaum mehr als ein kühler Hauch: *Wir sind da!*

Wo? Wo sind wir?, erwiderte der Hunde-Lord. Bei sich dachte er: *Er ist erst ein Jahr bei uns und hat schon solche Fortschritte gemacht!*

Dieser Pfad hier führt vom Fluss zur Hütte. Zur Hütte von Brad Berea, seiner Frau und seiner Tochter. Aber vergiss nicht: Glina Berea gehört mir. Früher einmal … hat sie mit mir gemacht, was sie wollte. Diesmal wird es umgekehrt sein. In der Saugspitze wird sie mir auf ewig dienen. Aber ich glaube, im Gegensatz zu den anderen, die mir nur zu Willen sind, weil ich ihr Gebieter bin, wird Glina mich wirklich lieben, schon allein deshalb, weil ich ein Mann bin. Und wenn sie erst einmal vampirisiert ist, werde ich ihr eine gewisse Macht über meine Stätte geben.

Sie folgten dem Pfad zur Hütte der Bereas, die, verborgen in einem Gewirr aus Farn und Wurzeln, im Schatten riesiger Bäume lag. Durch das Flechtwerk der Fensterläden drang kein Licht nach draußen, doch Nestor wusste, dass im Innern eine kleine, abgedunkelte Lampe brannte. Er wusste ebenfalls, dass es auf der Rückseite einen geheimen Fluchtweg gab, einen durch die Wurzeln eines uralten, umgestürzten Eisenholzbaumes gegrabenen Gang.

Warte einen Augenblick, bis ich auf der anderen Seite bin!, wies er den Hunde-Lord an. *Da hinten gibt es eine Geheimtür. Glinas Bett steht hinter einem Vorhang direkt an der Rückwand. Sie schläft nur einen einzigen Schritt von einem Schlupfloch entfernt. Wenn du von hier vorn eindringst, lass sie laufen! Sie kommt nicht weit, dessen sei versichert, denn ich werde auf sie warten. Achte auf eine Leiter! Sie führt zu einem Bett auf dem Dachboden! Dort oben wirst du Brad und Irma finden. Sie gehören dir! Aber sei vorsichtig, der Mann ist ein guter Schütze und hat Tag und Nacht eine geladene Armbrust neben sich liegen!*

Danke für die Warnung, knurrte Canker. *Aber um mich brauchst du dir keine Sorgen zu machen. Ich kann sie riechen, und ich weiß, was sie da oben treiben. Das Mädchen duftet ein bisschen süßer, zugegeben, aber abgemacht ist schließlich abgemacht!*

Gut!, sagte Nestor und verschwand in der Dunkelheit.

Canker zählte bis zwölf, dann sprang er zum Eingang, lehnte sich mit seiner mächtigen Schulter gegen die Tür und brach einfach mitten hindurch. Sie wurde aus den ledernen Angeln gerissen und landete in einem Durcheinander aus zerfetzten Weidenruten auf dem Boden aus gestampftem Lehm. Cankers rot glühende Augen erfassten das Innere der Hütte mit einem Blick. An der rückwärtigen Wand stand ein Vorhang einen Spaltbreit offen. Irgendwo wurde ein Lampenschirm weggenommen, und er sah in ein Paar angsterfüllter Augen, das zu ihm herüberspähte, sah, wie der Vorhang sich bauschte, als das Mädchen die Geheimtür öffnete. Und da seine Vampirsinne aufs äußerste angespannt waren, nahm er sogar wahr, wie ihr vor Entsetzen der Atem stockte, ehe sie sich in den Fluchttunnel zwängte.

Der Geruch nach körperlicher Liebe, der von oben zu ihm herunterdrang, wich dem beißenden Gestank der Angst! »Glina! Ist da jemand?«, rief Brad Berea heiser. Mund und Augen weit aufgerissen, starrte sein bärtiges Gesicht von der Plattform unter dem Dach herab.

»Och, niemand Besonderes!«, knurrte Canker. »Nur ich!«

Brads Gesicht verschwand. Einen Augenblick später kehrte er zurück, schwang sich mit den Beinen auf die obersten Sprossen der Leiter und balancierte dort, während er die Armbrust auf die Stelle richtete, an der Canker eben noch gestanden hatte. Doch Canker war nicht mehr da! Er war an den Fuß der Leiter getreten, wo er nun ausholte und das spröde Holz mit einem einzigen Schlag in Stücke hieb. Die ganze Konstruktion brach zusammen, und Brad stürzte herab.

Als er zwischen den Überresten der Leiter aufschlug, trat Canker ihm die Armbrust aus der Hand, sodass sie quer durch den Raum über den Fußboden polterte. »Ho!«, rief der Hunde-Lord. »Du hast doch nicht etwa vor, auf einen armen, alten Wolf wie mich zu schießen? Schäm dich!« Damit packte er den noch völlig benommenen Brad Berea unter der Achsel und zerrte ihn hoch. Brad unternahm einen schwachen Versuch, sich zu wehren, und Canker spürte, welche Kraft in dem stämmigen Mann steckte. Nestor hatte Recht, der hier würde einen guten, kräftigen Knecht abgeben.

Noch ehe Brad Gelegenheit hatte, wieder zu sich zu kommen, biss Canker zu, senkte seine immer länger werdenden Fangzähne tief in den Hals des Mannes. Brad stieß einen erstickten Laut aus, versuchte etwas zu sagen und wand sich unter Cankers Griff wie eine Schlange, der man das Rückgrat gebrochen hat. Schließlich wurde es dem Hunde-Lord zu bunt. Mit einem schmetternden Fausthieb gegen die Schläfe brachte er Brad zum Schweigen.

»Brad!« Canker sah hoch, nach oben, von wo der Schrei gekommen war, und blickte in das Gesicht einer Frau, die ihn entsetzt anstarrte. »Gnädigste« – er machte eine groteske Verbeugung – »dein Mann gehört jetzt mir. Und du ebenfalls!«

Er ließ Brad auf den Lehmboden sinken, ging leicht in die Knie, sprang mit einem Satz in die Höhe und bekam den Rand der Plattform zu fassen. Als er sich hochzog, sah er Irma, die, die

Hand vor den Mund geschlagen und die Augen weit aufgerissen, auf ihr roh gezimmertes Bett gesunken war. Sie mochte achtunddreißig oder neununddreißig Jahre alt sein, sah aber immer noch gut aus. In dem kurzen Moment, ehe sie nach dem groben Laken griff, stachen ihm vor allem ihre riesigen, bereits etwas schlaffen Brüste ins Auge. Genau nach Cankers Geschmack!

»Ah ... ah ... ah!«, stieß sie hervor, als Canker seinen Gürtel löste. Seine roten Augen schienen Feuer zu sprühen. »Ah ... *ahhh!*«, entfuhr es ihr abermals, beinahe schon ein Ächzen, als sie sah, wie er sich entblößte.

»In der Tat!«, gurgelte Canker lüstern, während er langsam auf sie zukam. Er riss ihr die Decke weg, und als er sie packte, zerrissen ihre Schreie die Stille der Nacht, unterbrochen nur vom Keuchen und Stöhnen des Hunde-Lords ...

SIEBTES KAPITEL

Glina Berea musste sich tief ducken. Von der Decke herabhängende Wurzeln streiften ihr Haar, hin und wieder suchten ihre Finger Halt auf dem mit Steinplatten ausgelegten Boden des Fluchttunnels. Ihr Atem ging stoßweise, während sie durch das Wurzelwerk des umgestürzten Eisenholzbaumes dem geheimen Ausgang zustrebte. Dahinter lag tief und dunkel der Wald, in dem sie sich auskannte wie niemand sonst. Der Mond lag hinter Wolken verborgen. In der Ferne schrie verschlafen eine Eule. Sie konnte es schaffen und in die Wälder fliehen, in eines der zahlreichen Verstecke, die es dort gab. Doch als Glina sich durch die verborgene Tür zwängte und sie hinter sich zufallen ließ, galten ihre Gedanken weniger ihrem eigenen Schicksal. Vielmehr sorgte sie sich um ihren Vater, ihre Mutter und ...

Hätte sie sich doch nur die Zeit genommen ...

»Zeit wozu, Glina?«

Mit bloßen Füßen kam sie in dem feuchten Laub schlitternd zum Stehen, als ein Schatten neben ihr aus dem Dunkel wuchs. Sie sah nur einen schwarzen Fleck in der sie umgebenden Nacht, mehr nicht. Doch zumindest kannte dieser Schatten ihren Namen. Er glitt auf sie zu, stand riesenhaft neben ihr, als wolle er sie allein durch seine Gegenwart erdrücken. Nur ...

... diese Stimme! Sie kam ihr bekannt vor.

»Erinnerst du dich an mich?«, hauchte der Schemen mit seiner tiefen, unwiderstehlichen Stimme und kam näher.

Abermals dachte sie: *Diese Stimme! Das kann er doch unmöglich sein!* Und falls doch, hatte er sich eindeutig den falschen Zeitpunkt für seine Rückkehr ausgesucht. Aber warum war er so schweigsam? Warum sagte er nichts?

Aus der Hütte drangen heisere Schreie und ein lautes Krachen, dann ein gedämpftes Kreischen, das sich anhörte, als würde einem Huhn der Hals umgedreht, nur dass es sich um die erstickte Stimme ihres Vaters handelte. Einen Augenblick später schrie ihre Mutter angsterfüllt auf. Mit einem Mal war Glina klar, wie selbstsüchtig es von ihr gewesen war, sich einzig vor dem Alleinsein zu fürchten. Doch wenn dieser Fremde nun wirklich ...

Sie wagte kaum zu atmen. Das Herz schlug ihr bis zum Hals. Bebend streckte sie die Hand nach seinem Arm aus ... In diesem Augenblick verzogen sich die Wolken. Das fahle Licht des Mondes schien zwischen überhängenden Zweigen und Ästen hindurch auf die kleine Lichtung, und Glina erkannte, dass es tatsächlich Nestor war, der mit gesenkten Lidern, dämonisch schön und düster in seinem nachtfarbenen Umhang vor ihr stand. Sie griff nach seinem Arm. »Nestor!«, hauchte sie. »Du bist es wirklich! Komm weg hier, wir müssen uns verstecken! Die Wamphyri sind da!«

»Ich weiß!« Seine Stimme klang, als komme sie aus einem Grab. Er öffnete die Augen, und sie sah das blutrote Glühen darin, sah, dass seine Nase gewunden war wie die einer Fledermaus, und wie weiß seine Zähne schimmerten. Mit einem Mal war ihr klar, dass nicht nur seine Stimme sich verändert hatte.

»Nestor!« Ihr blieb der Mund offen stehen, und einer Ohnmacht nahe sank sie in seine Arme.

»Oh, nein«, erwiderte er, indem er sie auffing. »Nicht einfach Nestor, Glina! Das ist vorbei! Von jetzt an wirst du mich Lord Nestor nennen!« Damit schlug er ihr seine messerscharfen Zähne in den Hals, und es wurde dunkel um sie ...

Als Glina erwachte, dachte sie, sie stünde in Flammen. Doch das brüllende, tosende Flackern, der helle Widerschein und die Hitze, die ihr entgegenschlugen, stammten von der Hütte, die ihr Zuhause gewesen war. Dies sah sie zwischen den Beinen der beiden Vampire hindurch, die breitbeinig, die Hände in die Hüften gestemmt und offensichtlich ganz in die Bewunderung ihres Werkes versunken, dastanden. Plötzlich setzte ihr Herz einen Schlag aus. Die Hütte!

»Mein Baby!«, schrie sie, verzweifelt darum bemüht, sich aufzusetzen. »Ihr verbrennt mein Baby!«, kreischte sie los. Sie führte sich auf wie eine Wahnsinnige, umklammerte Nestors Beine und hängte sich an ihn, war jedoch zu erschöpft, sich aufzurichten.

Nestor versuchte sie abzuschütteln, und als er begriff, was sie da sagte, schob er sie von sich. »Dein Baby, Glina? Was für ein Baby?«

»Was will sie?« Canker bedachte Glina mit einem finsteren Blick.

»Mein ... mein Kind!«, schluchzte sie. Sie schwankte wie ein waidwundes Tier und krabbelte auf allen vieren auf das Feuer zu. »Mein armes Kleines!« Doch sie hatte die Strecke kaum zur Hälfte zurückgelegt, als das Dach einstürzte. Dadurch wurden die Flammen angefacht. Sie loderten hoch auf und drohten Glina zu verschlingen. Dennoch wäre sie weitergekrochen, wäre Nestor nicht zu ihr getreten. Er zerrte sie hoch und zog sie weg von der Flammenhölle.

»Was für ein Kind, Glina?« Im Schein des Feuers war sein Gesicht eine undurchdringliche, nahezu reglose Maske, ganz im Gegensatz zu Cankers Miene, auf der sich Lust und Machtgier spiegelten. »Du hast kein Kind!«

»Oh doch«, stammelte sie, ihre Stimme ein irres Kreischen. »Vor sechzehn Sonnaufs ... es war *dein* Sohn, Nestor! Du kaltherziger Bastard! Er ist da drin!« Am ganzen Körper zitternd deutete sie auf die lichterloh brennende Hütte. »Die Wiege war in der Wand versteckt. Wir haben darum gebetet, dass die Wamphyri ihn nicht finden, sollten sie uns je überfallen. Und ihr habt ihn nicht gefunden! Ich konnte ja nicht ahnen, dass ihr die Hütte in Brand stecken würdet! Du hast deinen eigenen Sohn verbrannt, du elender *Vampir!*«

»Du ... du hattest einen Sohn von mir?« Nun zeigte sich doch eine Regung in Nestors Gesicht, und er wirkte nicht mehr ganz so seelenlos. Doch schon im nächsten Augenblick wurde seine Miene wieder hart wie Stein. Was geschehen war, war geschehen! Auch wenn sie es nicht wissentlich getan hatten, konnten sie es doch nicht ungeschehen machen. Außerdem wollte Nestor keine Blutsöhne. Noch nicht!

Er ließ Glina los, und sofort warf sie sich ihm jammernd vor die Füße und fing an, mit den Fäusten auf die Erde zu trommeln. Plötzlich hörte sie auf, blickte Nestor hasserfüllt an und stieß hervor: »Und was ist mit meiner Mutter? Und meinem Vater? Habt ihr die auch bei lebendigem Leib verbrannt?«

Canker trat vor und betrachtete das am Boden liegende Mädchen. Sie war bestenfalls schlicht zu nennen. Ihr braunes Haar war ohne jeden Glanz, die Nase etwas zu spitz, das Hinterquartier zu ausladend und die Brüste zu groß. Trotz ihrer Jugend hingen sie bereits schlaff herab. Canker konnte nicht verstehen, was Nestor an ihr fand, wo er doch selbst recht gut aussah.

»Du, Glina«, knurrte er sie an. »Dein Vater und deine Mutter sind am Leben. Sie liegen da drüben im Gras und schlafen, sicher vor dem Feuer, auch wenn nun, wo ich sie gebissen habe und mein Fieber durch ihre Adern rast, eine andere Hitze in ihnen brennt. Noch ehe der Morgen dämmert werden sie aufwachen und versuchen, auf die Sternseite zu gelangen, um mir in der Räudenstatt zu dienen.« Zu Nestor gewandt, wollte er wissen: *Spricht sie die Wahrheit? Kennst du sie wirklich von früher? Nun, offensichtlich, sonst hättest du ja nicht hierher zurückgefunden! Aber ein Kind? Ist es von dir?*

Sie sagt die Wahrheit, erwiderte Nestor. *Siehst du es denn nicht in ihren Gedanken?*

Das Einzige, was ich darin sehe, ist Hass!, entgegnete Canker, ohne zu zögern. *Und dass sie sich den Tod wünscht ... oder lieber noch Rache! Ah, aber sie ist stark, diese Frau! Eigentlich dürfte sie noch gar nicht wach sein, und sie kann ganz schön zetern! Soll ich dir einen Rat geben? Mach ein Ende mit ihr, und zwar gleich! Wenn du willst, tue ich es für dich!* Er machte Anstalten, Glina am Schopf zu packen, doch Nestor stellte sich ihm in den Weg.

Sie ist aufgewacht, weil ihr Kind in Gefahr war!, erklärte er. *Sonst hätte mein Biss sie schlafen lassen. Aber ... sie ist tatsächlich stark, das ist wahr, und in der Saugspitze wird sie über all meine Frauen gebieten!*

Canker schüttelte seinen riesigen Wolfsschädel. *Du begehst einen Fehler, mein Freund!*

Na und!? Dann ist es immer noch mein Fehler!

»Töte mich!«, flehte Glina. »Ich will nicht zur Vampirin werden! Und ich will meine Tage nicht in einer kalten Feste auf der

Sternseite beschließen. Nicht ohne mein Kind! Nicht ohne unser Baby, Nestor!«

Die Hütte war nur noch eine brennende Ruine, ein rötlich-prasselnder Scheiterhaufen, die Fassade ein wütender Totenschädel, aus dessen geschwärzten Augenfenstern Rauch und Flammen quollen. Nichts konnte darin mehr am Leben sein! Glina jedoch kam es so vor, als höre sie in jeder Flammenzunge und in jedem Krachen, mit dem ein Balken herabstürzte, ein Baby schreien. Als sie sich schließlich eingestehen musste, dass es vorüber war, sank sie erneut zu Boden, und vor sich hin weinend wiegte sie sich selbst in den Schlaf.

»*Nun* zeitigt mein Biss seine Wirkung«, stellte Nestor befriedigt fest.

»Du solltest ihnen eins auf die Ohren geben, wie ich es tue«, grinste der Hunde-Lord und ließ dabei die Faust durch die Luft sausen. »Schlag sie nieder, und sie bleiben auch liegen! Dann wirkt das Fieber umso schneller!«

Nestor schüttelte den Kopf. »Nein, auf diese Art verlierst du lediglich ein paar, weil du ihnen den Schädel eindrischst. Ich für mein Teil habe lieber Knechte und keine Idioten!«

»Ha!«, schnaubte Canker. »Schädel heilen wieder! Meistens jedenfalls!«

Nestors Stimmung war auf dem Tiefpunkt, und er hatte keine Lust, sich zu streiten. Deshalb murmelte er nur: »Mach doch, was du willst!«

Er bückte sich, um Glina aufzuheben, warf sie sich über die Schulter und strebte der Anhöhe zu, auf der sie ihre Bestien zurückgelassen hatten.

»Kann sie nicht zu Fuß nachkommen wie ihr Vater und ihre Mutter auch?«, rief Canker ihm nach.

»Ich habe meine Bedürfnisse, nicht anders als du«, erwiderte Nestor, ohne sich umzudrehen. »Manches davon ist dringend und duldet keinen Aufschub! Aber ich will, dass sie dabei wach ist! Es mag dir zwar seltsam vorkommen, aber es gab eine Zeit, da wusste dieses Mädchen genau, was mich zufrieden stellt.« Bei sich dachte er: *In der Tat, sie war meine Geliebte. Ich hatte von nichts eine Ahnung, und sie brachte mir alles bei.*

Hinter ihm ließ Canker sich im Gras auf ein Knie nieder und legte seinen neuen Knechten die Hände auf die Stirn. *Ihr kommt zu mir in die Räudenstatt!*, befahl er ihnen, noch während sie schliefen. *Und sollte irgendjemand, ganz gleich ob Mann oder Frau, euch befehlen, ihm zu dienen, dann erklärt ihm oder ihr, dass ihr zu Canker Canisohn gehört. Denn die übrigen Vampirlords – aye, und auch eine gewisse Lady – sind nichts verglichen mit mir! Und wehe, ihr widersetzt euch meinem Ruf! Dann, seid versichert, werde ich euch finden, wo auch immer ihr euch verstecken mögt, und euch das Herz bei lebendigem Leib herausreißen … und das Herz desjenigen, der euch weggelockt hat, gleich mit! So sei es!*

Kaum hatte er geendet, sprang er rasch Nestor hinterher, um ihn einzuholen …

Die Sonne ist erst vor einer knappen Stunde untergegangen, und schon haben wir drei gute kräftige Knechte mehr, meldete Canker sich kichernd in Nestors Bewusstsein zu Wort, nachdem sie schon eine Weile wieder in der Luft waren.

Und ich kann mir vorstellen, dass es noch mehr werden!, entgegnete Nestor. Auf dem Flug zurück zum Grenzgebirge richtete er seine Aufmerksamkeit auf das Gelände, das unter ihnen lag. *Spürst du es?*

»Was denn?«, entfuhr es Canker. Über den luftigen Abgrund hinweg starrte er Nestor verdutzt an.

Der Wind hatte sich gelegt, und sie flogen nur ein kurzes Stück voneinander entfernt. Somit wäre es nicht notwendig gewesen, seine Frage laut auszusprechen. Doch der Hundefürst ärgerte sich. Seine Sinne waren womöglich schärfer als die jedes anderen Vampirs. Was um alles in der Welt konnte Nestor nur gespürt haben, das ihm entgangen war? Noch mehr Rauch, ein verstohlenes Huschen in der Nacht, die Gedanken verängstigter Traveller auf der Suche nach einem Versteck, in dem sie bis Sonnauf ausharren konnten? Falls ja, warum merkte er, Canker, dann nichts davon? Ah, dieser Nestor war schon sonderbar. Er war ihm ein Rätsel und faszinierte ihn zugleich.

Ich nehme ... Gedanken wahr, sagte Nestor, ... *Geflüster! Gedämpfte Worte, voller Angst im Dunkeln ausgestoßen! Da unten versteckt sich jemand – es könnten sogar ziemlich viele sein – und sie wissen, dass wir hier sind!*

Ha! Wahrscheinlich haben sie uns als Schattenriss vor dem Mond gesehen! Canker begnügte sich wieder damit, seine Gedanken sprechen zu lassen. *Oder haben uns erspäht, wie wir hinter den Wolken hervorkamen.* Bewundernd fügte er hinzu: *Mir war von Anfang an klar, dass du Talent hast! Aber du entwickelst dich sogar noch schneller, als ich dachte! Wohlan, wo stecken diese geheimnisvollen Flüsterer?*

Siehst du die drei Hügel da drüben am Waldrand? Nestor deutete mit der Hand nach vorn. *Die Bäume dazwischen bilden ein Dreieck, und in der Mitte erhebt sich eine verwitterte Felskuppe!*

Ja, ich sehe sie!, bestätigte Canker aufgeregt.

Da unten, da sind sie! Irgendwo ... da unten! Nestor zögerte einen Moment. *Ah! Jetzt schirmen sie ihre Gedanken ab. Sie haben gespürt, dass ich sie belausche.*

Was, Traveller? Mentalisten – unter den Szgany? Und auch noch mehrere?, fragte Canker erstaunt. *Nun, so etwas soll es geben! Aber gleich so viele auf einem Haufen?*

Nestor verfiel in Schweigen, und Canker spürte die Düsternis, die seinen Freund umgab. Doch da war auch so etwas wie ein Staunen, die plötzliche Erkenntnis oder das Akzeptieren von etwas, was einen Augenblick zuvor noch nicht da gewesen war. *Was ist los, Nestor?*

Nestor schwieg weiter, lauschte ...

Nestor?

Endlich kam er wieder zu sich. *Sie sind nicht ... Es handelt sich um etwas anderes, als ich dachte.*

Keine Szgany?

Oh doch, es sind schon Szgany. Das heißt, sie waren es ...

Waren es? Cankers Miene verfinsterte sich. Schließlich gab er sich geschlagen und bellte laut heraus: »Wovon sprichst du eigentlich? Weder in Turgosheim noch auf der gesamten Sternseite gibt es so viel Düsternis wie in deinen Worten! Jetzt hilf mir endlich auf die Sprünge!«

Falls er angenommen hatte, er könne Nestor damit aus der Reserve locken, täuschte er sich. Nestor wurde höchstens noch schweigsamer, sein Inneres noch düsterer, während er zum Sturzflug auf die drei Hügel ansetzte. Canker folgte ihm. *Nun?*, begehrte er zu wissen.

Zu guter Letzt brach Nestor sein Schweigen. *Die Szgany da unten sind tot, Canker. Deshalb konntest du sie nicht entdecken. Jetzt wird mir klar, dass es sich um Tote in ihren Gräbern handelt, nichts als verfaulendes Fleisch und vermodernde Knochen, vielleicht auch Asche in kleinen Urnen, und allesamt wurden sie rings um den Felsen bestattet.*

Ah! Canker pfiff lautlos durch die Zähne. *Eine alte Begräbnisstätte der Traveller! Mit Hilfe deiner Kunst hast du sie ... aufgespürt!*

Aber nur einen Moment, ehe sie auf mich aufmerksam wurden! Sie können mich schon von weitem wittern – wie ein wildes Tier ein Feuer: voller Angst und Staunen! Nur dass es mein Talent ist, das ihren alten Knochen einheizt! Und da sie nicht vor mir weglaufen können, versuchen sie sich zu verbergen. Sie schweigen einfach und warten ab, bis ich wieder verschwinde. Aber diesmal bleibe ich – eine Zeit lang jedenfalls! Und du, Canker? Du wolltest doch, dass ich dir mein Talent einmal vorführe!? Nun, jetzt hast du die Gelegenheit, alles mitzubekommen!

Ich kann es kaum erwarten!, gestand der Hunde-Lord. *Wo hat man so etwas denn schon gesehen? Einen Mann, der seiner Beute selbst über den Tod hinaus noch nachstellt. Eines Tages wird man Lieder über dich singen!*

Sie landeten am Rand der verwitterten Felskuppe und machten sich vorsichtig an den Abstieg. Der Fuß des Felsens war von kleineren Höhlen und Spalten, die Wind und Regen im Lauf ungezählter Jahrhunderte aus dem Sandstein gewaschen hatten, regelrecht durchlöchert. Als Unterschlupf für die Lebenden war dieser Ort denkbar ungeeignet, für die Toten dagegen genügte er vollkommen. Es handelte sich tatsächlich um eine Begräbnisstätte, wie Nestor angenommen hatte.

In die Wände der Höhlen waren Nischen gemeißelt, in denen

eine Urne neben der anderen beigesetzt war. Ganze Sippen hatten hier nach und nach ihre letzte Ruhestatt gefunden. Doch das war bereits zur Zeit der Alten Wamphyri geschehen, die schon seit langem der Vergangenheit angehörten. Unter der gnadenlosen Herrschaft der Vampire hatte der einzig sichere Weg, die Toten zu bestatten, darin bestanden, sie einzuäschern. Nun hatte etwa achtzehn Jahre lang Friede geherrscht, der nur einmal gebrochen worden war, ehe Wratha mit ihren Abtrünnigen aus Turgosheim kam und sich auf der Sternseite niederließ. In diesen achtzehn Jahren hatten die Menschen wieder damit begonnen, ihre Toten in der Erde zu begraben. Manche hüllten sie auch in ölgetränkte Tücher und betteten sie auf trockenen, regengeschützten Simsen und Felsvorsprüngen zur letzten Ruhe, damit die Angehörigen sie von Zeit zu Zeit besuchen und Zwiesprache mit ihnen halten konnten. Selbstverständlich rechnete niemand mit einer Antwort ...

Um einen solchen Ort handelte es sich also! In die Wände der größeren, vor Wind und Regen geschützten Höhlen hatten die Szgany Simse gehauen, auf denen vollständig erhaltene Leichname, die Mumien ehemaliger Stammesführer, aufgebahrt waren. Keine von ihnen sah aus, als sei sie erst vor kurzem bestattet worden. Nestor schätzte, dass einige wahrscheinlich schon die ganzen achtzehn Jahre, also seitdem das Joch der Wamphyri von den Travellern genommen worden war, hier lagen.

Aber Nestor wollte seine Befragung an jemandem vornehmen, der noch nicht allzu lange tot war, sagen wir: erst seit zehn, zwölf Jahren, weil er etwas erfahren wollte, was in seine eigene, weitgehend vergessene Kindheit zurückreichte. Es betraf eine der wenigen Erinnerungen, die ihm aus der Zeit vor seinem Unfall geblieben waren, ehe alles ausgelöscht wurde und er sich den Wamphyri anschloss. Also entschied er sich für einen vergleichsweise gut erhaltenen Toten, der noch nicht ganz zu Staub zerfallen war, und trat an dessen steinerne Bahre.

Als Nestor sich näherte, begann der Tote zu zittern. Man sah es zwar nicht, doch Nestor konnte es spüren.

»Er erkennt mich!«, flüsterte Nestor. Obwohl seine Worte kaum mehr als ein Hauch waren, hallten sie in der Höhle wider. »Er weiß, wen er vor sich hat.«

Hier drinnen herrschte schwärzeste Nacht.

Doch für die Sinne eines Wamphyri machte dies keinen Unterschied. Die Lords Nestor und Canker sahen genauso gut wie am helllichten Tag. Denn das Tageslicht stammte von der Sonne, und nichts, was mit der Sonne zu tun hatte, gereichte den Wamphyri zum Vorteil – bis auf die Menschen, die ihr Licht zum Leben brauchten.

Canker Canisohn baute sich etwas seitlich hinter Nestor auf und sah ihm zu, betrachtete, wie Nestor bebend die Hände ausstreckte und sie auf die Stirn und die eingefallene Brust der Mumie legte. Canker fiel es schwer zu glauben, dass sich in dieser zerfallenen, vertrockneten Hülle, die Nestor da berührte, noch eine Empfindung regen sollte.

Alter Häuptling, hörst du mich?, fragte Nestor. Canker bekam nichts davon mit, noch nicht einmal ein Flüstern, schließlich handelte es sich nicht um Telepathie. Nestor sprach mit einem Toten! *Spürst du, wie meine Hände dich berühren? Ich weiß, dass du es fühlst, denn ich merke doch, wie verzweifelt du versuchst, deine Gedanken vor mir zu verbergen. Und obwohl dein Körper zu keiner Regung mehr fähig ist, zitterst du wie Espenlaub! Aber ich sage dir, du brauchst mich nicht zu fürchten!*

»Nun?«, grunzte hinter ihm Canker. Für den Hunde-Lord sah es nicht so aus, als würde etwas passieren. »Was ist?«

Nestor wandte den Kopf und blickte in Cankers blutunterlaufene Wolfsaugen, deren winzige Pupillen in demselben Glanz leuchteten wie seine geliebte Mondgöttin. »Ruhe! Erst muss ich ihn erreichen. Solange das nicht geschehen ist, bekommst du weder etwas zu hören noch zu sehen.«

»Ich dachte, du wolltest es mir zeigen!« Canker wirkte beleidigt. »Woher soll ich denn wissen, was zwischen euch vorgeht? Falls überhaupt etwas geschieht!«

»Sei still«, herrschte Nestor ihn an, »oder verschwinde und lass mich allein weitermachen! Es gibt da etwas, was ich von ihm erfahren muss.«

»Huh!«, machte Canker. Doch dann schwieg er.

Ich fordere dich ein letztes Mal auf, zu mir zu sprechen!, befahl Nestor dem Leichnam. *Ich will wissen, wer du warst und was du an einem bestimmten Morgen deines Lebens gehört, gefühlt und gesehen hast, als die dahinjagenden Wolken auf einmal rot erglühten! Eine Wolke im Besonderen leuchtete blutrot über der Sternseite! – Sie war gewaltig! Zunächst sah sie aus wie ein riesengroßer Pilz, dann sank sie in sich zusammen. Erinnerst du dich? Ich weiß, dass du dich daran erinnerst! Danach war die Luft erfüllt von Donner, die Erde bebte, und von den Pässen im Norden erhob sich ein für die Jahreszeit ungewöhnlich warmer Wind. Ich sage es noch einmal: Du hast nichts von mir zu befürchten, nicht, wenn du mir alles erzählst, woran du dich erinnerst! Doch falls nicht ...* Nestor verstummte. Die grässliche Drohung stand im Raum, auch ohne dass er sie aussprach.

Die Fragen, die Nestor stellte, ließen vor seinem inneren Auge eine Szene aus seiner Kindheit erstehen. Sie war ihm wohl bekannt, doch noch nie hatte er sie so lebhaft vor sich gesehen wie jetzt. Als sei sein verletztes Gehirn mit einem Mal genesen, standen bislang nur verschwommen, wie durch einen düsteren Nebel wahrgenommene Bilder nun klar und deutlich vor ihm, und er erinnerte sich! Und da er soeben noch mit dem toten Stammesführer gesprochen hatte, sah auch dieser, was in Nestors Gedanken vorging: *Das Grenzgebirge, wie es sich dem Blick von der Sonnseite aus bot. Dünne Nebelschleier umwaberten graue Felszacken, welche die Sonne noch nicht erreicht hatte. Tief im Wald versteckt eine Lichtung, noch feucht vom Tau. Ringsum alles grün, nur an ein paar schattigen Stellen wirkte das Laub etwas dunkler. Der Morgen dämmerte. Die Vögel begannen zu zwitschern, verstummten jedoch mit einem Schlag. Dann plötzlich bebte die Erde, und eine Woge aus pulsierendem, blendend weißem Licht verwandelte das Gebirge in einen schwarzen Schattenriss.*

Grelle Blitze zuckten über die Sternseite, und die Wolken stoben nach allen Richtungen zugleich. Ihre Unterseiten leuchteten rot vom Widerschein zahlloser Brände. Nur an einer einzigen Stelle inmitten des Chaos schien der Himmel stillzustehen. Dort wuchs ein gigantischer, widerwärtig anzusehender Pilz in die Höhe, eine Säule aus Feuer und Qualm, die sich nach oben hin zu einer riesigen grauen Wolke ausbreitete. Schwankend stand sie hinter den Bergen, in stetem Fluss, und durch das Tosen der Elemente sah man das rötlichgelbe Lodern in ihrem Innern!

An all dies erinnerte Nestor sich deutlich, nur hatte er es damals als verängstigter Vierjähriger erlebt. Doch nun, als Erwachsener, war ihm eines klar: Was diese Bilder auch immer bedeuten mochten, das Ganze hatte sich tatsächlich ereignet – und es hatte etwas mit ihm zu tun! Er war auf dieser Lichtung im Wald wach geworden und hatte in der Morgendämmerung vor sich hingeweint. Etwas hatte ihn geweckt, und er hatte die Blitze über den Himmel zucken sehen, das Feuer und die immer höher wachsende Wolke. Doch was? Was hatte ihn geweckt? Was es auch gewesen sein mochte, weinend, auf wackligen Beinen, war er zu seiner Mutter gerannt, und sie hatte ihn in den Arm genommen und getröstet. – Seine Mutter? Oh ja, er hatte sie geliebt! Aber wer war sie und was war aus ihr geworden? Doch was machte das schon, schließlich war er nun Wamphyri! – Unvermittelt hatte er ihr eine Frage gestellt, doch sie hatte ihm keine richtige Antwort darauf gegeben: »Mein Vater ... Ist er tot?«

Und obwohl er sich an nichts, was seine Mutter betraf, erinnern konnte, wusste er noch, wie still sie auf einmal geworden war. Sie hatte ihn an ihre Brust gedrückt, und dabei hatte ihr Herz ganz heftig gepocht.

Noch immer bekam der alte Stammesführer jede Einzelheit mit, und erneut begann er zu zittern, nicht weniger als Nestors Mutter an jenem bedeutsamen Morgen. Doch er schwieg weiterhin.

Nun?, fragte Nestor ihn abermals. *Gedenkst du, ewig zu schweigen? Das will ich doch nicht annehmen! Du weißt, wer ich bin und welche Kunst ich beherrsche! In ebendiesem Moment spürst du meine Hände ganz sacht auf deinem toten Körper ruhen. Wenn ich dich berühre – ganz gleich, was ich mir für dich ausdenke – wirst du es fühlen. Deine Finger sind schon ziemlich brüchig. Sollte es mir einfallen, einen davon abzubrechen, wirst du denselben Schmerz empfinden, als wärst du noch am Leben. Und sollte ich meine Hände in deine wurmzerfressene Brust graben, um dir das Herz ein bisschen zu quetschen, ist es ungefähr so, als würdest du noch einmal sterben ... Nur mit dem kleinen Unterschied, dass du ja bereits tot bist und ich es wieder und wieder tun kann. Du weißt, dass ich nicht lüge! Und nun liegt es bei dir, mir die Wahrheit zu sagen! Hast du die Bilder in meinem Geist gesehen, die Erinnerungen an meine Kindheit? Ja, das hast du, dessen bin ich mir sicher. Ich will wissen, was sie bedeuten, und du wirst es mir erzählen! Und zwar jetzt!* Behutsam schlossen Nestors Finger sich um die Hand des alten Stammesführers, und vorsichtig blies er den Staub der Höhle von dem zerfallenden Fleisch und den bleichen Knochen.

Ich ... Ich darf nicht mit dir sprechen!, stammelte der Alte entsetzt.

Es ist dir verboten, dich mit mir zu unterhalten? Nestor streichelte die Hand und zwängte sacht, ganz sacht ihre Finger auseinander.

Du bist ein Nekromant! Was du tust, ist verwerflich. Die Toten werden mich zu ewiger Dunkelheit und Einsamkeit verdammen, wenn ich auch nur ein Wort mit dir rede!

Eben hast du aber doch schon mit mir geredet, entgegnete Nestor.

»Lauter!«, knurrte es hinter ihm. Es war Canker. »Was soll denn das Gemurmel?«

»Oh! Habe ich gemurmelt? Tatsächlich?« Im ersten Augenblick wirkte Nestor überrascht. Doch sofort fing er sich wieder. »Dann halte den Mund, und ich werde dir zuliebe alles laut aussprechen. Jetzt, wo ich mit diesem wurmzerfressenen alten Ding in Verbindung stehe, stört es nicht mehr.« An den Stammeshäuptling gewandt, fuhr er fort:

»So, du willst also nicht! Nun, und ich habe keine Lust mehr zu warten. Meine Geduld ist am Ende!« Eine Hand auf die Stirn des Leichnams gelegt, gebrauchte er die andere, um zwei von dessen vertrockneten Fingern zu Staub zu zermahlen. Canker gingen fast die Augen über. Er reckte und streckte sich, um auch ja alles mitzubekommen, und stöhnte vor Begeisterung auf.

Nun weigerte sich der alte Stammesführer nicht länger. Wahrscheinlich hatte er nicht ganz glauben wollen, dass Nestor ihm den gleichen Schmerz zuzufügen vermochte, als wäre er noch am Leben. Doch nun konnte er nicht mehr zweifeln. Nestor hatte einen Teil seiner Hand zu Staub zermalmt, und der Schmerz war äußerst real. Darin bestand nun einmal die Kunst eines Nekromanten: Die Toten spürten es, wenn er zugegen war, hörten es, wenn er zu ihnen sprach, und fühlten es, wenn er sie berührte – oder wer weiß was mit ihnen anstellte!

Der Alte schrie, und Nestor hörte es. Er schrie, weil er spürte, wie ihm die Finger zerquetscht wurden. Sie mochten nichts als Staub und spröde Knochen sein, aber als Nestor sie zermalmte, fühlte es sich an, als seien sie unter einen Felsblock geraten.

Eine Zeit lang lauschte Nestor den Schmerzensschreien des Alten – und dem entsetzten Schweigen der ringsum bestatteten Toten. Ihrem Schweigen, ihrer Angst und ihrem Hass! Es verlieh ihm ein Gefühl der Macht. Oh ja, er hatte Macht über sie, denn er war der Nekromant Lord Nestor Leichenscheu von den Wamphyri!

Doch so langsam wurde er wirklich ungeduldig. Er wollte weg von hier, weg von dieser Begräbnisstätte mit ihren Toten, wollte in den Nachthimmel aufsteigen und Ausschau nach lebenden Szgany halten. Denn das Blut war das Leben, und nicht der Staub!

Mit einem theatralischen Seufzen legte Nestor dem Alten die Hand auf die Brust und krümmte die Finger, bis die kurzen, kräftigen Nägel einander berührten. Nur ein sanfter Druck und ... seine Hand würde durch vermoderndes Tuch und verwesendes Fleisch stoßen und tief ins Innere des Leichnams eindringen, der ausgestreckt vor ihm lag. Hegte das alte Stammesoberhaupt noch irgendwelche Zweifel bezüglich Nestors Talent, waren sie nun wie weggefegt, zumal er ja mitbekam, was im Kopf des Nekromanten vorging.

Warte!, flehte er mit sich überschlagender Stimme. *Ich will ja reden! Ich sage dir alles, was du zu wissen begehrst. Du sollst erfahren, was die Dinge zu bedeuten haben, an die du dich erinnerst! Ich werde dir sagen, wie ich sie erlebt habe, und wie sich all dies auf mich ausgewirkt hat. Wahrscheinlich liegt darin sogar der Grund, weshalb ich so früh sterben musste!*

Wie gebannt hörte Nestor ihm zu. »Sprich weiter! Aber zunächst verrätst du mir erst einmal, wie du heißt! Denn ehe man sich über gemeinsame Erfahrungen austauscht, gehört es sich doch, dass man sich einander vorstellt. *Du* weißt ja bereits, mit wem du es zu tun hast. Ich dagegen hatte noch nicht das Vergnügen, deine Bekanntschaft zu machen!«

Muss ... muss ich dir meinen Namen unbedingt nennen? Die Stimme des Alten bebte und war kurz davor, ihren Dienst zu versagen.

»Aber ja doch! Denn falls du mich belügen solltest ... Ich nehme an, du hast Söhne und Töchter und Enkelkinder, die noch unter den Lebenden weilen? Wenn ich erst einmal mit dir fertig bin, gibt es also immer noch jemanden, an den ich mich halten kann – sofern du mir nicht die Wahrheit sagst!«

Meine Söhne?, jammerte der Alte. Obwohl er nach wie vor reglos auf seinem Sims lag, konnte Nestor sein Händeringen beinahe spüren. *Und ... und auch deren Söhne?*

Nestor zuckte lediglich die Achseln. »Ich bin ein Vampir – ein Fürst, Wamphyri, um genau zu sein – und mache Jagd auf die Lebenden. Sag mir die Wahrheit, und du und die deinen haben nichts von mir zu befürchten. Ich werde sie in Ruhe lassen ... Das verspreche ich dir!« Nestors Worte troffen geradezu vor Sarkasmus.

Du versprichst es mir? Du? Und das soll ich dir glauben?

»Bleibt dir denn eine andere Wahl?« In Nestors Stimme lag ein Lächeln ... das jedoch sofort wieder daraus verschwand. »Genug davon! Machen wir endlich Nägel mit Köpfen! Willst du, dass ich die Würmer, die sich in deinem Herzen tummeln, zu Brei zerquetsche?« Er drückte sacht zu, und seine Fingernägel gruben sich in das modrige Leichentuch.

Nein! Nein!, stieß der tote Szgany völlig aufgelöst hervor. *Halt ein, Nekromant! Ich erzähle dir alles.* Und dann sprudelte es nur so aus ihm heraus. *Ich bin, das heißt ich war Agon Mitrea, Sohn von Lexandru, und wie zuvor mein Vater führte ich fünfzehn Jahre lang die*

Szgany Mitrea während der Schreckensherrschaft der Wamphyri, aber auch in den segensreichen Jahren des Friedens. Bis sie für kurze Zeit zurückkehrten! Sie kamen aus den Eislanden, doch nur, um am Tor zu den Höllenlanden endgültig vernichtet zu werden. Das ist das Ereignis, an das du dich aus deiner Kindheit erinnerst! Es ist ausgeschlossen, dass ich mich irre!

»Was? Der Untergang der Alten Wamphyri?« Mit einem Mal war Nestor ganz Ohr.

Ebendies! Ohne sich äußerlich zu bewegen, produzierte der Leichnam das Äquivalent eines Nickens. *Im Anschluss daran wurden die Szgany allmählich sesshaft, jedenfalls die meisten von ihnen. Wir ließen uns in kleinen Städten und Siedlungen nieder. Doch nachdem der Himmel in Flammen gestanden und die Erde gebebt hatte und jenseits der Berge das Unheil über die Sternseite hereingebrochen war, blieben mir nur noch drei Jahre. Darüber werde ich dir berichten.*

An dem Morgen, von dem du gesprochen hast – es muss jetzt fünfzehn oder sechzehn Jahre her sein – wurde ich Zeuge desselben beängstigenden Schauspiels wie du. Allerdings gehe ich davon aus, dass ich seinem Ursprung um einiges näher war. Zu nah! Ich war dabei, als das pulsierende weiße Licht das Gebirge in einen bloßen Schattenriss verwandelte und sich einem unbarmherzig ins Auge brannte. Ich hörte ein lautes Krachen, so wie wenn ein Stein in der Hitze eines Glutofens zerspringt. Danach rumorte es in der Erde, und die Luft war erfüllt von unablässigem Donner. Ich sah grelle Blitze über den Himmel zucken, die Wolken stoben nach allen Seiten davon und leuchteten rot im Widerschein zahlloser Brände. Und dann entstand dieser ungeheure Pilz! Er wurde größer und größer, wuchs höher als selbst die Berge, und aus seinem Innern schlugen Flammen!

Nestor sah dies alles im Bewusstsein des Toten, genauso wie auch er selbst es beschrieben hatte, allerdings aus größerer Nähe und einer etwas anderen Perspektive. »Du behauptest, du seist näher dran gewesen als ich – zu nah, wie du sagst! Aber wo genau? Und was heißt ›zu nah‹«?

Mein Stamm lebte damals nicht weit von hier, bei dieser alten Begräbnisstätte, beeilte Agon sich zu antworten. Nestor hatte ihn nun völlig unter Kontrolle. *Wir wohnten in einer Siedlung westlich des Großen Passes, der über das Grenzgebirge führt. An jenem Morgen war ich unterwegs mit … mit meinen Söhnen …*

Entsetzt hielt Agon inne, fast so als habe er plötzlich die Hand vor den Mund geschlagen, denn er erkannte, dass er einen Fehler gemacht hatte.

»Ah, du hast also tatsächlich Söhne«, sagte Nestor lächelnd. »Nun habe ich die Gewissheit, dass du mir nichts als die Wahrheit sagen wirst. Doch ich habe dich unterbrochen! An jenem Morgen warst du unterwegs mit deinen Söhnen …«

A… auf d… der Jagd, j… ja, fuhr der Alte fort. Am liebsten wäre er auf der Stelle tot umgefallen, um sich und die seinen vor diesem Scheusal zu schützen. Doch leider war dies nicht mehr möglich. *Wir brachen auf, bevor der Morgen graute. Wenn es dämmert, kommen die Hasen aus ihren Löchern, und das Wild zeigt sich und auch die Wildschweine. Im östlichen Vorgebirge gleich hinter dem Pass lässt es sich gut jagen. Wir waren auf dem Rückweg und wollten nach Hause, voll bepackt mit gutem Fleisch. Zu unserer Linken erstreckte sich die Sonnseite, zur Rechten tat sich der Pass vor uns auf. Am Horizont erschien gerade die Sonne in ihrer ganzen Pracht …*

Da geschah es! Die Sterne waren bereits dabei zu verblassen, aber mit einem Mal waren sie verschwunden, und der Himmel über der Sternseite verwandelte sich in ein helles Gleißen.

Wir waren geblendet, nur für einen Augenblick, Sekunden, wenn es hoch kommt. Als die Erde bebte, gerieten wir ins Wanken und stolperten. Ein paar von uns strauchelten, fielen hin und krallten sich in den Boden. Die Glücklichen! Sie waren geschützt vor dem, was als Nächstes kam! Denn noch während die Wolken rot erglühten und wie wild auseinander stoben, wehte ein heißer Glutwind von der Sternseite her durch den Pass. Er trug den Gestank nach Schwefel und Verbranntem mit sich, und wahrscheinlich war er auch giftig. Dessen bin ich mir sicher, es muss irgendein Gift gewesen sein!

Ich habe diesen Wind gerochen, ihn eingeatmet und gespürt, wie er auf meinem Gesicht brannte. Ein heißer Wind von der Sternseite … Nur – woher kam diese Hitze? Ich wusste nicht, was ich davon halten sollte. Es war der Gluthauch der Hölle, oder zumindest stammte er von Waffen, die direkt aus der Hölle kamen. Vielleicht, aber das bezweifle ich, hatte der Gestank auch eine andere Ursache. Möglicherweise gab es unter den Vampiren ja einen Zauberer, der sich an einem Experiment versuchte, das ihm gründlich misslungen war und sie alle auf einen Schlag vernichtete ...

Agon Mitrea verstummte. Fast schien es, als gehe ihm, einem Toten, der seit dreizehn Jahren keinen Atemzug mehr getan hatte, allmählich die Luft aus ...

»Nicht alle Wamphyri sind dabei umgekommen!«, klärte Nestor ihn nach einigen Augenblicken des Schweigens auf. »Die Alten Wamphyri gewiss, aber nicht jene, die heute in der letzten Felsenburg leben. Weit im Osten, jenseits der großen Roten Wüste, herrschen seit undenklichen Zeiten Vampirfürsten – bis auf den heutigen Tag. Sie nennen ihre Heimat Turgosheim. Von dort ...«

... stammt die jüngste Plage!, beendete Agon voller Abscheu den Satz.

Nestor schwieg einen Moment und neigte den Kopf bedächtig zur Seite. Im Dunkel der Höhle erglühten seine Augen in einem blutigen Rot, während er auf den Leichnam des alten Stammesführers herabstarrte und sich dessen letzte Worte noch einmal auf der Zunge zergehen ließ. »Die jüngste Plage? Sprichst du womöglich von Läusen oder dergleichen? Du nimmst ... kein Blatt vor den Mund, Agon Mitrea, Sohn von Lexandru.«

Du weißt, was ich von dir und deinesgleichen halte, erwiderte Agon verbittert. *Soll ich vielleicht lügen? Nein, auch wenn du mich dafür bezahlen lässt!*

»Das ist nicht nötig«, entgegnete Nestor. »Noch nicht!«

Was willst du denn noch von mir?

»Erzähl mir mehr über dieses Gift! Offensichtlich nimmst du ja an, dass du nur drei Jahre später daran gestorben bist.«

Es gab Gerüchte, Vermutungen und die wildesten Spekulationen darüber. Agon Mitrea zuckte achtlos die Achseln. Zumindest kam es bei Nestor so an. Agon war sich sicher, dass die Große Mehrheit nun nichts mehr mit ihm zu tun haben wollte, nicht, nachdem er mit einem Nekromanten gesprochen hatte. Was bedeutete ihm schon dieses eintönige Nicht-Sein, noch dazu wenn er zu ewiger Dunkelheit verdammt war, ohne die Gesellschaft der zahllosen Toten. *Auch unter den Szgany gibt es so genannte weise Männer, Seher und Traumdeuter,* sprach er schließlich weiter. *Einige waren der Meinung, bei den Alten Wamphyri, die Shaitan der Ungeborene persönlich anführte, habe es sich um Zauberer gehandelt, und sie hätten einen Dämon zu viel aus der Erde heraufbeschworen. Sie meinten, der giftige Wolkenpilz sei ein solcher Dämon gewesen. Aber wie ich bereits sagte, daran kann ich nicht so recht glauben. Doch wie dem auch sei, das Gift breitete sich rasend schnell über die Sternseite aus. Es hieß, der felsige Boden dort erstrahle des Nachts in einem seltsamen Leuchten, und was auch immer in diesem Leuchten sein mochte, es tötete die Höhlentrogs zu Hunderten, und sie brachten unzählige Missgeburten hervor!*

Nestors Neugier war geweckt. »Vielleicht ist das Leuchten ja auf Moder und Fäulnis zurückzuführen?« Auf der Sternseite hatte er genau solch einen Streifen schimmernder Erde gesehen, der sich vom Tor zu den Höllenlanden aus gut acht Kilometer weit Richtung Norden erstreckte. Spuren eines solchen Schimmers gab es in den Ausläufern des Gebirges, und seine Überreste zogen sich am Fuß der Berge entlang nach Westen bis zu den feuchten Höhlen, in denen die Trogs hausten.

Moder und Fäulnis – genauso sieht es aus! Wie verschimmelndes Holz, das im Dunkeln leuchtet und manchmal geradezu glüht. Doch das Glühen, von dem ich spreche, hatte nichts mit Fäulnis zu tun. Vielmehr brachte es Tod und Verderben!

»Das musst du mir näher erklären!«

Da gibt es nicht viel zu erklären. Abermals produzierte der alte Stammeshäuptling so etwas wie ein Achselzucken. *Gegen Sonnunter fielen den Männern, die mit mir vor der Öffnung des Passes gestanden hatten, die Haare aus. Ihr Zahnfleisch und ihre Fingernägel fingen an zu bluten, und ihre Gesichter, die ungeschützt dem heißen Wind, der durch den Pass wehte, preisgegeben gewesen waren, nahmen eine weißliche Färbung an. Keiner von ihnen hat je wieder ein Kind gezeugt! Einige starben, darunter … auch ich. Diejenigen, die gestolpert und ins Busch-*

werk gestürzt oder hinter einem Felsblock zusammengesunken waren, als die Erde bebte, bekamen fast nichts ab. Sie fühlten sich lediglich schwach und ihnen war übel, aber das ging vorüber. Zum Glück waren auch meine Söhne darunter!

»Genug!«, bellte es hinter Nestor. »Ich habe nicht die geringste Ahnung, worum es hier überhaupt geht! Oh, ich glaube dir gern, dass du mit ihm sprichst und er dir auch antwortet! Aber damit kann ich leider nichts anfangen, ich höre nämlich nur dich reden! Für mich ist das Ganze nichts als Zeitverschwendung. Und ich nehme an, für dich ebenfalls! Also was ist? Kommst du nun mit oder soll ich allein weiterziehen und wir treffen uns nachher in der Wrathhöhe?«

Nestor blickte Canker an, dann warf er einen letzten Blick auf Agon Mitreas Leichnam. Er hatte keine weiteren Fragen mehr an den alten Stammesführer, außerdem ging es ihm ähnlich wie dem Hunde-Lord – für diese Nacht war sein Bedarf an Leichen gedeckt. Er wandte sich um, um Canker zu folgen, der bereits mit großen Sprüngen dem Ausgang zustrebte ... Doch dann hielt er inne und ging langsam wieder zurück. *Ich muss dir noch Lebewohl wünschen,* dachte er.

Sag nichts, geh einfach! Agon überliefen regelrechte Schauer, so erleichtert war er.

Doch leider ...

... hatte er sich zu Beginn ihres Frage- und Antwortspiels nicht sehr entgegenkommend verhalten. Das erwies sich jetzt als Fehler! Aber vielleicht vermochten die zahllosen Toten etwas daraus zu lernen. Und anschließend ... hatte er Nestor ziemlich unverblümt die Meinung gesagt. Viel zu unverblümt! Obwohl es Nestor nichts ausmachte, dass Agon Vampire mit Läusen verglich – immerhin waren beide auf ihre Art Blutsauger –, entschloss er sich nun, ihm zum Abschied noch eine Lektion zu erteilen.

Knurrend bleckte Nestor die Zähne. Er packte die Leiche am Ellenbogen und verdrehte diesen ganz plötzlich ohne Vorwarnung. Ein kurzer Ruck, und der komplette Arm löste sich aus der vermodernden Schulter. Nur ein paar Fleischfetzen blieben in der leeren Gelenkpfanne hängen, aus der sich fette, weiße Würmer schlängelten. Noch während Agon sein unhörbares *Neiiiin!!!* herausschrie, räusperte Nestor sich, sammelte so viel Schleim er konnte und spuckte ihn dem toten Stammesführer in die klaffende Augenhöhle. Agon zuckte verzweifelt zurück, ohne sich auch nur einen Millimeter von der Stelle zu bewegen, und wiehernd vor Lachen folgte Nestor Canker nach draußen.

Der geschändete Leichnam schrie wie am Spieß. Seine lautlosen Schreie hallten von den Wänden wider, und die zahllosen Toten auf den Simsen und in den Urnen flehten um Gnade. Auf Nestors Gesicht dagegen lag ein zufriedenes Lächeln. Endlich hatte er, Nestor Leichenscheu, bewiesen, dass er seinem Namen alle Ehre machte ...

ACHTES KAPITEL

Etwas mehr als dreieinhalb Stunden waren verstrichen. Nachdem Nestor und Canker ihren Flugbestien in den Ausläufern des Grenzgebirges eine kurze Rast gegönnt hatten, schwangen sie sich wieder in die Lüfte, um mit den Wolken um die Wette zu jagen. In etwa zum selben Zeitpunkt sagten ihnen ihre Vampirsinne, dass sich in unmittelbarer Nähe Szgany befanden. Als sie neun bis zehn Kilometer westlich des Großen Passes am Rande einer dicht bewaldeten Gegend landeten, stießen sie auf eine Feuerstelle, deren Glut noch nicht erloschen war.

Canker ließ sich wie ein Hund auf alle viere nieder und beschnüffelte den Boden in weitem Umkreis. Wenig später hatte er Witterung aufgenommen und begann seiner Beute auf überwucherten Pfaden nachzuspüren. Nestor folgte ihm auf dem Fuß. Es dauerte keine halbe Stunde, und sie hatten die Traveller gefunden – zwei junge Männer mit ihren Frauen, ein zwölfjähriges Mädchen und einen Säugling.

Die beiden Familien schliefen getrennt auf einer Lichtung unter Planen aus geölten Häuten, die sie an den unteren Ästen der umstehenden Bäume befestigt hatten. Sie lagen in Felle gehüllt auf ihren Betten aus Farn, als Canker und Nestor über sie kamen.

Na, das ist schon eher nach meinem Geschmack!, meldete sich der Hunde-Lord in Nestors Gedanken flüsternd zu Wort. Wie zwei Schatten standen sie in dem Vampirnebel, der sie umwaberte, und blickten hinab auf die Gesichter der Schlafenden. *Genau so habe ich es mir vorgestellt! Je ein Mann und eine Frau für jeden, und dazu noch dieses süße Kind, eine richtige kleine Jungfrau, die nur darauf wartet, von mir genommen zu werden, so richtig zum Reinbeißen und Aussaugen! Und wenn wir hinterher Hunger haben, können wir uns in den Bergen den Säugling braten, ehe wir zurück zur Sternseite fliegen! Bei Sonnauf werden wir vier weitere Knechte für unsere Stätten in der Wrathhöhe haben! Was für eine Nacht – und sie ist noch nicht vorüber!* Hah! *Du und ich, wir beide geben ein treffliches Gespann ab!*

Der Säugling bleibt am Leben!, sagte Nestor.

Natürlich, pflichtete Canker ihm bei. *Für den Moment auf jeden Fall!*

Auch später! Er wird nicht angerührt, niemand wird ihm auch nur ein Haar krümmen!

Was? Aber er schmeckt hervorragend! Ohne diese Erwachsenen – nun, wo sie als unsere Sklaven in der Wrathhöhe leben werden – hat er doch sowieso keine Chance!

In der Saugspitze wird es ihm gut gehen!

Was, du willst ihn dieser fetten Glina geben? Anstelle des Kindes, das sie verloren hat? Cankers Verstand arbeitete messerscharf, wenn er es wollte.

Ganz recht! Bei Wölfen funktioniert es manchmal. Ohne das Kind, das sie durch unser Zutun verloren hat, dürfte sie mich wohl hassen. Ich will jedoch, dass sie mich liebt.

Du hältst ja große Stücke auf diese Frau. Ist sie denn wirklich so gut?

Sie war einmal gut zu mir ... vor langer Zeit. Ich ... habe meine Gründe. Lass es gut sein ...

So sei es! Canker zuckte die Achseln. *Das Kind bleibt am Leben. In diesem Fall gehört das junge Mädchen allerdings mir!*

Willst du sie behalten?

Nein, das nicht! Aber wenn ich mit ihr fertig bin, werde ich mich an ihren Säften gütlich tun!

Nestor runzelte die Stirn. *Fuchs, Hund und Wolf? Ich glaube, du hast auch etwas von einem Schwein an dir, Canker! Sie ist doch noch ein Kind!* Ihm war jedoch klar, dass sie bereits so gut wie tot war; und im Grunde interessierte es ihn auch nicht besonders. Nur irgendwo in seinem Hinterkopf, in einem kleinen Teil von ihm, der noch menschlich war, regte sich so etwas wie Abscheu. Doch er achtete nicht weiter darauf.

Was Nestor dem Hunde-Lord gesagt hatte, mochte eine Beleidigung sein. Allerdings konnte Nestor sich gegenüber Canker so gut wie alles erlauben, selbst Dinge, für die dieser jeden anderen auf der Stelle getötet hätte. Wenn Nestors Worte Canker verletzten, brachte dieser sein Missfallen in der Regel damit zum Ausdruck, indem er lediglich grunzte und sich abwandte. Diesmal jedoch lachte er nur. *Ein Kind, sagst du? Nun, und ich sage dir, sie ist eine Frau, und ich werde meinen Spaß mit ihr haben!*

Sein Lachen verklang und wich einem Ausdruck eiskalter Verschlagenheit, unersättlicher Begierde und lauterer Bosheit. Seine Reißzähne wuchsen, wurden länger und länger. Geifer troff von ihnen herab. Mit flammendem Blick beugte Canker sich über die Opfer, die er erwählt hatte, und knurrte: *Wenn du bereit bist, gib mir Bescheid!*

Nestor war bereit. »Jetzt!«, sagte er laut.

Da es nicht danach aussah, als ob sie hier ernsthafte Waffen brauchten, hatten sie ihre Handschuhe jeder an einen Ast gehängt, um sie später, wenn alles vorüber war, wieder an sich zu nehmen. Nun stießen ihre Hände gleichzeitig hinab, schlossen sich um die Kehlen der Männer und zerrten diese aus ihren Betten. Cankers Gegner war noch sehr jung. Der Hunde-Lord biss ihn in den Hals, betäubte ihn mit einem Hieb an die Schläfe, schob ihn beiseite und streckte gierig die Hand nach seiner Frau aus, die unversehens anfing, aus Leibeskräften zu schreien.

Nestor stieß seinen Mann mit voller Wucht gegen einen Baum, sodass diesem die Luft wegblieb. Als er den Mund zu einem Entsetzensschrei öffnete, trieb Nestor ihm die fünfzehn Zentimeter lange Klinge seines Messers mit aller Kraft durch die Mundhöhle und die rechte Wange hindurch tief ins Holz und nagelte ihn so an den Stamm. Mit einem Mal war der Mann wach. Nackt und zitternd stand er da, Blut und Speichel tropften ihm von den Lippen, und gurgelnd klammerte er sich an den Baum, um nicht zu Boden zu sinken und sich dabei das Gesicht aufzureißen. Trotz der unsäglichen Schmerzen, die es ihm bereiten musste, versuchte er, das Messer herauszuziehen. Aber er war eben erst aus dem Schlaf gerissen worden und vor Schreck und Entsetzen wie gelähmt. Er schaffte es nicht.

Unterdessen langte Nestor erneut hinab zwischen die Felle. Doch sein Angriff auf den Mann hatte der Frau wertvolle Sekunden verschafft, und sie rannte davon, als seien tausend Furien hinter ihr her.

»Ihr nach, Junge!«, brüllte Canker, der sein wie am Spieß schreiendes Opfer vornüber über einen umgestürzten Baumstamm geworfen hatte und bereits rittlings auf ihr saß und sie mit kräftigen Stößen bearbeitete. »Ah!«, keuchte er. »Die Jagd ... hat ja ... *aaah!* ... an sich ... schon ihren Reiz, aber hinterher ... ist es ... *aaah!* ... noch hundert Mal schöner! ... Vergiss bloß nicht ... das Mädchen musst du ... ah, ahh, *ahhh!* ... mir überlassen. Ich bin hier nämlich ... gleich fertig!«

Das Mädchen schlief etwas abseits der Gruppe, auf die Canker es abgesehen hatte. Nun floh sie ebenfalls. Ihre langen, schlanken Beine blitzten weiß im spärlichen Schein der Sterne, während sie barfuß auf den Wald zurannte. Nestor merkte sich die Richtung, die sie einschlug, und übermittelte diesen Gedanken dem Hunde-Lord. Dann setzte er der Frau nach, die er bald einholte.

Ihr Atem ging stoßweise. Als Dornengestrüpp ihr den Weg versperrte, entrang sich ihrer Kehle ein Heulen, als sei sie ein in die Enge getriebenes Tier. Sie wandte sich auf dem Absatz um, sah Nestor kommen und ... stürzte sich, ohne zu zögern, auf ihn. Im ersten Augenblick war er so überrascht, ja verblüfft, dass er einfach nur dastand und sich nicht zu rühren vermochte – bis das Messer in ihrer Hand im Licht der Sterne aufblitzte! Sie holte aus und stieß zu! Nestor wich zur Seite und spürte, wie ihm die scharfe Klinge in den Arm drang. Das kalte Metall, auf einmal voller Blut, durchtrennte Haut, Muskeln und Sehnen.

Nestor knurrte. Außer sich vor Wut unterdrückte er den Schmerz, wie es nur einem Lord der Wamphyri gelingt, und schlug nach dem Arm, der das Messer hielt. Er spürte ihn brechen wie einen dürren Zweig. Als die Frau vor Schmerz aufschrie, versetzte er ihr, genau wie der Hunde-Lord ihm geraten hatte, einen Hieb gegen die Schläfe. Betäubt sank sie zu Boden.

»A-ha!«, erscholl ein Stück entfernt Cankers Triumphgeheul, gefolgt vom klagenden Jammern des Mädchens. Der Hunde-Lord hatte seiner Beute ebenfalls nachgesetzt und sie nun gestellt. Nestor war klar, was ihr jetzt blühte. Doch das war nun mal der Lauf der Dinge. Die Wamphyri, und vor allem Canker, hatten

schließlich ihre Bedürfnisse ... Und war nicht das Blut das Leben und gerade junges Blut besonders süß?

Nestor ertappte sich bei dem Gedanken, wann Canker wohl von ihr trinken würde. Bevor oder nachdem er sie ... Oder vielleicht während er gerade dabei war? Doch wie dem auch sein mochte, das Mädchen war bereits Vergangenheit! Falls der Hunde-Lord ihr genügend Lebenskraft ließ, dass sie es noch vor dem Morgengrauen über den Pass schaffte, würde sie nur eine weitere Vampirin für die Räudenstatt abgeben ...

Das Gewicht des Säuglings spürte Nestor kaum. Das Kind lag fest verschnürt hinter Glinas zusammengesunkener Gestalt über dem Sattel und weinte nur kurz, als sie sich, vom Wind umtost, in den Nachthimmel schwangen. Das war aber auch schon alles. Dennoch vernahm Glina das Weinen in ihrem vampirisierenden Schlaf. Sie regte sich und begann leise vor sich hinzustöhnen.

Nestor nahm an, dass sie bald aufwachen würde, wiederum viel zu früh, und entschloss sich dazu, seine Theorie zu überprüfen. Falls Glina das Kind annahm und es ihm gelang, auch nur ein Fünkchen ihrer früheren Liebe zu ihm neu zu entfachen, würde er sie mit in die Saugspitze nehmen, damit sie ihm als seine Sklavin das Bett wärmte. Falls nicht ... nun, dann nahm er sie vielleicht trotzdem mit. Immerhin gab es in diesem Fall noch die Vorratskammern.

»Was nun?«, rief Canker zu ihm herüber und riss ihn damit aus seinen Gedanken. »Was hältst du davon, wenn wir in den Hügeln runtergehen und uns ein bisschen ausruhen und nach noch ein paar Szganyfeuern Ausschau halten?«

»Nicht allzu viel«, erwiderte Nestor. »Ich mache Schluss für heute! Du kannst ja weitermachen, wenn du willst, dann treffen wir uns nachher in der Wrathhöhe. Ich für mein Teil habe genug für eine Nacht! Meine Bestie ist erschöpft. Ich raste jetzt gleich in den Hügeln, und danach fliege ich nach Hause.«

Canker blickte ihn wissend an und grinste lüstern. »Ich kann in dir lesen wie in einem offenen Buch, Nestor. Du hast das

Mädchen vorhin noch nicht einmal angesehen, und Glina hast du, was das angeht, auch nicht angerührt. Aber zu guter Letzt verlangen deine Säfte doch noch nach ihrem Recht. Du willst sie, aber du willst nicht, dass dir jemand dabei zusieht. Na schön, dagegen ist nichts einzuwenden! Handle ganz nach Belieben! Canker wäre der Letzte, der sich irgendjemandem aufdrängt. Außerdem hast du ja Recht: Es reicht für heute Nacht! In der Räudenstatt gibt es genug zu tun! Ich werde zusehen, dass ich früh heimkehre, und ein Auge darauf habe, was meine Knechte und meine Frauen so ... treiben! Und dann wäre da noch mein Lied für die Mondgöttin ...«

»Wohlan, bis nachher!«, verabschiedete sich Nestor. Canker warf den Kopf in den Nacken, gab seiner Bestie die Sporen und jagte auf eine Lücke zu, die sich zwischen den Bergspitzen auftat. Wenig später war er den Blicken entschwunden ...

Nestor ließ seine Bestie auf dem spärlichen Erdreich eines Bergsattels niedergehen. Ringsum ragten gezackte Granitfelsen in den Himmel. Die Senke lag nur um ein Geringes höher als die Baumgrenze der Sonnseite und war dicht mit violettem Heidekraut bewachsen, dessen süßlicher Duft die Nacht durchtränkte.

Als er Glina aus dem Sattel hob, merkte er, dass ihr kalt war. Sie zitterte. Nun, bald würde sie sich daran gewöhnt haben. Nur extrem niedrige Temperaturen vermochten einem Vampir wirklich etwas anzuhaben. Doch warum sollten sie es sich jetzt, für den Augenblick zumindest, nicht gemütlich machen?

Also nahm Nestor den Säugling herab, hüllte ihn in das weiche Leder seiner Jacke und legte ihn auf den Boden. Anschließend breitete er das Fell, in dem das Kind gesteckt hatte, aus und bettete Glina darauf. Da erwachte sie.

»Wer? Was?« Sie mühte sich ab, sich etwas aufzurichten, sank jedoch zurück und blieb, in das dunkle Fell gehüllt, bleich und zerzaust im Sternenlicht liegen. Sie war hilflos, seine Gefangene, ihm vollkommen ausgeliefert. Dieser Gedanke erregte Nestor. Er wollte sie haben, allerdings nicht mit Gewalt. Er wollte, dass sie von selbst zu ihm kam, so wie früher. Wenn nicht, würde sich schon eine andere Verwendung für sie finden. Immerhin bestand sie auch nur aus Fleisch und Blut.

Sie musterte ihn, schon seit einer geraumen Weile. »Du ...«, sagte sie schließlich. Doch ihre Stimme war kalt, ohne jedes Gefühl.

Er brachte ihr das Kind, zeigte ihr das kleine Gesichtchen.

»Mein Baby?« In ihrem Flüstern schwang mit einem Mal Hoffnung mit. Sie konnte es kaum glauben, streckte die Hände nach dem Kind aus ... und erkannte, dass es nicht ihres war.

»Nein!« Nestor schüttelte den Kopf. »Es ist nicht deins. Aber er kann dein Sohn werden, wenn du ihn willst.« Damit hüllte er den Säugling wieder in die Jacke und legte ihn zurück ins Farnkraut.

»Du hast *mein* Baby verbrennen lassen«, hauchte sie mit leerer Stimme, »und jetzt willst du mir dieses Kind hier geben? Welcher Mutter hast du es diesmal weggenommen?«

»Ich war nicht derjenige, der dein Baby verbrannt hat!« Die Lüge ging Nestor glatt über die Lippen, schließlich war er ein Vampir. »Es war der Hunde-Lord Canker Canisohn. Er hat eure Hütte angezündet. Außerdem hatten wir ja nicht die geringste Ahnung, dass sich noch ein Kind darin befand.«

»Mein Baby ist in den Flammen umgekommen, das ist alles, was ich weiß! Was macht es dir schon aus, Nestor? Du bist doch ein Vampir!«

Er zuckte die Achseln. »Das war seit jeher meine Bestimmung – Wamphyri zu werden! Habe ich dir nicht immer gesagt, ich sei der Lord Nestor? Nun, jetzt bin ich es!«

Mit einem Mal wurde Glina von einem heftigen Schluchzen geschüttelt.

Er setzte sich neben sie und legte ihr den Arm um die bebenden Schultern. »Tränen ändern jetzt auch nichts mehr.«

Erstaunt registrierte er, dass sie sich an ihn schmiegte ... Vielleicht war es aber auch gar nicht so erstaunlich, wenn man in Betracht zog, dass sie nun seine Sklavin war und er ihr Gebieter. Zudem spürte er eine Kraft in sich, ein Talent, das er bisher nicht eingesetzt hatte, weil ihm nicht bewusst gewesen war, dass er es überhaupt besaß. Er hatte es schlicht und einfach nicht gebraucht. Mit hypnotischem Blick und einem verführerisch einschläfernden Klang in der Stimme sagte er: »Wie oft haben wir beide, du und ich, in der Hütte deines Vaters so zusammengesessen, wenn die anderen schon schliefen. Manchmal sind wir dann zum Fluss hinuntergegangen ...«

Plötzlich war er sich ihres Körpers nur zu bewusst. Ganz sacht schob er die Hand unters Fell und wog ihre Brust darin, genau wie damals.

Sie schmiegte sich enger an ihn. »Du weißt nicht, wie oft ich mich in den Schlaf geweint und mich danach gesehnt habe, dass du wiederkommst. Aber nicht so, Nestor! Was soll aus mir werden? Willst du aus mir auch einen Vampir machen?«

»Das ist bereits geschehen«, erwiderte er, erneut die Achseln zuckend. »Du trägst das Mal meines Bisses. Es steht für das, was mich beherrscht und immer beherrschen wird. Und was deine Zukunft angeht: Wir fliegen zur Wrathhöhe, der letzten Felsenburg, wenn du möchtest. Das Kind können wir mitnehmen.«

»Und wenn ich nicht möchte?«

»Dann musst du zusehen, wie du allein zurechtkommst. Auf der Sonnseite kannst du jedenfalls nicht bleiben.«

»Dann habe ich also gar keine andere Wahl?«

»Es gab einmal eine Zeit, da hast du mich geliebt«, sagte er. Seine Hände liebkosten ihre Brüste.

Ihre Finger suchten sein pulsierendes Glied, schlossen sich darum ... Seufzend ließ sie sich zurücksinken und schlug das Fell zur Seite. »Du hast ja keine Ahnung, wie sehr ich dich gewollt habe! Und selbst jetzt begehre ich dich noch, obwohl ich dich eigentlich hassen sollte!« Die Vampirmaterie wirkte bereits. Von Zeit zu Zeit würde sie ihn tatsächlich hassen. Jedes Mal, wenn sie sich erinnerte und daran dachte, was sie durch ihn verloren hatte, würde ihr Hass wieder aufflammen. Doch sooft er nach ihr rief, würde sie kommen, und sie würde seiner Anziehungskraft immer wieder aufs Neue erliegen.

»Keine war wie du«, erwiderte er, während er sich die Kleider vom Leib riss, »denn du hast mich geliebt und dich mir ganz hingegeben. In der Saugspitze tun sie alles, um mich zufrieden zu stellen, weil sie mir gefällig sein wollen. Aber ... es gefällt mir nur selten.«

Als er in sie eindrang, war es wie nie zuvor. In der Saugspitze hatte er nichts dergleichen kennen gelernt. Sein metamorphes Fleisch füllte sie aus, und vor Lust bebend erreichte Glina einen Höhepunkt nach dem anderen. Selbst in ihren wildesten Träumen hätte sie sich niemals vorzustellen gewagt, dass sie so etwas mit einem Mann erleben könnte ... Aber Nestor war ja auch kein gewöhnlicher Mann. Er war Wamphyri!

Früher einmal – es schien eine Ewigkeit her – hatte Glina ihn verführt. Nun war er derjenige, der sie verführte – mit seiner Stimme, seinen Blicken, seinen Händen. Sie war ihm hörig. Und sie wusste, dass sie ihn haben musste – das, was er ihr gezeigt hatte –, sonst würde sie sich ewig nach ihm verzehren. Also entschied sie sich dafür, als seine Geliebte in der Saugspitze zu leben. Ihr war jedoch nicht klar, dass sie dort nur eine von vielen sein würde!

In gewisser Hinsicht tappte auch Nestor im Dunkeln. Er sollte nie erfahren, dass Wratha die Auferstandene ihn und Glina beobachtet hatte ...

Wrathas Überfall auf die Sonnseite hatte in einer Katastrophe geendet. Voller Wut geplant und entsprechend kopflos ausgeführt, erwies er sich als ebenso großer Fehlschlag wie beim letzten Mal. Damals war es ebenfalls gegen das verfallene Siedeldorf gegangen, und das war Wratha teuer zu stehen gekommen. Einer ihrer Leutnants war gefallen, ein weiterer schwer verwundet und eine gerade erst herangezüchtete Flugbestie getötet worden. Eine ihrer kleineren flugfähigen Kampfkreaturen hatten die Szgany in eine Falle gelockt, sie abgeschossen, ihrer Gasblasen beraubt und verbrannt. Damit war die Wrathspitze geschwächt, und Wratha die Auferstandene schwor den Szgany Lidesci Rache, deren

Name für die gesamte Wrathhöhe gleichbedeutend mit einem Fluch geworden war.

Wratha war nicht die Einzige, die bei dem Versuch, Siedeldorf anzugreifen, einen Rückschlag hinnehmen musste. Den übrigen Lords war es nicht anders ergangen. Sie konnten anstellen, was sie wollten, und schafften es dennoch nicht, sich dem Ort auch nur zu nähern, ohne dabei jedes Mal schwere Verluste zu erleiden. Gleich bei ihrem ersten Ausflug aus der Felsenburg hatten sich Wratha und ihre Abtrünnigen, wie sie sich mittlerweile selbst nannten, Siedeldorf als Ziel auserkoren. Doch dessen hartnäckige Bewohner erwiesen sch als schwieriger Haufen. Ihnen war einfach nicht beizukommen!

Sie waren geborene Kämpfer und ihr Anführer nicht minder gerissen und erbarmungslos als die Wamphyri. Sein Name war Lardis Lidesci, und wenn Wratha ihn nur aussprach, klang es wie ein Fluch! Er errichtete Fallen für die Flugbestien und Kampfkreaturen und verfügte über gewaltige Armbrüste und Schusswaffen mit verheerender Wirkung. Letztere feuerten winzige Silberkugeln ab, die den Vampiren ins Fleisch drangen und sie mit ihrem Gift töteten.

Bei dem Überfall heute Nacht hatte sich der Bolzen solch einer gewaltigen Armbrust durch den Hals eines Fliegers gebohrt. Dabei war sein Reiter, ein Leutnant, aus dem Sattel geschleudert worden, und zweifellos war er den Szgany, die diesen zerfallenden Trümmerhaufen verteidigten, in die Hände gefallen. Der Flieger hatte ein Geheul ausgestoßen, das klang wie der Wind aus den Eislanden, der um die Türme der Wrathspitze tost. Seine Lebenssäfte waren nur so aus ihm herausgesprudelt, und noch auf der Sonnseite war er in den Ausläufern des Grenzgebirges abgestürzt. Wratha konnte ihn abschreiben.

Noch nie hatte sie in Siedeldorf auch nur einen Gefangenen gemacht. Kein einziger Knecht, der die Verwandlung durchlaufen hatte, hatte es je geschafft, diese Region zu verlassen und noch vor Sonnauf wimmernd und schwankend die Geröllebene zu durchqueren. Wratha hatte nichts, rein gar nichts vorzuweisen.

Angesichts dieser Demütigung war sie finster entschlossen, die Szgany Lidesi – und vor allem Lardis – eines Tages in die Knie zu zwingen!

Siedeldorf lag zirka hundertdreißig Kilometer westlich des Großen Passes am Fuß des Grenzgebirges. Die reichlich mitgenommene Siedlung war früher einmal, als Wratha und die anderen aus Turgosheim geflohen und durch die Große Rote Wüste im Osten gekommen waren, eine blühende Stadt gewesen. Doch gleich bei ihrem ersten Raubzug waren die Wamphyri zunächst über das benachbarte Zwiefurt hergefallen und dann über Siedeldorf und hatten keinen Stein auf dem anderen gelassen. Eigentlich hätte der Sieg vollkommen und die Szgany damit ein für alle Mal unterworfen sein müssen, sodass Wratha und die ihren genauso ungestört über die Sonnseite herrschen konnten wie Vormulac Ohneschlaf und die übrigen Tattergreise über Turgosheim. Doch es kam anders! Im Verlauf ihres heimtückischen Angriffs erlebten Wratha und ihre Truppe eine gewaltige Überraschung – denn die Menschen schlugen zurück!

Kein Wamphyri hatte je von etwas Derartigem gehört! Die Szgany von Turgosheim waren verschüchterte Kreaturen, lammfromm und voller Demut, den Wamphyri zu Diensten, zähneknirschend zwar, aber niemand hätte es je gewagt, den Wamphyri zu widersprechen oder sich ihnen gar zu widersetzen. Für die Herren von Turgosheim war *ihre* Sonnseite einschließlich deren Bewohner das reinste Schlaraffenland, aus dem sie sich nach Belieben bedienen konnten. Sie hatten sogar ein Tributsystem ersonnen, um die gerechte Verteilung der Beute zu gewährleisten – und das hieß nicht nur Beute an Menschen, sondern an allem, was die Sonnseite zu bieten hatte. Denn dort im Osten webten selbst die so genannten Freien unter den Szgany Tuch und schmiedeten Eisen für ihre Herren. Sie stellten Kleidung und Waffen für sie her, bebauten das Land, jagten und brachten die Ernte für sie ein. Und sie vermehrten sich für sie ...

Doch die Wamphyri von Turgosheim waren zu gierig gewesen. Allesamt lebten sie bloß in den Tag hinein, ohne auch nur einen einzigen Gedanken an das Morgen zu verschwenden. Im Lauf der Jahrhunderte hatten sie die Szgany mehr und mehr dezimiert und damit die Kuh geschlachtet, die sie eigentlich melken wollten. Zuletzt erging es den Sonnseitern von Turgosheim nicht besser als Tieren. Sie mochten zwar Menschen sein, doch hatte man sie so weit ihrer Würde beraubt, dass man sie kaum mehr als solche erkennen konnte. Wenn das Blut das Leben war, floss es in ihnen nur noch als Rinnsal, das mit jedem neuen Tribut, den sie zu entrichten hatten, dünner wurde.

Dies war einer der Gründe, vielleicht der wichtigste, weshalb Wratha und ihre Genossen aus Turgosheim geflohen waren – damit sie ihre Wamphyri-Leidenschaften in neuen Jagdgründen ungezügelt ausleben konnten. Es gab jedoch noch andere Gründe. Für Wratha und die ihren gab es in Turgosheim keine Zukunft. Denn die herrschende Schicht saß so fest im Sattel, dass in absehbarer Zeit keine Veränderung in Sicht war, während die niederen Ränge allmählich immer mehr an Bedeutung verloren, sodass es ihnen bald nicht anders ergehen würde als den Menschen, die sie bislang unterdrückt hatten.

Weit weg im Westen jedoch sollte es Gerüchten zufolge ein riesiges Land geben, in dem alles im Überfluss vorhanden war, ein Paradies, in dem Milch und Blut und Honig flossen! Und derartigen Gerüchten konnte die Lady Wratha ganz einfach nicht widerstehen. Sie war fest entschlossen herauszufinden, ob es stimmte. Zu diesem Zweck, und auch um endlich der Enge Turgosheims zu entkommen, hatte sie eine Schar Unzufriedener um sich versammelt: Vasagi den Sauger, Wran den Rasenden und dessen Bruder Spiro Todesblick, Gorvi den Gerissenen und Canker Canisohn. Im Verborgenen hatten sie damit begonnen, Flugbestien und, obwohl Letzteres eigentlich unter Strafe stand, flugfähige Krieger zu züchten, wie man sie noch nie zuvor gesehen hatte, ausdauernd genug, ihre Schöpfer über die Große Rote Wüste nach Westen zu tragen.

So waren sie vor ungefähr achtzehn Monaten mitsamt ihren Leutnants hier angekommen und hatten sich sofort darangemacht, die Sonnseite heimzusuchen, um sich das Leben in der letzten noch bestehenden Felsenburg der Wamphyri erträglich zu gestalten. Zunächst hatten sie ihre Raubzüge noch gemeinsam geplant, doch dies sollte nicht von Dauer sein. Alte Streitigkeiten brachen auf, alte Rechnungen schrien danach, beglichen zu werden, und die Vampire entzweiten sich. Aus diesem Grund trugen Wran und Vasagi auch ihren Zweikampf auf der Sonnseite aus, von dem nur Wran zurückkehrte. Und weitere Fehden standen ihnen bevor, dessen war sich Wratha gewiss. Vasagi war für sie so etwas wie ein Verbündeter gewesen, doch nun gab es ihn nicht mehr. Wratha mochte stark sein und ihre Feste uneinnehmbar, dennoch war sie sich der Tatsache bewusst, dass sie eine Frau war und der Rest Männer ... nun ja, gewissermaßen!

Mit dem jüngsten Überfall auf Siedeldorf hatte Wratha vorgehabt, ihre Macht auszubauen und zugleich Rache zu nehmen. Sie brauchte frisches Lidesci-Blut für ihre Männer und ihre Bestien, außerdem konnte die Wrathspitze durchaus eine Hand voll weiterer Knechte vertragen. Da der Angriff sich jedoch als Fehlschlag erwies und sie nur zusätzliche Verluste erlitt, hatte sie ihren Kreaturen befohlen, in die Feste zurückzukehren, während sie mit dem Wind in die Nacht hineinjagte. Hätte jemand sie dabei gesehen, wäre ihm klar gewesen, warum man im Umgang mit der Lady Wratha besser Vorsicht walten ließ ...

Nachdem ihr Gemüt sich wieder etwas beruhigt und sie die turbulenten Luftströmungen hoch oben hinter sich gelassen hatte, um sich mit dem tosenden Wind, der über die Felsen strich, treiben zu lassen, hatte sie Nestor und Glina erblickt. Ein Blick in Nestors Gedanken genügte, und als sie erkannte, was er da tat und wie sehr er es genoss, hatte sie Mühe, ihren Zorn unter Kontrolle zu halten. Er trieb es mit einem jungen Ding von der Sonnseite, einer Szgany-Schlampe, einem bloßen ... *Mädchen,* wo er doch sie, Wratha, haben könnte!

Mit äußerster Vorsicht, damit Nestor auch nicht den leisesten Verdacht schöpfte, wandte sie sich von den Bildern in seinem Bewusstsein, diesem widerlichen Gerammel ab und lenkte ihren

Flieger in Richtung der höchsten Gipfel auf die Sternseite zu. Doch schon im nächsten Moment überlegte sie es sich anders. Sie biss die Zähne zusammen, riss brutal an den Zügeln und machte, beherrscht von einem einzigen Gedanken, kehrt.

Dieser ... dieser *Nestor!* Wratha konnte sich nicht dagegen wehren, sie musste mehr über ihn erfahren, musste sehen, wie er es mit dieser Frau ...

Damit das Tosen des Windes das abrutschende Geröll übertönte, wenn ihre Bestie aufsetzte, landete Wratha ein paar hundert Meter entfernt. Sie saß ab und beeilte sich, zu dem Bergsattel zu gelangen, auf dem sie die beiden im Heidekraut gesehen hatte. Sorgsam darauf bedacht, ihre Gedanken zu verbergen, spähte sie durch eine Lücke zwischen zwei gezackten, wie Reißzähne in den Himmel ragenden Felsspitzen hindurch und erblickte das ... Liebespaar?

Wie oft hatte sie ihm von ihrem Fenster aus bei seinen Übungsflügen zugesehen!? Wie oft hatte sie sich schon in seine Gedanken geschlichen, wenn sie ihn dabei beobachtete, wie er seinen Pflichten nachging, oder auch in seinen Mußestunden!? Oh ja, es gab Frauen in seinem Leben – natürlich, schließlich war er ein Wamphyri! Aber er fand nur selten Gefallen an ihnen. Im Grunde erging es ihm mit ihnen nicht anders als Wratha mit ihren Lustsklaven. Sie langweilten ihn! Wratha war ihm in seinen Träumen erschienen, um ihn anzulocken, und auch wenn er wach war, hatte sie dafür gesorgt, dass er vor seinem inneren Auge ihr Bild sah. Sie hatte all ihre Vampirfähigkeiten eingesetzt, um ihn zu betören und an sich zu binden – allerdings ohne Ergebnis, denn er hatte nichts bemerkt. Er war zu einfältig und naiv, zwar nicht als Mann, das nicht, aber zu naiv für einen Lord der Wamphyri.

Ah, und wie sie diesen jungen Körper begehrte, der vor Kraft nur so strotzte und nur aus Muskeln zu bestehen schien. Und er hielt sich an so eine! Wratha hätte lachen mögen, doch ihr war zum Weinen zumute ... Und allein der Gedanke daran versetzte sie wieder in Rage! Wratha die Auferstandene heulte sich wegen eines Mannes nicht die Augen aus wie ein Bauernmädchen von der Sonnseite! Dazu war sie zu alt und viel zu erfahren! Kein Mann, kein einziger, war dies wert! Und dieser hier? Könnte es sein, dass ...

Nein! Es war nur ... die Art und Weise, wie er sich mit diesem Miststück paarte, seine Lust, trieb Wratha zur Weißglut, das Prickeln, das sie in seinem Blut spürte, die Tatsache, dass er dies nicht mit ihr, Wratha, tat ...

Jetzt war es heraus! Sie wollte ihn, nein, mehr noch, sie begehrte ihn! Bisher hatte ihr alle Zeit der Welt zur Verfügung gestanden. Sie war sich so sicher gewesen, dass Nestor eines Tages ihr gehören würde ... dass sie seiner schon bald darauf überdrüssig werden und ihm den Laufpass geben würde ... Doch nun ...

... war es zu spät! Er war nicht zu ihr gekommen. Stattdessen hatte er sich eine Frau ganz nach seinem Geschmack genommen, eine langweilige, dumme Szgany-Schlampe, die noch nicht einmal besonders hübsch war. Aber wie es aussah, gefiel sie ihm! Wratha fühlte einen unbekannten Schmerz in sich aufsteigen. War dieses Brennen etwa Eifersucht? Oder vielleicht ... Liebe? Nun, ganz ausschließen wollte sie es nicht! Wahre Liebe war unter den Wamphyri zwar äußerst selten, eigentlich undenkbar, doch Wratha hatte schon davon gehört, es sogar mit eigenen Augen gesehen.

Zu Hause in Turgosheim trauerte der mächtige Lord Vormulac Giftkeim, genannt Ohneschlaf, noch immer um eine Frau, seine große Liebe, obwohl sie seit über siebzig Jahren tot war. Seitdem hatte er nicht mehr geschlafen. Er hing so sehr an ihr, dass er seine Feste, die düstere Vormspitze, zu einer regelrechten Gedenkstätte ausgebaut hatte.

Und Karl von Zackenspitze hatte Wratha geliebt; dies war sein Untergang gewesen! Sein Schicksal war vorgezeichnet, denn Wratha war schon damals genauso ehrgeizig gewesen wie heute. Solange er ihr im Weg stand, war ihr der Aufstieg in den Kreis der Ladys verwehrt. Doch stellten derartige Ereignisse nach wie vor eine Ausnahme dar!

Diese Gedanken gingen ihr durch den Kopf, während sie den

beiden zusah, wie sie sich liebten. Nestors Hinterbacken hoben und senkten sich rhythmisch, und bei jedem Stoß stöhnte Glina vor Lust laut auf. Wratha gingen fast die Augen über. Der verzierte Knochenreif auf ihrer Stirn leuchtete blutrot im Widerschein ihres Blickes. Wratha sah zu, wie er Glina nahm, sah, welches schier unerschöpfliche Verlangen ihn trieb, und wusste, dass sie noch nie, noch nicht einmal von Karl dem Zacken, so genommen worden war!

Es waren seine Jugend und seine Leidenschaft, seine Begierde! Er verströmte pure Lust, und alles, was er jemals an erotischen Träumen gehabt hatte, brach nun aus ihm heraus, um ein Vielfaches verstärkt von dem Egel, der ihn beherrschte.

Wenn er nicht aufpasst, dachte Wratha, *bringt er dieses Mädchen noch um!* Doch Nestor war klar, was dies zur Folge hätte, und einen solchen Fehler würde er kein zweites Mal begehen.

Wratha spürte, wie ihre Brustwarzen sich versteiften. Ihre Hand wanderte hinab, unter ihr Kleid, und als Nestor bebend den Höhepunkt erreichte, kam auch sie zum Orgasmus ...

Dann war es vorüber. Nestor ließ sich zurücksinken und streckte sich im Gras aus. Glina nahm den Säugling in den Arm, drückte ihn an ihre Brust, breitete Felle über sich und das Kind und rollte sich zusammen, um zu schlafen. Sich bis zur Erschöpfung zu lieben und dann in Schlaf zu sinken – sie waren wie junge, gerade erst ausgewachsene Tiere! Mit einem Mal fühlte sich auch die Lady Wratha erschöpft. Als Nestor gekommen war, hatte sie ebenfalls den Höhepunkt erreicht, doch zurück blieb nur ein dumpfer Schmerz und nicht das Hochgefühl, das Nestor umgab.

Erneut überkam Wratha das Verlangen zu weinen. Die Tränen, die sie zurückhielt, brannten wie Feuer, und dafür hasste sie sich selbst. Doch die Glut ihrer Augen unter dem Knochenreif war nun erloschen, als habe man den Docht einer Lampe heruntergedreht. Also wich sie aus ihrem Versteck zurück, bevor ihre enormen Wamphyri-Leidenschaften sie gänzlich zur Närrin machten. Sie kehrte zu ihrem Flieger zurück, schwang sich in die Lüfte und flog heimwärts zur Wrathhöhe.

Doch noch während sie sich mit ihrer Bestie in den Himmel schraubte und der letzten Feste der Wamphyri zustrebte, jenem einsamen Felsen, der sich im Glanz der Sterne vor dem blau schimmernden Horizont und dem Flackern des Nordlichts abzeichnete, wusste Wratha tief im Innern, dass von nun an nichts mehr so sein würde, wie es einst war. Denn zum ersten Mal in ihrem Leben war sie sich wirklich absolut sicher, dass sie trotz allem ein Herz hatte ...

Wieder zurück in der Saugspitze machte Nestor Glina noch in derselben Nacht – welche nach den Maßstäben einer Welt jenseits des Höllentores, von der hier niemand etwas ahnte, drei Tage währte – zu seiner Hauptfrau. Doch zunächst wartete er ab, bis das Fieber in ihr sich gelegt und ihre Augen jenen unverwechselbaren Glanz angenommen hatten, der allen ungezähmten Kreaturen zu Eigen war.

Tatsache war, dass sie als Vampirin um einiges attraktiver war und auch über einige Fähigkeiten verfügte, die sie vorher nicht besessen hatte. Zwar nicht in dem Ausmaß wie die Wamphyri, und ihr Fleisch war auch nicht wandelbar; doch plötzlich bewegte sie sich mit einer gewissen Anmut, nicht mehr so schwerfällig wie zuvor. Und sie verfügte über eine Art sinnlicher Intelligenz oder auch Selbstbewusstsein, was ihren Gebieter an einem Mädchen, das er bislang für eher einfältig gehalten hatte, nur irritierte. Sie war ihm nun hörig, war eine Vampirin, gewiss, aber paradoxerweise schien sie auf einmal mehr von einer Zigeunerin an sich zu haben als bisher. Andere Frauen verwandelte sein Biss in blutrünstige Kreaturen, denen er niemals vollständig trauen konnte, schon gar nicht ihren Instinkten oder Gedanken. Dieses naive Landei hingegen war dadurch erst richtig zur Frau geworden. Canker Canisohn hatte in ihr nichts als einen »Fettkloß« gesehen. Das war sie zwar immer noch, doch nun gefiel sie ihm schon eher.

Während Nestor Glina durch die Saugspitze führte und seinen Männern klar machte, welche Rolle sie in der Feste spielen würde, hatte er den Eindruck, dass seine Leutnants und dienstältesten Knechte den Schwung ihrer üppigen Hüften attraktiv und die Art, wie sie einen ansah, anziehend fanden. Vielleicht wollten sie sich aber auch einfach nur gut mit ihr stellen, weil sie in der Gunst des Meisters stand und nun die Befehlsgewalt über all die anderen Frauen hatte.

Zuletzt stellte er ihr die Sklavinnen vor, nannte jede beim Namen und sagte ihnen, dass Glina sie von nun an zu ihren Tätigkeiten einteilen und die Aufsicht über sie führen werde. Von nun an war Glinas Wort für sie Gesetz. Sollte jemand sich beschweren, Schwierigkeiten machen oder ihr irgendwelche Hindernisse in den Weg legen, brauchte sie es nur Nestor zu sagen, und dieser würde es ihnen schon abgewöhnen. Wer in Nestors Diensten stand, wusste mittlerweile, was das zu bedeuten hatte, und dass Nestor auch meinte, was er sagte. Keiner von ihnen hatte vor, sich Glinas Anweisungen zu widersetzen.

Während Glina sich mit ihren neuen Aufgaben vertraut machte, ging Nestor zu seinen Leutnants und den älteren, mit Leitungsfunktionen betrauten Knechten und ermahnte sie noch einmal. Cankers Anspielungen, dass die Ehrgeizigeren unter seinen Männern nach Macht und Ansehen strebten, hatten ihm zu denken gegeben. Womöglich hatte er seinen Leuten in der Saugspitze zu vieles durchgehen lassen. Doch nun würde er die Zügel straffer führen. Seine Leutnants waren die Ersten, die spürten, wie er auf telepathischem Weg ihre Gedanken durchforstete.

Doch Zahar und Grig hatten ihre Lektion gelernt. Sie hegten keine ernsthaften Ambitionen in Bezug auf die Saugspitze und hatten auch nicht die Absicht, Nestors Frauen zu verführen. Schließlich waren sie keine Dummköpfe! Sie wussten, dass Nestor ein Nekromant war. Man zog nicht den Zorn eines Mannes auf sich, der in der Lage war, einen selbst nach dem Tod noch weiterzufoltern.

Den übrigen Knechten erklärte Nestor kurz und knapp, dass Glina nun die Erste unter den Frauen in der Saugspitze war. Sie gehörte ihm. Wer sie auch nur im Entferntesten lüstern ansah, war des Todes. Nestor schwor, demjenigen das Gemächt abzuschneiden und es an die Krieger zu verfüttern, ehe er ihn langsam, mit den Füßen voran, durch den Wolf drehte. Da es sich nur um gewöhnliche Knechte handelte, hatte er Glina gestattet dabei zu sein, als er die Männer derart instruierte. Daraus schloss sie, dass sie ihm tatsächlich mehr bedeutete als all die anderen Frauen, und in der Folge schwebte sie noch leichtfüßiger durch die Saugspitze.

Sie erhielt eine eigene Zimmerflucht in einem aus dem Fels gehauenen Bereich unter der geschwungenen Treppe, die zu Nestors Gemächern führte. Über eine schmale Wendeltreppe gelangte man von ihren Räumlichkeiten in ein kleines Gelass, das direkt an Nestors Schlafzimmer grenzte, und sogar eine ältere Frau wurde ihr zugeteilt, die für sie putzte und sich um das Kind kümmerte. Damit ging es Glina in jeder Hinsicht besser als jeder anderen Frau in der Saugspitze.

Also widmete sie sich ihrem neuen Leben mit seinen neuen Aufgaben und eignete sich innerhalb kürzester Zeit alles an, was von ihr erwartet wurde, zumindest alles, was ihre alltäglichen Pflichten in der Stätte betraf.

Als sie, noch ehe der nächste Sonnunter dämmerte, in ihrem Bett lag und sich den Kopf über Nestor zerbrach, der irgendwo über ihr schlief, hörte sie ihn plötzlich rufen, oder vielmehr, sie ahnte seinen Ruf und wusste, dass er sie wollte. Sie erklomm die Wendeltreppe zu seinen Gemächern und trat in sein Schlafzimmer, nur um festzustellen, dass dort bereits zwei Frauen warteten.

Nestor bemerkte den Ausdruck auf ihrem Gesicht und gab ihr den Rat: »Sage nichts! Besser, du beleidigst weder mich noch die meinen! Diese jungen Frauen sind hier, um endlich etwas zu lernen – von dir! Sie sind zwar hübsch, aber was aus ihnen unschuldige, betörende Frauen macht, haben sie vergessen. Denn auch in der Liebe zwischen Mann und Frau gibt es eine gewisse Unschuld, und ich finde keine Befriedigung darin, mit diesen Frauen zu schlafen, die ohnehin nichts anderes im Kopf haben! Deshalb bist du hier – um ihnen die Kunst der Unschuld beizubringen, um sie deine Naivität zu lehren!«

Glina verschlug es beinahe die Sprache. »Aber ich habe nicht die geringste Ahnung von dieser Kunst!«

»Doch, das hast du, denn immerhin schaffst du es, mich zufrieden zu stellen. Und wenn du es ihnen beigebracht hast, dann ist wenigstens diese Lücke in meinem Leben geschlossen!«

»Du verlangst von mir, dass ich ihnen zeige, wie ...?«

»Ja«, schnitt er ihr das Wort ab. »Ich will, dass du ihnen alles zeigst, Glina, solange du noch dazu in der Lage bist. Denn im Moment bist du noch eher eine Frau als ein Vampir, und ich langweile mich schon viel zu lange in meinem Bett. Meinen Bedürfnissen wird hier nämlich nicht allzu sehr entsprochen!«

Glina fiel es wie Schuppen von den Augen. Nun endlich erkannte sie, welche Rolle sie in der Saugspitze spielen sollte. Und da sie seine Sklavin war, blieb ihr nichts anderes übrig, als zu gehorchen ...

Damit erstarb auch der letzte Funken Liebe, der in ihrem Innern noch für ihn glomm, und Nestor hatte nicht die geringste Aussicht, ihn je wieder zu entfachen. Wie ihr Leben von nun an auch immer aussehen mochte, sie würde niemals vergessen, was er ihr angetan hatte. Er hatte sie zur Vampirin gemacht, und ihr Vater und ihre Mutter mussten dasselbe Schicksal erleiden. Doch am ungeheuerlichsten war, dass er ihr Kind verbrannt hatte!

Aller Wahrscheinlichkeit nach würde sie niemals eine Gelegenheit finden, sich dafür zu rächen. Aber falls doch ... dann gnade ihm Gott!

NEUNTES KAPITEL

Hoch oben in der Wrathspitze hing Wratha die Auferstandene düsteren Gedanken nach. Sie kochte vor Zorn, und das schon seit über sechs Monaten. Ihre Knechte standen Todesängste aus, denn jeden Augenblick wuchs die Gefahr, dass sie ihrer Wut freien Lauf ließ. Ganz offensichtlich machte ihr irgendetwas zu schaffen. In diesem Zustand ließ man sie am besten in Ruhe und riss sie nicht aus ihren Grübeleien, sonst ... wäre der Teufel los! Wenn sie einen ihrer Anfälle bekam, warf sie fluchend mit allem, was ihr in die Finger geriet, um sich, rauschte wie eine Furie durch die Stätte und rannte alles über den Haufen, was ihr in die Quere kam, wobei sie die übelsten Beschimpfungen gegen alles und jeden ausstieß.

Wratha ging nämlich einiges durch den Kopf, was ihre vollste Aufmerksamkeit beanspruchte! Dies jedenfalls schützte sie vor – was an sich schon merkwürdig war, denn eine Lady der Wamphyri war niemandem Rechenschaft schuldig. Allerdings war für jeden ersichtlich, dass sie fahrig und unkonzentriert wirkte. Wie es schien, beschäftigte sie irgendetwas so sehr, dass ihr Nervenkostüm darunter litt.

Sie hatte jedes Interesse an der Führung der Wrathspitze verloren, sodass ihre Leutnants zum ersten Mal seit Menschengedenken vollkommen freie Hand hatten. Niemand durfte sie mit Haushaltsfragen oder sonstigen strittigen Angelegenheiten belästigen, sie duldete noch nicht einmal das Husten einer Fliege in ihrer Nähe. Wratha vernachlässigte alle selbst auferlegten Pflichten – in der Hauptsache handelte es sich dabei um die Aufsicht über die Feste – und die regelmäßigen Zusammenkünfte und Besprechungen, die bisher ein wesentlicher Bestandteil des Lebens in der Wrathspitze gewesen waren, wurden immer seltener, bis sie schließlich ganz aufhörten.

Ihre Männer – und zwar so gut wie alle, vom jüngsten Neuankömmling bis hin zum dienstältesten Leutnant – begannen dies auszunutzen, und die Vampirfrauen nicht minder. Obwohl

Wratha sich darüber im Klaren war, dass auch ihre Knechte Abwechslung brauchten, hatte sie doch stets darauf geachtet, dass sich keine Affären entwickelten. Nun nahmen sie überhand. Darunter litt die Arbeit, nichts lief mehr wie geplant. Doch Wratha bemerkte es kaum.

Ihre Lustsklaven vermochten sie nicht mehr zufrieden zu stellen. Als zu allem Überfluss auch noch ihr derzeitiger Günstling versagte, tötete sie ihn auf der Stelle. Die übrigen magerten mehr und mehr ab.

Mit der Feste ging es bergab. Die grotesken Leitungswarte in ihren diskret mit Vorhängen abgetrennten Nischen lagen sich wund, und in den Wunden nisteten sich Parasiten ein. Das Wasser, das sie aus den Brunnen von Gorvisumpf heraufpumpten, verschmutzte immer mehr, weil der Knecht, der für sie sorgen sollte, Besseres zu tun hatte. Statt sich um die schlaffen, reglosen Kreaturen zu kümmern, kümmerte er sich lieber um eine der Sklavinnen.

Niemand sah mehr nach den Kriegern, die in ihren Bottichen vor sich hin wuchsen. Einer von ihnen rutschte aus, kam nicht mehr hoch und verendete. Mit der Zeit begann er zu stinken, weil niemand es für nötig hielt, den riesigen Kadaver zu beseitigen. In den Küchen mussten die Köche mit dem Wenigen auskommen, das es noch gab, und der Speiseplan der Stätte wurde immer karger. Die Vorratskammern und Kühlhäuser waren leer, desgleichen die Kornspeicher. Die Flieger winselten vor Hunger, und bei den Überfällen auf die Sonnseite konnte man sich nicht mehr auf sie verlassen, weil sie zu schnell erschöpft waren.

Und Wratha hing ihren Gedanken nach! Sie schien von all dem nichts mitzubekommen ...

Doch während der langen Tage, wenn im Felsenturm alles schlief, lag sie oft wach und sandte ihre Gedanken hinab in die Saugspitze, damit sie ihren Weg in Nestors Träume fanden. Früher war dies nur ein Zeitvertreib für sie gewesen. Wratha hatte einen gewissen Reiz darin gefunden, die Gedanken des Schlafenden zu lesen. Manchmal allerdings, wenn er mit einer

Frau zusammen war, war er dabei auch ziemlich wach gewesen und seine Gedanken voller Begierde; Letzteres jedoch eher selten, weil seine Frauen ihn meist langweilten, was wiederum Wratha gefiel. Doch in letzter Zeit ... war es kein Zeitvertreib mehr! Es war geradezu zur Besessenheit geworden. Der Gedanke an Glina ließ Wratha nicht zur Ruhe kommen. Denn Nestor teilte das Bett mit ihr und nicht mit Wratha!

Diese Glina war eine dumme Ziege, mehr nicht, aber anscheinend gab es etwas, was sie meisterlich beherrschte. Sie wusste genau, wie man dem Nekromanten Lord Nestor Leichenscheu von den Wamphyri Vergnügen bereitete, und zwar so gut, dass der neue Herr der Saugspitze sogar von ihr verlangte, dass sie es auch seinen anderen Frauen beibrachte, damit diese ihn ebenfalls zufrieden zu stellen vermochten. Allerdings gab es da nicht allzu viel beizubringen; denn sie hatten schon vor langer Zeit etwas verloren, was Glina sich noch bewahrte, nämlich ebenjene Arglosigkeit und Schlichtheit, für die Wratha sie so sehr verachtete!

Nestor hatte einen Narren an Glina gefressen, gerade weil sie so einfältig war. Oder es zumindest vorgab! Mit ihr Liebe zu machen, war für Nestor jedes Mal neu, weil sie sich ihm immer wieder bebend, beinahe ängstlich und doch voller Verlangen hingab. Sie war eine Frau und gab sich doch wie ein Mädchen, spielte die Unschuld vom Lande, damit ihr Gebieter keine andere mehr ansah. Wenn er mit ihr schlief, war er wieder der junge Mann, für den es das erste Mal war. Er brauchte nur ihre Brust zu berühren und schon ...

Es war, als fühle er sich in eine Zeit zurückversetzt, in der Liebe für ihn etwas anderes bedeutete als bloße Lust und Begierde. Oder ... vielleicht erinnerte es ihn auch an eine *andere Frau,* vielleicht versuchte er mit Glina die Erinnerung an *sie* heraufzubeschwören!

Kaum war Wratha dieser Gedanke gekommen, wusste sie, dass sie sich auf der richtigen Fährte befand. Mit einem Mal ergab alles einen Sinn! Nun war ihr klar, weshalb Nestor eine Schwäche für diese eher schlichte Frau zu entwickeln vermochte, obwohl er doch von Mädchen umgeben war, die allesamt von Vasagi dem Sauger ausgesucht worden waren. Die meisten der Frauen, die in der Saugspitze lebten, hatte noch Vasagi persönlich dorthin gebracht. Er mochte ein Ungeheuer gewesen sein, aber er hatte Geschmack gehabt, so viel musste man ihm lassen!

Es lag wohl daran, dass Glina Nestor einst tatsächlich geliebt hatte. Und obwohl es auch für sie das erste Mal gewesen war, hatte sie ihm alles beigebracht, was er wusste. Seitdem hatte er ... anderes erlebt, doch noch immer dachte er daran, wie es mit Glina gewesen war. In seinem Hirn mochte die Vergangenheit zum größten Teil ausgelöscht sein, doch sein Körper erinnerte sich – nicht nur an Glina, sondern auch an jene andere Frau, die er vor ihr gekannt hatte!

Oh, Wratha wusste recht gut Bescheid über alles, was Nestor und Glina miteinander erlebt hatten. Schließlich hatte sie es direkt in ihren Gedanken gelesen! Ihr war bekannt, dass Glina auf der Sonnseite einst Nestors Geliebte gewesen war; immerhin hatte sie ihr Bild mehr als ein Dutzend Mal in Nestors Geist gesehen. Und sie wusste ebenfalls, dass Nestor jedes Mal voller Zorn war, wenn er Glina liebte, weil er viel lieber jene unbekannte Andere gehabt hätte. Eine enttäuschte Liebe aus dem Teil seiner Vergangenheit, an den er sich nicht mehr erinnern konnte? Es schien die einzig mögliche Erklärung ...

Wer auch immer diese Andere sein mochte – Wratha würde sich eingehend mit ihr beschäftigen müssen. Denn wenn Nestor Leichenscheu in seine jüngste Vergangenheit eintauchen und Glina auf der Sonnseite ausfindig machen konnte, dann erinnerte er sich eines Tages vielleicht auch an weiter Zurückliegendes. Womöglich spürte er dann auch jene Unbekannte auf, um sie zu sich zu holen. Was dann? Sollten sich all ihre Pläne in nichts auflösen? Nein, gewiss nicht; denn wenn es so weit war, würde er, Nestor, ihr, Wratha, *gehören!*

Und diese Glina – was war sie schon? Die Antwort war einfach: ein Nichts! Ein plumper Bauerntrampel, an dem Nestor schon bald keinerlei Interesse mehr haben würde, gerade gut genug, sie zu benutzen und bei der erstbesten Gelegenheit fallen zu lassen. Ah, aber sollte ihr, Wratha, diese Andere jemals unter die Augen kommen ... dann würde sie sich schon um sie zu kümmern wissen! Und wie! Das schwor sie sich.

Während dieser sechs Monate respektive sechsundzwanzig Sonnaufs verbreitete sich Nestors Ruf als Nekromant in der gesamten Feste. Die Gerüchteküche brodelte, und in jeder Stätte, vom Gorvisumpf am Fuß des Felsenturms bis hoch zur Wrathspitze, war Nestors Talent das Gesprächsthema Nummer eins. Die Leutnants und Knechte zerrissen sich die Mäuler darüber, und die Vampirlords verloren sich in den wildesten Spekulationen.

Der Schuldige hieß Canker Canisohn. Voller Stolz auf seinen neuen Freund, der erst seit kurzem hier war, wollte er, dass dieser in der Achtung der übrigen Wamphyri stieg. Darum hatte er geredet. Der Hunde-Lord verfügte über die zweifelhafte Gabe, in die Zukunft zu blicken, und hatte vorhergesehen, dass Nestor mit seinem Talent zu großer Macht gelangen würde. Eines Tages würde man in der letzten Felsenburg mit ihm zu rechnen haben.

Eines Sonnunters – es war schon spät und die Lords und die Lady, die sich eine ganze Nacht lang auf der Sonnseite gütlich getan hatten, waren wieder wohlbehalten in ihre diversen Stätten zurückgekehrt – meldete sich der Leutnant Grig Leichenscheu in dem ruhigen Gemach, in dem Nestor sich von seinem blutigen Handwerk erholte, zum Rapport. Der Herr der Saugspitze hatte es sich in einem gewaltigen Korbsessel bequem gemacht, nippte an einem herben Szgany-Wein und sah zu, wie der graue Schimmer der Morgendämmerung über die fernen Felsspitzen kroch. Nestor zögerte das Zu-Bett-Gehen hinaus, denn seit Monaten plagten ihn schlimme Träume, erotische Visionen, die sich zumeist um ... Wratha die Auferstandene drehten. Wieder und wieder landete er auf dem Dach der Wrathspitze, um nachzuerleben, wie Wratha ihm in die Arme sank, doch nur um sich ihm zu entwinden, sobald sie seiner brennenden Leidenschaft gewahr wurde.

Wenn Nestor schweißgebadet und vor Enttäuschung stöhnend aus diesen Träumen erwachte, bedeuteten ihm seine anderen Frauen, einschließlich Glina, nichts mehr. Er spürte noch das Kribbeln in der Hand, mit der er die sanfte Rundung von Wrathas Brust berührt hatte, und mit einem Mal war ihm klar, was er wollte. Allerdings nicht, wie er es bekommen sollte! Außerdem war da noch sein Stolz! Wratha hatte ihn schon einmal zum Narren gehalten. Ein zweites Mal würde er sich das nicht gefallen lassen!

Das Problem mit Wratha der Auferstandenen war, dass sie es liebte, mit Männern zu spielen. Jeder in der Wrathhöhe wusste das. Dennoch hätte Wran Todesblick sie auf der Stelle genommen, wenn sie es nur zugelassen hätte, und Gorvi der Gerissene ebenfalls, hätte er sich davon einen Machtzuwachs versprochen. Canker Canisohn gab offen zu, dass er mit Freuden die Hälfte der Welpen in der Räudenstatt, sein eigen Fleisch und Blut, für eine einzige Nacht mit ihr gäbe! Allerdings stand sie in einem gewissen Ruf, und der wollte bedacht sein. Es hieß, sie halte es wie eine Schwarze Witwe, die das Männchen zunächst anlockte und dann, nachdem es sie befruchtet hatte, verschlang! Wie sollte man in dem Bewusstsein, gleich aufgefressen zu werden, erfolgreich Liebe machen? Mit äußerster Vorsicht! Dessen war sich der Herr der Saugspitze sicher ...

Das in etwa ging Nestor durch den Kopf, als sein Diener Grig Leichenscheu eintrat, sich verneigte und unruhig von einem Fuß auf den anderen trat, bis sein Meister sich ihm zuwandte und mit ruhiger Stimme, wie er es sich nun angewöhnt hatte, fragte: »Was gibt es?«

»In der Hauptbucht ist ein Flieger gelandet, mein Lord«, antwortete Grig. »Es ist Turgis Gorviknecht mit einer Nachricht von seinem Herrn.«

»Von Gorvi?« Nestor hob eine Augenbraue. »Wartet der Leutnant noch da draußen?«

»Ja, mein Lord.«

Nestor erhob sich. »Dann bring mich zu ihm. Mal sehen, was den Herrn von Gorvisumpf umtreibt!«

Auf einer ummauerten Balustrade über der Landebucht ging Turgis Gorviknecht unruhig auf und ab, drei Schritte hin, drei Schritte zurück. Um ihn herum standen sechs altgediente Knechte der Saugspitze. Bis auf Turgis trugen sie allesamt Waffen. Es hätte sich nicht geziemt – tatsächlich war es verboten – einen Kampfhandschuh in eine fremde Stätte mitzunehmen. Wie die meisten Leutnants war Turgis von imposanter Statur. Die Botschaft, die er zu übermitteln hatte, war kurz. Seine Stimme klang wie das grollende Brummen eines Bären, als er sagte: »Lord Nestor von der Saugspitze, mein Herr Gorvi der Gerissene bittet um ein Treffen mit dir. Er möchte dir einen Handel vorschlagen, der euch beiden zum Vorteil gereicht und euch große Gewinne einbringen dürfte.«

»Tatsächlich?«, erwiderte Nestor, während er den Kopf zur Seite neigte. »Und um was für einen ... Handel geht es?«

Turgis zuckte die Achseln. *»Ha!«,* knurrte er voller Sarkasmus. »So weit kommt es noch, dass Gorvi der Gerissene seinen Leutnants verrät, was ihm durch den Kopf geht! Ich weiß nur so viel: Meinem Gebieter sind Gerüchte zu Ohren gekommen, du seist ein Nekromant und hättest die Fähigkeit, mit den Toten zu reden.«

»Er will sich also meines Talentes bedienen«, nickte Nestor. »Und wo soll dieses Treffen stattfinden?«

»In Gorvisumpf natürlich!«

»Oh, nein!« Nestor schüttelte den Kopf und verzog den Mund zu einem viel sagenden Lächeln. »Wenn überhaupt, dann treffen wir uns hier, in der Saugspitze.«

»Das wage ich zu bezweifeln«, erwiderte Turgis. »Der Gerissene verlässt seine Feste nur, um auf der Sonnseite zu jagen oder ein Auge auf seine Kreaturen, die um den Fuß des Felsenturmes streifen, zu haben. Örtlichkeiten, die er kennt, gibt er stets den Vorzug, um ein gewisses Maß an Kontrolle aufrechtzuerhalten. Er geht keine Risiken ein.«

»Darin gleichen wir uns!«, entgegnete Nestor. »Nun geh und sag deinem Herrn, dass ich mich in einer Stunde draußen auf der Findlingsebene mit ihm treffen werde, genau nördlich der

Wrathhöhe, eine Meile von ihrem Fuß entfernt. Wir treffen uns im Schatten des Felsenturmes.«

»Bei Sonnauf?« Der Leutnant ließ seinen Blick über die Ummauerung und den dahinter drohenden luftigen Abgrund schweifen. Von hier aus konnte er die gesamte Sternseite bis hin zum Grenzgebirge überblicken.

»Du Narr«, sagte Nestor gelassen. »Die Sonne erreicht die Findlingsebene doch gar nicht. Außerdem treffen wir uns ja, wie ich schon sagte, im Schatten des Turmes.«

»Ich habe es vernommen und auch verstanden«, antwortete Turgis. »Aber ich weiß ebenfalls, dass Gorvi es hasst, sich im Freien aufzuhalten, wenn die Sonne sich über der Sonnseite erhebt. Es ist nun einmal seine Natur.«

Nestor wandte sich ab. »Die Sonne zu fürchten, entspricht der Natur eines jeden von uns. Desgleichen, ständig zu streiten, um seinen Willen durchzusetzen. Gorvi will mir einen Handel unterbreiten – wohlan, ich habe die Zeit und den Ort genannt. Nur wir beide, er und ich. Keine Handschuhe, keine Leutnants, keine Krieger. Wenn er damit einverstanden ist, soll er kommen. Falls nicht ...«

Er machte Anstalten, wieder ins Innere der Feste zu gehen.

»Ich vermag ihm lediglich auszurichten, was du mir gesagt hast«, nickte Turgis und begann eine zur Landebucht führende Leiter hinabzuklettern. »Wer weiß, vielleicht stimmt er ja sogar zu.«

Nestor blieb stehen, drehte sich noch einmal um und sah Turgis tief in die Augen, ehe dieser seinem Blick entschwand.

»Dies sind meine Bedingungen«, sagte Nestor. »Sollten sie Gorvi nicht gefallen, dann muss er eben sechs Monate warten, bis ich wieder Zeit für ihn finde. Ich habe viel zu tun und kann mir etwas Besseres vorstellen, als mit Gorvi dem Gerissenen über einen Treffpunkt zu streiten.«

»So sei es!«, erklang von unten die Antwort. Damit schwang Turgis Gorviknecht sich in die Lüfte und ließ sich rasch abwärts gleiten ...

Gorvi erschien zu dem vereinbarten Treffen. Nestor beobachtete ihn von einem der nordwärts gelegenen Fenster aus und sah zu, wie der Gerissene auf seinem Flieger in die Ebene hinausjagte. Es war unverkennbar Gorvi! Wie eine große, gehässige Vogelscheuche saß er zusammengesunken im Sattel; hinter ihm wehte sein Umhang im Wind wie die Schwingen einer riesigen schwarzen Fledermaus. Die anderen Lords waren schon düstere Erscheinungen, gewiss, doch Gorvi der Gerissene war wirklich sinister.

Trotz seiner Bedenken jagte Nestor ihm hinterher.

Immerhin war es Gorvi gewesen, der ihm damals, als er gerade frisch von der Sonnseite kam, Steine in den Weg zu legen gedachte. Gorvi war derjenige, der sich für eine Probephase ausgesprochen hatte. Danach wollten sie Nestor entweder aufnehmen oder aber ihn ... fallen lassen. Und dies wahrscheinlich aus sehr großer Höhe!

Nun, so weit war es zwar nicht gekommen, aber Nestor hatte es ihm nicht vergessen. Und jetzt wollte der Gerissene also etwas von ihm! Schön und gut, doch alles hatte seinen Preis! Darauf konnte Gorvi Gift nehmen!

Nestor landete mit seinem Flieger auf einem kleinen Schieferhügel, gut siebzig Meter von der Stelle entfernt, an der Gorvi neben seinem Tier stand. Nestor stieg ab und ließ seinen Blick ringsumher schweifen, um ihn dann auf die Wrathhöhe zu richten, von der er nun eine Meile weit entfernt war. Wahrscheinlich hatte jeder mitbekommen, dass sie weggeflogen waren, und womöglich versuchte gerade jetzt, in ebendiesem Augenblick, jemand, sie auszuspähen. Nestor spürte, wie Gorvi seinen Geist abschirmte, und tat es ihm nach. Nun vermochte niemand mehr in ihren Gedanken zu lesen.

Die langen Schatten, die beide warfen, kamen einander immer näher, während sie aufeinander zugingen, bis sie schließlich mit dem Schatten des Turms verschmolzen. Für lange Augenblicke sahen sie einander an – Gorvi hoch gewachsen, schlank, den Schädel kahl rasiert bis auf eine Locke in der Mitte, die ihm zu einem Zopf geflochten auf den Rücken herabhing. Wie stets war er ganz in Schwarz gekleidet, sodass er mit seiner bleichen Haut aussah wie eine Leiche. Seine Augen lagen tief in den Höhlen, zwei blutrote Funken, die unstet hin und her huschten. Nestor war etwas kleiner als er, dafür muskulös und gut aussehend, und er strahlte eine Offenheit aus, wie man sie unter den Wamphyri nicht kannte.

»Nun?«, fragte Nestor. »Was für einen Handel möchtest du mir vorschlagen? Oder hast du vielleicht entschieden, dass ich doch nicht so ganz zu euch passe, und willst mich jetzt rauswerfen, damit ich sehen kann, wo ich bleibe? Ich könnte ja im Stumpf eines zerstörten Felsenturms hausen und mich zwischen dem Schutt und Geröll der Sternseite allein durchschlagen!?« Er lachte ein leises, freudloses Lachen. »Ah, Gorvi, ich möchte zu gern erleben, wie du das anstellst!«

»Das ist doch alles vorbei und vergessen!« In einer Geste, die versöhnlich wirken sollte, hob Gorvi eine schlanke, allerdings mit gefährlich aussehenden Klauen bewehrte Hand. Seine Stimme klang so ölig wie eh und je.

»Mag sein, dass du es vergessen hast. Ich nicht!«, entgegnete Nestor vollkommen ruhig.

Gorvi schlug die Hände über dem Kopf zusammen. »Obwohl meine innere Stimme mir davon abgeraten hat, bin ich hierher gekommen, um dich als Freund und Mitstreiter, ja Gleichgesinnten zu treffen! Nun sage mir bitte: Wie soll ich dir erläutern, um was für eine Angelegenheit es überhaupt geht, wenn du mich nur finster ansiehst, an allem herumnörgelst und dich nicht davon abbringen lässt, alte Geschichten aufzuwärmen, die man am besten ruhen ließe? Aber wie dem auch sei, worüber beklagst du dich eigentlich? Du gehörst jetzt doch zu uns, oder etwa nicht? Und wenn nicht ich eine Bedingung an deinen Aufstieg geknüpft hätte, glaubst du denn im Ernst, dass niemand sonst auf diesen Gedanken gekommen wäre?«

Nestor bedachte ihn mit einem müden Lächeln, das seine Augen jedoch nicht erreichte. »Ich habe keine Lust, meine Zeit zu vergeuden, Gorvi! Komm endlich zur Sache! Was willst du von mir? Wen soll ich für dich ... befragen?«

Der Gerissene war bestrebt, seine Überraschung zu verbergen, doch Nestor entging nicht, wie die Augen seines Gegenüber sich verengten. Schließlich sagte Gorvi bedächtig: »Du hast mit meinem Knecht Turgis gesprochen?«

Nestor hob eine Augenbraue. »Deshalb hast du ihn doch zu mir gesandt! Vielleicht hättest du ihm vorher besser die Zunge herausschneiden lassen, damit er nicht so viel reden kann! – Turgis hat mir nichts gesagt, nur dass du dich für meine Fähigkeiten interessierst. Das hat genügt!«

»Ha!«, schnaubte Gorvi. »Und *mich* nennen sie den Gerissenen!« Nach kurzem Zögern fuhr er fort: »Nun ja, ich habe da einen Mann, vielmehr einen Leichnam, und er hat beziehungsweise hatte gewisse Geheimnisse. Und ja, ich bin sehr daran interessiert, alles zu erfahren, worüber er Bescheid wusste! Um ehrlich zu sein, würde ich viel darum geben. Ich wäre sogar bereit, auf die Hälfte des Gewinns zu verzichten!«

»Jeder die Hälfte?«

Gorvi nickte.

»Aber wovon?«

»Wissen! Fleisch und Blut! Blutige Rache! Weiber für dein Bett! Und die Gewissheit, dass die anderen es dir neiden werden, wenn sie erst einmal sehen, was wir erreicht haben! All dies und noch mehr!« Gorvi grinste und entblößte dabei seine spitzen Zähne. »Nun, was hältst du davon?«

»Du hast mir doch noch gar nichts gesagt!«

»Na gut«, meinte Gorvi. »Dann erzähle ich dir eben die Geschichte. Es ist jetzt fast zwei Jahre her, dass Wratha uns aus dem Osten hierher geführt hat. Unsere ersten Überfälle auf die Sonnseite galten zwei Szgany-Städten, Zwiefurt und Siedeldorf. Damals machten wir die Erfahrung, dass es zweierlei Arten von Szgany gibt. Zu Hause in Turgosheim hatte uns unsere Beute seit über hundert Jahren keine ernsthaften Schwierigkeiten mehr bereitet. Doch hier wehrten sie sich! In jener Nacht verloren wir einige Flugbestien und viele Männer – zu viele! Fast alle unsere Leutnants fielen. Dafür schworen wir Rache!

Die ersten Verluste erlitten wir in Zwiefurt, und wir Lords können von Glück sagen, dass es nicht auch uns erwischte! Die Männer von Zwiefurt, zumindest einige von ihnen, wussten genau, was sie taten. Sie hatten früher schon mit Vampiren zu tun gehabt! Sie trugen Armbrüste – bei uns im Osten waren diese Dinger schon seit den Tagen Turgo Zoltes verboten! Die Bolzen waren aus Eisenholz, mit silbernen Spitzen versehen und in Kneblasch getaucht. An ihren Gürteln hingen lange Messer, und jeder hatte einen zugespitzten Holzpfahl dabei!

Vasagi der Sauger wurde von einem Bolzen in die Seite getroffen; doch für ihn war dies kaum mehr als ein Kratzer. Außerdem war er ja ein Meister in der Kunst der Verwandlung. Das vergiftete Fleisch streifte er ab, und er erholte sich auch bald wieder. Wirklich erschreckend allerdings war die Tatsache, dass sie ihn überhaupt treffen konnten. Wie gesagt, wir anderen hatten Glück – und was für eins, aye! Aber unsere Männer ... Die meisten unserer Leutnants wurden niedergemacht!

Ah, aber dafür haben sie bezahlt! Dessen sei versichert! Wir legten ihre Stadt in Schutt und Asche, befahlen unseren Kriegern, sich auf die Häuser zu stürzen, um sie zu zermalmen, machten so viele Vampirsklaven, wie wir nur konnten, und schärften ihnen ein, sich, noch ehe der Morgen graute, mit allem, was sie besaßen, auf der Sternseite einzufinden. Canker Canisohn wütete wie ein Berserker, die Gebrüder Todesblick rasten vor irrsinniger Wut – was auch sonst? Und die Lady Wratha ... nun, sie ließ ihrem Zorn freien Lauf! Wir verwandelten die Stadt in ein einziges Trümmerfeld, und das war erst der Anfang! Wir hatten wirklich zu tun, schließlich mussten wir unbedingt Knechte und Leutnants rekrutieren, damit sie uns unsere Stätten mit all den guten Dingen füllten, die die Sonnseite zu bieten hat. Und in der Wrathhöhe mussten sie sich an die Arbeit machen, die letzte Felsenburg wieder so weit herzurichten, dass man darin wohnen konnte. Trotz unserer Verluste war es im Großen und Ganzen doch ein recht ansehnlicher Erfolg! Die Szgany hatten weitaus höhere Verluste zu beklagen, und was sind schließlich schon ein paar Leutnants? Dennoch mussten wir uns ernsthaft anstrengen! Dagegen würde Siedeldorf das reinste Vergnügen sein – glaubten wir!

Die Idee dazu kam von Wratha. Sie dachte sich wohl: ›Nun, wo die Schwachköpfe ihre Schuldigkeit getan haben, kann ich ihnen auch einmal etwas Abwechslung gönnen!‹ Damals waren wir nämlich noch Abtrünnige, und Wratha führte uns an, verstehst du? Es könnte immer noch so sein, wäre sie nicht ein solcher Raffzahn! Aber diese Frau ... Jeden vierten Knecht, den wir rekrutierten, beanspruchte sie für sich. Das entzweite uns schließlich, und daran hat sich seither auch nichts geändert! Oh, jeder von uns trägt seinen Teil dazu bei, den Felsenturm instand zu halten – *ha!,* der eine mehr, der andere weniger! Doch was alles andere angeht, handelt ein jeder auf eigene Verantwortung.

Aber ich schweife ab. Wratha belohnte uns, indem sie uns auf diese Szgany-Stadt losließ, jene Festung, die sie Siedeldorf nennen. Nun, Wratha und die anderen gingen ohne Vorwarnung einfach drauflos und griffen schonungslos an. Nur ich hatte von Anfang an ein ungutes Gefühl bei der Sache – vor allem nach dem Desaster, das wir in Zwiefurt erlebt hatten!

Na ja, Siedeldorf liegt genau im Westen, am Fuß des Vorgebirges, dort, wo der Wald beginnt. Der gesamte Ort ist von massiven Palisaden mit Wachtürmen und vier gewaltigen Toren umgeben. Auf den Wehrgängen haben sie gigantische Armbrüste aufgebaut ...« Gorvi hielt inne und runzelte die Stirn.

»Aber warum erzähle ich dir das alles? Du kennst Siedeldorf doch sicherlich noch aus deiner Szgany-Zeit?« Er wartete einen Augenblick, dann schnippte er mit den Fingern. »Ach, nein! Jetzt fällt es mir wieder ein: Du erinnerst dich ja an nichts, was vor dem Duell zwischen Wran und Vasagi geschehen ist. Ein Jammer, denn wenn du noch dein Gedächtnis hättest, könntest du mir vielleicht ein paar Fragen beantworten, ohne dafür erst Tote quälen zu müssen ...«

Nestor zuckte die Achseln. »Ich habe immer noch keine Ahnung, von welchen Fragen du überhaupt sprichst.«

»Dazu komme ich gleich«, erwiderte Gorvi. »In jener ersten Nacht nach den Ereignissen von Zwiefurt ließ ich den anderen den Vortritt. Von mir aus konnten sie Siedeldorf überfallen, ich dagegen begnügte mich mit einer etwas bescheideneren Beute. In den letzten Ausläufern des Gebirges stand auf einer Anhöhe über der Stadt ein Haus. Von hoch oben hatte ich, wenn auch nur kurz, einen Blick auf seine Lichter erhascht. Doch als wir unsere Krieger hinter einem vorspringenden Felsen postierten, gegen den Wind, damit sie in der Stadt nicht gewittert wurden, unsere Flieger in den Hügeln niedergehen ließen und einen Nebel heraufbeschworen, wurden die Lampen gelöscht. Daraus schloss ich, dass die Bewohner von Siedeldorf genau wie ihre Nachbarn in Zwiefurt Erfahrung im Umgang mit Vampiren hatten. Für mich war das nur ein weiterer Grund, der Stadt fernzubleiben.

Nun, ich will es kurz machen! Während Wratha und die anderen über den Ort herfielen, hielt ich geradewegs auf das Anwesen auf dem Hügel zu. Ohne innezuhalten, hieß ich meinen Flieger, sich auf das Dach des Hauses zu stürzen, und nachdem er es zermalmt hatte, suchte ich in den Trümmern nach Überlebenden. Es gab keine! Aber als ich mich umblickte, bemerkte ich eine Frau, die sich in einer Baumgruppe hinter dem zerstörten Haus verbarg. Sie wusste, dass ich sie entdeckt hatte, versuchte zu fliehen und lief mir direkt in die Arme! Sie war nicht mehr die Jüngste, sah aber noch ganz gut aus und hatte auch sonst eine gute Figur. Ich holte aus, um sie niederzuschlagen und zu meiner Sklavin zu machen, gleich auf der Stelle, und hätte es auch getan, wäre ich nicht gestört worden – von einem jungen Burschen, kaum älter als du, Nestor! Er kam gerade aus der Stadt und war wohl ihr Sohn. Er ging sofort auf mich los! Er war allein, ein halbes Kind noch, und hatte die Stirn, Gorvi den Gerissenen anzugreifen! Ich konnte es kaum fassen. Ah, aber er hatte ein Messer! Die Klinge war mit Silber überzogen. Es brannte wie Feuer, als sie von meinen

Rippen abglitt und mir den Unterarm aufschlitzte. Unterdessen hatte die Frau eine Axt gefunden!

Mein Arm war so voller Blut, dass mir der Kampfhandschuh heruntergerutscht sein muss. Jedenfalls stand ich plötzlich ohne Waffe da! Und diese Leute konnten vielleicht kämpfen! Er mit dem Messer, sie mit der Axt! Mit einem Mal geriet ich in Bedrängnis, und in höchster Not befahl ich meinem Flieger: ›Roll dich auf sie, zermalme sie!‹

Die Bestie mochte schwerfällig sein, aber sie gehorchte. Als sie sich einen Weg aus den Trümmern des Hauses bahnte, streifte sie die Frau mit der Flügelspitze und stieß sie an der steilsten Stelle über den Abhang. Schreiend verschwand sie in der Dunkelheit. Blieb noch der Junge! Ein einziger Schlag setzte ihn außer Gefecht.

Aber ich war verwundet, und das bereitete mir Sorge. Da die Klinge aus Silber war, würde es eine Weile dauern, bis mein Arm und die Rippen wieder verheilt waren. Was mich betraf, war die Jagd vorüber. Ich trank von dem Burschen, ein bisschen nur, aber doch genug, dass es reichte, stopfte ihn in die Bauchfalte meines Fliegers und machte mich auf den Weg zurück auf die Sternseite nach Gorvisumpf.

Aus meinem Gefangenen wurde ein gemeiner Knecht. Ein, zwei Monate lang verrichtete er niedere Arbeiten in den unteren Stockwerken der Feste. Doch später, als offensichtlich wurde, wie außergewöhnlich diese Leute aus Siedeldorf waren – geradezu ein Stachel in unserem Wamphyri-Fleisch –, nahm ich ihn mir noch einmal vor.

Der Ärger mit diesen Szgany Lidesci ist, dass sie einen hervorragenden Anführer haben, einen Mann namens Lardis. Von ein paar Sklaven, die wir in anderen Städten und Siedlungen gefangen genommen haben, wissen wir, dass er in den alten Zeiten, als die Alten Wamphyri noch an der Macht waren, ein junger Stammesführer war. Nun ist er ein alter Stammesführer und um einiges gewiefter als früher. Niemand weiß besser über uns Bescheid als er, und niemand hat mehr Erfahrung darin, unsereins umzubringen. Zu allem Überfluss verfügt er auch noch über die Ausrüstung dazu! Er hat einen Eid geleistet, die Wamphyri mit Stumpf und Stiel auszurotten. Aber das wird er niemals schaffen! Selbst wenn er in der Lage dazu wäre, würden wir vorher *ihn* vernichten!

Nur ... wie sollen wir das anstellen? Hat er irgendwelche Schwachpunkte? Wie es aussieht, nicht! Und worauf baut er? Nun, fürs Erste wäre da Siedeldorf. Ja, es steht noch immer! In jenen ersten Nächten konnten wir anfangen, was wir wollten, um die Stadt zu zerstören – während der langen Tage, die darauf folgten, baute Lardis sie immer wieder auf. Nur sind die Häuser jetzt wahre Fallen für Flugbestien geworden und manchmal sogar für Krieger, und auf den Palisaden stehen jetzt doppelt so viele Armbrüste. Der ganze Ort hat nur einen einzigen Zweck, Nestor, nämlich Vampire, die nicht auf der Hut sind, anzulocken. Ich würde es gut verstehen, wenn du fragtest, warum wir nicht einfach einen großen Bogen darum machen. Aber allein das Wissen darum, dass sich in den langen, dunklen Nächten dort Menschen aufhalten – und mit Sicherheit sind darunter auch Frauen – reicht schon aus, uns zu ködern. Lardis könnte sich ebenso gut hier vor uns hinstellen und rufen: ›Kommt und holt mich doch!‹, und natürlich würden wir alles daransetzen, ihn uns zu holen.

Denn sie sind Kämpfernaturen, diese Lidescis, die geborenen Leutnants, ihre Frauen kräftig und wie gemacht für die Liebe! Aus einem solchen Material könnten wir in unseren Bottichen so gut wie alles erschaffen! Abgesehen davon haben wir noch eine Rechnung mit ihnen offen! Denn, weißt du, in Zwiefurt haben wir in jener ersten Nacht zwar ein paar Sklaven gemacht, doch dafür holten wir uns in Siedeldorf nur blutige Nasen! Wir haben es nicht geschafft, dort mehr als eine Hand voll Gefangene zu machen. Na gut, da war noch dieser Jason, den ich von dem Haus auf dem Hügel mitgenommen habe. Aber so gut wie nichts aus Siedeldorf, und daran hat sich bis heute nichts geändert. Dieser Lardis Lidesci macht gnadenlos Jagd auf unsere Opfer, wenn sie die Verwandlung durchlaufen haben. Er bringt sie zur Strecke, noch ehe sie das Grenzgebirge erreichen, und verbrennt sie. Über ihn erzählt man sich mittlerweile genauso viele Geschichten wie über uns!« Gorvi hielt inne und schielte zu Nestor hinüber, um dessen Mienenspiel zu beobachten; doch plötzlich wandte er sich ihm ganz zu und blickte ihm direkt ins Gesicht. »Ist irgendetwas nicht in Ordnung?«

Mit einem Mal sah Nestor aus, als sei er weit weg. Sein Blick war leer, den Kopf hatte er nach Südwesten gewandt, die Richtung, in der Siedeldorf lag.

»Hast du gesagt ›Jason‹?«, fragte er unsicher, stockend. Er blinzelte, rieb sich die Schläfen und stöhnte leise, als tue ihm etwas weh. »Der Sklave, den du von dem Anwesen auf dem Hügel hattest – hieß er etwa Jason?«

»Ganz recht«, nickte Gorvi. Dabei runzelte er die Stirn. »Na und?«

Nestor verzog vor Schmerz das Gesicht. Ein Bruchstück seiner Erinnerung blitzte auf. »Jason Lidesci!«, sagte er. »Lardis Lidescis Sohn! Das Haus, das du auf dem Hügel zerstört hast, gehörte dem alten Lidesci. Du hattest den Sohn deines ärgsten Feindes in deiner Gewalt und hast es noch nicht einmal bemerkt!«

»Was?« Gorvi klappte der Unterkiefer herunter. »Bist du dir da ganz sicher? *Woher* willst du das wissen?«

»Weil ... weil ich ihn kannte«, erwiderte Nestor. »Jason, das Haus auf dem Hügel, die Siedlung, einfach alles! Als du es mir geschildert hast, habe ich mich erinnert, zumindest an manches.« Doch er wirkte noch immer wie betäubt. Er stöhnte abermals, presste die Kiefer zusammen und hieb sich mit der Faust, so fest er konnte, in die Handfläche. Fluchend wandte er sich ab. »Es kommt zurück und entgleitet mir. Im einen Moment sehe ich ... etwas, und im nächsten ist es wieder verschwunden.«

»Den Sohn unseres ärgsten Widersachers!« Gorvi schlug sich mit der Hand vor die Stirn. »Ich hätte es wissen müssen! Von Anfang an war er verdrossen und widerspenstig und hat mir nichts als Schwierigkeiten bereitet! Als ich nach ihm sandte, um ihn nach den Szgany Lidesci zu befragen – das heißt, nachdem sie eine gewisse Bedeutung für uns erlangt hatten –, versuchte er aus Gorvisumpf zu fliehen und über die Geröllebene auf die Sonnseite zu entkommen. Das wäre natürlich sein Ende gewesen, die Sonne hätte ihn getötet. Doch so weit kam es nicht!

Meine Krieger, die dafür sorgen, dass sich kein Angreifer unserer Feste vom Boden aus nähert, trieben ihn wieder zurück, und meine Leutnants machten sich daran, ihn wieder einzusammeln – ohne Erfolg! Er trickste sie aus, rannte zurück zur Wrathhöhe und begann den Turm an einer der Außentreppen zu erklimmen. Es war so ungefähr das Dümmste, was er tun konnte; denn kurz vor der Räudenstatt endet die Treppe vor einem Felsüberhang. Aber warum war er dann hochgeklettert? Was versprach er sich davon? Entweder würde er sich zu Tode stürzen oder eine der Flugbestien würde ihn wieder einfangen. Ganz gleich, was geschah, er hatte keine Chance zu entkommen. Nun, ich sollte sehr bald erfahren, was er da oben wollte. Er hatte wirklich vor, sich zu töten!

Diese Leute sind einfach nicht unterzukriegen. Dieser Jason – Lardis Lidescis Sohn, wie du sagst – kletterte lieber da hoch, um sich in die Tiefe zu stürzen, als mir die Geheimnisse der Szgany Lidesci preiszugeben. Er ist tatsächlich gesprungen! Mehr noch, er hatte ein abgesplittertes Stück Eisenholz bei sich, das er sich gegen die Brust hielt, als er sprang. Die Wucht des Aufpralls trieb es ihm tief ins Herz, und das war sein Ende! Denn auch ein Vampir besteht letztlich nur aus Fleisch und Blut!

Er stürzte etwa sechzig Meter tief ab und schlug auf einem Sims auf, das dort weit aus der Felswand ragt. Er war sofort tot. Zur Abschreckung für die anderen ließ ich ihn einfach da liegen. Wie du weißt, weht auf der Sternseite immer ein schneidender Wind, der alles austrocknet. Hier verwest nichts, sondern was hier herumliegt, schrumpft einfach zusammen und wird mumifiziert! ›Die Toten erstarren zu Stein‹, wie man hier sagt. Hier gibt es keine Aas fressenden Vögel, und meine Krieger können nicht fliegen. Außerdem waren sie viel zu groß und zu schwer, um zu dem Leichnam hinaufzugelangen, sonst hätten sie ihn wohl gefressen. Ich ließ ihn also ... einfach da, wo er gerade war – bis vor wenigen Stunden!

Denn mir sind Gerüchte zu Ohren gekommen, denen zufolge du über die Kunst der Nekromantie verfügst. Man sagt, es stehe in deiner Macht, selbst die Toten zu foltern, um an ihre Geheimnisse zu gelangen. Darum bin ich hier heraus auf die Findlingsebene gekommen, noch dazu bei Sonnauf, obwohl sich alles in mir dagegen sträubt, um mit dir zu reden. Ich möchte, dass du dich mit ihm *unterhältst* und ihm die Geheimnisse der Szgany Lidesci entreißt!«

Nestor hatte sich wieder gefangen. »Um was für Geheimnisse geht es dir denn im Einzelnen?«

»Nun, ist das nicht offensichtlich?« Gorvi hob die Augenbrauen. »Dann hör zu! Der Grund, warum dieser Lardis und seine Leute uns solch Schwierigkeiten bereiten, liegt auf der Hand! Bei Tag durchstreifen sie die Umgebung von Siedeldorf und stellen überall ihre Fallen auf, und nachts verschwinden sie in irgendwelchen Verstecken, die wir noch nicht ausfindig machen konnten. Was ich wissen will – oder vielmehr, was *wir beide,* du und ich, wissen müssen –, ist, wo sie sich verbergen und wann und wo sie am verwundbarsten sind. Sobald wir das herausgefunden haben, fallen wir mit unserer gesamten Streitmacht über sie her, und dann gehören sie uns! Denn wenn wir sie erst einmal einzeln erwischen, haben sie uns nichts mehr entgegenzusetzen. Dann können wir sie ganz nach Belieben einsammeln.«

»Es könnte hinhauen.« Nestor nickte. »Doch sage mir eines: Wo soll ich mich deiner Meinung nach mit diesem Jason Lidesci *unterhalten?*« Die Erinnerung an sein früheres Leben in Siedeldorf war bereits wieder aus seinem kranken Geist entschwunden. Dennoch blieb ihm eine Ahnung, dass der Ort womöglich etwas mit seinem alten, namenlosen Erzfeind zu tun hatte. Mit diesem und mit jemand anderem, den Nestor einmal sehr geliebt hatte. Doch sie hatte ihn verraten und ihre Gunst ebendiesem Namenlosen geschenkt.

Aber ausgerechnet Siedeldorf? War dies wirklich der Ort, an

dem sie ihn so schändlich hintergangen hatten und sein Geist solchen Schaden gelitten hatte, dass er sich an nichts mehr erinnern konnte?

Bisher hatte Nestor bei seinen Raubzügen auf die Sonnseite immer einen Bogen um Siedeldorf geschlagen. Aus Respekt, sagte er sich, vor jenen kampfeswütigen Travellern, von denen Gorvi gesprochen hatte, den Lidescis. Und in der Tat schien ihm ihr Name viel zu vertraut. Er brauchte ihn nur zu hören ... und schon blitzten Erinnerungen in ihm auf. Eigentlich keine Erinnerungen, eher Szenen, dunkle Schattenrisse vor einem grellen Hintergrund, Bilder von gewaltigen Palisaden und Wachtürmen, hinter denen sich drohend die letzten Ausläufer des Gebirges erhoben, während sich auf der anderen Seite düster der Wald abzeichnete. Doch mit diesen Visionen kam der Schmerz in seinem Gehirn, mitten in seinem Bewusstsein, und die Szenen zerbrachen wie eine Schieferplatte, die an einem Felsblock zerschellt, in Tausende von Bruchstücken.

Diese quälenden Gedanken schossen Nestor innerhalb einer Sekunde durch den Kopf, und schon hörte er Gorvi antworten: »Wo du dich mit ihm unterhalten sollst? Nun, in Gorvisumpf natürlich, wo sonst! Dort befindet sich Jasons Leichnam. Ich stelle die Leiche und du das Talent!«

Nestor bedachte ihn mit einem abschätzigen Blick. »Du erwartest von mir, dass ich deine Stätte aus freien Stücken betrete? Oh nein. Ein neutraler Ort ist mir lieber!«

Gorvis Gesicht verfinsterte sich. »Wo?«

Nestor überlegte einen Augenblick.

»Im Gleißen des Tores zu den Höllenlanden, gleich in der ersten Stunde nach Sonnunter ...« Er hielt inne und verbesserte sich: »Nein, ich habe eine bessere Idee! Wir warten ab, bis die anderen alle zur Sonnseite aufgebrochen sind. Dann fliegst du mit dem Toten zum Tor – allein – und ich folge dir nach. Und dann sehen wir weiter!«

Gorvi schüttelte den Kopf. Er wirkte irritiert, doch schließlich stimmte er zu: »So sei es!«

Sie hatten einander gesagt, was zu sagen war. Wenig später sah man am Himmel über der Sternseite zwei rochenförmige Gestalten mit den Wolken auf die Wrathhöhe zujagen ...

Der folgende Sonnunter währte bereits drei Stunden, als die letzten Bewohner des Felsenturms die Wrathhöhe verließen, um auf der Sonnseite zu jagen. Doch Gorvi hatte Geduld und Nestor alle Zeit der Welt. Denn wenn er ehrlich sein sollte, wollte er vielleicht gar nicht erfahren, was Jason Lidesci so alles wusste.

Gorvi flog wie vereinbart voraus, und Nestor folgte ihm. Am Rande des hellen Leuchtens, das von dem Tor ausging, glitten ihre Bestien zur Erde. Gorvi hob ein langes, in Decken gewickeltes Bündel vom Rücken seines Tieres. Er schlug die Decken beiseite und bedeutete Nestor, näher zu kommen.

Ganz wie der Gerissene ihn vorgewarnt hatte, war der Leichnam vollkommen zerschmettert und eingeschrumpft. Die verzerrten Züge sagten Nestor nicht das Geringste. Dieses Gesicht hätte jedem gehören können. Der Sturz von Gorvisumpf hatte es übel zugerichtet, und es war zu brüchigem Pergament vertrocknet. Der Rest des Körpers machte ebenfalls keinen besseren Eindruck. Fast alle Knochen waren gebrochen, einige ragten wie dürre Zweige hervor.

»Wie lange hat er auf diesem Sims gelegen?«, wollte Nestor wissen.

»Zwei Jahre.« Gorvi zuckte die Achseln. »Aber er hat seinen Zweck erfüllt. Wenn ich es mit einem widerspenstigen Knecht zu tun hatte – hin und wieder soll so etwas ja vorkommen – führte ich ihn einfach an ein hoch gelegenes Fenster, ließ ihn auf den da hinabblicken und fragte, ob er die Kunst des Fliegens beherrsche wie wir Wamphyri. Denn du musst wissen, im Gegensatz zu unseren Leutnants und gemeinen Knechten vermögen wir Lords zu fliegen, wenn es notwendig ist. Der Anblick von Jasons Mumie brachte sie in der Regel wieder zur Vernunft! Und falls das nicht genügte ... nun, dann habe ich auch andere Möglichkeiten!«

»Zwei Jahre«, sinnierte Nestor. »Wie es aussieht, hast du Recht. Die Luft der Sternseite ist blutleer und unfruchtbar. Als hätten wir der Landschaft selbst das Leben ausgesaugt!«

»Nicht wir, sondern die Grenzberge!« Erneut zuckte Gorvi die Achseln. »Ohne Licht gedeiht kein Leben! Hier gibt es nur den Untod!«

»Dies hier ist eine Mumie.« Nestor blickte auf den zerschmetterten Körper. Bislang hatte er ihn noch nicht berührt.

»Soll das etwa heißen, dass du es nun nicht mehr tun kannst?« Der Gerissene starrte erst ihn, dann den zerbröselnden Leichnam an. »Ist der Verfall zu weit fortgeschritten?«

Nestor sah Gorvi ins Gesicht, zwinkerte ihm zu und lächelte ein grässliches Lächeln. »Nein, keineswegs«, erwiderte er. »Selbst wenn er nichts als ein Häufchen Asche in einer Urne wäre, könnte ich mich noch mit ihm *unterhalten.* Um genau zu sein, hört er mir in ebendiesem Augenblick sogar zu.« Er hatte die Stimme zu einem Flüstern gesenkt. Sie war nicht mehr als ein trockenes, kehliges Rascheln.

»Eh?« Gorvi blieb der Mund offen stehen.

»Oh ja«, seufzte Nestor, ungewöhnlich traurig. »Siehst du denn nicht, wie er zittert?«

Der Gerissene wich vorsichtshalber einen Schritt zurück, denn womöglich war Nestor verrückt geworden. »So? Er zittert also? Das ... vermag ich aber nicht zu sehen!«

Nestor kniete sich neben den Leichnam. »Die Kunst der Nekromantie besteht nicht darin, es zu sehen. Ah, aber zu fühlen, wie er zittert, seine Angst zu spüren – das ist es, was sie ausmacht!«

Er lächelte wieder und streckte die Hände nach Jason Lidescis bebendem Leichnam aus ...

ZEHNTES KAPITEL

Gorvi der Gerissene wurde sich einer plötzlichen Veränderung im psychischen Äther bewusst. Die gesamte Aura des Ortes schien mit einem Mal anders. Die Umgebung des Tores war ohnehin merkwürdig. Wie ein riesiges, in einem gewaltigen Krater ruhendes Auge starrte die gleißend helle Halbkugel blind gen Himmel und erhellte den kargen Boden, die geschwärzten Felsen und zusammengeschmolzene Schlacke ringsum. Die verbrannte Erde und das Gestein um den Krater waren von unzähligen Löchern durchzogen, als hätten sich riesige Würmer hier ihre Gänge gegraben. Die unheimliche Glocke beinahe unmerklich pulsierenden Lichts, die sich von dem Portal aus wie ein in stummer Anklage erhobener Zeigefinger gen Norden erstreckte, dazu noch der Grund, aus dem er hier war – all dies verlieh Gorvi das ungewohnte, ungute Gefühl, dass etwas in der Luft lag. Und er nahm an, dass es sich bei dieser Ahnung, diesem Kribbeln, das er mittels seiner Vampirsinne gerade noch wahrnahm, um mehr handelte, weit mehr als bloßen Zufall; und so schrieb er es nicht allein der Tatsache zu, dass er sich zu dieser Zeit an diesem Ort befand.

Gorvi der Gerissene war empfänglicher für das Unheimliche als Canker Canisohn. Er spürte, dass zwischen Nestor und dem Leichnam etwas ... *vorging.* Und als die Hände des Nekromanten sich auf die zerschmetterte Stirn und die eingefallene Brust der Leiche senkten, wurde dieses Gefühl immer stärker. In jenem Augenblick begann Gorvi an Nestors Talent zu glauben. Er war überzeugt davon, dass dieser junge Mann tatsächlich mit den Toten zu reden vermochte. Er trat näher. Womöglich hoffte er, etwas von dem mitzubekommen, was zwischen Nestor und dem Leichnam geschah. Doch Nestor unterhielt sich, unhörbar für die Lebenden, mit einem Toten!

Jason Lidesci, du magst bis zur Unkenntlichkeit entstellt sein, und ich erinnere mich nicht mehr an dich, so wie ich mich an nichts aus meiner Vergangenheit bei den Szgany erinnere – dennoch weiß ich, wer du bist.

Und ich weiß auch, dass wir uns früher einmal gekannt haben. Es wäre schön, wenn es wieder so sein könnte.

Jason erwiderte nichts. Doch Nestor spürte, wie krampfhaft er darum bemüht war, zu schweigen.

Ah! Das wird nicht funktionieren! Ich weiß, wie stark du bist. Und wie starrsinnig! Gorvi hat mir erzählt, dass du dich lieber von Gorvisumpf herabgestürzt hast, als ihm etwas zu verraten. Du glaubtest, du könntest nur einmal sterben! Nun, damals mochte dem durchaus so sein! Aber ich kann dafür sorgen, dass du tausend Tode stirbst, wieder und wieder, so oft du willst. Oder vielmehr, so oft es mir *gefällt ...*

Nestor verstummte. Er schwieg, so lange, bis seine Worte zu einer ungeheuren Drohung angewachsen waren. Doch die einzige Reaktion, die er spürte, war, dass sein Gegenüber sich umso mehr wappnete. Nestor konnte kaum glauben, dass ein Toter so viel Kraft aufzubringen vermochte. Nun ja, für den Augenblick! Doch wie lange würde Jason dies durchhalten?

Im Grunde spürte Nestor weniger Jasons Stärke als dessen Entschlossenheit, ihm keinen Glauben zu schenken. Jason erging es nicht anders als den meisten anderen der zahllosen Toten, die an Nestors Talent zweifelten, sobald der Vampirfürst sie zum ersten Mal ansprach. Immerhin hatte Jason, seit er sich von der nebelfeuchten Außenmauer der Stätte Gorvis herabgestürzt hatte, weder etwas gesehen noch gehört oder gefühlt, noch nicht einmal die Steine und Steinchen, die sich in seinen zerschmetterten Schädel und die gebrochenen Glieder bohrten, als er unten aufschlug. Er hatte nicht mitbekommen, wie der Wind um das Sims, auf dem er lag, toste, und winzige Fledermäuse ihn umschwirrten, um seinen vertrockneten Körper zu inspizieren und danach zwitschernd in die Düsternis zu entschwinden. Jason kannte nichts als die ewige Dunkelheit und Einsamkeit des Grabes, und das Einzige, was er spürte, war die bittere Enttäuschung darüber, tot zu sein, während Nestor, Gorvi und die übrigen Wamphyri weiterlebten, um sein Volk zu tyrannisieren.

Warum sollte er nun also annehmen, Nestor Leichenscheu sei in der Lage, ihn zu berühren und ihm Schmerz zuzufügen? Was war Schmerz denn schon? Nichts als ein Aufschrei gequälter Nerven und Sehnen oder das Brodeln des Fiebers in einem kranken Körper! Wie sollten Nerven, Muskeln und Venen, die Wind und Wetter zu ledrigem Knorpel gegerbt hatten, so etwas wie Schmerz fühlen? Und wie sollten Körperflüssigkeiten, die seit langem vertrocknet oder verdunstet waren, je wieder zu brodeln beginnen?

Andererseits war Jason als Vampir gestorben. Doch da die Toten wussten, wie es so weit gekommen war und weshalb er sich das Leben genommen hatte, hatten sie begonnen, ihn zu akzeptieren. Seine Sinne mochten zwar mit ihm gestorben sein, aber wenigstens vermochte er die Angehörigen der Großen Mehrheit zu hören, wenn sie zu ihm sprachen. Jedoch niemanden sonst. Bisher zumindest! Und sie hatten ihm einiges erzählt. Oh, ihm war durchaus bekannt, dass die zahllosen Toten an Nestors Fähigkeiten glaubten. Hin und wieder hörte er sie in ihren Gräbern heimlich miteinander flüstern, voller Angst, dieses Ungeheuer könne eines Tages auch sie heimsuchen. Es gab sogar einige, die Stein und Bein schworen, er habe sie bereits gefoltert. Doch solchen Äußerungen konnte Jason nur schwer Glauben schenken.

Nur ... warum vermochte er dann zu hören, was Nestor sagte, und zwar genauso deutlich, als spreche jemand aus der Großen Mehrheit ihn an? Es war eine Sache, wenn die Toten untereinander kommunizierten. Aber die Lebenden mit den Toten!? Aus diesem Grund fürchtete er Nestor, und beim Klang seiner Stimme empfand er nichts als Unbehagen. Denn der Vampirlord war mitnichten tot, sondern im Gegenteil äußerst lebendig! Er trug einen Egel in sich und war Wamphyri. Darüber hinaus verfügte er aber auch über die Gabe, mit den Toten zu reden. Wenn er diese Fähigkeit besaß ... was war ihm dann noch möglich? Es war die Furcht *davor*, die Jason zittern ließ.

Er bemühte sich, diese Gedanken für sich zu behalten. Doch schließlich verzog Nestor die Lippen zu einem grässlichen Grinsen. Er konzentrierte seine gesamte Aufmerksamkeit, all seine nekromantischen Kräfte, auf Jasons Leichnam, und zu guter Letzt gelang es ihm, in den Geist seines Opfers einzudringen. Er hatte mitbekommen, was Jason sich so angsterfüllt fragte. Da er nun wusste, dass der Tote ihn hörte, wiederholte er noch einmal laut, was diesen bewegte: »Was mir sonst noch möglich ist? Willst du das wirklich wissen? Nun, vielleicht ist es an der Zeit, dass ich es dir zeige!«

Damit nahm er die Hand von Jasons Stirn, griff mit Daumen und Zeigefinger nach einem zu Pergament vertrockneten Augenlid und riss es ab. Es bereitete ihm nicht mehr Mühe, als einer Motte die Flügel auszureißen. Sicher, es war furchtbar, eine Leiche zu schänden! Aber es kostete ihn keine besondere Anstrengung. Ja, bei einem Lebenden wäre es etwas anderes gewesen. Der hätte es mit Sicherheit gespürt, und es wäre auch nicht so leicht gegangen. Doch bei einem Toten ... Die Toten spüren ja nichts mehr!

Jason erkannte seinen Irrtum; denn Nestor war tatsächlich ein Nekromant, und dessen Opfer spürten alles, was dieser mit ihnen anstellte. Jason spürte, wie das Blut aus der Wunde schoss und ihm übers Gesicht lief, fühlte einen unerträglichen Schmerz – an einer Stelle, von der er noch nicht einmal gewusst hatte, dass sie überhaupt noch existierte! Jason spürte alles, und er schrie seine Qual hinaus!

»Ah!«, seufzte Nestor. »Du kannst also doch sprechen. Ich habe schon beinahe geglaubt, du seist stumm! Aber nein, du bist nur ein bisschen schwer von Begriff!«

Jasons Schreie verklangen allmählich. Sie gingen in ein entsetztes Schluchzen über und hörten schließlich ganz auf. Er wirkte wie jemand, der, obwohl er ganz genau wusste, dass sein Widersacher ihn sah und jede seiner Regungen mitbekam, den Atem anhielt, um sich im Dunkeln zu verbergen. Gleichwohl war er noch immer nicht bereit, etwas zu sagen, und unter all dem Schmerz spürte Nestor auch den Trotz in ihm.

»Soll ich dir noch einmal wehtun?«

Nein!, stieß Jason voller Panik hervor. *Du hast Recht! Ich bin jener*

Jason, den du in Siedeldorf gekannt hast. Sie haben mich gleich bei ihrem ersten Überfall gefangen genommen, und dich ebenfalls, wie mir scheint. Aber im Gegensatz zu mir hast du dich ihnen offensichtlich unterworfen. Nun, du hast ja schon als Kind immer gerne Wamphyri gespielt. Manche könnten dich sogar für den Glücklicheren von uns beiden halten. Ich bin da allerdings anderer Meinung! Selbst der erbärmlichste Tod ist immer noch besser, als untot und ein Vampir zu sein! Für mich gibt es keine Hölle ... bis auf die, welche ihr Vampire euch geschaffen habt!

»Das hast du schön gesagt!«, nickte Nestor. »Du konntest schon immer gut mit Worten umgehen, auch wenn sie mitunter etwas unbedacht sind und manchmal sogar die reine Zeitverschwendung. Und was die Hölle angeht: Glaub mir, Jason, für jeden Menschen gibt es ein ganz persönliches Fegefeuer! Habe ich dir das nicht soeben bewiesen? Aber lassen wir das! Es wäre mir lieber, du würdest mir einfach meine Fragen beantworten, statt so unnachgiebig und hasserfüllt daherzufaseln. Meinst du nicht auch? Falls nicht, gibt es immer noch genügend Teile, auf die du verzichten kannst.« Behutsam zog er an dem vertrockneten Gewebe, das einst Jasons linkes Ohr gewesen war.

Nicht!, flehte Jason erneut. *Frag, was immer du willst, und wenn ich die Antwort weiß, werde ich es dir sagen!*

»Alles?«

Alles, was ich weiß! Doch Nestor war nicht ganz überzeugt. Ihm war, als höre er aus Jasons Worten noch immer eine gewisse Widerspenstigkeit heraus. Er zuckte die Achseln. Man würde sehen.

»Du kennst mich also aus Siedeldorf? Wohlan, erzähle mir alles über mich!«

Wie bitte? Jason wirkte verwirrt. *Du willst, dass ich dir etwas verrate, was du bereits weißt?*

»Mitnichten! Nur das, was ich vergessen habe! Weißt du, ich habe mein Gedächtnis verloren und kann mich an so gut wie nichts mehr erinnern außer an ein paar Bruchstücke – wie ich verwundet wurde und beinahe ertrunken wäre, dass ich in einer Hütte im Wald lebte und schließlich Wamphyri wurde. Aber weder von meiner Kindheit noch von meiner Jugend weiß ich etwas. Nichts, nicht das Geringste! Du musst mir jetzt das Gedächtnis ersetzen. Doch zuvor sag mir eines: Als ich dich angesprochen habe, wusstest du sofort, wer ich bin, ohne dass ich es dir gesagt hätte. Wie kommt das?«

Nun, es gab nur eine einzige Möglichkeit, wer du sein konntest, erwiderte Jason. *Niemand sonst verfügt über so ein Talent. Du gehörst zu den Lebenden – was man so Leben nennt – und vermagst trotzdem mit den Toten zu sprechen. Und sie fürchten dich! Sie haben Angst davor, deine Stimme zu vernehmen oder gar deine Berührung zu spüren. Sie haben mir deinen Namen verraten, die zahllosen Toten, doch da stellte ich fest, dass ich ihn schon seit langem kannte. Du bist der Nekromant Lord Nestor Leichenscheu von den Wamphyri, vormals Nestor Kiklu von den Szgany Lidesci. Wir sind zusammen aufgewachsen – in Siedeldorf. Wir wären besser auch gemeinsam gestorben!*

Es verhielt sich mehr oder weniger so, wie Nestor vermutet hatte. Nur eines erstaunte ihn. »Wir ... sind zusammen aufgewachsen?« Er runzelte die Stirn. »Ich habe keinerlei Erinnerung mehr daran ...« Doch irgendwo in seinem Hinterkopf nahm ein Bild Gestalt an, ein Pfad in einem Wald und eine Lichtung, Kinder, drei an der Zahl, die fröhlich spielten. Zwei Jungen ... und ein Mädchen. Sie mochten vielleicht zehn oder elf Jahre alt sein. Nestor nahm die Szene durch die Augen eines vierten Kindes wahr. Er nahm an, dass es sich dabei um ihn selbst handelte. Es brachte eine Saite in ihm zum Schwingen, aber noch blieb alles verschwommen; und weil der Körper, der vor ihm lag, so entstellt war, sah Nestor sich nicht in der Lage, Jason Lidesci unter den Kindern auszumachen.

»Zeig mir, wie du damals ausgesehen hast«, verlangte Nestor von dem bebenden Leichnam. Obwohl Jason sich nach Kräften dagegen sträubte, tauchte vor seinem geistigen Auge reflexartig prompt das Bild eines Kindes auf. Nestor sah es, und nun war ihm klar, dass Jason sich tatsächlich unter den spielenden Kindern befunden hatte. Doch wer waren die beiden anderen?

»Hast du die Bilder der Kinder gesehen, die mir durch den Kopf gingen?«

Ja, das habe ich.

»Wer sind sie und wie heißen sie?«

Was? Du kannst sie doch unmöglich vergessen haben ... wo sie dir so nahe standen!

Nestor seufzte hinterhältig, packte Jasons lose herabhängenden Unterkiefer und verrenkte ihn – ein bisschen nur, bis das spröde Fleisch am rechten Mundwinkel des Leichnams Risse bekam. Das genügte, denn Jason Lidesci kam es so vor, als würde ihm das Gesicht in Stücke gerissen.

Nein, bitte! Mein Gesicht!, schluchzte er.

»Wer sind die Kinder?«

Misha!, brüllte Jason. *Das Mädchen heißt Misha Zanesti!* Hemmungslos schluchzend stieß er unter Qualen hervor: *Und der Junge heißt ... Er heißt Nathan. Tu mit mir, was du willst, Nestor, aber ich kann nicht glauben, dass du ihn vergessen hast!*

»Misha? Sie heißt ... Misha?« Bisher hatte Nestor im Flüsterton mit Jason gesprochen. Doch mit einem Mal versagte ihm die Stimme. Die Augen traten ihm aus den Höhlen, die bebenden Lippen entblößten riesige Fangzähne, und hastig zog er die Hände von dem Toten zurück.

Wie oft war der Nekromant aus unruhigen Träumen erwacht, diesen Namen auf den Lippen, ohne zu wissen, was er zu bedeuten hatte! Doch nun schien sich das Dunkel zu lichten. Ganz allmählich stieg in seiner Erinnerung ein weiteres Bild auf: dieselben Kinder wie zuvor, diesmal ein bisschen älter, am Ufer eines von Bäumen gesäumten Flusses – und sie waren lediglich zu zweit ...

... Nathan und Misha!

Nur Nestor als stummer Beobachter, genauso fassungslos wie damals!

Die Kinder an einer Flussbiegung, an der sich die seichten Wellen kräuselten und gelben Sand und Kies am Ufer abgelagert hatten. Nathan auf einem Felsen sitzend, im Hintergrund der Wald, während Misha lachend umherschwamm und ihn damit aufzog, dass er sich wohl nicht traue, im Fluss zu schwimmen.

Nackt stand sie da, ohne Scheu, und bedeutete ihm, zu ihr ins Wasser zu kommen. Das Sonnenlicht schimmerte auf ihrem gebräunten, elfenhaften Körper und betonte die noch kaum entwickelten Brüste, brach sich in den glänzenden Tropfen, die der Fluss im zarten, dunklen Flaum ihrer Scham hinterließ. Sie war kein Kind mehr, aber noch lange keine Frau, voller Unschuld (war sie wirklich so unschuldig?), als sie sich Nathan präsentierte.

Nestor reagierte genau wie damals. Er wollte sie haben und zugleich verachtete er sie ob ihrer Naivität. Nie hatte Misha auch nur bemerkt, was er für sie empfand. In jenen Tagen hätte er zwar ohnehin nicht viel mit ihr anzufangen gewusst, dennoch wollte er sie, auch wenn sie ihr Herz einem anderen geschenkt hatte. An dem Ziehen in seiner Brust hatte er erkannt, dass sie längst Nathan gehörte. Und er fragte sich: *Ist sie das wirklich? Dieses Kind, dieses Mädchen? Die Frau, die mich später verraten hat?* War es Misha, die seine Liebe verschmäht hatte, damals, als er noch zu echter Liebe fähig gewesen war? Es war zwecklos, sich darüber den Kopf zu zermartern, denn tief im Innern wusste er es bereits. Und er wusste ebenfalls, mit wem sie ihn betrogen hatte.

Denn Nathan war nun bis zu den Knöcheln im Wasser und riss sich die Kleider vom Leib. Lachend balgte er sich mit ihr im flachen Wasser. Ihre Körper berührten einander, nicht intim, noch nicht, eher so, als seien die beiden Geschwister. Doch Nestor sah, was kommen musste, sollte es auch Jahre dauern, und ihm war klar, dass er zu spät gekommen war.

Demnach musste es sich bei seinem Erzfeind um diesen Nathan handeln. Sie waren also schon vor einer Ewigkeit Rivalen gewesen, schon in frühesten Kindertagen!

»Sein Gesicht«, krächzte Nestor, als die Szene vor seinem geistigen Auge verblasste und schließlich verschwand. »Du musst mir zeigen, wie er aussah, als du ihn zum letzten Mal gesehen hast, Jason!«

Das war in der Nacht des Überfalls, antwortete Jason. Er gab sich geschlagen, denn er wusste, wie schmerzhaft es werden würde und wie sinnlos es war, Nestor etwas vorzumachen. *Wir drei hatten meinen Vater auf seiner jährlichen Wanderung zur Sternseite begleitet und waren gerade nach Hause zurückgekehrt. Das war das letzte Mal, dass ich Nathan gesehen habe, und dich auch. Es war das letzte Mal, dass ich überhaupt jemanden aus Siedeldorf sah. Seit dieser Nacht bin ich niemandem mehr begegnet, der noch zur Gänze menschlich war.*

Nestors Geduldsfaden stand kurz davor zu reißen. Er hatte eine klare Frage gestellt und wurde nun mit etwas völlig anderem abgespeist. Anscheinend war dieser Jason genauso, wie Gorvi ihn beschrieben hatte: verdrossen und widerspenstig! Selbst jetzt bereitete er einem nichts als Ärger. Womöglich hatte er auch den Schmerz kaum gespürt und einfach nur laut drauflos geschrien. Doch jetzt wurde es Nestor zu viel.

»Mir scheint«, knurrte er, »du willst meine Zeit verschwenden.« Damit streckte er abermals die Hände nach dem Leichnam aus, diesmal nach dem schlaff herabbaumelnden, beinahe gewichtslosen Arm. »Ich sage es dir nur noch ein einziges Mal: Zeige mir sein Gesicht!«

Ja! Ja, ich tue es ja!, stieß Jason voller Angst hervor. Sein Entsetzen war echt, und Nestor zweifelte nicht länger daran, nun endlich die Wahrheit aus ihm herauszubekommen. Doch um auf Nummer sicher zu gehen, zerrte er so lange an dem Arm, bis dieser am Ellenbogen nahezu entzweiging. Hatte Jason tatsächlich noch irgendeine Art von Widerstand geleistet, gab er sie nun endgültig auf.

Jason Lidesci schrie, schrie wie am Spieß, und seine lautlosen Schreie hallten durch die Nacht. Sie durchdrangen die Ödnis der Findlingsebene, schollen über die Pässe, wurden von den Bergen zurückgeworfen und waren selbst auf der Sonnseite noch zu vernehmen. Die zahllosen Toten in ihren Gräbern und Grüften hörten ihn und wussten, welche Qualen er litt ... und doch fanden sie nicht ein einziges Wort des Trostes für ihn – aus Angst, Nestor könne auf sie aufmerksam werden! Jason schrie, schrie sein Grauen hinaus, als er spürte, wie sein Fleisch aufbrach und ihm die Knochen aus den Gelenken gerissen wurden. Seine

Schreie hätten die Toten zu wecken vermocht, nur wagten diese nicht zu erwachen, denn ein Nekromant war über sie gekommen!

»Sein Gesicht!«, befahl Nestor und verdrehte den Arm ein letztes Mal, ohne seinem Opfer die Chance zu gönnen, die Selbstbeherrschung zurückzugewinnen. Endlich verhallte Jasons Schreien und Schluchzen, und Nestor erhielt, was er wollte.

Ein Gesicht – es zeigte ihm Nathan, seinen alten Erzfeind – tauchte aus dem roten, pulsierenden Nebel auf, aus dem Schmerz, der Jasons Geist verschlang, und gewann Gestalt, so dass der Nekromant es sehen konnte.

Er erkannte es auf Anhieb!

Blond, blauäugig und so blass, wie man sich nur vorstellen konnte, auf eine traurige, scheue Art gut aussehend. Nathan wirkte wie ein Szgany und doch auch wieder nicht. Mit einem Mal erinnerte Nestor sich daran, wie er sich zuweilen geschämt hatte zuzugeben, dass Nathan sein ... sein ... *sein* ...

Der Gedanke entschwand. Nestors Geist war wieder leer wie ein unbeschriebenes Blatt. Jason jedoch hatte trotz seiner Qualen alles mitbekommen. Plötzlich wurde ihm einiges klar. Er verstand, wonach der Nekromant suchte, und erkannte nun, welchen Schock ihm die Erkenntnis der Wahrheit bereiten musste.

Oh ja, schluchzte er. *Es ist wahr. Solange ihr Kinder wart, bist du stets für ihn eingetreten, später dagegen wolltest du nicht einmal mehr zugeben, dass er dein Bruder ist! Jetzt weißt du, warum ich nicht zu glauben vermochte, dass du ihn vergessen hast. Das Gesicht, das ich dir gezeigt habe, gehört Nathan Kiklu, einem weit besseren Mann als dir, Nestor, auch wenn ihr Zwillinge seid!*

Nestor sprang auf und wich wie ein von seinem Jäger aufgescheuchtes Tier vor der Wahrheit zurück. Er, dessen Fähigkeit doch darin bestand, sich unsägliche Foltern zu ersinnen, litt nun Höllenqualen. Sein ärgster Feind war ausgerechnet sein Bruder!? Nathan und Nestor Kiklu glichen einander zwar nicht wie ein Ei dem anderen, dennoch waren sie zur selben Zeit von ein- und derselben Mutter geboren worden! Sie hatten ihre Kindheit gemeinsam bei den Szgany verbracht – Nestor, Misha, Nathan und Jason. Als Kinder hatten sie miteinander gespielt, miteinander gelacht und geweint. Und in der Tat hatte Nestors Lieblingsbeschäftigung in jenen Kindertagen darin bestanden, so zu tun, als sei er ein Vampirlord, lange bevor er Lord Nestor von den Wamphyri wurde!

Für den Bruchteil einer Sekunde flackerte in Nestor die Erinnerung an seine Vergangenheit auf – gerade so lange, bis der Vampir in ihm die Gefahr erkannte und sich daranmachte, diesen Fehler zu beheben. Er trennte die metamorphen Nervenzellen, zwischen denen die Erinnerungsreize weitergeleitet wurden, voneinander, und bewahrte Nestor so vor den menschlichen Regungen, die plötzlich von ihm Besitz ergreifen wollten.

Noch immer bekam Jason Lidesci alles mit. *Einen kurzen Moment lang habe ich dich wiedergesehen, Nestor, so wie du einst warst. Ah, doch nun bist du Wamphyri geworden, und das, was dich ausgemacht hat, existiert nicht mehr! Oder falls doch, dann nur noch als Sklave der Bestie, die in dir wohnt!*

Mit bebendem Finger deutete Nestor auf den Leichnam. »Tu das weg! Tu damit, was du willst, aber vernichte es!«

»Was?«, fragte Gorvi erstaunt. Bisher hatte er geduldig geschwiegen und das Ende der Vorstellung, die Nestor ihm bot, abgewartet. Der Nekromant redete, und die Leiche gab keinen Mucks von sich. Das war alles! Oh, eine gewisse Aura hatte er schon gespürt, irgendetwas lag in der Luft, gewiss, aber nichts Greifbares. Und nun dies! Der so genannte Nekromant zitterte wie Espenlaub und hatte offensichtlich Angst vor dem Toten. »Aber er hat dir doch noch gar nichts gesagt!«

»Er hat genug gesagt!«, erwiderte Nestor schroff. »Vielleicht zu viel! Er hat alte Wunden, die ich längst vergessen glaubte, wieder aufgerissen. Mir wurde einst großes Unrecht zugefügt, und nun kehrt es zurück, um mich zu quälen. Es gibt Dinge, an die man besser nicht rührt ...«

»Und was ist mit den Szgany Lidesci?«, wollte Gorvi wissen. Er war wütend, sein Gesicht mit einem Mal verzerrt, voller Misstrauen. »Wir haben eine Abmachung! Oder hast du es dir anders überlegt? Vielleicht hast du ja erfahren, was du wissen wolltest, und ziehst es nun vor, die Früchte allein zu ernten!«

»Du Narr!«, fuhr Nestor ihn an. »Die Szgany Lidesci? Siedeldorf? Jedes Mal, wenn ich auf der Sonnseite jage, lande ich auf den Felsen hinter der Stadt, um auf die Befestigungsanlagen hinabzublicken. Dann steigt die Erinnerung in mir auf, wenn auch nur flüchtig! Ich kenne den Ort! Ihn angreifen? Auf die Szgany Lidesci losgehen? Niemals! Zumindest noch nicht! Nicht, bevor er zurückkommt!«

»Wer denn?« Gorvi hatte nicht die geringste Ahnung, von wem Nestor sprach.

»Mein alter Widersacher, mein ... Erzfeind! Er ... hat mir etwas ... weggenommen.« Nestor zögerte einen Moment, runzelte die Stirn. Der Kopf tat ihm weh. Er strich sich mit der Hand über die Schläfe, ehe er fortfuhr: »Ich nehme an ... ich glaube, er hat mir die Frau weggenommen, ein Zigeunermädchen. Sie war aus Siedeldorf. Danach floh er. Falls sie noch dort lebt, bei den Szgany Lidesci, wird er eines Tages zurückkehren. Davon bin ich überzeugt! Sie hat dieselbe Wirkung auf ihn wie der Mond auf Canker Canisohn. Doch sollte sie bei einem unserer missglückten Überfälle ums Leben kommen, gäbe es für ihn keinen Grund mehr wiederzukehren. Für mich wäre er dann für immer verloren – und mit ihm meine Rache!«

»Eine Frau?« So langsam wurde es Gorvi zu bunt. Es lief alles anders als geplant, und das gefiel ihm ganz und gar nicht. »Sag bloß, du verzehrst dich nach einer Szgany-Schlampe? Ist das alles? Irgendeine alte Geschichte? Die Vergangenheit ist vorbei, Nestor! Wir leben für den Augenblick und für den morgigen Tag und wahrscheinlich noch sehr viel länger! Was vergangen ist, ist tot und vergessen, nur die Untoten leben ewig – nun, zumindest solange es genügend Blut für sie gibt!«

»Es reicht!«, knurrte Nestor. »Ich weiß, was ich zu tun habe! Der Hunde-Lord sagt, in die Zukunft zu blicken, sei eine zweifelhafte Angelegenheit; denn der Ausgang eines Ereignisses mag zwar feststehen, nicht jedoch der Weg, auf dem es dazu kommt.

Nun, ich nehme an, in meinem Fall trifft das in gewisser Weise auch auf die Vergangenheit zu. Wäre es mir bestimmt gewesen, sie zu kennen, wäre es gar nicht erst so weit gekommen, dass ich das Gedächtnis verliere. Aber der Tag wird kommen, an dem ich mich erinnern werde! Dieser Tote hier, Jason Lidesci, stellt die letzte Verbindung zu etwas dar, was mich zu einem anderen machen könnte. Ich aber ziehe es vor, so zu bleiben, wie ich bin! Für den Augenblick zumindest! Und wenn du dich auf den Kopf stellst, ich unternehme in dieser Sache hier nichts mehr. Ich rufe jetzt meine Männer, Zahar und Grig. Sie brennen schon darauf, endlich auf der Sonnseite zu jagen!«

»Wir haben eine Abmachung!«

»Ich habe sie soeben gebrochen! Du kannst mich ja zu einem Duell auf der Sonnseite fordern, wenn du unbedingt willst!«

»Treib es nicht zu weit, Kleiner!« Gorvi wich zurück, doch Nestor witterte bereits den Verrat. Außerdem las er ihn in Gorvis Gedanken. Der Gerissene war kein Risiko eingegangen. Er hatte seine Knechte schon vorher hier Stellung beziehen lassen!

Sie kamen hinter der gleißenden Halbkugel hervor, die das Tor bildete, zwei kräftige Leutnants in ledernen Brustpanzern. Wäre Gorvi allein gewesen, hätte Nestor sich durchaus eine Chance ausgerechnet. Aber gegen drei gleichzeitig? Er blickte zu seinem Flieger, doch Gorvis Männer verstellten ihm bereits den Weg. Sie trugen Kampfhandschuhe, und einer der beiden warf seinem gehässig grinsenden Meister einen dritten Handschuh zu.

»So hast du dir das also vorgestellt«, sagte Nestor. »Zuerst sollte ich dir die Geheimnisse dieses Leichnams verschaffen, und danach wolltest du mich umbringen und selber den Nutzen daraus ziehen. Du hast es von Anfang an geplant!«

Gorvi glitt verstohlen einen weiteren Schritt auf ihn zu. Seine Stimme klang verschlagen, gefährlich, als er entgegnete: »Was hast du denn gedacht? Man nennt mich nicht umsonst den Gerissenen!«

Ehe sie ihn ganz einkreisen konnten, drehte Nestor sich um und rannte, allerdings nur ein kurzes Stück weit. Denn plötzlich war das dumpfe Wummern starker Stoßdüsen zu vernehmen, und ein dunkler Schatten erschien über der Findlingsebene – eine von Nestors Kreaturen, ein Krieger! In einer lang gezogenen Kehre senkt er sich auf den Boden hinab. Direkt über ihm breiteten zwei Flugbestien ihre Schwingen aus und setzten ebenfalls zur Landung an. In den Sätteln saßen Grig und Zahar Leichenscheu. Beide spähten angestrengt nach unten und wirkten zum Kampf entschlossen.

Nestor wandte sich zu Gorvi um und rief mit gedämpfter Stimme: »Ich weiß sehr wohl, weshalb sie dich den Gerissenen nennen – weil du verschlagen und hinterhältig bist und noch jeden betrogen hast. Darum kam auch ich nicht ganz unvorbereitet. Hast du nun, wo meine Chancen wieder besser stehen, immer noch Lust zu kämpfen? Dann nur zu! Aber vergiss nicht: Falls du dabei umkommen solltest, ist das noch lange nicht das Ende! Dann unterhalten wir uns nämlich in der Saugspitze weiter! Und glaub mir, dann wirst du mich nicht hintergehen!«

Gorvi pfiff seine Männer zurück und bedeutete ihnen mit Handzeichen, zu ihren Fliegern zurückzukehren, die sie hinter dem Portal zu den Höllenlanden verborgen hatten. Während er in den Sattel stieg, sagte er: »Damit ist unsere Freundschaft zu Ende, Leichenscheu!«

»Freunde!?«, schnaubte Nestor. »Das waren wir nie! Ich und dein Freund sein!? Wo es doch so viele Skorpione gibt, denen ich viel eher mein Vertrauen schenken würde! Mach, dass du zurück in dein Loch kommst, Gorvi, und lass dir etwas anderes einfallen!« Seinen Leutnants befahl er: *Bleibt oben! Wir fliegen auf die Sonnseite. Eine Meile südlich von Zwiefurt haben die Szgany ein Versteck im Wald. Ich habe es schon des Öfteren gespürt. Hin und wieder sind sie dort anzutreffen, manchmal allerdings auch nicht. Nun, wenn sie sich heute Nacht dort aufhalten, gehören sie uns.* Seinem Krieger gab er den Befehl: *Und du … machst, dass du nach Hause kommst! Zurück in deinen Pferch! Wenn ich heimkehre, bringe ich dir etwas Leckeres mit.*

Nachdem das grässliche Geschöpf kehrtgemacht hatte und zurück zur Wrathhöhe flog, schwang auch Nestor sich in den Sattel.

Gemeinsam mit seinen Leutnants jagte er über den sternenbesäten Himmel auf den Großen Pass und die Verlockungen der Sonnseite zu ...

... Aus den versprochenen Leckereien sollte jedoch nichts werden.

Was Nestor auf seinen früheren Jagdausflügen gespürt hatte, entpuppte sich lediglich als Köder für einen erneuten Hinterhalt, eine neue Methode, welche die Szgany bisher noch nicht angewandt hatten. Und um ein Haar wären Nestor und seine Leutnants in die Falle getappt!

Sie suchten sich einen geeigneten Platz zum Landen und näherten sich dem Ort, an dem Nestor das Versteck vermutete. Sie folgten dem Geruch eines Kochfeuers, der noch in der Luft hing, und witterten Szganyblut, spürten die Wärme menschlicher Körper in der Nähe, wussten, dass die Szgany schliefen und träumten, und hörten das Flüstern der Wachen, die sich leise miteinander unterhielten. Erst als ein Armbrustbolzen Grigs Schulter dicht am Herzen durchbohrte und den Leutnant zu Boden riss und Zahars gellender Warnruf den gesamten Wald aufschreckte, merkte Nestor, was los war. Mit einem Mal wimmelte es um sie herum nur so von Travellern.

Allem Anschein nach hatten sich diese Szgany ausgerechnet Lardis Lidesci und seine Sippe zum Vorbild genommen.

Nestor und Zahar hatten in der Tat Glück! Ein Hagel in Kneblasch getauchter Armbrustbolzen mit silbernen Spitzen verfehlte sie um Haaresbreite. Ein riesiger Baumstamm sauste krachend herab, als die Szgany die Halteseile kappten. Die abgehackten Äste waren zu Pfählen zugespitzt, die sich tief in den Waldboden bohrten. Mit Silber besetzte Netze zischten schwirrend aus den Wipfeln der Bäume, und von hoch oben regnete es Kneblaschöl, das sich in einem giftigen, dünnen Nebel herabsenkte.

Zu allem Überfluss steckte einer der Szgany, die im Hinterhalt lagen, das Unterholz in Brand. Die Flammen fraßen sich durch das ölgetränkte Strauchwerk und schossen von Ast zu Ast. Die drei Vampire waren von einem Ring aus Feuer umschlossen, der die Nacht taghell erleuchtete und ihnen noch ihren letzten Vorteil, nämlich die Fähigkeit, auch im Dunkeln zu sehen, nahm.

Nestor und Zahar zerfetzten mit ihren Handschuhen die Netze, die sie umfingen, und flohen. Grig schleiften sie hinter sich her. Er hatte Glück im Unglück, denn ein anderer Lord hätte ihn aller Wahrscheinlichkeit nach seinem Schicksal überlassen. Nestor hatte jedoch nur diese beiden Leutnants und konnte es sich nicht leisten, einen von ihnen zu verlieren. So simpel war das! Mit Loyalität hatte das Ganze wenig zu tun. Vampire, zumal noch die Lords der Wamphyri, dachten in erster Linie an sich! Etwas anderes interessierte sie nicht!

Alle drei trugen leichte Verbrennungen davon, und ihnen war übel vom Kneblasch. Am schwersten wog jedoch die Tatsache, dass eine Hand voll Männer genügt hatte, sie in die Flucht zu schlagen! Nestor konnte dies kaum ertragen, er war außer sich vor Wut! Doch es kam noch schlimmer, als sie zu ihren Fliegern zurückkehrten.

Grigs Tier war am Ende. Wie eine versengte Motte lag es flach auf dem Bauch, an dem mehr als die Hälfte der Tentakel mit riesigen Messern durchtrennt worden war, schlug matt mit den Flügeln und wimmerte zum Steinerweichen. Die Szgany hatten es mit kochendem Pech geblendet, das große Löcher in die noch immer schwelenden Mantaschwingen gebrannt hatte. Mit dem brandgeschwärzten Kopf nickend wälzte es sich hilflos hin und her und schrie, ohne zu verstehen, was überhaupt mit ihm geschehen war.

Auch Nestors Bestie hatte einiges abbekommen. Ihr Angreifer hatte ihr ein paar tiefe, heftig blutende Stichwunden am Hals beigebracht, ehe es ihr gelungen war, sich auf ihn zu wälzen und ihn zu zermalmen. Ob sie noch fliegen konnte, stand in den Sternen. Falls Nestor es schaffte, sie an einem Stück in die Saugspitze zu bringen, würden die Wunden mit der Zeit heilen. Doch ob er es schaffte, war mehr als fraglich. Lediglich Zahars Flieger war zu hundert Prozent flugtauglich; denn die Bestie hatte aus dem, was ihren Artgenossen widerfahren war, gelernt und sich auf ihre beiden Angreifer gewälzt, noch ehe diese ihr ernsthaften Schaden zufügen konnten. Nun lag sie auf den Überresten der beiden. Sie hatte ihnen die Eingeweide aus dem Leib gequetscht, und aus den weit aufgerissenen Mündern sickerte Blut.

Noch nicht einmal eine Stunde war vergangen, seit Nestor und seine Männer auf dem sanft abfallenden, baumbestandenen Hügel gelandet waren. Unter normalen Umständen hätten sie sich von hier aus bequem wieder in die Lüfte erheben können. Doch wütend und verstört, wie sie waren, flohen sie nun hastig und überstürzt. Zahar, dessen Flieger ungeschoren davongekommen war, zog Grig hinter sich in den Sattel, während Nestor seine geschwächte Bestie bestieg. Schlitternd rutschten sie den Abhang hinab, walzten das Strauchwerk nieder und spürten jeden einzelnen Knochen im Leib, ehe sie endlich in der Luft waren. All dies schürte Nestors Zorn nur noch mehr.

Kaum hatten sie abgehoben, befahl Nestor Zahar, nach Hause zu fliegen. Er folgte ihm ein Stück weit, doch dann ging er auf einem nach Süden hin gelegenen Plateau in den Grenzbergen nieder. Dort rieb er seinem Tier seinen Speichel in die Wunden, um die Heilung zu beschleunigen. Danach hieß er es ausruhen und ein Weilchen dösen, während er am Rand des Felsens stand, hinab auf die Sonnseite blickte und die Ereignisse der vergangenen Stunden noch einmal vor seinem inneren Auge Revue passieren ließ. In dem Maß, in dem sein Zorn nachließ, wurde ihm klar, wie katastrophal diese Nacht bisher für ihn verlaufen war.

Zunächst einmal hatte er einen Flieger eingebüßt. Dafür war nicht einfach Ersatz zu finden. Dann war Grig schwer verwundet worden und während der nächsten Sonnunter wahrscheinlich zu nichts zu gebrauchen. Außerdem hatte Gorvi der Gerissene ihm Feindschaft geschworen. Zweifellos würde er versuchen, ihm Ärger zu bereiten. Nun, zumindest dies war Nestor nicht neu! Doch was den Rest anging, hatte er eine empfindliche Niederlage erlitten und nichts erreicht, was sich dagegen aufrechnen ließ.

Niedergeschlagen stand Nestor da, völlig am Boden zerstört. Seine Stimmung war auf dem Tiefpunkt, und das nicht nur wegen des furchtbaren Desasters der heutigen Nacht. Denn irgendwo in seinem Hinterkopf, bereit, ihm jeden Augenblick ins Gesicht zu springen, nagte etwas anderes an ihm – der Gedanke an ...

... Lady Wratha!

Sie war da, hatte mitbekommen, was er dachte! Er sah sie vor seinem geistigen Auge, und sie lächelte ihn an! Es musste an ihrem ausgeprägten Mentalismus liegen, der seine diesbezüglichen Fähigkeiten bei weitem übertraf. Nestor hatte sich ihr als das offenbart, was er in Wirklichkeit war – ein liebeskranker junger Mann! *Wie warm und weich ihre Brüste sich anfühlten ... Er brauchte nur daran zu denken, und seine Hände begannen zu zittern, so wie sie damals gezittert hatten in jener Nacht auf dem Dach der Wrathspitze!* Der einzige Unterschied zu damals bestand darin, dass er nun erkannte, mit welcher Leichtigkeit sie einen unerfahrenen Geist wie den seinen zu beeinflussen vermochte, wie leicht es ihr gefallen sein musste, ihm diese Visionen vorzugaukeln.

Doch andererseits ... wenn sie wirklich wollte, dass er in dieser Weise an sie dachte ... dann womöglich deshalb, weil sie ihrerseits auch ihn ... *wollte!*

»Unerfahren, wie wahr!«, sagte sie und trat hinter einem Felsblock hervor. Mit einem Mal schien sich alles rings um Nestor zu drehen. »Aber mach dir nichts draus! Immerhin habe ich hundert Jahre Zeit gehabt, meine Erfahrungen zu sammeln. Und ich sage dir eines: Jeder andere, der durchgemacht hätte, was du hinter dir hast, hätte mir binnen eines Tages aus der Hand gefressen!«

»Was willst du von mir?« Er kam sich vor wie ein Trottel, doch ihm fiel nichts Besseres ein. Natürlich wollte sie mit ihm spielen, was sonst, nun, da sie wusste, dass er ihr verfallen war. Oder ... wollte sie etwa ihren Anteil an der Beute einfordern?

»Nichts dergleichen!« Sie schüttelte den Kopf. »Was du hast, gehört dir, und was du möchtest, erhältst du, sobald die Sonne aufgeht, in der Wrathspitze – wenn ich mich zu Bett begebe.

Meinetwegen auch in der Saugspitze, falls du darauf bestehen solltest. Ich will auch nicht, dass du mir aus der Hand frisst, sondern ... Ich liebe dich! Vielleicht wärst du ja schon eher zu mir gekommen oder ich zu dir, wenn du dir nicht eine Geliebte von der Sonnseite mitgebracht hättest. Und, bist du jetzt glücklich? Hat sie es geschafft? Ah, das glaube ich nicht! Eine Zeit lang vielleicht; aber du bist nun ein Wamphyri, Nestor, wenn auch ein reichlich sonderbarer! Es gibt Dinge, die hast du noch nicht abgelegt; und bei dir ist es immer noch echt!«

»Immer noch echt?« In ihrer Gegenwart fühlte er sich wie ein dummer Junge.

»Das Gefühl der Liebe! Die Wamphyri kennen nur eins – ihre Begierde!«

»Und was ist mit dir?«

»Ich werde dir geben, was ich zu geben vermag.« Sie trat einen Schritt auf ihn zu.

Er wich zurück wie ein kompletter Idiot. »Du hast mir schon einmal Avancen gemacht und es dir dann anders überlegt.«

»Avancen? Denk doch mal nach! Seit wann ist ein simpler Kuss denn eine Aufforderung zu mehr? Du hättest mich doch glatt vergewaltigt, wenn ich dem nicht einen Riegel vorgeschoben hätte! Und wenn ich dich noch so sehr wollte, auf diese Art ganz bestimmt nicht!«

Er runzelte die Stirn. »Aber wenn du das echte Gefühl, wie du es nennst, doch nicht kennst – wenn dir das, was die Szgany Liebe nennen und woran ich mich anscheinend erinnere, ohnehin fremd ist – welchen Unterschied macht es dann, auf welche Art und Weise wir einander nahe kommen? Du hast mich gefragt, ob ich jetzt glücklich bin. Ich aber frage dich: Kann ich denn überhaupt glücklich sein? Ist es überhaupt noch möglich? Denn wie du ja selbst gesagt hast: Nun bin ich ein Wamphyri!«

»Lass es uns doch herausfinden!« Sie trat einen weiteren Schritt auf ihn zu, glitt eher, als dass sie den Boden berührte. Und diesmal blieb er stehen.

Ihre lederne Rüstung war mit Blut bespritzt, doch ihren Handschuh hatte sie abgelegt. Einmal mehr fragte er sich, weshalb sie hier war und ob sie womöglich jemanden als Verstärkung mitgebracht hatte. Laut sagte er jedoch nur: »Was führt dich eigentlich hierher?«

»Keine Sorge, ich bin allein! Endlich waren wir einmal erfolgreich bei unserer Jagd. Wir haben sieben neue Knechte gewonnen, und ebenso viele werden sich auf den Weg zur Sternseite machen, noch ehe die Sonne aufgeht. Ich wollte gerade zurück zur Wrathspitze fliegen, da sah ich dich hier stehen und bekam mit, was du dachtest – eine der leichtesten Übungen, schließlich tue ich das nicht zum ersten Mal. Ich spürte deinen Schmerz und deinen Zorn. Ich wusste, wie enttäuscht du warst, und mir wurde klar, dass es endlich so weit war. Also befahl ich meinen Leuten, weiterzufliegen, und kam zu dir.

Während ich wartete, habe ich dich natürlich beobachtet, Nestor! In mancherlei Hinsicht fiel es dir leicht, ein Wamphyri zu werden, und dennoch hattest du deine Schwierigkeiten. Aber glaubst du vielleicht, du hättest mehr durchgemacht als ich? Auch ich habe schon Niederlagen erlitten, sie gingen zu Lasten meiner Stätte. Da muss einiges in Ordnung gebracht werden, und ich muss mich darum kümmern. Mir sind Gerüchte zu Ohren gekommen, die Qualität meines Wassers sei nicht so, wie sie sein sollte. Die Lords reden schon über die ... Zustände, die in meiner Stätte herrschen, und hinter meinem Rücken lachen sie über mich. Aber glaub mir, auch ich werde einiges zu lachen haben, wenn ich den Mann, der für meine Leitungswarte verantwortlich ist, zur Rechenschaft ziehe; und erst die Kerle, deren Aufgabe es ist, sich um die Krieger zu kümmern, die in meinen Bottichen heranwachsen ... ganz zu schweigen von den Affären, die ich niemals gestattet habe.

Oh, in meiner Stätte gibt es einiges an Entscheidungen zu treffen, doch an allererster Stelle stehen meine Bedürfnisse – und die lassen mir keine Ruhe mehr ...«

Sie blickte Nestor tief in die Augen und sagte noch einmal: »Meine Bedürfnisse, aye! Und ... wie steht es mit dir?«

Er trat auf sie zu, wollte sie in die Arme schließen. Doch sie hielt ihn zurück, indem sie ihm die flache Hand auf die Brust legte. Als sie jedoch sah, wie die Wut in ihm wieder aufflammte, beruhigte sie ihn: »Oh nein, mein hübscher Lord. Keine Sorge, ich habe dazugelernt und werde das Spiel nicht weiter treiben. Das eine Mal hat mir gereicht! Doch zügle deine Ungeduld und denke daran: Ich bin die Lady Wratha! Dies ist weder die Zeit noch der Ort, der Liebe zu frönen ... oder vielmehr der Lust!«

»Wann denn sonst? Und wo?«, stieß er heiser hervor. Seine Worte klangen rau, beinahe erstickt.

»Wir sind doch Nachbarn«, erwiderte sie, die Stimme zu einem Flüstern gesenkt. Ein Versprechen schwang darin mit. »Warum kommst du in der Stunde vor Sonnenaufgang nicht hoch in die Wrathspitze? Nichts und niemand wird sich dir in den Weg stellen ...«

»Ich ... will dich«, sagte er, noch immer keines klaren Gedankens mächtig.

»Dann komm hoch zu mir in die Wrathspitze!« Als sie ging, wandte sie sich noch einmal nach ihm um und lächelte, und Nestor ertappte sich dabei, dass er vor Aufregung zitterte, als sei es das erste Mal.

Dieses Gefühl sollte ihn nicht verlassen. Mit feuchten Händen wartete er auf den nächsten Sonnauf, und diesmal tat Wratha nichts, um ihn zu beeinflussen. Sie wusste, dass es nicht mehr notwendig war – und er auch!

Als Canker Canisohn von der Sonnseite zurückkehrte, stieg Nestor hinab in die Räudenstatt, um sich bei ihm nach Wratha zu erkundigen. Nestor hatte bereits einiges über Wratha zu Gehör bekommen, doch nun wollte er mehr erfahren, und zwar von jemandem, dem er Vertrauen schenkte. Der Hunde-Lord erzählte ihm, was er wusste; doch ehe er seine Geschichte beendet hatte, hielt er inne. »Ah, du willst zu ihr gehen! Da läuft etwas zwischen euch! Mir kannst du doch nichts vormachen – so, wie du deine Fragen stellst! Mann, du hast vielleicht ein Glück! Ich wette,

Wratha kann dir noch einiges beibringen! Doch sag mir eines: Wann wirst du sie sehen?«

»Es bleibt aber unter uns, ganz sicher!?«

»Natürlich!«, bellte Canker. »Glaubst du etwa, ich würde dich hintergehen? Ich bin nur ein bisschen aufgeregt, das ist alles; aber im Geiste werde ich dich begleiten. Ah, ich wünschte, ich wäre an deiner Stelle! Diese Wratha ...«

Nestor strich sich mit der Hand übers Kinn, um ein Lächeln zu unterdrücken. Cankers Freude war nicht nur echt, sondern auch ansteckend. »In der Stunde vor Sonnenaufgang«, erwiderte Nestor, »mache ich mich auf in die Wrathspitze.«

Canker klappte der Unterkiefer in seiner gesamten Länge nach unten. Von einem Augenblick auf den anderen wurde er ernst. »In der Stunde vor Sonnenaufgang?«

Nestor nickte. »Wieso? Ist irgendetwas nicht in Ordnung damit?«

»Nein, nein ...« Canker schüttelte den Kopf, aber er wirkte besorgt. Doch dann überlegte er es sich anders und nickte. »Ja, doch! Es kann durchaus sein, dass etwas ganz und gar nicht in Ordnung ist. Weißt du, wie Wratha zu ihrer Macht gelangte?«

»Nun sag schon!«

»Sie ermordete Karl von Zackenspitze ...« Canker verstummte erneut.

»Muss ich dir denn jedes Wort einzeln aus der Nase ziehen?«

»Hör zu«, knurrte Canker. Seiner Kehle entrang sich ein tiefes Grollen. »Bei Sonnauf scheint die Sonne in ein paar Fenster der Wrathhöhe – zumindest würde sie dies, wären nicht stets schwere Vorhänge zugezogen!«

»Und weiter?«

»Die Sache gefällt mir nicht! Du musst wissen, in Karls Zackenspitze damals in Turgosheim verhielt es sich ebenso. Karl könnte heute noch leben, wäre Wratha nicht auf der Bildfläche erschienen!«

»Wie hat sie ihn umgebracht?« Mühsam versuchte Nestor, seine Ungeduld zu bezähmen.

»Es handelt sich natürlich bloß um Hörensagen!«

Mit Nestors Geduld war es vorüber. »Erzählst du es mir jetzt oder nicht!?«

»Sie hat ihn betrunken gemacht!«, bellte Canker. »Danach ist sie mit ihm ins Bett gegangen, und als er erschöpft einschlief, fesselte sie ihn und zog die Vorhänge auf, damit die Sonne ihn ungehindert erreichen konnte! Die Wände behängte sie mit blank polierten Bronzeschilden, die das Licht spiegelten und zurück auf den völlig benommenen Karl warfen, während sie sich im sicheren Schatten hielt. Es währte nicht lange! Karl verbrannte bei lebendigem Leib, und sein Parasit floh seinen Körper. Doch das gleißende Licht bedeutete auch für ihn das Ende. Noch während die Sonne Karls Egel versengte und er in Rauch aufging, schloss Wratha die Vorhänge wieder. In einem letzten verzweifelten Versuch, sein Überleben zu sichern, brachte der Egel sein Ei hervor – und Wratha empfing es! Sie war eine Vampirsklavin gewesen, Karls Geliebte, doch damit wurde sie zur Herrin der Zackenspitze, die von da an Wrathspitze hieß. So gelangte sie zu ihrer Macht!«

»So hat sie es also gemacht«, sagte Nestor nachdenklich. »Doch falls sie das Gleiche mit mir vorhaben sollte, was hätte sie dann davon? Damals in Turgosheim ging es ihr darum, die Macht zu erringen. Aber die hat sie hier ja bereits! Außerdem – eine Gefahr, die man kennt, ist keine wirkliche Gefahr mehr. So leicht wird sie mich jedenfalls nicht betrunken machen, glaub mir! Außerdem werde ich zusehen, dass ich mich von jeglichen südwärts gelegenen Fenstern fern halte.«

»Du willst trotzdem gehen?«, fragte Canker überrascht. »Nach allem, was ich dir erzählt habe!?«

Nestor sah ihn an, wandte den Blick wieder ab und zuckte die Achseln. »Seit nahezu zwei Jahren bin ich nunmehr Wamphyri! Davor gehörte ich zu den Szgany, überdies zum Clan der Lidesci. Deren Blut gerät leicht in Wallung, wie du wohl weißt, und mein Parasit hat dies alles nur noch verstärkt. Und du willst wissen, ob ich zu ihr gehe ...? Mein Freund, sag mir eines: Was würdest du an meiner Stelle tun?«

Die Nüstern argwöhnisch gebläht, sog Canker witternd die Luft ein. Seine bepelzten Wolfsohren mit den zu einer Mondsichel geformten Ohrläppchen zuckten aufgeregt hin und her, als lausche er fernen Geräuschen oder Gedanken. Schließlich ging er auf alle viere nieder, warf den Kopf in den Nacken und brach in ein nervenzerreißendes Geheul aus, das durch die gesamte Räudenstatt hallte.

Als es endlich verebbte, rann dem schwer atmenden Hunde-Lord ein dünner Speichelfaden aus dem ledrigen Mundwinkel. Zu Nestor aufblickend, jaulte er los: »Lord Leichenscheu, mein Junge! Glaubst du vielleicht, ich könnte ihr widerstehen!?«

ELFTES KAPITEL

Als Nestor in die Saugspitze zurückkehrte, wartete Zahar mit einer Überraschung auf ihn. Wratha hatte Nestor drei in der vergangenen Nacht erbeutete Szgany-Knechte als Geschenk gesandt – einen halbwüchsigen Jungen, einen ausgewachsenen Mann und einen Graukopf. Seinem Stolz zum Trotz hatte Nestor nicht die Absicht, nun, da seine Ausbeute auf der Sonnseite immer spärlicher ausfiel, die Gabe zurückzuweisen. Er registrierte allerdings sehr wohl, dass es sich ausschließlich um Männer handelte, die Wratha mit Sicherheit lieber selbst behalten hätte. Andererseits, unter den gegebenen Umständen sah er durchaus ein, weshalb sie ihm keine frischen Sklavinnen schickte ...

Dass sie ihm überhaupt ein Zeichen ihrer Wertschätzung zukommen ließ, dazu noch eines aus wertvollem Fleisch und Blut, war ein unerhörtes, noch nie da gewesenes Ereignis, und Zahar wusste sich darauf keinen Reim zu machen. Schließlich nahm er all seinen Mut zusammen und fragte: »Steht die Lady womöglich in deiner Schuld, mein Lord?« Und in der Tat, bedachte man, dass sie ihn heimlich beobachtet und sich sogar in seine Träume geschlichen hatte, konnte man vielleicht wirklich davon ausgehen, dass sie ihm etwas schuldig war. Doch ganz gleich, wie dem sein mochte, Nestor blickte Zahar tief in die Augen und erwiderte:

»Wer weiß? Eines Tages könnte es gut so weit kommen ...« Doch dann fügte er hinzu: »Sagen wir, sie und ich, wir haben einen Handel miteinander geschlossen!« In Wirklichkeit jedoch war es, wenn er die Situation richtig einschätzte, gut möglich, dass er eines Tages in ihrer Schuld stand. Canker hatte ihm gegenüber erwähnt, dass sie ihm noch einiges beibringen konnte; und abermals musste Nestor seinen Stolz überwinden. Wenn er sich ihr auch nur halbwegs gewachsen zeigte ... dann würden sie beide im Bett wahre Wunder erleben. Immerhin hatten die Vampirsklavinnen in der Saugspitze ihm zu einem größeren Erfahrungsreichtum verholfen, als die meisten Männer sich je träumen ließen.

Allerdings hallte ihm die Warnung des Hunde-Lords noch immer in den Ohren. Sollte Canker Recht behalten, könnte sich Wrathas »Geschenk« durchaus als lebensgefährlich erweisen. Vielleicht wollte sie ihn ja nur in Sicherheit wiegen, damit er in seiner Achtsamkeit nachließ. Nun, er würde sehen ... Schließlich brauchte er nur abzuwarten und zuzusehen, wie die Dinge sich entwickelten.

Vorerst jedoch begnügte er sich damit, der ansteckenden Wirkung seines Bisses zuzusehen. Er trank von seinen neuen Knechten und machte sie auf diese Weise zu seinen Sklaven. Die beiden jüngeren gliederte er in seinen Haushalt ein; sie gehörten nun ihm. Den Jungen schickte er zu Grig. Er sollte ihm aufwarten und sich um den verwundeten Leutnant kümmern; und wenn dieser wieder zur Gänze genesen war, würde er die Ausbildung des Jungen übernehmen. Für den älteren der beiden gab es alle Hände voll zu tun: Gänge mussten gegraben, die Ställe gesäubert und die Unterkünfte ausgebaut werden. Er wurde mit den anderen zur Arbeit in der Saugspitze eingeteilt.

An den Alten verschwendete Nestor keinen Gedanken. Er war gerade noch gut genug für die Vorratskammern. Für die gemeinen Knechte kam nur selten Fleisch auf den Tisch, und es wurde auch immer schwieriger, an Knochen zu gelangen, deren Mehl Flugbestien und Kriegern als Nahrung diente. Früher oder später musste man einen Weg finden, dies zu ändern. Es musste doch eine einfachere Möglichkeit als die nächtlichen Überfälle geben, die Früchte der Sonnseite zu ernten. Vielleicht sollte er einmal mit Wratha darüber reden ... Wenn sie es sich leisten konnte, ihm Knechte aus ihrer Beute zukommen zu lassen, musste es ihr wohl besser ergehen als ihm. Vielleicht sollte er tatsächlich einen Handel mit ihr schließen ...

Bis spät in die lange Sternseitennacht hinein war Nestor mit der Verwaltung der Saugspitze beschäftigt, und ehe er sich's versah, blieben ihm nur noch wenige Stunden bis Sonnauf. Er wies Zahar an, ihn zu wecken, wenn sich auf den fahlen Gipfeln des

Grenzgebirges der erste helle Schimmer zeigte, und ging zu Bett. Drei Stunden vor dem Morgengrauen jedoch, während Zahar noch immer seinen Pflichten nachging, schreckte Nestor aus dem Schlaf.

Diesmal hatte er nicht geträumt. Dennoch stand ihm der kalte Schweiß auf der Stirn. Unruhig hatte er sich in seinem Bett hin- und hergewälzt und damit begonnen, einen klammen Vampirnebel auszustoßen. Es war der Egel in ihm! Sein Parasit wusste um seine Gefühle und erkannte die Gefahr, die darin lag. Also gaukelte er Nestor die schaurigsten Szenen vor und zeigte ihm, was alles passieren könnte, falls er nicht von seinem Vorhaben abließ. Doch Nestor verdrängte die nagenden Zweifel, und je näher der Zeitpunkt seiner Verabredung rückte, desto fester wuchs in ihm der Entschluss, Wratha aufzusuchen. Denn was er Canker gesagt hatte, war nur schwer zu widerlegen: Wratha verfügte bereits über genügend Macht. Sie nannte die größte Stätte der gesamten Felsenburg ihr Eigen und hätte nicht den geringsten Vorteil davon, Nestor zu verführen, nur um ihn anschließend umzubringen. Demnach blieb nur eine einzige Schlussfolgerung: Sie hatte tatsächlich ein Auge auf ihn geworfen! So einfach war das. Und was nun Nestor anging, er konnte sich kaum etwas Angenehmeres vorstellen, als das Bett mit Wratha zu teilen. Ob das Kribbeln, das er im Bauch spürte, auch später noch anhalten würde, vermochte er zum jetzigen Zeitpunkt natürlich nicht zu sagen, doch für den Augenblick genügte es ihm vollkommen.

Er stand auf, wusch sich gründlich und frühstückte. Es war zwar nicht unbedingt die übliche Zeit dazu, doch hielt er es für besser, eine Kleinigkeit zu sich zu nehmen – etwas Honig von der Sonnseite, grobes Brot, frische Milch, die ihm seine Euterlinge lieferten (einige davon waren einst Frauen gewesen, bei anderen handelte es sich um Bergziegen; doch sie alle waren durch die unterschiedlichsten Verwandlungsprozesse ins Unermessliche angewachsen), und einen Happen Fleisch, einen zarten Hasen aus der Zucht der Saugspitze. Auf das Fleisch von Menschen verzichtete Nestor noch immer, lediglich den Saft, der das Leben bedeutete, also Blut, verschmähte er nicht.

Danach zog er sein Gewand aus und legte seine besten Kleider aus weich gegerbtem Leder an. Anschließend blieb ihm immer noch über eine Stunde, die er wartend verbringen musste. Ungeduldig streifte er durch seine Gemächer, tigerte unruhig auf und ab, obwohl er wusste, dass jedem, der ihn so sah, auf Anhieb klar sein musste, dass er auf Freiersfüßen ging. Doch niemand bekam es mit – bis auf Glina!

Sie war über ihre Wendeltreppe nach oben gestiegen und in einem von Vorhängen abgetrennten Türbogen stehen geblieben. Nestor war so in Gedanken versunken, dass er sie zunächst gar nicht bemerkte. Doch dann fuhr er sie an:

»Ja, was gibt es?« Er war selbst überrascht ob des übertrieben scharfen Tones, den er anschlug, als wolle er etwas verbergen. Als habe er, Lord Nestor Leichenscheu, es nötig, etwas vor einer gewöhnlichen Vampirsklavin wie Glina zu verbergen!

»Ich ... ich dachte, du hättest nach mir gerufen«, antwortete sie.

Ihm war klar, dass sie log. »Du spionierst mir nach!«, sagte er leise. Der ruhige Klang seiner Stimme verhieß nichts Gutes.

»Ich und dir nachspionieren, Nestor!?« So vertraulich hatte sie ihn von Anfang an angeredet. Wenn er sie zu sich ins Bett rief, verlangte er es sogar von ihr. »Weshalb sollte ich das denn tun? Ich weiß doch ohnehin alles, was es über dich zu wissen gibt. Ich wollte nur nachsehen, warum du so früh zu Bett gegangen und jetzt schon wieder aufgestanden bist. Triffst du dich mit jemandem?«

»Soll das etwa ein Verhör werden?« Er legte die Stirn in Falten. »Das wagst du nicht!« Seine Stimme klang immer noch ruhig, nun aber wieder schärfer. »Mit wem hast du gesprochen? Etwa mit Zahar?«

»Ich habe Zahar seit anderthalb Tagen nicht gesehen. Wieso? Ist irgendetwas nicht in Ordnung?« Die Besorgnis in ihrer Stimme klang echt.

Die Falten auf Nestors Stirn glätteten sich allmählich. Schließlich schüttelte er den Kopf und seufzte. »Nein, es ist alles in Ordnung! Geh jetzt!«

»Willst du mich denn ... nicht mehr?«

»Nicht im Augenblick!« *Und wahrscheinlich auch nie wieder!* Ihrer Reize lockten ihn nicht mehr, und dabei war er noch nicht einmal bei Wratha gewesen. »Später vielleicht!« *Aber nur vielleicht.*

Sie wirkte traurig und ließ den Kopf hängen. »So sei es«, nickte sie. Damit zog sie die Vorhänge hinter sich zu und stieg die Treppe wieder hinab. Er konnte sich nicht erklären, warum, aber auf einmal spürte Nestor einen Kloß im Hals. Darum rief er ihr nach: »Wie geht's dem Kleinen?«

Die Schritte verhielten und ihre Antwort scholl von unten herauf: »Er ist putzmunter! Willst du ihn einmal sehen? Soll ich ihn dir bringen?«

»Nicht im Augenblick!«, erwiderte er abermals. »Vielleicht später ...« In Wirklichkeit hatte er nicht das geringste Interesse an dem Kind. Hin und wieder fragte er sich sogar, was ein Säugling überhaupt in der Saugspitze zu suchen hatte. Er hätte damals besser auf Canker gehört, Glina kurzerhand erschlagen und das Kind dem Hunde-Lord zum Frühstück überlassen sollen. Es verhielt sich nur so, dass Glina ihm zu jener Zeit durchaus von Nutzen gewesen war. Und wer konnte schon sagen, ob er sie eines Tages nicht wieder brauchte? Immerhin machte sie sich in seinem Bett besser als die meisten anderen ...

Kaum hatte er diesen Gedanken zu Ende gedacht, war sie auch schon verschwunden.

Doch als er über eine schmale, von Spinnweben verhangene Stiege, die schon seit langem niemand mehr benutzt hatte, empor in die Wrathspitze stieg, sah sie ihm von einer düsteren Nische aus zu. Der Versuch, etwas vor Glina zu verbergen, war sinnlos, denn sie konnte sich an fünf Fingern ausrechnen, was Lord Nestor Leichenscheu vorhatte ...

Wratha hatte ihm zugesichert, dass es einfach sein werde. Doch Nestor konnte kaum glauben, wie leicht sie es ihm machte. Auf seinem Weg hinauf in die Wrathspitze begegnete er nicht einem einzigen Krieger, noch nicht einmal einem Leutnant oder gemeinem Knecht. Aus den Pferchen hinter Wrathas Landebuchten hörte er das unterdrückte Wimmern der Flugbestien. Im darüber liegenden Stockwerk vernahm er fernen Lärm und ein beständiges Klirren. Anscheinend hatte ihn eine der Kreaturen gewittert und zerrte nun wie verrückt an ihren Ketten. Noch ein Stockwerk höher war ihm, als nehme er einen Schatten wahr, der sich still und leise zurückzog und im Dunkel verschwand. Doch sonst geschah nichts.

Zugegeben, von den Hauptgängen und –treppen hielt Nestor sich fern und nahm stattdessen einen beträchtlichen Umweg in Kauf. Und es war eine Tatsache, dass die Vampire der Wrathspitze sich zu Bett begaben, sobald der Morgen dämmerte, und nur eine Hand voll Wachen nach dem Rechten sah. Doch abgesehen vom Wimmern der Flieger, dem fernen Rumoren irgendeines grässlichen Wächters und dem Schatten, der im Dunkeln vorüberhuschte, war ihm nichts und niemand begegnet, um ihn abzuschrecken oder aufzuhalten.

Als er das vorletzte Stockwerk erklomm, kam ihm eine hübsche Vampirsklavin entgegen, die sich vor ihm verneigte und sich als Wrathas Zofe vorstellte. Ihr Kleid war fast durchsichtig und so tief ausgeschnitten, dass es ihre Brüste beinahe in voller Pracht enthüllte. Sie war wohl geformt, und Nestor fand sie mindestens genauso attraktiv und begehrenswert, wenn nicht begehrenswerter als die Frauen in der Saugspitze. Sie hatte den Auftrag, ihn zu ihrer Herrin zu führen. Während er ihr folgte, warf sie ihm in gespielter Unschuld einen Blick zu und sagte:

»Meine Gebieterin hofft, dir sind auf dem Weg hierher keine Widrigkeiten begegnet?«

»Nicht eine einzige«, entgegnete er. »Ich habe einen kleinen Umweg gemacht – aus Gründen der Diskretion!«

»Ich bin überzeugt, meine Lady wird dies zu schätzen wissen.

Du hättest aber ebenso gut den direkten Weg nehmen können, immerhin hat Wratha dich eingeladen. Und was die Diskretion angeht – meine Lady befiehlt, und ihre Sklaven gehorchen! Wenn sie ihre Knechte anweist, zu dieser oder jener Stunde zu Bett zu gehen und sich nicht mehr zu rühren, weil sie nicht gestört werden möchte, wäre es sehr unklug, ihrem Befehl nicht Folge zu leisten.«

»Ich verstehe.«

Er folgte ihr über eine schmale Stiege durch einen steil ansteigenden, aus dem nackten Fels gehauenen Gang. Die Düsternis machte den beiden nichts aus, denn ihre Vampiraugen sahen genauso gut wie am helllichten Tag. Da sie vorausging und ihr kurzes Kleid kaum etwas verbarg, sah er, dass sie nichts darunter trug. Die Treppe endete in einem Absatz. In der daneben liegenden Nische hingen Ketten an der Wand. Sie waren leer. Unter normalen Umständen wäre hier ein Wächter postiert gewesen.

Sie führte Nestor durch einen engen Gang. An der engsten Stelle presste sie sich flach gegen die Wand und sagte mit einem irritierenden Lächeln: »Du darfst passieren. Gehe weiter bis zum Ende. Dort gelangst du an einen Kreuzweg, von dem mehrere Gänge abzweigen. Einer davon trägt das Wappen meiner Herrin.«

Er machte Anstalten, sich an ihr vorbeizuzwängen. Dabei strich ihre Hand wie zufällig über sein Glied und verharrte dort. Nestor verharrte ebenfalls. Überrascht sah er zu, wie sie mit der anderen Hand ihr Kleid so weit aufknöpfte, dass ihre Brüste heraussprangen.

»Hältst du das für klug?«, flüsterte er heiser, während er sich an ihr vorüberschob. »Ich weiß nicht, was deine Gebieterin dazu sagen würde.« In seinen Worten lag eine Drohung, dennoch war die Versuchung groß. Sein Blut geriet in Wallung, und noch immer ruhte ihre Hand auf seiner empfindlichsten Stelle. Ihre Brüste zogen seinen Blick magisch an. Sie boten einen herrlichen Anblick, und er musste sich schon sehr zusammennehmen, sie nicht zu berühren.

Doch ehe er auf Tuchfühlung gehen konnte, nahm das

Mädchen die Hand weg. Lachend sagte sie: »Es ist nicht ratsam, ihre Befehle zu missachten! Sie legt Wert darauf, dass du von Liebe entflammt zu ihr kommst. Aber der Weg hierher ist dunkel und voller Gefahren! Was, wenn dir ein Ungeheuer aufgelauert hätte? Schon angesichts der Aussicht, schutzlos und ohne Waffen eine fremde Feste zu betreten, hätte so manchen der Mut verlassen – vielleicht gar die Leidenschaft! In diesem Fall hätte ich dich bitten müssen, umzukehren und womöglich ein anderes Mal wiederzukommen. Doch wie ich sehe, ist der Lord Nestor kein solcher Schwächling! Im Gegenteil, du bist ... soll ich sagen: bereit? Das Gleiche gilt für die Lady Wratha.«

Damit barg sie ihre Brüste wieder in ihrem Kleid, kehrte ihm den Rücken und lief eilends den Weg zurück, den sie gekommen waren. Nestor war allein. *Was hat das nun zu bedeuten?*, fragte er sich. War dies der Zuckerguss für die bittere Pille, die sie womöglich für ihn bereithielt?

Wie dem auch sein mochte, nun war es zu spät! Ihm blieb nichts anderes übrig, als weiterzugehen und zu sehen, worauf er sich da einließ ...

Als Nestor Wrathas Privatgemächer betrat, war ihm sofort klar, dass er sich in der Wohnung einer Lady befand. Alles ringsum verriet den Geschmack einer Frau ...

Zunächst einmal gab es hier *Spiegel,* auf Hochglanz polierte Platten aus gehämmertem Gold, die seinen Zügen jene Wärme verliehen, die einen normalen Menschen auszeichnet. Dies allein hätte schon genügt, ihm zu zeigen, dass er sich in der Stätte einer Lady befand; denn ein Lord müsste schon über eine extreme Eitelkeit verfügen, um seine Wände derart auszuschmücken. Doch mochte man auch noch so eitel sein, konnten diese Spiegel doch niemals den Mangel an Seelenhaftigkeit ausgleichen, den sie reflektierten. Ebendarin bestand Wrathas eigentliches Ziel, nämlich dies zu zeigen. Spiegel waren so ungefähr das Abscheulichste, was man sich vorstellen konnte. Spiegel wurden seit undenklichen Zeiten von den Szgany dazu missbraucht, die todbringenden Strahlen der Sonne einzufangen und auf ihre Feinde von der Sternseite zu lenken. Doch Wratha stand allem Anschein nach über diesen Dingen. Sie gefiel sich darin, ihr Aussehen zu bewundern – worin auch immer es gerade bestehen mochte.

Nun, im Moment erblickte auch Nestor zum ersten Mal seit langem wieder sein Gesicht ... zum ersten Mal, seit er zum Wamphyri geworden war. Er sah einen hoch gewachsenen, gut aussehenden Lord vor sich, der sich über die Unverfrorenheit wunderte, mit der er hierher gekommen war, an einen Ort, den zu betreten andere fürchteten, und dies auch noch ohne jeden Zwang und aus freien Stücken.

Doch wie er sich so betrachtete, war ihm, als falle ihm noch etwas anderes auf. Er war sich der Tatsache, dass in seinem Körper ein Vampiregel hauste, zwar bewusst. Dennoch gefielen ihm die Furchen, die seine Haut wie die Schuppen eines Reptils wirken ließen, ganz und gar nicht, ebenso wenig der breite Hautkamm, der wie der Kragen einer Kobra seine Stirn beschirmte. Ihm war klar, dass es sich um eine Illusion handelte, die ihm sein eigenes Bewusstsein vorgaukelte. Trotzdem zog er das Aussehen eines Menschen demjenigen des Wesens, das ihn beherrschte, bei weitem vor.

Abrupt wandte er sich von dem Spiegel ab und ließ seinen Blick durch den Vorraum schweifen, in den er durch einen engen, mit Vorhängen aus Fledermauspelz verhängten Türbogen gelangt war. Es schien sich um Wrathas Ankleidezimmer zu handeln, in dem sie sich um ihr Aussehen kümmerte, wenn sie allein war. Der Raum verfügte über ein steinernes Waschbecken, aus Eisenholz geschnitzte Regale, auf denen Puderdosen, Parfums und Öle standen, und diverse aus den Wänden gehauene Nischen, in denen an knöchernen Kleiderhaken Wrathas Gewänder hingen. Was Kleider anging, schien die Lady keinen Mangel zu leiden.

Was sie auf ihrer Haut trug, war aus allerfeinster Szgany-Spitze gearbeitet. Ihre Gewänder waren aus weichem Leder, ihre Kleider aus Fledermauspelz oder der zarten, weißen Haut neu geborener

Albino-Bären. Wrathas Stiefel waren aus festem Ziegenleder, in bester Szgany-Handarbeit gefertigt. Die Sohlen ihrer Sandalen bestanden aus weichem, biegsamem Knorpel; geschnürt wurden sie mit dazu passenden Lederriemen. Eine Anzahl von mit komplizierten Mustern versehenen Knochenreifen schien eher der Zierde als einem praktischen Zweck zu dienen. Gemeinhin trug Wratha sie über der Stirn, um das zwar seltene, dafür jedoch umso beängstigendere Aufflammen ihrer Augen zu dämpfen, das ihre Wutausbrüche begleitete. Außerdem besaß sie einiges an Geschmeide – Ohrringe, Fuß- und Armreifen, Halsketten und Broschen, das meiste davon aus schlichtem Gold.

Nestor erfasste all dies und ertappte sich unwillkürlich bei dem Gedanken: *Wenn ihre ganzen Sachen hier herumliegen, was um alles in der Welt kann sie dann jetzt bloß anhaben?*

Nichts!, erscholl ihre Antwort, und ihr leises, unverkennbares Lachen hallte glockenhell durch seinen Geist. *Warum trittst du nicht ein? Faszinieren meine Kleider dich so sehr? Nun, dann habe ich wohl das Nachsehen!*

Abgesehen von dem Gang, durch den er hierher gelangt war, gab es nur eine weitere Tür. Nestor hielt den Atem an – warum, vermochte er nicht zu sagen, denn sein Entschluss stand fest und nichts in der Welt konnte ihn jetzt noch davon abbringen – und er trat durch einen weiteren Vorhang aus Fledermauspelz in Wrathas Schlafzimmer. Dort war sie, und wie versprochen umgab ihren Körper nichts als Schaum und Wasser!

Sie nahm ein Bad!

»Wie du siehst, ist hier genügend Platz für uns beide«, lächelte sie, und Nestor war, als habe er noch nie etwas Verführerisches gesehen.

Er war nun völlig in ihrer Hand. Sie hätte jetzt ihre Leutnants oder ein paar Wächter rufen können, und mit dem Nekromanten Lord Nestor Leichenscheu von den Wamphyri wäre es aus gewesen. Er wusste es, und sie wusste es auch. Ebenso wussten sie beide, dass dies nicht in ihrer Absicht lag – nicht solange sie noch keine Antwort auf die eine große Frage hatte, die sie beschäftigte.

Seit dem Morgen, an dem Wran der Rasende Nestor Vasagis Ei gegeben und ihn von der Sonnseite hierher gebracht hatte, fühlten Wratha und Nestor sich zueinander hingezogen, und dieses Gefühl war immer stärker geworden. Nun stand es kurz vor seiner Erfüllung.

Nestor trat einen Schritt auf die riesige Wanne zu. Sie war in den Boden eingelassen und maß mindestens zwei Meter im Quadrat. Ihr Rand war mit glasierten Szgany-Kacheln gefliest. Nestor blieb stehen, und seine lederne Jacke glitt auf den grob gewebten Teppich. Unter dem Schaum war von Wratha so gut wie nichts zu sehen. Noch ein Schritt, und Nestor hatte sich seines Hemdes entledigt. Sie streckte ihm die schneeweißen Arme entgegen, und ihre Brüste teilten das Wasser. Feucht schimmernd ragten sie aus dem Schaum, und mit einem Mal ging Nestors Atem stoßweise.

»Glaubst du, du schaffst es?«, fragte sie. Ihre Augen, eben noch blutrot, glänzten dunkel wie die einer Zigeunerin. »Die Kunst der Verwandlung!«, erklärte sie. »Man verausgabt sich dabei bis zur Erschöpfung, aber mitunter ist es der Mühe wert – erst recht hier und jetzt, denn ich weiß, dass du noch sehr viel von einem Szgany an dir hast. Du willst Unschuld, Nestor, und du wirst feststellen, dass auch Wratha unschuldig sein kann, wenn es nötig ist.«

Er trat einen weiteren Schritt auf sie zu, und nun war er ebenso nackt wie sie.

»Du hast keine Ahnung, wovon ich spreche«, lächelte sie. Sie hatte in seine Gedanken geblickt. »Wer weiß, vielleicht habe ich unter dem Schaum ja noch mein Kleid an?« Sie lachte, den Blick unverwandt auf sein pulsierendes Glied gerichtet, und fuhr sich mit der Zunge über die Lippen.

»Das wird mich nicht hindern«, flüsterte er heiser.

»Deine Kehle ist ja ganz trocken! Da drüben habe ich einen guten Wein von der Sonnseite.« Sie langte nach einem irdenen Krug und wies auf zwei goldene Pokale neben dem gefliesten Rand der Wanne.

Nestor trat hin und erhaschte einen Blick unter die Oberfläche des sich kräuselnden Wassers. Er schluckte. »Du hast Recht, mich verlangt danach zu trinken; aber aus einer anderen Quelle!«

»Mich auch!«, erwiderte Lady Wratha, ihre Stimme nun ebenfalls heiser, erregt. »Dann lass uns gemeinsam trinken.«

Mit weichen Knien stieg Nestor zu Wratha ins Becken und streckte, von Schaum und Wasser umspült, die Hand nach ihr aus. Doch Wratha wich zurück. »Du wäschst mich«, erklärte sie, »und ich wasche deinen Körper. Du darfst mich berühren, aber mehr nicht! Noch nicht! Wir werden so sauber sein wie noch nie, ehe wir ...«

»Ich will dich jetzt!« Seine Stimme war nur noch ein Knurren.

Sie schüttelte den Kopf. »Verdirb uns doch nicht den Spaß, Nestor! Wir werden noch sehr oft in diesem Becken ficken, glaub mir. Doch heute ... wartet mein Bett auf uns! ... Du wirst sehen, um wie viel schöner es sein wird ...«

Sie wuschen einander, und Nestor kam es vor, als habe er noch nie ein so gründliches Bad genommen. Sie ließ sich Zeit mit ihm und er mit ihr, zwischen ihnen nur das warme Wasser und nach Honig duftende Seife ...

Als sie ihm schließlich einen Kuss auf die Lippen hauchte, sich erhob und in ein Handtuch hüllte, wusste er, dass sie Recht gehabt hatte. Beim Abtrocknen konnten sich beide kaum noch zurückhalten und bewegten sich langsam aufs Bett zu. Es war breit und hoch, aus schweren, massiven Schieferplatten, in deren oberster Schicht sich eine Vertiefung befand, die eine mit Fellen ausgestopfte Matratze barg. Seitlich führten hölzerne Stufen hinauf. Wratha erklomm sie und schlug die Decke, ein weiches Bärenfell, zurück. Sie ließ ihr Handtuch fallen, wandte sich um und stand, wie sie war, vor Nestor. Was folgte ...

... war ein einziger Rausch!

Ein Mensch hätte die ungehemmte animalische Leidenschaft der Wamphyri nicht überlebt. Doch an Wratha und Nestor war nichts Menschliches mehr. Sie waren Wamphyri!

Fünf Stunden währte ihr Liebesspiel, und es war mit nichts zu vergleichen, was je zwischen Mann und Frau geschehen war, bis vielleicht auf eine Episode, die sich vor langer, langer Zeit in ebendiesem Bett abgespielt hatte. Zu guter Letzt ließ Nestor sich erschöpft zurücksinken, und zu ihrem eigenen Erstaunen war auch die Lady Wratha zufrieden ...

»War dir das unschuldig genug?« Wratha lag ausgestreckt unter dem Bärenfell, nur eins ihrer hübschen Beine ragte hervor. Ihr nachtschwarzes Haar schimmerte feucht, Duftschwaden umwaberten ihren erhitzten Körper.

»Du müsstest dich einmal sehen«, lächelte Nestor erschöpft, »wie du daliegst, und dazu noch dieser Blick! Im Moment mögen deine Augen schwarz sein, aber mit Unschuld hat das wenig zu tun! Weißt du überhaupt, was Unschuld ist, Wratha? Ich kenne deine Geschichte. Der Hunde-Lord ist mein Freund, und er hat mir alles erzählt.«

»Nun« – sie zuckte die Achseln – »Canker hat Recht! Ich habe keine Ahnung, was es heißt, unschuldig zu sein. Vielleicht wäre ich es einst gerne gewesen, aber vor hundert Jahren bot die Sonnseite Turgosheims einem Szgany-Mädchen nicht viele Möglichkeiten, seine Unschuld zu bewahren ... Von Geburt an waren wir Sklaven der Wamphyri. Aber zumindest habe ich mir meine Unschuld so lange bewahrt, bis sie mich schließlich holten. Na ja, vielleicht hatte es weniger etwas mit Unschuld zu tun als mit Klugheit. Klug muss man nämlich schon sein ...« Sie stützte sich auf den Ellenbogen. »Nun, dann war ich also nicht so wie die süßen jungen, bebenden Dinger, die dir so gut gefallen! Aber ich habe mein Bestes gegeben!«

»Hätte ich es nicht gewusst«, gab er wahrheitsgemäß zu, »wäre ich darauf hereingefallen. Du hast dich tatsächlich wie ein junges Mädchen benommen, und als du dann aufgeschrien hast, habe ich einen Moment lang wirklich geglaubt, du seist noch Jungfrau! Aber ... alles an dir ist reine Weiblichkeit. Du genießt es und bist so erregend. Das kannst du nicht verbergen!«

»War ich etwa *nicht* die Verkörperung all dessen, was du begehrst?«

»Du bist die schönste und begehrenswerteste Frau der ganzen Wrathhöhe«, erwiderte er. »Keine kann dir das Wasser reichen. Du verkörperst alles für mich; es war ... umwerfend. Wenn ich mich von nun an in der Saugspitze zu Bett begebe, werde ich mir stets wünschen, ich läge hier neben dir!« Er streichelte ihre Brust und spürte, wie ihre Warzen sich unter seiner Berührung aufrichteten. Mit Metamorphismus hatte dies allerdings nichts zu tun, es war ganz einfach eine natürliche Reaktion auf seine Liebkosung. Und als ihre Finger ihn ebenfalls berührten, merkte Nestor, dass er doch nicht ganz so erschöpft war, wie er angenommen hatte.

»Ich werde dir etwas verraten«, sagte sie und blickte ihm dabei tief in die Augen. »Und es ist die volle Wahrheit! Bis heute habe ich mich noch nie einem Mann hingegeben, noch nicht einmal Karl von Zackenspitze, und er war mein ›Gebieter‹! Oh, er hat mich genommen, zugegeben, und auch noch geglaubt, es mache mir Spaß. Er war überzeugt davon, dass ich ihn liebe! In Wirklichkeit habe ich ihn nur verabscheut. Darum musste ich den Todesschlaf erleiden, so wie ihn noch nie jemand erlitten hat. Sie haben mich bei lebendigem Leib begraben, Nestor, und du kannst dir nicht vorstellen, was für eine Angst ich ausgestanden habe! Noch heute kann es passieren, dass ich zitternd und schweißgebadet aus dem Schlaf schrecke, im Glauben, ich befände mich noch immer in jenem Felsengrab, in dem ich mich in einen Vampir verwandelte ...

Seither habe ich ... viele Männer gehabt, dessen kannst du sicher sein, aber nicht einem von ihnen habe ich mich *hingegeben!* Nicht, wie ich mich dir hingegeben habe! Oh, in Turgosheim habe ich es schon mit dem ein oder anderen Lord versucht – den Kühnsten aus einem elenden Haufen – allerdings nur um festzustellen, wie saft- und kraftlos sie waren. Vielleicht werden sie eines Tages ja wieder zu richtigen Männern! Aber nicht bevor sie sich aus ihrer erbärmlichen Schlucht heraustrauen, um mir nachzufolgen und zum wahren Leben zurückzufinden. Nicht ehe sie wieder lernen zu leben, ihren Begierden freien Lauf zu lassen und in Blut zu baden! Nichts anderes wollte ich, und eben deshalb bin ich von dort geflohen – um zur traditionellen Lebensweise der Wamphyri zurückzukehren und die Sonnseite im Westen in ein einziges riesiges Beinhaus zu verwandeln und meine Männer und Krieger wieder stark zu machen! Und es wäre mir auch gelungen, hätten diese nörglerischen Feiglinge, die in meiner Burg hausen, sich nicht gegen mich gestellt!«

»Du hast ihnen ihre Knechte weggenommen«, wandte Nestor ein. »Gleich vom allerersten Überfall an, als es gegen Zwiefurt ging.«

»Ich habe mir nur genommen, was mir von Rechts wegen zusteht!«, schrie sie ihn an und zog sich ein Stück von ihm zurück. »Ich war ihre Anführerin, die beste, die sie je hatten. Aber Wran und Spiro, diese beiden Idioten, haben ja nichts im Kopf und wollten nicht zuhören. Und Gorvis Instinkte sind so degeneriert, dass sich sein ganzes Denken immer nur um eines dreht – Ränke zu schmieden und seinen eigenen finsteren Plänen zu folgen. Vasagi der Sauger mochte zwar hässlich sein, aber er war der Einzige unter ihnen mit einem Hirn im Kopf. Ich hatte gehofft, er würde Wran töten, damit ich aus den anderen wieder eine Einheit schmieden könnte. Aber es hat nicht sollen sein! Vasagi ist nicht mehr, und wir sind nach wie vor uneins. Und über Canker Canisohn, was soll ich da sagen? Sein Vater verfiel irgendwann dem Irrsinn, und mir scheint, dem Hunde-Lord wird es eines Tages nicht anders ergehen! Dieses verdammte Knocheninstrument, auf dem er immer spielt! Noch nicht einmal hier oben hat man seine Ruhe vor dem Gejaule, das er Musik nennt! Es soll seine Geliebte vom Mond herablocken – dass ich nicht lache! *Bah!* Da habe ich mir genau die Richtigen ausgesucht, als ich aus Turgosheim floh ...«

Sie stockte. »Aber ich glaube, ich schweife ab. Wir sprachen über die Unschuld!«

»Und, war *ich* unschuldig?«, wollte er wissen.

»Du willst, dass ich nein sage«, erwiderte sie. »Aber du warst es tatsächlich. Nicht naiv, einfach unschuldig. Willst du wissen, warum? Weil du vor mir noch nie eine Frau gehabt hast! Ein Szgany-Mädchen vielleicht, womöglich auch mehrere, eine Hand voll Vampirsklavinnen, aber noch nie eine richtige Frau! Wie denn auch? Welche Frau kann sich schon mit mir vergleichen?«

Nein, mit dir kann es keine aufnehmen. Aber früher einmal, da liebte ich eine Frau! Sie wurde mir ... weggenommen? Wohlweislich behielt er diesen Gedanken für sich. *Eines Tages werde ich sie in all dem unterweisen, was ich hier gelernt habe, sogar in dem, was du mir beigebracht hast. Mag sein, dass sie dabei umkommt – vor Lust, Schmerz oder was auch immer, aber zumindest wird sie dann mir gehören. Und sie wird erkennen, was ihr entgangen ist – denn in der Saugspitze hätte sie als meine Lady herrschen können.* Vor seinem geistigen Auge tauchte flüchtig das Bild eines Mädchens auf. Sie stand im seichten Wasser eines Flusses, die Sonnenstrahlen brachen sich in den Tropfen, die von ihrem Körper perlten. Auch diesen Gedanken verbarg er vor Wratha.

Laut sagte er: »Heißt das, wir sind einzigartig? Vampire – und dennoch ein richtiges Liebespaar? Sind wir auf ewig füreinander geschaffen, oder ist es morgen schon wieder vorbei?«

»Wir werden sehen«, entgegnete sie. »Was sein soll, wird sein. Ich habe nur eine einzige Bitte an dich!«

»Dass ich dir treu bin? Aber wie denn? Ich bin doch Wamphyri!«

Sie schüttelte den Kopf. »Nein, das verlange ich nicht! Aber falls es eines Tages so weit kommen sollte, dass wir uns trennen, dann lass es uns in allen Ehren tun. Keine Bitterkeit, keine Verleumdungen, kein Verrat! Wenn es vorüber ist, ist es vorüber! Mehr verlange ich nicht!«

»Einverstanden! Und bis es so weit ist?«

»Lass uns Liebende sein – und Verbündete!«

»Wir sind bereits ein Paar«, erwiderte er. »Aber Verbündete? Gegen wen denn? Zu welchem Zweck?«

»Die Jagd wird immer schlechter!«

»Bei dir auch? Und trotzdem hast du mir drei kräftige Knechte zukommen lassen!? Nun ja, zwei kräftige Knechte, der dritte war gerade noch gut genug für die Vorratskammern.«

»Es war eine Geste, meine Liebesgabe. Ich habe dir ein Geschenk gemacht, damit du weißt, dass du mir vertrauen kannst – ohne Vorbehalte und ohne Furcht! Und ebendies hast du getan! Das weiß ich zu schätzen. Mir war nicht klar, wie sehr ich einen starken Mann an meiner Seite vermisse – und in meinem Bett! Aber was wir bei unseren Überfällen auf die Sonnseite erbeuten, wird in der Tat immer weniger. Und warum sollten wir uns nun, wo wir als Liebende so gut miteinander harmonieren, nicht auch gegen die Szgany verbünden?«

»Genau darüber wollte ich ohnehin mit dir sprechen«, flüsterte er ihr in die gewundene Muschel ihres Ohres, denn Wratha hatte sich wieder in seine Arme geschmiegt. »Es muss etwas geschehen! Mittlerweile geht es schon zulasten der gesamten Feste! Wir leiden alle gleichermaßen darunter.«

»Aber die anderen sind unfähig, etwas an ihrer Lage zu ändern«, entgegnete sie, »weil sie dumm und egoistisch sind und nicht weiter denken als bis zu ihrer Nasenspitze. Sie sind wie die Fischer von der Sonnseite, die sich darum streiten, wer an einem bestimmten Flussabschnitt seine Netze auswerfen darf. Und weil ein Mann allein sie nicht mehr einbringen kann, wenn sie voll sind, hat letztlich keiner etwas davon! Aber wir beide, wir könnten es zu etwas bringen und stark werden, wenn wir gemeinsam vorgehen und zusammenhalten! Auf der Sonnseite gibt es Fische im Überfluss, Nestor! Es ist nur so, dass einer allein nichts ausrichtet. Darum sage ich noch einmal: Gemeinsam könne wir beide, du und ich, es schaffen!«

»Wir drei!« Nestor zog sie fester an sich. Seine Hand folgte der Linie ihres Rückens, glitt weiter hinab zu ihrem Gesäß.

»Wir drei?«

»Canker ist stark, und er hat weit mehr im Kopf, als du glaubst. Denke nicht an die Katzenmusik und vergiss, dass er mondsüchtig ist! Das ist nur eine Seite von ihm. Im Großen und Ganzen ist er gar nicht so übel. Er hat mir eine Menge beigebracht.«

»Zugegeben, die Ungeheuer, die aus seinen Bottichen kommen, sind nicht zu verachten.« Sie ließ ihre Hand ebenfalls wieder an

Nestor hinabgleiten und begann sich mit seinem Körper zu beschäftigen. »Aber kann man sich auch auf ihn verlassen?«

»Er liebt mich wie einen Sohn«, antwortete Nestor. Stirnrunzelnd fügte er hinzu: »Gorvi dagegen hasst mich wie die Pest!«

»Gorvi hasst jeden von uns.« Sie seufzte. »Ah, die Kraft der Jugend!«

»Wie bitte?«

»Ich kann es kaum glauben. Du kannst ja schon wieder!«

Er lachte düster in sich hinein. »Oh, es mag zwar mein Körper sein, Wratha – aber dessen Begierden lenkt der Vampir in mir! Und du weißt, ein Wamphyri kann nie genug bekommen!«

Seine Finger fanden ihre Scham. Sie umfing ihn mit einem Bein und zog ihn an sich. Gleichzeitig jedoch sagte sie eindringlich: »Wir müssen miteinander reden, Nestor – es ist wichtig! Später bleibt uns immer noch genügend Zeit ...« – mit einem Mal lag in ihrer Stimme ein Beben – »... unseren Begierden zu frönen.«

»Du sagst es, aber du meinst es nicht«, flüsterte er heiser. »Deine Worte klingen klug, aber dein Körper straft sie Lügen. Einen einfachen Mann wie mich verwirrt das nur!«

Seine Berührungen wurden fordernder. Doch sie machte sich von ihm frei und schüttelte den Kopf. »Nestor, wir *müssen* reden!«

Seufzend ließ er von ihr ab und wälzte sich auf den Rücken. »Na gut, dann fang an!«

»Hör zu!«, begann sie. »Wenn wir drei uns zusammenschließen, dann werden Wran, Spiro und Gorvi ohne jeden Zweifel auch gemeinsame Sache machen. Uns wird dies letztlich nur zum Vorteil gereichen!«

»Wie das?«

»Weil sie dann gezwungen sind, ihre Streitigkeiten beizulegen und sich auf etwas vorzubereiten, was sie für die unvermeidbare Entscheidungsschlacht halten. Ich *will,* dass sie bereit sind, denn was sie nicht sehen, ist, dass eines Tages Vormulac und die anderen mit einer riesigen Streitmacht aus Turgosheim aufbrechen und gegen uns zu Felde ziehen werden ... gegen mich, die Wrathhöhe, gegen die letzte Felsenburg! Auf Turgosheims Sonnseite wird das Blut immer dünner, während es bei uns noch heiß und rot fließt. Vormulac weiß, dass ich hierher geflohen bin, weil ich mich verbessern und Macht erringen wollte. Er weiß zwar nicht, ob es mir gelungen ist, aber er kann kein Risiko eingehen. Darum muss er irgendwann kommen, es sei denn, er ist schwächer, als ich glaube! Verstehst du, er *muss* ganz einfach kommen, denn er wird befürchten, dass ich ein Heer aufstelle, um zurückzukehren und ihn anzugreifen! Wenn es eines Tages zum Krieg kommt, werden nicht wir Renegaten einander gegenüberstehen, sondern zwei riesige Armeen – Vormulacs Heer und Wrathas Streitmacht. Oh, Gorvi, Wran und Spiro werden schon wissen, auf welche Seite sie sich zu schlagen haben! Denn von Vormulac haben sie keine Gnade zu erwarten!«

»Canker hat mir einiges über Turgosheim erzählt«, sagte Nestor nachdenklich. »Dort muss es jede Menge Lords geben ... Was, wenn sie alle gleichzeitig kommen?«

»Ich bin mir sicher, dass sie genau dies tun werden!«

»Wie sollen wir dann gegen sie bestehen?«

»Wir sind hier auf unserem eigenen Territorium! Und bis es so weit ist, werden auch wir über eine stattliche Streitmacht verfügen. Der Turm ist leicht zu verteidigen, Nestor, es ist ungeheuer schwierig, ihn anzugreifen. Und vergiss nicht: Sie werden erschöpft sein von dem langen Flug. Wir dagegen werden sie frisch und ausgeruht empfangen. Mehr noch: Wir werden im Voraus Bescheid wissen, wann sie kommen, weil unsere Fledermäuse uns warnen. Außerdem habe ich vom Tag unserer Ankunft an einige meiner Kreaturen auf den östlichen Hängen des Grenzgebirges postiert. Sie halten Ausschau und passen auf!«

»Aber wenn wir hier in der Wrathhöhe schon im Frieden so untereinander zerstritten sind, dass jeder sein eigenes Süppchen kocht, wie sollen wir dann erst in Kriegszeiten zurechtkommen?«

Wratha zuckte die Achseln. »So uneins sind wir nun auch wieder nicht. Wir drei – du, Canker und ich – haben die oberen Stockwerke des Felsenturms in unserer Gewalt, Gorvi und die Gebrüder Todesblick herrschen über die unteren Etagen. Wenn

Wran mir das Gas seiner Bestien verwehrt, bekommt er einfach kein Wasser mehr von meinen Leitungswarten. Was den Unterhalt der Feste angeht, funktioniert es nun einmal so, dass wir uns gegenseitig brauchen und aufeinander angewiesen sind.«

»Hast du mit den anderen auch schon über diese Invasion, mit der du rechnest, gesprochen?«

»Anfangs sehr oft; und damals haben sie mir auch zugehört. Aber seither haben sie in ihrer Wachsamkeit nachgelassen – wir alle, aus den unterschiedlichsten Gründen. Am Anfang stießen wir nur auf geringen Widerstand, bis dieser Lardis wieder Fuß fasste und die übrigen Stämme es ihm gleichtaten. Das Leben ist uns zu leicht gefallen, und wir haben unseren Biss verloren!«

»Und wie willst du ihn wiedergewinnen?«

»Oh, ich weiß schon, wie! Wenn du, ich und der Hunde-Lord erst einmal gemeinsam zu unseren Raubzügen aufbrechen und die anderen sehen, mit welch einer Beute wir zurückkehren, werden auch sie sich zusammenschließen, wie ich es dir vorhergesagt habe. Und was, glaubst du, werden sie tun, wenn sie unsere neuen Ungeheuer sehen, unsere Krieger zu Lande und in der Luft? Wenn wir erst über eigene Gasbestien verfügen und uns unsere Kreaturen nach unseren Vorstellungen formen? Wenn wir dann doppelt und viermal so viele Leutnants haben wie jetzt? *Ha!* Sie werden uns in allem nacheifern. Wir werden ihr großes Vorbild sein und ihnen Grund geben, sich für den Krieg zu rüsten!«

»Das wird der Feste gut tun«, nickte Nestor, »und sie um einiges stärken.«

»In der Tat! Doch ich sehe, auch du bist wieder am Erstarken ...« Sie beugte sich über ihn, und Nestor dachte: *Das Blut mag zwar das Leben sein. Doch eine gewisse Würze kann auch nicht schaden ...*

Sie schliefen lange. Wratha wurde als Erste wach. Nestor lag auf dem Rücken, und sie streichelte ihn, lauschte dem Pochen seines Herzens, seinen Atemzügen und spürte, wie sein gewaltiger Brustkorb sich hob und senkte. Abermals fragte sie sich, ob dies nun Liebe sei.

War so etwas überhaupt möglich – unter Vampiren? Gar unter den Wamphyri? Sie wusste, dass es so etwas schon gegeben hatte. Doch warum sollte es ausgerechnet ihr passieren? Was, wenn ihre Gefühle schon am nächsten Tag wieder verblassten und sich in nichts auflösten? Nun, sei's drum. Ob Nestor wohl dasselbe für sie empfand? Es war eine Sache, einen Liebhaber zum Teufel zu jagen. Aber selbst verschmäht zu werden ...?

Er stöhnte im Schlaf und wälzte sich unruhig auf die andere Seite. Nicht mehr lange, und er würde erwachen. Wratha hatte es sich noch nie gegönnt, so lange in seinen Gedanken auszuharren, bis er wieder zu sich kam. Bisher war sie lediglich in seine Träume eingedrungen, um ihm ihre Visionen einzugeben, Bilder von sich, ihnen beiden, wie sie sich liebten – was nun ja auch wirklich geschehen war. Manchmal hatte sie versucht, einen Blick in seine geheimsten Wünsche und verborgensten Begierden zu erhaschen. Danach hatte sie sich jedes Mal eilends wieder zurückgezogen. Doch nun ...

Was quälte ihn nur so sehr? Sie warf einen prüfenden Blick in sein Bewusstsein, doch zu spät! Er wurde bereits wach.

Alles, was sie mitbekam, war ein einziges Wort, ein Name, an den er sich klammerte wie ein Ertrinkender: Misha.

Eine Frau ...

Wratha fragte sich, ob dies wohl die große Unbekannte sei, Nestors unglückliche Liebe von der Sonnseite. Doch zugleich wusste sie, dass sie sich darüber nicht den Kopf zu zerbrechen brauchte. Denn sie kannte die Antwort bereits!

Gähnend setzte Nestor sich auf. »Wratha?« Er blickte sie an, streckte die Hand nach ihr aus ... Doch mit einem Satz war Wratha aus dem Bett und zog sich ein Kleid über. »Wratha? Ist irgendetwas nicht in Ordnung?«

Er befand sich zwar noch im Halbschlaf, aber es war gut möglich, dass er ihre Augen gesehen hatte.

»Nicht in Ordnung?« Sie rannte beinahe in ihr Ankleidezimmer. »Nein, warum denn? Was sollte denn nicht in Ordnung sein?« Doch ihre Spiegel zeigten der Lady sehr wohl, was nicht in

Ordnung war. Sie streifte sich einen geschwungenen Knochenreif über die Stirn, legte ihre türkisfarbenen Ohrringe an und die blauen Glasovale, die für gewöhnlich ihre Schläfen zierten, um die Glut ihres Blickes zu dämpfen und die Tatsache zu verbergen, dass ihr die Augen vor Zorn beinahe aus den Höhlen traten.

Misha!

Sie brauchte volle fünf Minuten, um den Namen aus ihrem Kopf zu verbannen, und weitere fünf, bis das Fieber, das in ihren Adern wütete, sich wieder etwas abgekühlt hatte. *Liebe?*, fragte sie sich ein weiteres Mal, doch diesen Gedanken behielt sie für sich. Oder war es nicht vielmehr Hass? War der Grat, der das eine vom anderen trennte, denn wirklich so schmal? Sie wusste sehr wohl, wie man diese Trennlinie gemeinhin nannte: Eifersucht!

Viele ungewohnte Fragen für Lady Wratha. Antworten gibt Band 18 von Brian Lumleys ultimativer Vampir-Saga:

Metamorphose

ISBN 3-86552-020-0